HEYNE BÜCHER

Von Patricia Gaffney sind
als Heyne-Taschenbücher erschienen:

Mit den Augen des Mondes · Band 04/132
Süßer Verrat · Band 04/147
Im Schatten der Liebe · Band 04/168
In den Armen der Leidenschaft · Band 04/176

PATRICIA GAFFNEY

IN DEN ARMEN DES GLÜCKS

Roman

Deutsche Erstausgabe

WILHELM HEYNE VERLAG
MÜNCHEN

HEYNE ROMANE FÜR »SIE«
Nr. 04/180

Titel der Originalausgabe
FOREVER & EVER

Aus dem Amerikanischen
von Mischa Lentz

Printed in France 1996
Umschlagillustration: Pino Daeni / Agentur Schlück
Umschlaggestaltung: Atelier Ingrid Schütz, München
Satz: Fotosatz Prechtl, Passau
Druck und Bindung: Brodard & Taupin

ISBN 3-453-10890-6

Kapitel 1

Connor Pendarvis sah ungeduldig auf, als die Kirchturmuhr schlug. Jack kam immer zu spät zu ihrer Verabredung auf der alten Steinbrücke, die über den Wyck führte. Connor war an die Unpünktlichkeit seines Bruders gewöhnt, was jedoch nichts daran änderte, daß er sich jedesmal erneut ärgerte.

Glücklicherweise regnete es wenigstens nicht. Innerhalb von Minuten hatten sich die Wolken am Himmel verzogen, was für diesen Landstrich typisch war, und die warme Junisonne glitzerte im Wasser des gemächlich dahinfließenden Wycks. Connor ließ seinen Blick über die pastellfarben gestrichenen Häuser schweifen, die die Hauptstraße säumten und mit den Vorgärten, in denen bunte Sommerblumen blühten, äußerst gepflegt wirkten.

In dem Bericht der Rhadamanthus-Gesellschaft war der Ort als unscheinbar und ärmlich beschrieben worden, dabei wirkte er auf ihn freundlich, hübsch und erstaunt sauber. Connor fragte sich jetzt, welch seltsame Auffassung die Verfasser des Berichts von Armut haben mochten. Offenbar waren sie noch nie in Trewythiel gewesen, einem Dorf in Cornwall, in dem er aufgewachsen war und in dem alle Mitglieder seiner Familie gestorben waren, noch ehe er das zwanzigste Lebensjahr vollendet hatte. Nur Jack war ihm noch geblieben.

In diesem Augenblick sah er seinen Bruder etwas schwankend auf sich zukommen, woraus er schloß, daß dieser in dem einzigen Wirtshaus von Wyckerley ein paar Bierchen getrunken hatte. Jack war noch nicht einmal dreißig, sah aber mit dem hageren Körper und der fahlen Haut, die sich über die eingefallenen Wangen spannte, mindestens zehn Jahre älter aus. Der Arzt in Redruth hatte Connor zwar geraten, sich wegen der Krankheit seines Bruders keine Sorgen zu machen, aber die Angst um Jack begleitete ihn trotzdem unablässig wie sein eigener Schatten.

»Mach nicht ein so verdammt vorwurfsvolles Gesicht«, rief Jack ihm zu. »Ich weiß, ich bin wieder zu spät dran. Dafür habe ich dir den Brief mitgebracht, auf den du so sehnsüchtig wartest.«

Er kramte in der Tasche seines abgetragenen Mantels, zog einen Umchlag hervor und reichte ihn Connor.

»Na, ist für diese nette Überraschung keine Belohnung fällig?«

»Vermutlich hast du sie bereits im Wirtshaus versoffen«, lächelte Connor.

»Laß uns in den Schatten gehen, Con«, murmelte Jack.

»Bist du müde, Jack?«

»Nein, mir ist nur schrecklich heiß.«

Connor sagte nichts dazu. Gemeinsam schlenderten sie zu der Bank unter den mächtigen Eichen am Rande des Dorfangers, der sich gegenüber der alten normannischen Kirche befand.

»Das Wirtshaus hier ist in Ordnung«, meinte Jack. »Das Bier schmeckt hervorragend, und man wird sehr freundlich bedient.«

»Ach wirklich?«

»Das Mädchen heißt Rose. Ich glaube, sie hat etwas für mich übrig.«

»Jack! Wir sind kaum zwei Stunden hier. In der kurzen Zeit kannst du doch nicht schon wieder eine Eroberung gemacht haben«, lachte Connor.

»Und warum nicht?« grinste Jack.

Connor betrachtete ihn heimlich von der Seite. Sogar eine Nonne hätte noch vor einem Jahr dem spitzbübischen Lächeln des Bruders nicht widerstehen können, jetzt sah das ausgemergelte Gesicht eher aus wie eine Fratze.

»Ich bin ziemlich sicher, sie mag mich. Ich habe ihr übrigens versprochen, daß ich heute abend meinen kleinen Bruder mitbringe. Du wirst schon sehen, für wen von uns beiden sie sich entscheidet.«

»Hmmm ...«

»Das Wirtshaus ist auch für dich gut genug, Euer Ehren. Die Bierkrüge sind sauber, und keiner spuckt auf den Boden. Na ja, die Ausdrucksweise der Männer ist ein bißchen derb, aber sie werden sich zurückhalten, wenn ich ihnen sage, daß du ein Studierter bist.«

Connor lachte, wie immer, wenn Jack ihn aus Spaß mit »Euer Ehren« ansprach. In Wirklichkeit versetzte diese Anrede ihm jedesmal einen Stich, denn es war einst sein Traum gewesen, Anwalt zu werden, ein Wunsch, der zu seinem Leidwesen nicht in Erfüllung gegangen war.

Die beiden Männer setzten sich auf eine Eisenbank im Schatten der Eichen und streckten die Beine lässig von sich. Jack war größer als sein Bruder gewesen. Solange Connor zurückdenken konnte, war Jack derjenige, der das Sagen hatte. Doch auch das hatte sich mit der Krankheit geändert. Jetzt war es genau umgekehrt, und diesen Zustand haßten sie beide. So sehr, daß es ihnen unmöglich war, darüber zu reden. Merkwürdig, vor ein paar Monaten hatten sie sogar ihre Namen getauscht.

»Na, wieviel haben die Rhads denn diesmal ausgespuckt?« erkundigte sich Jack und legte seine Arme auf die Lehne der Bank.

Auf dem Briefumschlag war kein Absender. Connor öffnete ihn und zählte die in dem Brief liegenden Banknoten.

»Genügend, um die Vorauszahlung für unsere neue Unterkunft zu bezahlen, für die ich gerade den Mietvertrag unterschrieben habe«, verkündete Connor.

»Da fällt dir wohl ein Stein vom Herzen, was?«

»Sechsundvierzig Schillinge für sechs Monate!« meinte Connor säuerlich.

Es war zwar nicht sein eigenes Geld, aber die Ausgabe störte ihn trotzdem, da sie sich gewiß nicht länger als zwei Monate in Wyckerley aufhalten würden.

»Und wie ist unsere neue Wohnung?«

»Besser als die letzte. Die Hälfte eines Häuschens, das nur eine Meile von der Mine entfernt liegt. Die Küche müssen wir uns mit zwei anderen Grubenarbeitern teilen. Ein Mädchen kommt jeden Nachmittag, um das Abendessen zu kochen. Und dem Himmel sei Dank, diesmal hat jeder von uns sein eigenes Zimmer. Zur Abwechslung muß ich mir wenigstens nicht dein Geschnarche anhören und zusehen, wie dabei die Fensterscheiben kaputt gehen.«

Jack lachte. Er wußte genau, es war nicht sein Schnarchen, sondern die krächzenden Hustenanfälle, die den Bruder am Schlafen hinderten.

»Was hast du über die Mine gehört?«

»Eigentlich nicht viel. Sie heißt Guelder-Mine, und gehört einer Frau ...«

»Was? Einer Frau?« rief Jack erstaunt und wiederholte kopfschüttelnd: »Einer Frau! Wie vorteilhaft für dich. Die Rhads werden vor Freude außer sich sein, wenn sie deinen Bericht lesen.«

»Sie heißt Deene und hat die Mine vor zwei Jahren von ihrem Vater geerbt, sie ist die alleinige Besitzerin. Ihr Onkel heißt Valstone, er ist der Bürgermeister von Wyckerley und besitzt in dieser Gegend ebenfalls eine Mine.«

»Und warum haben sie dich nicht dorthin geschickt? Zu der Grube vom Onkel, meine ich.«

»Als Beauftragter der Gesellschaft ist es nicht meine Aufgabe, mich um gutgeführte Unternehmen zu kümmern, sondern Mißstände aufzudecken.«

Connor kannte die miserablen Arbeitsbedingungen, die in den meisten Kupferminen Cornwalls und Devonshires herrschten. Er war aber davon überzeugt, daß die

Wahl auf die Guelder-Mine eher zufällig gefallen war und nicht, weil eine Frau die Besitzerin war.

Er schob den Umschlag in seine Tasche, verschränkte die Hände hinter dem Kopf und blinzelte zum Himmel hinauf. Von nun an würde er keine Möglichkeit mehr haben, Stunden zu vertrödeln und auf einer Bank in der Sonne zu sitzen, und darüber war er im Grunde froh. Diese Untätigkeit ging ihm auf die Nerven. Wäre er ohne Jack nach Wyckerley gekommen, hätte er bereits die neue Wohnung bezogen, seine Sachen ausgepackt, womöglich die Nachbarschaft erforscht oder sich mit dem Bericht beschäftigt, den er für die monatlich erscheinende Zeitschrift der Rhadamanthus-Gesellschaft schreiben wollte. Aber sein Bruder dachte über diese Dinge anders und tadelte häufig seine Rastlosigkeit.

»Nimm dir Zeit, Con. Hin und wieder wenigstens. Das Leben besteht nicht nur aus Arbeit. Warum gehst du nicht mal einen heben? Oder nimmst dir eine Frau? Ein, zwei Ale im Wirtshaus, ein Mädchen im Bett ... das sind doch die Dinge, die das Leben erst lebenswert machen.«

Natürlich meinte es Jack gut mit ihm, aber Connor war kein Mann, dem Vergnügungen dieser Art besonders wichtig waren. Im Gegenteil, ihm war daran gelegen, in seinem Leben etwas Sinnvolles zu tun und, wenn möglich, Veränderungen zum Besseren in dieser merkwürdigen Welt zu bewirken.

Allerdings mußte er zugeben, daß es im Augenblick sehr angenehm war, im kühlen Schatten auf der Bank zu sitzen und die Schmetterlinge zu beobachten, die auf den Sonnenstrahlen tanzten, die durch das dichte Eichenlaub drangen.

Mehrere Kinder erregten seine Aufmerksamkeit, die aus einer Seitentür der Kirche strömten und schnurstracks zum Dorfanger hinüberliefen, auf dem sie lachend und kreischend herumtobten.

Kaum eine halbe Minute später folgte ihnen im Eilschritt eine schlanke, junge Frau, die ein weißes Kleid trug und die blonden Haare hochgesteckt hatte. Connor versuchte ihr Alter zu schätzen, was aus dieser Entfernung nicht ganz leicht war. Ihre Figur entsprach der eines Mädchens, andererseits strahlte sie die Selbstsicherheit einer Frau aus.

Es überraschte ihn nicht, daß die Kinder folgsam auf sie zugerannt kamen, sobald sie in die Hände geklatscht hatte, wobei sie ebenso fröhlich lachte wie die kleinen Racker.

Das kleinste der Kinder, ein fünf- oder sechsjähriges Mädchen, lehnte sich vertrauensvoll an die Röcke der jungen Frau, die ihr liebevoll über das lockige Haar strich. Mit sanfter Stimme sprach sie auf die anderen ein, worauf sich sofort ein Halbkreis um sie bildete.

»Siehst du, was ich sehe?« fragte Jack leise. »Ist das nicht ein entzückendes Bild? Das nenne ich eine hübsche junge Dame!«

Jack war nicht besonders wählerisch, was Frauen betraf, denn er liebte sie alle. Aber in diesem Fall hatte er ohne Zweifel recht, und sein Lächeln verriet ebensoviel Bewunderung wie das von Connor.

Das kleine Mächen begab sich in die Mitte des Halbkreises, und die junge Frau, bei der es sich offenbar um eine Lehrerin handelte, zog aus ihrer Tasche eine Blockflöte, mit der sie den Ton vorgab. Die Kinder summten ihn nach und stimmten ein Lied an, wobei sie mit großen Augen und glücklichen Gesichtern ihre Lehrerin ansahen, die ihnen ermutigend zulächelte und mit den Händen den Takt angab. Die Szene ließ Connor an ein Märchen denken, denn in Wirklichkeit konnte es keine so guten Kinder, keine so freundliche Lehrerin geben. Es war einfach zu schön, um wahr zu sein. Und dennoch, das Ganze spielte sich unmittelbar vor seinen erstaunten Augen ab.

Nach mehrfachen Wiederholungen des Liedes verloren

die Kinder sichtbar die Lust am Singen, und die Lehrerin schickte sie wieder zum Spielen.

»Die tollen herum wie junge Ziegenböcke«, bemerkte Jack lächelnd.

Connor nickte. Zwei kleine Jungs, ganz offensichtlich Zwillinge, hatten in der Zwischenzeit Gänseblümchen gepflückt und zankten sich, wer sein Sträußchen der hübschen Lehrerin zuerst in die Hand drücken durfte. Ungeachtet des feuchten Grases ließ diese sich auf die Knie nieder und roch mit übertriebenem Entzücken daran. Ihre Methode, die ausgelassenen Racker zu bändigen, war einfach, aber wirkungsvoll. Sie stellte ihnen Fragen und hörte dann den Antworten mit der größten Aufmerksamkeit zu.

In diesem Augenblick kam das kleine Mädchen ebenfalls mit ein paar Blümchen angerannt, sprang mit einem Freudenschrei auf den Rücken der Lehrerin und schlang ihre dünnen Ärmchen um deren Hals.

»O weh, ich glaube, die Kleine hängt fest ... Sieh nur, Con, das hübsche blonde Haar der Lehrerin ... Con! He, bleib hier, du kannst doch nicht ...«

Connor hörte ihn schon nicht mehr. Er war aufgesprungen und eilte auf die beiden zu.

»Tu mir einen Gefallen, und beweg dich nicht, Birdie«, sagte die Lehrerin und langte nach hinten, um nach der Haarsträhne zu greifen, die sich um den Verschluß am Kleid des Mädchens gewickelt hatte. »Hör auf zu zappeln, dann kriegen wir das schon wieder hin ...«

Birdie war dem Weinen nahe.

»Das wollte ich nicht, Miss Sophie, bestimmt nicht ...«, jammerte das Kind.

»Das weiß ich doch, Birdie ...«, murmelte die Lehrerin, deren Versuch, sich zu befreien, erfolglos blieb. »So was kann schon mal passieren ...«

»Na, du kleiner Wildfang ...«, sagte Connor mit sanfter Stimme, um das Kind nicht noch mehr zu beunruhigen. »Was machst du denn auf dem Rücken deiner Lehrerin?«

»Ich hänge fest, Sir. Und ich kann mich nicht bewegen, sonst tue ich Miss Sophie weh.«

Inzwischen waren auch die anderen Kinder neugierig näher gekommen.

»Das hast du gut erkannt, Kleines. Du hältst also ganz still, und ich werde versuchen, euch voneinander loszumachen, einverstanden? Stell dir einfach vor, du wärst eine Statue.«

»Ja, Sir ... was ist das denn, eine Statue?«

Die Lehrerin lachte trotz ihrer mißlichen Lage.

»Das Steinkreuz da drüben, Birdie«, erklärte sie belustigt, »das ist so etwas wie eine Statue ... Es kann sich nämlich nicht bewegen.«

Connor versuchte inzwischen vorsichtig, die Haarsträhne von Birdies Verschluß zu lösen, was sich als schwieriger herausstellte, als er angenommen hatte.

»Autsch!« rief Miss Sophie.

»Tut mir leid, aber anders geht es nicht. Ich habe es fast geschafft, zwei Sekunden noch«, beruhigte Connor sie.

»Tommy? Tommy Wooten, bist du hier irgendwo in der Nähe? Könntest du wohl so nett sein und eine Schere holen?« Miss Sophie wurde dieser Sache langsam überdrüssig.

»Eine Schere? Das kommt gar nicht in Frage! Lieber hacke ich mir die Hand ab, als nur eine einzige Strähne dieses prachtvollen Haares abzuschneiden«, rief Connor.

»Ich dachte eigentlich eher daran, den Knopf von Birdies Kleid abzuschneiden«, lachte Miss Sophie.

»Ach so! Stimmt, das wäre keine schlechte Idee.«

»Soll ich jetzt die Schere holen, Miss Sophie?« fragte Tommy.

»Ja, Tommy, sei so gut ...«

»Nein, Tommy«, unterbrach Connor. »Nicht mehr nötig, ich habe es geschafft. Miss Sophie ist frei.«

Die Kinder klatschten in die Hände. Miss Sophie richtete sich aus ihrer unbequemen Haltung auf und lächelte mit roten Wangen und zerzaustem Haar erleichtert in die Runde. Dann nahm sie die kleine Birdie in die Arme.

»Hat es sehr weh getan?« fragte das Kind schuldbewußt.

»Unsinn, überhaupt nicht«, log Miss Sophie.

»Da bin ich aber froh. Ich wollte Ihnen doch nur meine Blümchen geben.« Birdie hielt ihrer Lehrerin ein Gänseblümchen hin, das jämmerlich mitgenommen aussah.

»Oh, wie lieb von dir, Birdie. Danke. Ich werde mir dein Geschenk ins Knopfloch stecken. Siehst du? Sieht das nicht hübsch aus? So, und jetzt ab mit dir. Ihr könnt jetzt alle wieder spielen gehen . . .«

Die Kinder rannten lachend davon.

»Ich danke Ihnen.« Miss Sophie wandte sich an ihren Retter, der immer noch neben ihr kniete, inzwischen aber wenigstens den Hut abgenommen hatte.

»Oh, es war mir ein Vergnügen, Ihnen zu helfen.« Connor streckte ihr die Hand entgegen, um ihr aufzuhelfen.

Sie war nicht ganz so groß, wie ihre zarte, schlanke Figur vermuten ließ. Mit wenigen Griffen brachte sie ihr zerzaustes Haar in Ordnung.

Connor wußte, daß er etwas sagen mußte, wenn er die plötzlich entstandene Verlegenheit überbrücken wollte.

»Die Kinder singen wie die Engel«, meinte er, was natürlich maßlos übertrieben war.

»Wie überaus nett von Ihnen, das zu sagen«, lachte sie. »Was mich betrifft, so hoffe ich, daß sie bis zum vierundzwanzigsten Juni wenigstens einigermaßen menschlich klingen. Um das zu erreichen, bleiben mir knapp zwei Wochen. Am Johannistag wird sich herausstellen, ob mir das gelungen ist . . .« Sie sah ihn lächelnd mit ihren blauen Augen an.

»Ich bin erst seit kurzem hier.« Connor war nicht gewillt, die Unterhaltung zu beenden.

»Das weiß ich.«

»Leben Sie hier?« fuhr er fort, obwohl ihm klar war, wie dumm diese Frage war.

»Aber ja, seit meiner Geburt.«

»Glauben Sie, daß ich mich hier wohl fühlen werde?«

»Das kommt darauf an, was Sie sich von Wyckerley versprechen.«

»Nun, was ich bisher gesehen habe, gefällt mir sehr«, sagte Connor mit Nachdruck.

Lächelnd sah sie ihn an.

In diesem Augenblick hörte er jemanden ihren Namen rufen. Ein gutaussehender, schwarzgekleideter Mann kam mit raschen Schritten auf sie zu, ein blondes Baby auf dem Arm.

»Sophie, Mrs. Mayhew ist da«, erklärte er mit einem freundlichen Blick auf Connor.

Das Baby quietschte vor Vergnügen, als es Miss Sophie erkannte, und streckte ihr ein dickes Ärmchen entgegen.

»Mrs. Mayhew ist unsere Organistin«, wandte sich Miss Sophie erklärend an Connor.

»Guten Tag. Ich bin der Pfarrer von Wyckerley«, stellte sich der Mann mit dem Baby vor. »Christian Morrell.«

Connor nahm die ihm entgegengestreckte Hand und schüttelte sie.

»Con ... Jack Pendarvis.«

»Freut mich, Sie kennenzulernen, Mr. Pendarvis.«

»Ganz meinerseits«, log Connor.

Seine Sympathie für den Pfarrer hielt sich in Grenzen, weil die hübsche Musiklehrerin offenbar mit diesem verheiratet war.

Miss Sophie klatschte in die Hände, worauf die Kinder sofort angerannt kamen. Connor setzte den Hut auf, bereit, das glückliche Paar alleinzulassen.

»Meine Frau ist in Tavistock, um einen Kinderwagen zu kaufen«, sagte der Pfarrer gerade. »Und ich armer

Mensch muß mich jetzt um das Baby kümmern, obwohl ich eigentlich die Predigt schreiben müßte. Die übrigens die Tugend der Geduld zum Thema hat«, fügte er lachend hinzu.

Diesmal fiel es Connor nicht schwer, herzlich in das Gelächter einzustimmen.

»Es ist ein entzückendes Baby«, sagte er und meinte es diesmal ganz ehrlich.

»Nicht wahr?« Der Pfarrer lächelte und küßte sein Kind stolz auf die Wange.

»Also auf Wiedersehen, Mr. Pendarvis«, sagte Miss Sophie und nahm Birdie an der Hand. »Ich hoffe sehr, Sie werden Wyckerley mögen und sich hier wohl fühlen. Und nochmals vielen Dank für die Rettung.«

Connor zog den Hut und sah ihr nach, wie sie mit der Kinderschar zur Kirche verschwand. Bevor sie die Tür erreichte, sah sie noch einmal über die Schulter zurück und lächelte ihm zu. Diesmal war er sicher, daß sie mit ihm flirtete.

Es dauerte eine Weile, bis er bemerkte, daß der Pfarrer ihn beobachtete — etwas belustigt, wie ihm schien, als wolle er andeuten, daß ihm Connors Bewunderung für die junge, hübsche Musiklehrerin nicht sonderlich überraschte.

»Tut mir leid, ich habe nicht daran gedacht, Sie einander vorzustellen«, bemerkte er trocken.

Connor sah verlegen zur Seite. Dann sah er dem Pfarrer in die Augen.

»Ich wünschte, Sie hätten es getan, Herr Pfarrer.«

»Haben Sie vor, länger bei uns zu bleiben?« erkundigte sich Christian Morrell lächelnd.

»Das kann ich im Augenblick noch nicht sagen«, erwiderte Connor.

»Wissen Sie, Wyckerley ist ein kleines Dorf. Ich bin sicher, Sie werden Miss Deene wiedersehen.«

»Anzunehmen. Miss Deene, sagten Sie?«

»Richtig. Miss Sophie Deene.« Der Pfarrer nickte und schaukelte das quengelnde Baby.

»Dann gehört die Guelder-Mine der Mutter dieser jungen Frau?«

»Sophies Mutter? Aber nein, die ist vor vielen Jahren gestorben.«

»Ihrer Tante also, oder ihrer älteren Schwester ...«, beharrte Connor.

»Nein, nein. Sophie ist die Besitzerin der Mine.«

»Sophie? Ich meine, Miss Deene gehört die Guelder-Mine?«

»Genau. Und sie gehört ihr nicht nur, sie ist gleichzeitig auch die Chefin. Wir sind hier stolz auf Sophie. Eine Kupfermine zu betreiben, ist für eine so junge Frau mit Sicherheit keine leichte Aufgabe.«

Connor versuchte zu lächeln, was ihm nicht recht gelingen wollte. Noch vor wenigen Minuten hatte er geglaubt, einen Engel kennengelernt zu haben. Und jetzt stellte sich heraus, daß die Frau seiner Träume seine Feindin sein würde.

Kapitel 2

Sophie versuchte verzweifelt, das mit den Kindern eingeübte Lied, das sich ihr wie ein Ohrwurm im Kopf eingenistet hatte, zu verdrängen, während ihr Pony mit dem Wagen die alte Zollstraße von Tavistock entlangtrabte.

Das hatte sie nun davon, daß sie sich von Christian Morrell bereits im dritten Jahr dazu hatte überreden lassen, den Kinderchor zu leiten. Fast ärgerlich schüttelte sie den Kopf. Warum hatte sie ihm nicht gesagt, daß sie für dergleichen keine Zeit habe? Der Grund war offensichtlich. Sie hatte ohne zu zögern zugestimmt, weil ihr die Kinder ans Herz gewachsen waren und es ihr Spaß machte, mit ihnen zu arbeiten. Das war schließlich nicht die Schuld des Pfarrers. Und obwohl ihre Arbeitstage immer länger und anstrengender wurden, fand sie stets irgendwie die Zeit, mit den Kindern zu üben.

Wieder summte sie unbewußt das Lied vor sich hin.

Das gibt es doch nicht, dachte sie und ließ die Zügel ungeduldig auf den Rücken des Ponys klatschen.

Valentine schien diese unerwartete Geste so zu überraschen, daß sie den Wagen nach rechts zog.

»He, Val, was machst du denn da?« rief Sophie erschrocken und verbesserte ihren Fehler schnellstens, indem sie am linken Zügel zog.

Hemmungslos gähnend, lehnte sich Sophie zurück. Die Schultern taten ihr weh, und sie freute sich, zur Abwechslung einmal früher nach Hause zu kommen. Seit sie die Leitung des Kinderchors übernommen hatte, war sie gezwungen, sich die Samstagnachmittage freizuhalten.

Um fünf Uhr hatte es wenig Sinn, noch einmal zur Mine hinauszufahren, da samstags nicht in zwei Schichten gearbeitet wurde. Das gab ihr die Gelegenheit, den lästigen Papierkram zu erledigen, und zwar zu Hause. Aber heute würde daraus nichts werden. Sie war einfach zu müde. Und die Möglichkeit, ausnahmsweise früh zu Bett zu gehen und noch ein bißchen zu lesen, war viel zu verlockend.

Allerdings mußte sie zuvor noch mit Mrs. Bolton all die Dinge besprechen, die den Haushalt betrafen. Und natürlich war da noch die Gartenarbeit, die sich wirklich nicht mehr länger aufschieben ließ. Nun, Arbeit konnte man das eigentlich nicht nennen, sich um die Blumen zu kümmern, war eher ein Vergnügen. Schlimmer war der Stapel Wäsche, der seit Wochen darauf wartete, gebügelt und geflickt zu werden. Sollte sie wirklich wegen der Wäsche auf die Lektüre eines guten Buches verzichten? Und wann kam sie endlich dazu, all die Briefe ihrer Schulfreunde zu beantworten? Ein Wunder, daß sie immer noch schrieben.

Auch Mrs. Nineways, die Frau des Kirchendieners, fiel ihr eben wieder ein. Ihr hatte sie versprochen, morgen vorbeizukommen, um mit ihr über den Basar am Johannistag zu sprechen, der im letzten Jahr so schlecht vorbereitet worden war, daß die Damen der Gemeinde nicht mehr als zweieinhalb Pfund erlöst hatten. Eine lächerliche Summe, die bei weitem nicht ausreichte, die Kirchenprogramme für ein ganzes Jahr zu finanzieren.

Zum Teufel! Jetzt schob sich schon wieder die Melodie dieses Liedes in ihre Gedanken. Eben fuhr sie an der Abzweigung vorbei, die rechter Hand zur Guelder-Mine führte. Die hohen Kamine hoben sich dunkel vor dem Abendhimmel ab und pufften weißen Dampf in die aufkommende Dämmerung. Den Namen verdankte die Mine ihrem Vater, der sie nach den Rosen benannt hatte, die seine Frau einst so liebevoll gezüchtet hatte. Sophie liebte den Namen, denn er war das einzige, was von ihrer Mutter geblieben war, die sie nie kennengelernt hatte. Die Kupfermine und die damit verbundene Arbeit liebte sie ebenfalls, obwohl sie die Ursache ihrer Müdigkeit und ernsthafter Sorgen war, weil es das letzte Geschenk ihres Vaters war.

Zwei Jahre waren jetzt seit seinem Tod vergangen. Ihre Freude über das entgegengebrachte Vertrauen, das er mit diesem Geschenk bewiesen hatte, war ungebrochen. Und wenn sie sich auch manchmal furchtbar einsam vorkam und das Gefühl hatte, von der Verantwortung für so viele Menschen erdrückt zu werden, dann rief sie sich in Erinnerung, daß ihr Vater vorausgesetzt hatte, daß sie sein Vertrauen nicht enttäuschen würde.

»Du bist ein kluges Mädchen, Sophie, und mindestens so stark wie die meisten Männer«, hatte er ihr häufig gesagt.

Schließlich kam es dazu, daß sie selbst daran glaubte.

Manch einer hielt es für übertriebenen Stolz, ihre Kusine sogar für Hochmut.

»Solcher Hochmut ist eine Sünde, Sophie«, pflegte sie mit schmalen Lippen zu warnen. »Und Hochmut kommt vor dem Fall, vergiß das nicht!«

Sophie nahm ihrer Kusine dergleichen Bemerkungen nicht übel. Honorias Bitterkeit entsprang der Unzufriedenheit über ihr eigenes Leben, dem sie keinen Sinn zu geben vermochte.

Sophie und Honoria waren so verschieden, daß man kaum auf die Idee gekommen wäre, sie für Verwandte zu halten. Honorias Vater, Onkel Eustace Vanstone, war der Besitzer der Salem-Mine. Nie im Traum wäre ihre Kusine auf die Idee gekommen, auch nur einen Gedanken an das Bergwerk zu verschwenden, geschweige denn sich um die Belange der Mine zu kümmern, weil sie dergleichen als wenig damenhaft und unter ihrer Würde empfunden hätte. Onkel Eustace war Bürgermeister von Wyckerley, und Honoria nahm ihre Rolle als Tochter eines Mannes in dieser gehobenen Stellung überaus ernst. Fast ebenso ernst wie sich selbst. Sie betrachtete sich selbst als die wichtigste weibliche Person in der Gegend, abgesehen von Lady Moreton natürlich, die in Lynton Great Hall lebte und allein schon ihres Titels wegen noch im Vorteil war. Honoria verdrängte die Tatsache, daß auch Anne Morrell, die Frau des Pfarrers, vor ihrer Ehe mit Christy eine Herzogin gewesen war. Ganz abgesehen davon, daß Sophies Vater reicher und wohlerzogener gewesen war, als Onkel Eustace es je sein würde. Um die Wahrheit zu sagen, das einzige, was Sophie und Honoria gemeinsam hatten, war ihr Alter. Aber da sie beide noch unverheiratet waren, spielte selbst das kaum eine Rolle.

Diese Gedanken brachten die Erinnerung an jenen Mann zurück, der sie heute zufällig aus einer sehr albernen Situation gerettet hatte. Jack Pendarvis. Der Name und auch sein Akzent sprachen dafür, daß er aus Cornwall stammte. Was führte ihn nach Wyckerley? Besuchte er Verwandte? Sie kannte niemanden im Dorf, der so hieß. Warum hatte sie ihn nicht wenigstens nach seinem Beruf gefragt? Seltsamerweise war sie überhaupt nicht sehr gesprächig gewesen. Er allerdings auch nicht.

Lächelnd strich sie sich über das blonde Haar und dachte daran, wie sanft er sie berührt und wie er ihr dabei in die Augen gesehen hatte, was sie zugegebenermaßen etwas verwirrt hatte. Sein bewunderndes Lächeln jedoch war ohne jegliche Scheu gewesen. Natürlich war sie daran gewöhnt, von Männern bewundert zu werden, und für gewöhnlich brachte sie das auch nicht sonderlich in Verlegenheit, jedenfalls nicht, wenn sich die Männer dabei nicht wie Affen aufführten oder dumme Sachen sagten. Jack Pendarvis hingegen ... Sie konnte sich einfach nicht vorstellen, daß er jemals etwas Dummes tun oder sagen würde. Seine Bemerkung, er würde sich lieber die Hand abhacken lassen, als eine einzige Strähne ihres Haares abzuschneiden, war äußerst gelant gewesen und keinesfalls dumm. Er sah gut aus, dieser Jack, sehr gut sogar mit dem rabenschwarzen Haar und dem gutgeschnittenen, glattrasierten Gesicht. Wer er wohl war? Fremde waren in Wyckerley äußerst selten. Obwohl seine Ausdrucksweise auf einen Gentleman schließen ließ, war sie sich dessen nicht ganz sicher, denn seine Kleidung sprach eigentlich dagegen. Aber das konnte natürlich daran liegen, daß er eine weite Reise hinter sich hatte. Mit Sicherheit sogar. Ganz offenbar hatte er aber vor hierzubleiben. Hätte er sonst gefragt, ob sie glaube, daß er sich hier wohl fühlen würde? Nun, damit bestand immerhin die Möglichkeit, daß sie ihn wiedersehen würde.

Diese äußerst erfreuliche Aussicht zauberte ein Lächeln in ihr Gesicht, während sie den Wagen an den beiden Steinpfosten vorbeilenkte und zum Haus fuhr. Die Kiesauffahrt sah etwas verkommen aus. Dichte Grasbüschel säumten die Ränder und begannen sogar zwischen den

Wagenspuren zu wuchern. Thomas war körperlich zu solchen Arbeiten nicht mehr in der Lage. Eigentlich hätte sie eine Aushilfe einstellen müssen, die sich um das Jäten des Unkrauts, das Streichen der Fensterläden und das Zurückschneiden der Kletterrosen, die das Haus überwucherten, kümmern würde, aber es schien ihr wichtiger, jeden verdienten Penny wieder in die Mine zu investieren.

Ihr Onkel hatte davon abgeraten, dieses Wagnis einzugehen, aber vergebens, denn seine altmodischen Ansichten gefielen ihr nicht. Sie war eben ganz die Tochter ihres Vaters, eher risikofreudig, denn vorsichtig, eher tatendurstig als bedächtig. Sollte sich ihre Vorgehensweise allerdings als falsch herausstellen, dann . . . lieber erst gar nicht an so etwas denken. Zwar gab es verschiedene Abstufungen des Erfolgs, aber so etwas wie Mißerfolg existierte für die Tochter Tolliver Deenes nicht.

Da sie so müde war, hielt sie unmittelbar vor den Stufen, die zum Eingang von Stone House hinaufführten. Manchmal brachte sie das Pony selbst in den Stall, besonders dann, wenn Thomas wieder an einem Hexenschuß litt, aber heute abend konnte sie sich nicht dazu aufraffen.

Maris winkte Sophie von der Tür aus zu, als sie die Zügel Valentines um den Pfosten schlang.

»Ich gehe und hole Thomas«, rief sie, und Sophie nickte ihr dankbar zu.

Sophie trat ins Haus, zog ihre Handschuhe aus und warf sie auf den Tisch in der Halle. Dann starrte sie in den Spiegel, richtete ihre zerzauste Frisur und überlegte sich, welchen Eindruck sie auf einen Mann wie Pendarvis gemacht haben mochte. Doch der fast blinde Spiegel zeigte ihr nur das Gesicht, das sie so gut kannte. Hinter sich hörte sie die schweren Schritte von Mrs. Bolton, die die Treppe aus der Küche heraufkam.

»Heute abend gibts nur einen gemischten Salat, wenns

Ihnen recht ist. Ich bin gerade erst zurückgekommen«, sagte Mrs. Bolton.

Von Freitag bis Samstag Abend besuchte sie jede Woche ihren unverheirateten Sohn Gerald, putzte dessen Haus und kochte ihm die Mahlzeiten für die kommenden Tage. Sophie wußte, daß sie jedesmal völlig erschöpft zurückkam und ging ihr, wenn möglich, bis mindestens Sonntag aus dem Weg.

»Ein gemischter Salat! Das ist genau das, worauf ich Appetit habe«, sagte sie daher rasch und verkniff sich die Frage, ob sie diesen vielleicht auch in ihrem Zimmer essen könne. »Ich ziehe mich nur schnell um, dann komme ich hinunter und helfe Ihnen«, fuhr sie statt dessen fort.

»Was haben Sie da für abscheuliche Grasflecken auf Ihrem hübschen weißen Rock? Die gehen nie wieder raus.«

»Überlassen Sie das nur mir«, rief die zurückkommende Maris. »Mit etwas Milch und Stärkepulver kriege ich das schon hin.«

»Ach ja? Das werden wir ja sehen«, murmelte Mrs. Bolton und verschwand Richtung Küche.

»Hier, nehmen Sie das Glas hier, setzen Sie sich hinaus und sehen Sie sich den Sonnenuntergang an«, meinte Maris. »Wenn Sie möchten, bringe ich Ihnen auch das Abendessen in den Garten.«

»Danke, Maris. Warum eigentlich nicht? Ich könnte die verwelkten Blüten des Rhododendron abzupfen.«

»Das hätte ich mir denken können, daß Sie meinen Rat nicht befolgen und einmal einfach nichts tun«, lachte Maris.

Maris war Sophies Tageshilfe, die jeden Abend zu ihrer Familie heimging. Mrs. Bolton hingegen wohnte in einem Zimmer neben der Küche im Haus. Sophie wünschte sich immer öfter, es wäre umgekehrt.

Der Garten um das Haus, den Sophies Mutter angelegt hatte, war jetzt, Anfang Juni, am hübschesten, weil jetzt all die Rosen blühten, die sich am Haus, am Gartenpavillon und am Stamm des alten Apfelbaumes emporrankten und diesen einmalig betörenden Duft verströmten, der mit keinem anderen vergleichbar war.

Sophie setzte sich auf einen Holzstuhl neben dem Gartenpavillon und nippte an ihrem Eistee, der nach Orangenblüten und Honig schmeckte und eine besonders freche Biene anlockte, die sie nach kurzer Überlegung aber doch fortscheuchte.

»Hallo, Dash!« begrüßte sie den schwarzen Kater, der sich bei dem Klang ihrer Stimme streckte und reckte und gähnend mit einem Ohr wackelte.

Auf seinem glänzenden Fell lagen einige Akazienblüten, die auf ihn heruntergefallen waren, während er zusammengerollt auf den heißen Pflastersteinen ein Nickerchen gemacht hatte, aber das schien ihn nicht weiter zu stören.

Sophie lehnte sich zurück, schloß die Augen und überließ sich ihren Gedanken. Die Kupferpreise waren wieder gefallen, was übrigens seit Monaten der Fall war. Noch vor etwa fünf Jahren, vor Beginn des Krimkrieges, waren fabelhafte Gewinne zu erzielen gewesen. Die Guelder-Mine war im Vergleich zu anderen verhältnismäßig klein und die einzige, die nur einem Besitzer gehörte, wenn man davon absah, daß Lord Moreton eine bescheidene Summe investiert hatte, als sie dringend Bargeld benötigte.

Onkel Eustace, der ihr die Mine gern abgekauft hätte, damit sie sich der weitaus weiblicheren Beschäftigung widmen könne, sich einen Ehemann zu angeln, wie er ihr ständig riet, hatte zumindest in einem Punkt recht. Sie würde nicht darum herumkommen, in absehbarer Zeit Anteile zu verkaufen. Wie viele und zu welchem Preis, darüber stritten sich ihre beiden Anwälte.

Mit geschlossenen Augen stellte sie ihr leeres Glas ab und verschränkte die Arme vor der Brust. Das schlimmste an der Sache war zweifellos, daß sie damit ihre Unabhängigkeit aufgab und gezwungen sein würde, anderen Rede und Antwort zu stehen und Rechenschaft abzulegen. Ihr Vater war der alleinige Besitzer der Mine gewesen. Niemals hatte er irgendwelche Anteile an Fremde verkauft, nicht einmal in magersten Zeiten. Irgendwie hatte er es immer geschafft, indem er von allzu großen Risiken Abstand nahm oder aber einige Grubenarbeiter entließ und sie erst wieder einstellte, wenn die Kupferpreise wieder stiegen.

Das plötzliche Geräusch von Schritten auf der steinernen Terrasse ließ sie abrupt aus ihrem Dösen hochschrekken. Maris würde zufrieden mit ihr sein. Aber es war nicht Maris, die auf sie zukam, sondern ihr Onkel. Seit einem Reitunfall, bei dem er sich das Knie verletzt hatte, ging er am Stock. Sophie vermutete allerdings, daß er es inzwischen nur noch tat, um die Wichtigkeit seines Amtes hervorzuheben, denn der Unfall lag schon Monate zurück.

Mit einem Lächeln stand sie auf, bürstete die Akazienblüten von ihrem Rock und begrüßte ihn.

Onkel Eustace erwiderte ihr Lächeln nicht.

»Du hast es also vergessen, nicht wahr?« fragte er vorwurfsvoll.

»Was habe ich vergessen?«

»Das heutige Abendessen, zu dem ich Robert Croddy eingeladen habe!« antwortete er mit mürrischem Gesicht.

»Ach herrje! Stimmt, das habe ich völlig vergessen. Es tut mir leid.« Sophie versuchte in ihrer Stimme Bedauern durchklingen zu lassen.

Breitbeinig, den Stock in beiden Händen hinter dem Rücken wie ein Londoner Bobby, baute Onkel Eustace sich vor ihr auf.

»Das wundert mich nicht. Ich habe mir schon so etwas gedacht. Deswegen bin ich auf meinem Nachhauseweg hier vorbeigekommen.«

Die Mine ihres Onkels befand sich einige Meilen nördlich in Richtung Tavistock, aber er lebte in einem großen Haus in Wyckerley, wie es sich für den Bürgermeister gehörte.

»Ich begreife nicht, wie mir das entfallen konnte. Dabei freue ich mich doch schon die ganze Woche auf dieses Abendessen«, log Sophie und gab sich Mühe, seinen zweifelnden Blick zu übersehen. »Geh schon voraus. Honoria kannst du sagen, ich bin spätestens in einer Stunde bei euch.«

»In einer Stunde? Es werden wohl mindestens drei werden.«

»Du scheinst mich mit deiner Tochter zu verwechseln«, lächelte Sophie. »In einer Stunde bin ich da, ich verspreche es. Thomas wird mich fahren.«

Sie wußte genau, wie sehr ihr Onkel es haßte, wenn sie allein herumkutschierte, besonders nach Einbruch der Dunkelheit.

»Gut«, nickte der Bürgermeister. »Hoffen wir, daß du ausnahmsweise dein Versprechen hältst, woran ich allerdings zweifle. Robert Croddy wird dasein.«

»Das hast du bereits erwähnt«, erwiderte sie, nahm seinen Arm und begleitete ihn zum Eingang, wo er seinen Hengst festgebunden hatte. »Warum versuchst du eigentlich nicht, ihn mit Honoria zu verheiraten, statt mit mir?« neckte sie ihn.

»Was für eine lächerliche Idee!«

»Ich denke, mit ihr hättest du es leichter, als mit mir. Oder ist er ihr nicht reich genug?«

Onkel Eustace blieb ihr eine Antwort schuldig, was sie nicht sonderlich überraschte. Robert stammte aus Devonport, eine Großstadt im Vergleich zu Wyckerley, er war unverheiratet, wohlhabend und erfolgreicher Sohn eines Brauereibesitzers. Letzteres war wohl das, was Honoria am meisten an ihm störte. Sie konnte sich nicht vorstellen, den Sohn eines Bierbrauers zu heiraten.

Sophie hingegen hatte im Grunde nichts gegen Robert

Croddy, nur heiraten wollte sie ihn auf keinen Fall. Das lag aber weniger an ihm, sondern an der Tatsache, daß sie überhaupt nicht vorhatte, in nächster Zukunft eine Ehe einzugehen. Ihr jetziges Leben war überaus abwechslungsreich. Warum sollte sie es für einen Mann aufgeben?

»Versuche bitte, um acht dazusein«, sagte Onkel Eustace ernst, als er sein Pferd losband.

»Das werde ich«, versprach sie und küßte ihn auf die Wange, worauf er sich endlich zu einem winzigen Lächeln herabließ. »Übrigens, suchst du immer noch einen Agenten, der den Platz von William Ball einnehmen soll?«

»Ja, das tue ich«, erwiderte ihr Onkel und schwang sich auf seinen Hengst.

»Du hast also bisher noch niemanden gefunden?«

»Nein, bisher nicht. Warum?«

»Nur so. Ich habe heute im Dorf einen Fremden gesehen. Ich dachte, du hast ihn vielleicht bei dir angestellt.«

»Gewiß nicht. Ich habe die Stelle noch nicht einmal ausgeschrieben.«

»Ach so«, murmelte Sophie.

»Also, punkt acht!» ermahnte er sie und setzte den großen Hut auf, den er letztes Jahr in Exeter erstanden hatte und seiner städtischen Eleganz wegen über alles liebte.

»Um acht«, wiederholte Sophie. »Ich freue mich schon.«

Doch sobald ihr Onkel davongeritten war, eilte sie laut fluchend ins Haus, um sich umzuziehen.

Kapitel 3

Am Montag morgen marschierte Connor die anderthalb Meilen von Wyckerley hinaus zur Guelder-Mine. Ein Mann namens Andrewson stellte ihm einige allgemeine Fragen über seinen letzten Arbeitsplatz und ob er im Akkord oder für Naturalienlohn arbeiten wolle, und empfahl ihm dann, auf Miss Deene zu warten.

Connor saß in dem winzigen Vorraum des Minenbüros und betrachtete die verschiedenen Erzproben in den Regalen, während seine Finger ungeduldig die Tischplatte bearbeiteten. Miss Deene schien nicht allzuviel davon zu halten, pünktlich zur Arbeit zu erscheinen, ärgerte er sich. Nach fünfundzwanzig Minuten war er des Wartens überdrüssig und ging nach draußen.

Die Guelder-Mine sah aus wie die meisten kleinen Minen, die er in letzter Zeit unter die Lupe genommen hatte, ein wenig besser als manche, nicht schlechter als die meisten. Gras überwucherte die aufgeschütteten Halden. Der Eingang zur Grube war klein, nicht mehr als ein rundes Loch, aus dem eine einzige Leiter ragte. Ein winziges Dach sorgte dafür, daß es nicht hineinregnen konnte. Aus dem Maschinenhäuschen, das mit zwei gleichhohen Kaminen versehen war, hörte er das eintönige Geräusch der Pumpen, die das Wasser aus der Tiefe heraufbeförderten. Kinder und Frauen waren damit beschäftigt, das geförderte Gut, das mit von Maultieren gezogenen Karren herangeschafft wurde, zu sortieren und zu reinigen.

In diesem Augenblick bemerkte Connor auf der Anhöhe des Hügels einen Wagen mit gelben Rädern, der von einem hübschen grauen Pony gezogen wurde. Der große Strohhut, auf dem eine roter Feder wippte, verriet ihm, daß es sich bei der Lenkerin des Wagens um Miss Deene handeln mußte. Die Hände tief in seinen Taschen vergraben, beobachtete er ihr Näherkommen und versuchte angestrengt, sich nicht von dem reizenden Anblick betören zu lassen, was nicht ganz leicht war. Seit ihrem zufälligen Zusammentreffen vor anderthalb Tagen mußte er ständig an Miss Sophie Deene denken, und erst heute morgen war es ihm schließlich gelungen, sie nicht als attraktive Frau, sondern ausschließlich als Besitzerin der Mine zu sehen, in der er seine Nachforschungen anstellen würde.

Doch als sie jetzt Andrewson die Zügel reichte, leichtfüßig vom Wagen sprang und ihre roten Stiefeletten den morastigen Boden berührten, konnte er nur daran denken, wie schön sie war. Offenbar waren auch alle anderen von ihrem Anblick verzaubert, denn er erkannte die Bewunderung in den Blicken der Männer, als sie ihr freundlich zunickten und respektvoll die Mützen zogen.

Andrewson deutete in seine Richtung, während er mit ihr sprach. Miss Deene warf ihm einen kurzen Blick zu, setzte aber ihre Unterhaltung fort. Connor war überrascht. Hatte sie ihn nicht erkannt?

Mit langen Schritten ging er auf sie zu. Ihr breitkrempiger Hut geriet in Bewegung, und ein erfreutes Lächeln huschte über ihr Gesicht.

»Oh, Mr. Pendarvis! Sie sind es!« rief sie verwundert, und ihre Wangen röteten sich leicht.

Statt ihr die Hand entgegenzustrecken, wie er es zuerst hatte tun wollen, nahm er lediglich den schweren Grubenhelm ab.

»Guten Morgen«, sagte er, ohne ihr Lächeln zu erwidern.

Mit Gewalt mußte er sich daran erinnern, daß sich seit jenem Nachmittag, an dem er ihr Haar von dem Kleiderverschluß des Kindes befreite, alles geändert hatte. Zwar gab es zwischen ihnen noch keine Feindseligkeit, aber er wußte aus Erfahrung, daß es unweigerlich dazu kommen mußte. Es war also besser, wenn er einen kühlen Kopf behielt.

»Ich wußte gar nicht, daß Sie sich schon kennen.« Andrewson kratzte sich verwundert am Kinn. »Davon hat er mir nichts gesagt. Das ist der Mann, von dem ich Ihnen erzählt habe, Miss Deene. Er will hier arbeiten.«

Miss Deene schien bei diesen Worten etwas aus der Fassung zu geraten. Das Lächeln in ihrem Gesicht verschwand, das Blau ihrer Augen wurde unmerklich dunkler.

»Mr. Pendarvis ... Sie sind Grubenarbeiter?« fragte sie erstaunt.

Connor empfand ihre Enttäuschung wie einen Schlag ins Gesicht. Plötzlich wurde ihm seine Aufmachung bewußt, die weiten Hosen, die schmutziggraue Jacke, die schweren, dreckbespritzten Stiefel und der alte Helm.

»Ja, das bin ich«, preßte er hervor. »Und Sie, sind Sie etwa die Besitzerin der Guelder-Mine?«

Es klang beinahe wie eine Beleidigung und Sophie streckte trotzig ihr Kinn vor, während die Hände nach der Krempe des Huts griffen.

»Ja, das bin ich«, sagte sie kühl. »Haben Sie etwa ein Problem damit, für eine Frau zu arbeiten, Mr. Pendarvis?«

»Nicht unbedingt, Miss Deene. Ich denke mal, das kommt ganz auf die Frau an«, sagte er und ließ seine Blicke auf unverschämte Weise über sie wandern.

Andrewson hüstelte verlegen, und Connor kam wieder zur Vernunft. Spielte es denn eine Rolle, was Miss Sophie Deene von ihm hielt, über ihn dachte? Gewiß nicht. Gut, sie war ausnehmend hübsch, und sie hatten an jenem Nachmittag auf dem Dorfanger ein bißchen miteinander geflirtet, das war aber auch schon alles. Hier ging es schließlich nicht um seine männliche Eitelkeit, sondern um sehr viel wichtigere Interessen. Zugegeben, seine größte Schwäche war sein verdammter Stolz, und er verhielt sich überaus aggressiv, wenn man ihn verletzte. Andererseits war es ihm wenigstens gelungen, Miss Deene, der dieser Fehler unterlaufen war, ebenfalls zu verärgern. Immerhin ein befriedigender Trost, mochte er auch noch so kindisch sein.

»Würden Sie bitte in mein Büro mitkommen«, sagte sie höflich, aber kühl, und schwebte davon wie eine Königin.

Ihr kleines Büro wurde von einem riesigen Eichenschreibtisch beherrscht, auf dem sich Papierstöße und Bücher türmten und kleine Säckchen mit Kupferproben herumlagen. An allen vier Wänden waren Regale angebracht, die mit Ordnern, Schachteln, Grubenkarten und Büchern gefüllt waren. Auf dem rohen Holzdielenboden lag kein Teppich, vor den verstaubten Fenstern hingen keine Vorhänge. Nur eine Vase mit wilden Blumen, die auf einem Tischchen stand, über dem das Porträt eines weißhaarigen Mannes mit Schnurrbart hing, gab einen Hinweis, daß die Benutzerin dieses Büros eine Frau war.

Miss Deene nahm ihren Hut ab, hing ihn an einen Nagel an der Tür, begab sich dann hinter ihren Schreibtisch und setzte sich in den riesigen Lederarmsessel, der an den Beinen kleine Räder hatte und bei jeder Bewegung knarrte und quietschte.

Connor mußte unwillkürlich grinsen. Diese zarte hübsche Frau wirkte so völlig fehl am Platz in dieser betont männlichen Umgebung.

»Nehmen Sie doch Platz«, forderte sie ihn auf.

Trotz ihrer höflichen Stimme klang die Aufforderung nicht wie eine Einladung, sondern wie ein Befehl. Connor setzte sich auf den schäbigen Holzstuhl, der vor ihrem Schreibtisch stand.

»So, Sie suchen also Arbeit? Welcher Art, wenn ich fragen darf? Akkord oder Naturalien?«

»Welche Arbeit würden Sie mir denn anbieten?«

»Das kommt auf Ihre Qualifikation an, Mr. Pendarvis. Wie steht es mit Ihrer Erfahrung?«

»Das habe ich doch bereits alles diesem Andrewson gesagt.«

»Das kann sein, aber jetzt werden Sie es mir sagen.«

Connor wußte, wenn er sie weiter so herausforderte, dann verscherzte er sich alles. Lässig schlug er die Beine übereinander.

»Ich habe sieben Jahre in Lanescot, vier Jahre in Redruth und weitere vier Jahre für Carn Barra gearbeitet.«

»Das heißt, Sie arbeiten seit fünfzehn Jahren in Kupferminen?«

»Kupfer und Zinn, seit meinem zwölften Lebensjahr.

Ach, und Blei. Das habe ich ganz vergessen zu erwähnen. In Portreath.«

Erstaunlicherweise machte es ihm keine Mühe, Miss Deene anzulügen, denn was er ihr da auftischte, war eigentlich Jacks Lebensgeschichte.

»Wann haben Sie Carn Barra verlassen?«

»Vor sechs Monaten.«

»Und danach?«

»Danach habe ich nicht mehr gearbeitet.«

»Und warum das?«

Connor wußte, das war der schwierigste Teil der Befragung, denn jetzt mußte er etwas behaupten, was völlig im Gegensatz zu seinem gesunden Äußeren stand. Um seine Lüge glaubwürdiger zu machen, sah er ihr direkt in die Augen.

»Aus gesundheitlichen Gründen. Deswegen mußte ich meine Arbeit in Carn Barra aufgeben.«

»Das tut mir leid. Würde es Ihnen etwas ausmachen, mir mehr über Ihre Krankheit zu erzählen?«

»Meine Lungen. Der Arzt riet mir, eine Pause zu machen und sechs Monate lang nicht mehr unter Tag zu arbeiten.«

Ein gewisses Mitgefühl glättete die Falten um ihre Lippen.

»Das tut mir leid«, wiederholte sie.

»Dazu haben Sie keinen Grund. Wie Sie selbst sehen können, geht es mir wieder gut. Ich bin körperlich in bester Verfassung. Voll arbeitsfähig, Miss Deene.«

Das traf durchaus zu. Der Kranke war Jack, sein Bruder. Tuberkulose. Der Arzt hatte ihm verboten, wieder in einer Mine zu arbeiten. Und selbst wenn sich Jack an dieses Verbot hielt, waren seine Aussichten, das vierzigste Lebensjahr zu erreichen, äußerst gering. Ein grausames Schicksal, mit dem Jack sich aber abgefunden hatte. Es war Connor, der damit nicht zurechtkam.

»Zufällig weiß ich, daß wir einen zusätzlichen Mann

gebrauchen können. Allerdings würden Sie keinen Lohn bekommen, sondern am Wert des Kupfers beteiligt werden, das Sie fördern. Käme die Arbeit unter diesen Voraussetzungen für Sie in Frage, Mr. Pendarvis?«

Es war nett von ihr, ihm dieses Angebot zu machen. Aber Connor wußte auch, daß diese harte Arbeit jahrelange Erfahrung voraussetzte. Im Gegensatz zu Jack war er alles andere als ein Profi, denn er hatte im ganzen nicht mehr als vier Monate in zwei verschiedenen Kupferminen in Cornwall gearbeitet. Spätestens in zwei Tagen würde sich herausstellen, daß er ein Anfänger war.

»Ich danke Ihnen für das Angebot«, sagte er. »Aber, um ehrlich zu sein, ich habe nicht genügend Geld, um meinen Schürfanteil zu bezahlen.«

»Ich könnte Ihnen das Geld vorstrecken.«

Connor lächelte. Diese Methode war ihm bekannt.

»Zu wieviel Prozent, Miss Deene?«

»Null, Mr. Pendarvis. Ein zinsfreier Kredit für drei Monate, wobei die Summe auf einmal zurückgezahlt werden muß.«

Das war ungewöhnlich. Die meisten Minenbesitzer waren froh, den Arbeitern das nötige Kapital vorzuschießen, das in deftigen Raten zurückgezahlt werden mußte.

»Danke, aber ich arbeite lieber für einen festen Lohn.«

In Wirklichkeit haßte er diese eintönige Arbeit, die Mut erforderte und eine Menge Schweiß kostete. Fast wünschte er sich, daß sie ihn durchschaute, daß sie daran zweifelte, einen Mann vor sich zu haben, der Spaß daran hatte, sein ganzes Leben unter Tage zu verbringen, während Menschen wie sie, mit Hilfe der Männer, die diese gefährliche Sklavenarbeit verrichteten, zu Reichtum kamen.

»Also gut«, meinte sie. »Welche Geräte besitzen Sie?«

»Spaten, Schaufel, Pickel, Hacke . . . Keile, Bohrer, Sprengstoff . . .«

»Können Sie sich Ihre Kerzen kaufen?«

Der Kauf von Kerzen stellte die größte finanzielle Belastung für den Grubenarbeiter dar, ungefähr ein Zehntel seines Lohnes.

»Wenn Sie mir bis zum Zahltag zwei Pfund vorschießen, müßte das ausreichen.«

Miss Deene nickte.

»Einer meiner Männer hat seinen Partner verloren und arbeitet seit zwei Wochen allein. Ich könnte mir vorstellen, daß Sie beide ein gutes Team sind. Ich zahle fünf Pfund pro Klafter und ...«

»Fünf Pfund? In Carn Barra habe ich sechs Guineen verdient ...«

Warum sind Sie dann nicht dort geblieben? wollte sie sagen, unterließ es aber.

»Carn Barra ist viermal so groß wie Guelder, Mr. Pendarvis. Die Mine gehört einem Konsortium. Bis vor anderthalb Jahren hat das dort geförderte Kupfer einen bis zu viermal höheren Preis als mein eigenes Kupfer erzielt. Wenn ich meine Männer besser bezahlen könnte, würde ich es tun. Aber in Anbetracht der Lage ...«

Warum erzähle ich ihm das alles? dachte sie und stand auf.

»Fünf Pfund pro Klafter. Mehr kann ich nicht bezahlen. Sollten Sie damit einverstanden sein und ich stelle Sie ein, dann müßten Sie ein Papier unterschreiben, womit Sie sich verpflichten, sich an die Regeln zu halten. Bei Nichterfüllung dieses Vertrages ist eine Strafe von vierundzwanzig Shilling fällig. Ich weiß nicht, wie diese Dinge in Carn Barra gehandhabt werden, aber hier ...«

»Auch dort sind solche Verträge üblich. Nur beläuft sich die Strafe auf dreißig Shilling«, meinte Connor, der sein Wissen seinem Bruder verdankte.

Miss Deene entnahm dem Regal beim Fenster eine Schachtel und holte ein Vertragsformular heraus. Dann griff sie nach einem Federhalter und beugte sich über das Papier. Connor betrachtete die Lichtspiegelungen, die die hereinscheinende Sonne in ihr blondes Haar zauberte.

Ihre grüne Bluse hatte lange lose Ärmel, und sie schob den rechten davon zurück, um keinen Tintenfleck darauf zu machen. Der feine blonde Flaum auf ihrem Unterarm war kaum sichtbar. Sie wirkte ungemein zerbrechlich mit dieser schmalen Taille, die er, so schien ihm, mit seinen beiden Händen umfassen konnte.

Als sie sich aufrichtete, erschrak sie leicht. Offenbar hatte sie nicht gemerkt, daß er näher getreten war. Etwas verwirrt hielt sie das Papier vor ihren Busen.

»Ich habe mich entschieden, Sie einzustellen ... auf Probe einzustellen. Wenn Ihnen die Bedingungen des Vertrages zusagen, können Sie sofort anfangen.«

»Auf Probe? Was soll das denn heißen?«

»Nun, ich werde mich bei Ihrem letzten Arbeitgeber erkundigen, ob Ihre Arbeit zufriedenstellend war. Sie haben doch nichts dagegen, oder?«

»Glauben Sie mir etwa nicht?« fragte Connor.

Seine beiden letzten Arbeitgeber hatten sich nicht die Mühe gemacht, seine — vielmehr Jacks — Referenzen nachzuprüfen.

»Es kommt nicht darauf an, ob ich Ihnen glaube oder nicht, hier geht es um meine Prinzipien ...«

»Ach wirklich?«

Connor überlegte. Was ging in diesem entzückenden kleinen Kopf vor? Würde sie nicht jeden anderen Mann, der ihr gesund und kräftig erschien, der den Vertrag unterschrieb und für fünf Pfund pro Klafter arbeitete, ohne weiteres einstellen? Er trat noch einen Schritt näher. Sie schien förmlich vor ihm zurückzuweichen, obwohl sie sich nicht von der Stelle rührte. Noch vor zwei Tagen hatte sie ihn wie ein Engel angelächelt, jetzt benahm sie sich, als ströme seine Grubenkluft einen unerträglichen Gestank aus.

»Ich habe eher das Gefühl, Sie möchten mich auf den mir zustehenden Platz verweisen, oder irre ich mich da, Miss Deene?« sagte er böse.

Endlose Minuten schienen zu vergehen, während sie sich beide ansahen. Sie war wütend, das erkannte er an ihren Augen, die nicht mehr blau, sondern grau wirkten.

»Solche Auskünfte einzuholen, ist üblich«, sagte sie schließlich.

Er hob seine Hand, eine Geste, die sie mit versteinertem Gesicht wahrnahm, und griff nach dem Vertrag. Dann nahm er ihr den Federhalter aus der Hand.

In dem Formular hatte sie die Höhe seines Lohnes, seinen Namen und den Vorschuß von zwei Pfund eingetragen. Ohne das Kleingeschriebene durchzulesen, setzte er seine Unterschrift unter den Vertrag. John Lawrence Pendarvis.

»Ich hätte gern eine Kopie davon«, meinte er, als er ihr das Papier in die Hand drückte.

»Natürlich. Kommen Sie nach der ersten Schicht vorbei, dann bekommen Sie sie.«

»Danke.«

Miss Sophie Deene schien froh darüber zu sein, endlich wieder hinter ihrem Schreibtisch verschwinden zu können, räumliche Distanz zwischen sie beide zu bringen. Sie kramte in ihrer Börse, holte einen kleinen Schlüssel heraus und öffnete damit eine Schublade, der sie einen weiteren Schlüssel entnahm, mit dem sie den Safe hinter ihrem Sessel aufsperrte.

Connor war so in den Anblick ihres zarten Nackens vertieft, daß er erst merkte, was sie darin gesucht hatte, als sie ihm zwei Einpfundnoten hinhielt.

Obwohl es zu dem Spiel gehörte, das er sich schließlich selbst eingebrockt hatte, kostete es ihn allerhand Mühe, nach dem Geld zu greifen. Das schlimmste dabei aber war, daß sie es merkte.

So gelassen wie möglich nahm er die Scheine entgegen und stopfte sie in die Tasche.

»Sie wollen sicher eine Quittung«, bemerkte er.

»Das ist nicht nötig.«

»Ach, Sie vertrauen mir also doch? Sie glauben, daß ich das Geld zurückzahle?«

»So würde ich es nicht nennen. Ich ziehe die Summe von Ihrem ersten Lohn ab«, lächelte sie.

Die Bemerkung saß, und er hatte es wahrscheinlich nicht beser verdient. Er setzte seinen Helm auf, bereit zu gehen.

»Sagen Sie Andrewson, daß ich Sie eingestellt habe. Ihr Partner heißt Tranter Fox. Die Grubenaufsicht wird Sie zu ihm unter Tage bringen.«

»Ja«, meinte Connor schlicht.

Er brachte es einfach nicht fertig, das höfliche *Madam* hinzuzufügen, obwohl sich das gehört hätte.

»Tranter stammt ebenfalls aus Cornwall. Jeder mag ihn. Ich nehme an ... ich hoffe, Sie werden sich verstehen.«

Obwohl ihre Stimme jetzt sanfter klang, als wolle sie die frühere Feindseligkeit aus dem Weg räumen, war er nicht willens, so ohne weiteres auf das Friedensangebot einzugehen. Vor zwei Tagen hatte sie ihn als Mann behandelt, heute war er nichts weiter als ein Grubenarbeiter für sie. Diese Einstellung empfand er wie eine Beleidigung, und sein verdammter Stolz verbot ihm, dergleichen so schnell zu vergessen.

Folglich tippte er nur lässig an seinen Helm, ehe er endgültig das Büro verließ.

Schwitzend und mit tränenden Augen stieg er auf den lehmverschmutzten Leitern immer tiefer hinab. Wieder wurde ihm bewußt, wie sehr er die Grube haßte. Nicht der Hitze wegen, die bei dreißig Klafter stickig, bei siebzig unerträglich war. Nicht wegen der allgegenwärtigen Feuchtigkeit, dem Schmutz und dem Dreck, der Finsternis oder dem stundenlangen Arbeiten an Stellen, die nicht geräumiger waren als ein Grab. Und auch nicht der harten Knochenarbeit wegen, die so unendlich langsam voranging und so wenig Erfolg brachte.

Was er wirklich am Bergbau haßte, war die Tatsache, wie sinnlos die Männer unter Tage ihr Leben verbrachten. Über ihren Köpfen, im Tageslicht, wurden Kriege entschieden, Kinder gezeugt, Schuhe verkauft, Felder abgeerntet, Bilder gemalt, Zeitungen gelesen, getanzt, gelacht, geweint — und keiner machte sich Gedanken über die unter Tage, im Schweiße ihres Angesichts arbeitenden Männer, die sich mit Pickel und Hacken in den Berg hinaufhauten und so jung ihr Leben lassen mußten, damit andere Kupferpennies, Kupfergeschirr und Kupfertöpfe ihr eigen nennen konnten.

War das etwa ein Leben für einen Mann? Nicht einmal einem Tier war ein solches Leben zuzumuten.

Connor starrte in die vom schwachen Schein der Kerzen aufgehellte Dunkelheit und konnte nicht umhin, sich und die anderen mit grün leuchtenden Glühwürmchen zu vergleichen, die sich kriechend fortbewegten und im Finstern Löcher in den Stein bohrten.

Er empfand körperlich wie geistig Abscheu vor diesem unterirdischen Dasein, und der einzige Grund, warum er es, wenn auch nur für wenige Monate, auf sich nahm, war die Hoffnung, etwas dazu beitragen zu können, die Arbeitsbedingungen dieser Menschen zu verbessern.

Im Frühjahr hatte er in Wheal Looe und in Tregurtha gearbeitet und dabei sehr schnell festgestellt, daß er nur mit Schweigsamkeit über seine Unwissenheit, was den Bergbau betraf, hinwegtäuschen konnte. Den ganzen Tag mit einem Pickel Felsgestein zu bearbeiten, das konnte fast jeder Mann, aber nur erfahrene Grubenarbeiter sind in der Lage, sich fachmännisch über Stollen und Schächte, über Förderwege und Feldstrecken, über abteufen und Fahrung auszulassen.

Hier in der Guelder-Mine war er jedoch nicht gezwungen, auf dieses einfache, aber wirkungsvolle Mittel zurückzugreifen, denn sein Partner Tranter Fox hätte ihn ohnehin nicht zu Wort kommen lassen.

»So, Pendarvis heißt du? Was für ein klangvoller, stolzer Name. Und von Trewythiel bist du, sagst du! Das ist nur einen Steinwurf von Tregony entfernt, wo ich geboren bin. Hast du jemals in Wheal Albert gearbeitet? Nein? Glück gehabt, Junge, das ist das dreckigste Nest, das man sich vorstellen kann. Hab' dort mal ein halbes Jahr geschuftet, als ich noch frisch und jung war. Dachte damals, ich werde reich dabei. Verdammter Mist. Laß dir raten, geh nie nach Tyward. Gib mir mal deine Schaufel. Meinst du, wir sollten hier weitermachen? Eigentlich müßten Moony und seine Kumpels hier durchstoßen, die sind schließlich in dem Stollen unter uns. Wie wärs, wenn wir schon mal unsere Stullen auspacken? Hast du Moony schon kennengelernt? Ein feiner Kerl, sage ich dir. Und kräftig wie ein Bulle. Der merkt nicht mal, wenn er meine Arbeit miterledigt. Hier, nimm rasch die neue Kerze, deine geht gleich aus. Du kannst sie mir später geben. Was hast du mich eben gefragt? Ach ja, wie ich meinen letzten Partner verloren habe. Martin Burr heißt er. Hab' ihn gestern im Wirtshaus gesehen, geht immer noch auf Krükken. Dann ist er über die Türschwelle gestolpert, aber daran waren nicht seine gebrochenen Beine schuld, o nein, die vielen Bierchen waren es. Seine Tochter mußte ihn abholen. Wie er sich die Beine gebrochen hat? Ist von der Leiter gefallen. William Stark hat die Knochen knacken hören, als er nach unten stürzte. Nun, vielleicht hat er übertrieben, der William. Aber alle haben Martin schreien und winseln gehört, das ist sicher. Hab' noch nie ein so schreckliches Gebrüll gehört, will es auch nie wieder hören. Miss Deene hat den Abteufkübel runtergeschickt, da haben wir ihn reingetan. Nur seine beiden gebrochenen Beine haben aus dem Ding rausgeschaut, während sie ihn nach oben zogen. Sah aus, als ob er in den Himmel fuhr. Aber mit Gebrüll, versteht sich. Hab' mich richtig geschämt für ihn. Heulen wie ein Weib, wo gibts das denn.«

Tranter redete wie ein Wasserfall, und Connor war froh darüber. So erfuhr er vieles über die Guelder-Mine, ohne auch nur eine einzige Frage stellen zu müssen.

Miss Deene hatte die Kupfermine vor nunmehr fast drei Jahren von ihrem Vater geerbt, und fast jeder, der hier arbeitete, war darüber überrascht gewesen. Zwar war bekannt, daß sie nicht auf den Kopf gefallen war, aber sie war eben eine Frau. Eine sehr junge Frau. Als Zwölfjährige war sie auf eine auswärtige Schule geschickt worden und erst in ihr Heimatdorf zurückgekehrt, als sie achtzehn war. Zwangsläufig kam sie den Einheimischen danach ein wenig fremd vor.

»Manche sind unzufrieden, unter ihr zu arbeiten, weil sie eine Dame ist und kein Mann. Andere verteidigen sie auf Teufel komm raus, weil die Löhne gestiegen sind, seitdem sie die Mine übernommen hat. Ich persönlich mag sie. Sie behandelt mich anständig, verlangt nichts, was ich ihr nicht geben kann, und sie arbeitet oben so hart wie ein Kerl. Und ein erfreulicher Anblick ist sie obendrein.«

Tranter zwinkerte Connor zu und grinste. Er war fast dreißig Jahre alt, verhältnismäßig klein für einen Mann aus Cornwall, aber stark und zäh und flink wie ein Affe, hatte kleine schwarze Augen und nur noch wenige Zähne. Seit zwanzig Jahren arbeitete er unter Tage. Trotzdem schien er bei bester Gesundheit zu sein, und wenn er nicht gerade redete, dann sang er. Meist Kirchenlieder, aber auch gewöhnliche Trinklieder gab er zum besten.

In der Mittagspause kletterten sie zu Moony Donne und seiner Mannschaft hinunter, und da Connor sich nichts mitgebracht hatte, teilten die anderen Brot, Käse und Speck mit ihm. Tranter steckte ihm sogar einen halben Apfel zu. Die beim Essen geführten Gespräche waren typisch für Grubenarbeiter. Sie prahlten oder beklagten sich über die Ergebnisse ihrer Arbeit oder sinnierten über die Höhe des Lohns, den sie am Ende der Woche einheimsen würden. Und natürlich war auch ihre Arbeitgeberin eines ihrer Lieblingsthemen. Connor fiel auf, daß eigentlich jeder sie achtete, ob er sie nun mochte oder nicht. Schlechtes wurde nicht über sie geredet, und wenn man ihr überhaupt etwas übelnahm, dann nur, daß sie eine Frau war.

Die Luft war heiß, stickig und ungesund, eine Übelkeit erregende Mischung aus qualmenden Kerzendochten, verbranntem Schießpulver, faulendem Grubenholz und schädlichen Gasen.

»Miss Deene plant den Kauf eines neuen Ventilators«, meinte Tranter, als einer von Moonys Männern zu husten anfing.

Connor sah ihn erstaunt an. Eine solche Anschaffung würde die Arbeitsbedingungen um vieles verbessern.

Mit Hilfe eines solchen Ventilators über Tage wurde die verbrauchte Luft aus dem Wetterschacht herausgesaugt, wodurch im einfallenden Schacht eine entsprechende Menge frischer Luft zum Einströmen gebracht wurde. Eine andere Möglichkeit bestand darin, den Ventilator unter Tage in der tiefsten Bausohle nahe dem Einziehschacht einzubauen, um frische Luft anzusaugen und in die Grubenbaue zu blasen.

Connor machte sich gedanklich eine Notiz, daß er diesen wichtigen Punkt in seinem Bericht an die Rhadamanthus-Gesellschaft erwähnen mußte. Er erinnerte sich an einen kürzlich erschienenen Artikel von Mackworth, der sich mit der Luftverbesserung in Bergwerken beschäftigt hatte und in dem unter anderem hervorgehoben wurde, daß die Verringerung der Hitze durch Ventilatoren die Arbeitskraft der unter Tage arbeitenden Männer fast verdoppelte, was wiederum bedeutete, daß Miss Deene zwölf Pfund pro Klafter einsparen konnte. Es stellte sich also die Frage, weshalb sie die Anschaffung eines solchen Ventilators plante. War sie um die Gesundheit ihrer Arbeiter besorgt, oder wollte sie nur noch mehr verdienen?

Als Connors Schicht zu Ende war, kletterte er mit den anderen die unendlich vielen Leitern hinauf, wobei er das Gefühl hatte, an seinen Beinen hingen Bleigewichte. Fast jeder von ihnen war ungeduldig, an die frische Luft zu kommen, die trockene Kehle mit heißem Tee oder einem kühlen Bier zu spülen.

Tranters Vorschlag, ihn ins Wirtshaus zu begleiten, lehnte Connor ab. Statt dessen ging er heim zu dem kleinen Häuschen, das er für Jack und sich gemietet hatte. In einem Raum neben der Küche zog er sich aus und wusch sich über dem flachen Becken. Ein Glück, daß es nicht Winter war, denn das Wasser war eiskalt, und er wäre bei dem Versuch, ein sauberer Mensch zu bleiben, sicherlich erfroren. Naß und nackt lief er ins Schlafzimmer und zog sich frische Sachen an. Jacks Zimmer war von dem seinen nur durch eine dünne Wand getrennt. Einen Moment lang kam es Connor so vor, als hätte er seinen Bruder lachen hören.

Connor war hundemüde und hungrig wie ein Wolf. Doch das Mädchen, das ihnen ihr Abendessen kochte, kam erst um sechs Uhr. Er überlegte kurz, ein Nickerchen zu machen, verwarf die Idee aber wieder, weil er fürchtete, erst am nächsten Morgen wieder aufzuwachen. Folglich beschloß er, ein wenig mit Jack zu plaudern.

Die Zimmertür seines Bruders war geschlossen, aber da dieser an ständiger Schlaflosigkeit litt, klopfte Connor zweimal kurz an und öffnete dann die Tür.

»Oh, Entschuldigung«, murmelte er Sekunden später kaum hörbar und verdrückte sich schnellstens.

Etwas verwirrt starrte er aus dem kleinen Fenster der Küche, sah aber weder den winzigen ungepflegten Garten noch das verwaiste Vogelhäuschen, das an einem Ast des einzigen Baumes hing. Statt dessen schob sich das Bild vor sein geistiges Auge, das sich ihm soeben in Jacks Zimmer geboten hatte. Ein riesiger Frauenrumpf, der sich auf dem haarigen Schoß seines Bruders auf- und abbewegte, während Jacks Hände die vollen, weißen Brüste der Frau umfaßten.

Jack war ein Frauenheld. Niemand wußte das besser als Connor. Aber noch nie hatte er ihn in flagranti erwischt. Zwar hielt er sich keineswegs für weltfremd, doch der Anblick hatte ihn doch überrascht. Das Mädchen war nicht besonders hübsch gewesen, aber ihr großer Hintern und die hin- und herwackelnden Brüste hatten ihn zugegebenermaßen erregt. Andererseits hatte er ein schlechtes Gewissen, seinen Bruder bei dieser höchst intimen Beschäftigung gestört zu haben.

Etwas später hörte er das Öffnen und Schließen der Tür und eilige Schritte. Ein paar Minuten später kam Jack in sein Zimmer.

Er war vollständig angezogen, hatte sich sogar eine Krawatte umgebunden, jedoch vergessen, sich zu kämmen. Die zerzausten Haare waren der einzige Hinweis auf das vorangegangene Erlebnis.

Connor lächelte, und Jack grinste verlegen zurück. Dann brachen sie beide in Gelächter aus, bis Jack jämmerlich zu husten begann und sich auf Connors Bett fallen ließ.

»Wer war das denn? Wenn die Frage erlaubt ist . . .«

»Das Mädchen, von dem ich dir erzählt habe. Rose, die Bedienung aus dem Wirtshaus.«

»Das nächste Mal werde ich nicht so hereinplatzen«, versprach Connor. »Aber das konnte ich wirklich nicht ahnen, daß du am hellen Nachmittag . . .«

»Ich bin eben ein Opfer meiner Lust«, grinste Jack. »Na, und wie wars bei dir? Du siehst ganz schön abgekämpft aus. Ich fürchte, aus dir wird nie ein richtiger Grubenarbeiter, Con. Traurig, traurig, aber wahr.«

Connor setzte sich auf den einzigen Stuhl. Er war zu müde, um auf Jacks Witz einzugehen.

»Rate doch mal, wem die Guelder-Mine gehört«, sagte er statt dessen.

»Einer Frau, das hast du mir bereits erzählt.«

»Richtig. Und weißt du auch, wie sie heißt? Sophie Deene!«

»Was? Das ist doch nicht dein Ernst, oder?«

»Doch.«

»Du meinst, die junge Frau am Dorfanger, die mit den Kindern?«

»Genau die. Und die Mine gehört ihr nicht nur, sie betreibt sie auch. Jeden Morgen kommt sie in ihr verdammtes Büro und setzt sich hinter ihren verdammten Schreibtisch.«

»Aha!« sagte Jack belustigt.

»Vergiß es ...«

»Na, und jetzt? Am Samstag hast du dich in sie verliebt und nun ...«

»Blödmann ...«

»Und nun bist du gezwungen, sie zu hintergehen ... all die Mißstände aufzudecken und an die Rhads zu berichten, und dabei ist sie das Mädchen, das du am liebsten ...«

»Hör auf damit, Jack, ja?« sagte Connor äußerst ungehalten.

»Ist ja schon gut«, meinte Jack. »Aber es ist doch wahr, du sitzt ganz schön in der Tinte ... Ach, hier, das habe ich ganz vergessen, dir zu geben ...«

»Was denn?«

»Den Brief da. Von den Rhads, nehme ich an. Ohne Absender und so.«

Connor las den kurzen Brief.

»Gut«, nickte er. »Das soll mir recht sein.«

»Um was gehts?«

»Shavers möchte bis zum Ende dieses Monats alle meine Berichte haben, weil sie ihre Verbesserungsvorschläge eher als geplant einbringen wollen. Das bedeutet, daß wir nicht nach Buckfastleigh müssen, wenn wir hier fertig sind.«

»Shavers«, murmelte Jack angewidert. »Ist mir wirklich ein Rätsel, wie du dich auf diesen aufrührerischen Typen einlassen konntest.«

»Aber das habe ich doch gar nicht. Ich kenne ihn nicht einmal.«

»Also ich habe mal eine seiner Reden gehört ...«

»... in der er die Grubenarbeiter in Redruth zum Streik aufgerufen hat, ich weiß, du hast es mir schon hundertmal erzählt. Ich verstehe nur nicht, warum du ihn als leibhaftigen Teufel darstellst, dich betrifft das doch gar nicht mehr ... Wie dem auch sei, wir werden Wyckerley kürzer beehren, als ich annahm.«

»Was dich nicht sonderlich stört, weil deine Herzensdame nun auch deine Chefin ist.«

»Du müßtest sie sehen, Jack. Da sitzt sie hinter diesem riesigen Schreibtisch und sieht aus ... na, du weißt ja, wie sie aussieht ... und teilt Befehle aus, wie ein ...«

»Wie ein Mann. Na und? Warum stört dich das?«

»Darum geht es nicht. Mir doch egal, daß sie der Boß ist. Vielleicht sogar ein guter.«

»Worum geht es dann?«

»Um meinen Bericht. Sehr viel Positives gibt es da nicht zu erwähnen ...«

»Was gibt es denn an der Guelder-Mine auszusetzen?«

»Es ist überall dasselbe. Niedrige Löhne, schlechte Luftverhältnisse, kaum Sicherheitsvorkehrungen ... Von Jenks weiß ich, daß mindestens drei Männer pro Jahr draufgehen ... weil in Notfälen keine Richtlinien zur Rettung vorgesehen sind ...«

»So ist das nun mal«, seufzte Jack.

»Das ist genau die Einstellung, die mich auf achtzig bringt ...«

»Laß uns bitte nicht wieder darüber streiten.« Jack stand auf. »Jedenfalls nicht jetzt, ja? Ich bin entsetzlich durstig. Warum kommst du nicht mit ins Wirtshaus, und wir essen dort einen Bissen ...«

»Aber in zwanzig Minuten kommt doch Maura ...«

»Diese häßliche Kuh. Gestern ist mir schon bei ihrem Anblick der Appetit vergangen.«

»Sie ist gar nicht so häßlich, dich stört an ihr nur, daß sie nicht die Schenkel für dich spreizt. Bisher jedenfalls. Im Gegensatz zu Rose.«

»Richtig, damit macht sie einen großen Fehler«, grinste Jack. »Und jetzt komm. Der alte Jack wird dir zeigen, wie man sich amüsiert.«

»Vergiß es, ich bleibe hier.«

»Zum Teufel, warum?«

»Weil ich müde bin, weil wir Maura zwei Shillinge pro Woche geben, damit sie für uns kocht, weil ich arbeiten muß ...«

»Für deine wunderbare Gesellschaft, ist es das? Ich beginne mir Sorgen um dich zu machen, Con. Was du brauchst, ist eine Frau. Ein schöner warmer Körper in deinem Bett, und du würdest dir nicht deine Gesundheit verderben, indem du Bücher liest und langweilige Berichte für deine Sozialisten schreibst.«

Connor lachte, aber als Jack gegangen war, konnte er nicht umhin, daran zu denken, daß er diese langweiligen Artikel gerade zugunsten solcher Menschen wie Jack schrieb. Für Männer und Frauen, die ihre Jugend und Gesundheit opferten, um zu überleben, während ihre Arbeit dem Profit von Abenteurern und Spekulanten diente.

In einem allerdings hatte Jack recht. Eine Frau im Bett war etwas Wunderschönes. Und wenn es sich um den warmen Körper von Miss Sophie Deene handeln würde, glaubte man wahrscheinlich, im Paradies zu sein.

Kapitel 4

Mit der Zeit gewöhnte sich Connor an die mühseligen neun Stunden unter Tage, ohne völlig ausgelaugt heimzukommen. Als Jack ihn daher am Freitag erneut aufforderte, ihn ins Wirtshaus zu begleiten, tat er es.

Die Vorstellung, einmal Mauras schlechter Küche zu entfliehen und Rose völlig angezogen zu sehen, war Grund genug, Jacks Aufforderung zu folgen.

Rose war ungefähr zwanzig, hatte schwarze Haare und eine kräftige tiefe Stimme. Sie schlug ihren Gästen kumpelhaft auf den Rücken und lachte herzlich über deren rauhe Witze. Nur Jack bildete eine Ausnahme. Wenn sie mit ihm sprach, klang ihre Stimme sanft und liebevoll, und wenn sie ihn berührte, war es voller Zärtlichkeit.

Obwohl die Brüder erst seit einer Woche in Wyckerley waren, hatte Jack sich mit den meisten Stammgästen des Wirtshauses bereits angefreundet. Viele arbeiteten bei Miss Sophie Deene oder aber bei ihrem Onkel, andere als Landarbeiter für Lord Moreton, der mit seiner Frau in Lynton Great Hall lebte. Die Stimmung im Wirtshaus war freundlich und ausgelassen. Natürlich erregten die Pendarvis-Brüder Neugier und gaben Anlaß zu Vermutungen, aber nur deswegen, weil sehr selten Fremde nach Wyckerley kamen. Trotzdem wäre kein Mensch auf die Idee gekommen, sich nach ihrem Vorleben zu erkundigen oder sie wie Außenseiter zu behandeln. Connor wußte aus Erfahrung, daß in solch kleinen Ortschaften der Gutsbesitzer und der Pfarrer diejenigen waren, die für den herzlichen oder weniger herzlichen Empfang von Fremden verantwortlich waren. In Wyckerley waren dies Sebastian Verlaine, der Gutsbesitzer, und Christian Morrell, der Pfarrer, den Connor ganz zu Anfang irrtümlicherweise für den Ehemann von Sophie gehalten hatte. Die Gäste des Wirtshauses sprachen häufig über diese beiden Männer und hatten eigentlich nur Gutes über sie zu sagen.

»Oh, unser Pfarrer ist ein feiner Kerl.« Tranter Fox erzählte zum hundertsten Mal die Geschichte, wie er von Christian gerettet worden war, als er im Bergwerk unter einem heruntergefallenen Maschinenteil begraben wurde und niemand mehr an seine Rettung geglaubt hatte.

Sogar Connor hatte diese Geschichte schon sechsmal gehört.

»Es war ein verdammtes Wunder«, bestätigte Tranter. »Ein verdammtes Wunder, daß wir da lebend rauskamen.«

Die Zuhörer in der verrauchten Kneipe nickten zustimmend.

»Warum bist du eigentlich nicht bei der Lesung heute abend?« fragte Charles Oldene, der ebenfalls in der Guelder-Mine arbeitete. »Du weißt doch, wer heute abend vorliest, oder etwa nicht?«

Tranter beugte sich tief über sein Ale, als alle herzlich lachten.

»Wer liest wo was vor?« erkundigte sich Jack.

»Jeden Freitag findet im Pfarrhaus eine Lesung statt. Eine Idee des Pfarrers, oder stammt sie von seiner Frau? Ich weiß es nicht mehr genau ... Wer will, kann hingehen und zuhören.«

»Und aus welchen Büchern wird vorgelesen?«

»Das ist ganz verschieden. Mrs. Morrell hat mal eines vorgelesen, da ging es um einen Kerl, der jahrelang im Kerker darben mußte.«

»Der Graf von Monte Christo, so hieß das Buch«, meinte Tranter. »Eine tolle Geschichte.«

»Stimmt. Eine großartige Geschichte«, stimmte Oldene zu und winkte Rose, um mehr Ale zu bestellen.

»Und wer liest heute abend vor?« wollte Jack wissen.

»Keine andere als unsere Miss Sophie!« sagte Moony und versuchte den Ellbogen in Tranters Rippen zu stoßen.

Tranter wich dem kumpelhaften Stoß aus und fluchte laut, die anderen lachten wieder.

»Tu doch nicht so, Tranter. Wir wissen doch alle, daß du dein Herz an Miss Deene verloren hast.«

»So ein Quatsch! Kümmert euch um eure eigenen Sachen, ihr Dummköpfe.«

»Okay. Aber stell dir doch nur vor, gerade jetzt, in eben diesem Augenblick, betört sie ihre Zuhörer mit dieser sanften, lieblichen Stimme, bei der man ganz kribbelig wird ... Oder stimmts etwa nicht? ... Und du sitzt hier bei uns ... Warum gehst du nicht schnell rüber ins Pfarrhaus, Tranter?«

»Weil ich nicht will! Und wenn ihr es genau wissen wollt ... Das Buch interessiert mich nicht. Es handelt von Frauen ... Ich habe gehört, es soll sogar von einer Frau geschrieben worden sein ...«

Plötzlich leuchtete Tranters Entscheidung allen ein. Sie nickten zustimmend und pafften an ihren Pfeifen.

Connor hatte Sophie in letzter Zeit nur hin und wieder aus der Ferne gesehen. Einmal hatte sie ihm kurz zugenickt, als es nicht zu vermeiden war. Sekundenlang meinte er so etwas wie Interesse in ihrem Gesicht gesehen zu haben, aber dann trat einstudierte Gleichgültigkeit an dessen Stelle.

Abrupt stand er auf.

»Gehst du schon?« Jacks Wangen waren vom Alkohol gerötet.

»Ja«, meinte Connor und berührte den Bruder leicht an der Schulter. »Der viele Rauch hier ist nicht gut für dich.«

»Du hast recht. Ich trinke nur noch ein Bierchen, dann komme ich auch«, versprach Jack.

Aber Connor wußte, Jack würde einer der letzten sein, die das Wirtshaus verließen.

»Liegt was an, daß du schon so früh abhaust?« fragte Tranter.

»Ich habe ganz plötzlich Lust auf ein gutes Buch«, lächelte Connor und legte dann einen Shilling auf den Tisch.

»Ich hätte es wissen müssen«, jammerte Jack. »Er kann einfach nicht stillsitzen. Nicht einmal einen Abend lang. Immer dieses alberne Gelese. Du wirst dir die Augen damit verderben.«

»Mit dem Risiko muß ich leben«, sagte Connor und verschwand in die Nacht.

Die zwölf Damen, die auf Schulbänken saßen und gespannt und mit tränenfeuchten Augen der vorlesenden Sophie Deene zuhörten, atmeten auf, als die beiden Helden der Novelle endlich zueinanderfanden. Sophie war erleichtert, weil sie anfangs gefürchtet hatte, daß die Damen von Wyckerley gewisse Schwierigkeiten mit der stolzen und eigensinnigen *Emma* haben würden.

Ein leises Geräusch zwang sie ihre Blicke schweifen zu lassen.

Die Köpfe aller Anwesenden schnellten zur Tür, um den viel zu spät kommenden Störenfried zu betrachten, der den leeren Platz in der Mitte der letzten Bank zu erreichen versuchte.

»Tut mir leid, ich bitte um Entschuldigung«, murmelte dieser, während er sich an den spitzen Knien von Susan Hatch vorbeiquetschte.

»Mr. Pendarvis! Ist Ihnen klar ... wissen Sie ...«, stammelte Sophie etwas aus der Fassung gebracht.

»Natürlich«, erwiderte Connor höflich.

»Was ich meine, ist ...«, fuhr Sophie errötend hinzu, »... wir sind fast am Ende des Buches von Jane Austen angelangt und ...«

»Handelt es sich vielleicht um *Emma?* Das ist zufällig eines meiner Lieblingsbücher.«

»Tatsächlich?« meinte Sophie schnippisch. »Dann können Sie mir sicher sagen, wie die Geschichte endet, nicht wahr?«

»Und sie lebten glücklich bis an ihr Lebensende«, sagte Connor nach einem kurzen Zögern.

Cora Swan, die Tochter des Schmieds, hielt sich ihr Taschentuch vor den Mund und kicherte. Ihre Schwester Chloe tat es ihr gleich. Connor verschränkte die Arme vor der Brust und sah Sophie mit erwartungsvoll hochgezogener Augenbraue an.

Die Blicke der anwesenden Damen wanderten zwischen Miss Deene und Mr. Pendarvis hin und her. Am liebsten hätte Sophie ihn des Raumes verwiesen, aber schweren Herzens unterließ sie es, um die Neugier der Zuhörerinnen nicht noch mehr zu reizen.

Nach einem kurzen Räuspern fuhr sie fort zu lesen. Das entzückende Happy-End hatte jeden Reiz für sie verloren, und sie stellte erschrocken fest, daß sie sich bei einigen Wörtern verhaspelte und sogar ganze Zeilen ausließ. Doch die ihr gebannt lauschenden Zuhörer schienen es ihr nicht übelzunehmen, im Gegenteil, sie waren offensichtlich froh über das glückliche Ende der Geschichte.

Sophie klappte das Buch zu und legte es auf den Tisch.

»Nun, wie hat Ihnen diese Novelle gefallen?« Sie wandte sich an ihre Zuhörerinnen, um die Diskussion einzuleiten, die gewöhnlich nach der Beendigung der Lektüre eines Buches stattfand.

»Oh, mir hat es wunderbar gefallen«, flötete Cora Swan.

»Fantastisch. Könnten wir das Ende nicht noch einmal hören?« erkundigte sich Chloe.

»Wie finden Sie die Heldin?«

»Also ich mochte sie sehr gern«, meinte Susan Hatch, eine der Zofen von Lynton Great Hall. »Sie ist nicht nur hübsch, sondern auch klug.«

»Und sie hat genau das bekommen, was sie verdient«, warf Mrs. Ludd, die Haushälterin des Pfarrers, ein. »Einen gutaussehenden Ehemann und all das viele Geld.«

»Ich fand es sehr anständig von ihr, bei ihrem Vater zu

bleiben, bis dieser verstarb«, sagte Mrs. Nineways, die Frau des Kirchendieners. »Das war sehr pflichtbewußt.«

»Das stimmt«, warf Mrs. Thoroughgood ein. »Eine liebende Tochter, das war sie.«

»Ich denke, daß sie ein paar Fehler gemacht hat, aber am Ende ist alles gut ausgegangen«, meinte Susan.

»Sie war ein Snob!«

Die Köpfe der Damen schnellten wieder nach hinten, so erregt, als habe Mr. Pendarvis eben behauptet, Emma sei eine Dirne gewesen.

Er lächelte ihnen charmant zu, und die Damen beruhigten sich auf der Stelle.

Connor trug den schwarzen Anzug, den er bei ihrem Kennenlernen auf dem Dorfanger angehabt hatte. Sophie wäre verleitet gewesen, ihn für einen Gentleman zu halten, hätte sie es inzwischen nicht besser gewußt. Sagte man nicht auch, man solle ein Buch nicht nach einem Einband beurteilen?

»Soll uns diese Bemerkung dazu verleiten, zu glauben, daß Sie das Buch wirklich gelesen haben, Mr. Pendarvis? Ich meine, das ganze Buch, und nicht nur die letzten zehn Seiten.«

»Also, das nicht gerade ...«, gab Connor bescheiden zu, was die Damen noch mehr für ihn einnahm. »Aber den Sinn der Geschichte habe ich erfaßt. Deswegen behaupte ich, sie war ein Snob.«

»Ach ja? Und warum das?«

»Diese Harriet, zum Beispiel ... das ist doch eine Freundin von Emma ...«

»Ja, schon, aber ...«

»Und warum hat Emma ihr dann die Heirat ausgeredet mit diesem ... wie hieß er doch gleich ... mit diesem Farmer, der sie liebte?«

»Er hieß Robert Martin«, sagte Miss Deene bemüht geduldig. »Sie hielt ihn einfach nicht für den geeigneten Mann für Harriet.«

»Weil er nur ein Farmer war?«

»Obwohl Harriet ein uneheliches Kind war, war Emma der festen Meinung, daß ihr Vater vornehmer Abstammung sei, was sich dann zwar als Irrtum herausstellt, aber . . .«

»Als sich herausstellt, daß ihr Vater kein Lord ist, war der Farmer plötzlich gut genug für sie?«

»Sie . . . ja . . . aber worauf es ankommt, ist . . .«

»Was geht es Emma überhaupt an, wen Harriet heiratet? Natürlich ist sie eine Person, die sich gerne in alles einmischt . . . Oder stimmt das etwa nicht, Miss Deene? Kümmert sich ständig um die Angelegenheiten anderer . . .«

». . . und bereitet damit viele Schwierigkeiten«, gab Mrs. Thoroughgood nachdenklich zu. »Zu Jane Fairfax war sie auch nicht gerade nett . . .«

»Weil sie eifersüchtig auf sie war«, meinte Susan. »Keiner im Dorf sollte wichtiger genommen werden, als sie selbst.«

Die Damen starrten Sophie etwas beunruhigt an, als erwarteten sie eine Richtigstellung dieser Aussage.

»Gewiß, Emma mischte sich überall ein, aber immer in bester Absicht. Und als sie merkte, daß sie sich geirrt hatte, schluckte sie ihren Stolz hinunter und versuchte die Dinge wieder in Ordnung zu bringen.«

»Das ist wahr«, stimmte Mrs. Nineways zu.

»Und nachdem sie sich diesen Witz mit der armen alten Miss Bates erlaubt hat . . .«

»Sie macht sich über eine alte Dame lustig?« rief Connor entsetzt.

»Unabsichtlich natürlich, und hinterher schämt sie sich und entschuldigt sich . . .«

»Das ist ja wohl auch das mindeste . . .«

Sophie wurde immer wütender. Emma Woodhouse war ihre Lieblingsheldin. Sie würde nicht dulden, daß dieser Grubenarbeiter über sie lästerte.

»Wichtig ist doch, daß sie aus ihren Fehlern lernt. Es stimmt, sie ist keine strahlende Heldin, aber gerade das macht sie so menschlich und interessant. Und die kleinen Irrtümer verzeiht man ihr gern, denn sie hat ein gutes Herz. Richtig ist auch, daß sie sich in das Leben anderer einmischt, aber doch nur, weil sie davon überzeugt ist, diesen Menschen helfen zu können. Davon abgesehen, am Ende bekommt doch jeder den Partner, den er sich gewünscht hat ... Emma, Harriet, Jane Fairfax, sogar Mrs. Elton ... Jede heiratet den Mann, den sie liebt und der ihrer gesellschaftlichen Stellung entspricht ... all diese Paare ...«

»Ihrer Stellung entspricht? Deswegen konnte Harriet nur einen Farmer heiraten ... weil sie eben doch nicht aus einer feinen Familie stammte?«

»Das stimmt«, gab Sophie nach einigem Nachdenken zu.

Auf die Stille, die auf ihre Bemerkung eintrat, war sie nicht vorbereitet. Und obwohl sie glaubte, daß ihre Antwort richtig gewesen war, sah sie zum ersten Mal in den Gesichtern ihrer Freundinnen und Nachbarinnen Unsicherheit, beinahe Mißtrauen. Nur Mr. Pendarvis schien mit der Folge seiner Provokation zufrieden zu sein, auch wenn er es geschickt zu verbergen wußte.

Als die Kirchturmuhr neun schlug, war Sophie maßlos erleichtert. Die Damen standen auf und suchten murmelnd ihre Sachen zusammen. Die Atmosphäre schien sich zu entspannen.

»Vergessen Sie nicht, Captain Carnock wird nächsten Freitag aus einem Buch über die Kunst des Angelns vorlesen. Ein Thema, das die sehr verehrten Ehegatten sicherlich interessieren wird.«

Der Raum leerte sich langsam, während Sophie noch mit Margaret Mareton sprach, die für den Johannistag mit den Kindern ein Theaterstück einübte. Aus diesem Anlaß hatte sie für die Siebenjährigen ein Lied geschrieben, und sie bat nun Miss Deene, es den Kindern beizubringen. Sophie sah sich außerstande, diese Bitte abzulehnen, obwohl sie ohnehin nicht ein noch aus wußte vor Arbeit.

Nach dem Gespräch mit Margaret sah sie sich um. Gott sei Dank, er war fort. In der Tür lehnte nur Anne Morrell mit ihrer sieben Monate alten Tochter auf dem Arm. Die Frau des Pfarrers kam zu fast allen Lesungen, teils aus Freude, teils weil es von ihr erwartet wurde. Doch heute war sie nicht unter den Zuhörerinnen gewesen.

»Ist was mit Lizzy?« erkundigte sich Sophie besorgt. »Sie ist doch nicht krank, hoffe ich?«

»Nein, nein ...«, versicherte Anne lächelnd. »Sie wird nur niemals müde, aber das kann man keine Krankheit nennen. Ich frage mich manchmal, welche Sünde ich wohl begangen haben mag, um mit einem solchen umtriebigen Kind gestraft zu sein.«

Anne sah zwar müde aus, aber gleichzeitig sehr glücklich.

»Ich wünschte, ich könnte Lizzy ein paar Tage zu mir nehmen. Dann hätten Sie ein bißchen Zeit, sich auszuruhen.«

»Das ist sehr lieb von Ihnen.«

»Nicht lieb, Anne, sondern selbstsüchtig«, meinte Sophie und drückte dem Baby einen Kuß auf die Wange.

»Aber Ihre Arbeit macht Ihnen doch noch Spaß, oder?«

»Gewiß. Ich meinte auch nicht, daß ich keine Zeit habe, um Lizzy zu mir zu nehmen. Es ist nur ... wie soll ich sagen ... ich erfülle nicht ganz die Voraussetzungen, damit ein Baby satt wird.«

»Mrs. Ludd rät mir ständig, eine Amme zu nehmen«, lachte Anne. »Aber ich wehre mich dagegen. Wahrscheinlich, weil ich dann mehr Zeit hätte und man von mir erwarten würde, daß ich noch mehr Pflichtbesuche erledigen müßte. Und, sind wir doch ehrlich, wem wäre damit schon geholfen? Ganz abgesehen davon, die Kleine ist zwar sehr anstrengend, aber sie mehrere Stunden nicht um mich zu haben, das würde ich auch nicht aushalten.«

»Das kann ich gut verstehen.«

»Sagen Sie, Sophie, wer war eigentlich dieser Mann? Ich glaube nicht, daß ich ihn schon mal gesehen habe.«

»Das war Mr. Pendarvis«, sagte Sophie, während sie langsam nach draußen gingen.

»Pendarvis? Muß ein Methodist sein, in unsere Kirche kommt er jedenfalls nicht.«

»Er ist erst seit einer Woche in Wyckerley.«

»Ach so! Er sieht sehr gut aus, finden Sie nicht auch? Ich fand schwarzhaarige Männer immer attraktiver als blonde ... bis ich Christy kennengelernt habe. Und was macht er?«

»Ich habe ihn bei mir eingestellt. Er ist Grubenarbeiter.«

»Tatsächlich?«

»Er sieht nicht aus wie einer, nicht wahr?«

»Keine Ahnung. Ich nehme an, es gibt keine Regeln dafür, wie ein Grubenarbeiter aussehen sollte, oder?«

»Ich wollte eigentlich sagen, seine Ausdrucksweise ist nicht die eines Bergmannes.«

»Was mag ihn veranlaßt haben, zu der Lesung zu kommen? Haben Sie eine Ahnung?«

Um mich zu provozieren! dachte Sophie.

»Nicht die geringste«, sagte sie laut. »Wo ist Christy?«

»In Mares Head, zu einer Taufe.«

»Und um wessen Baby handelt es sich?«

»Das von Sarah Burney.«

»Oh!«

Sarah Burney war die Tochter eines Marineleutnants, die sich in einen Offizierskollegen ihres Vaters verliebt hatte, der jedoch kurz vor ihrer Eheschließung gefallen war.

»Das arme Mädchen«, murmelte Sophie. »Ich frage mich, wie ihre Zukunft aussehen soll.«

»Oder die des Babys.«

»Im Grunde ist ihr Leben ruiniert.«

»Ja. Ist das nicht ungerecht?«

Lizzy fing an, die Frisur ihrer Mutter durcheinanderzubringen und quietschte dabei vor Vergnügen.

»Müssen Sie gleich weiter, Sophie? Oder haben Sie Zeit für eine Tasse Tee?«

»Ich würde diese Einladung liebend gern annehmen, aber es ist besser, ich fahre jetzt heim. Es ist schon ziemlich spät.«

»Na gut, dann eben das nächste Mal.«

»Gerne. Und grüßen Sie Christy von mir.«

»Versprochen«, rief Anne schon im Davoneilen.

Sophie machte sich auf den Weg Richtung Dorfanger, wo sie ihr Pony am Flußufer an einen Baum gebunden hatte. Das Licht des Halbmondes tauchte die Rasenflächen in ein silbernes Licht, Glühwürmchen leuchteten vor den Umrissen der alten Eichen.

Als sie näher kam, bemerkte sie, daß Valentine bereits angeschirrt war. Mr. Pendarvis fütterte das Pony mit einem Apfel und streichelte dabei die weichen Nüstern. Plötzlich hob Val den Kopf und wieherte ein Willkommen.

Sophie legte ihre Hand auf den Rücken des Pferdes.

»Danke fürs Anschirren«, meinte sie.

»Keine Ursache.«

Sekunden vergingen, in denen sie einander anstarrten.

»Na, Val, dann fahren wir zwei mal heim, was?« sagte Sophie und fügte hinzu, als Connor sich nicht von der Stelle rührte: »Oder wollten Sie etwas von mir?«

»Könnten Sie mir wohl das Buch leihen?«

»Dieses hier?« Sie betrachtete verwirrt das Buch, das sie in ihrer Hand hielt. »Ich bin sicher, Sie wollen es gar nicht lesen!«

»Wie kommen Sie darauf?«

Er macht sich über mich lustig, dachte sie.

»Weil es nicht nach Ihrem Geschmack sein dürfte.«

»Welche Lektüre würden Sie mir denn empfehlen, Miss Deene?«

»In der Leihbücherei gibt es ein paar hervorragende Abenteuergeschichten mit vielen Bildern. Der wenige Text ist einfach und leicht verständlich. Die Kinder sind ganz verrückt nach diesen Büchern.«

Etwas verwundert über ihre eigene Unverschämtheit, beobachtete sie sein Gesicht. Sein anfängliches Erstaunen verwandelte sich in Ärger und schließlich in ein wissendes Lächeln, bei dem sie sich gar nicht wohl fühlte.

»Als ich ein Junge war, wurde ich im Dorf von unserem Methodistenpfarrer unterrichtet. Er brachte mir das Lesen bei und lehrte mich Mathematik. Wenn ich bei den Prüfungen gut war, pflegte er mir kleine Bildchen zu schenken ... von Heiligen, von Brighton oder vom Parlament. Einmal bekam ich sogar ein Buch von ihm. Wo er es aufgetrieben hatte, kann ich nicht sagen, denn er war ein sehr alter Mann und fast ebenso arm wie wir. Das Buch hieß ›Das Leben des Bartholomew Bailey‹, und als ich es las, wurde mir klar, daß der Pfarrer wahrscheinlich den Inhalt nicht kannte. Es handelte von einem Jungen in meinem Alter, das heißt, er war ungefähr acht Jahre alt. Er besaß die Zauberkraft, sich unsichtbar zu machen und an weit entfernten Orten wieder aufzutauchen. In Ägypten, zum Beispiel, oder am Nordpol, oder in Paris. Aber nicht nur das war das Erstaunliche, er konnte sich auch in andere Zeiten zurückversetzen.«

»Wie aufregend!«

»Bartholomew besaß außerdem die Fähigkeit, mit Tieren zu sprechen. Sein bester Freund war sein Hund. Er verstand auch, was die Rehe und Kaninchen sagten, die Vögel und die Pferde. Können Sie verstehen, daß dieses Buch für mich wie eine Offenbarung war, Miss Deene?«

Sophie nickte, obwohl sie nicht ganz sicher war.

»Ich habe dieses Buch mit mir herumgeschleppt, überallhin. Sogar ins Bett habe ich es mitgenommen. Von meiner Familie wußte keiner davon. Es war mein Geheimnis. Aber ich hatte vier Brüder, und eines Tages haben sie mich erwischt ...«

»Während Sie darin lasen?«

»Schlimmer! Als ich mich eben mit einem Baum unterhielt. Denn auch das konnte Bartholomew.«

»Ach herrje! Waren Ihre Brüder jünger oder älter als Sie?«

»Alle vier waren älter. Sie haben sich lustig über mich gemacht und um mich zu verteidigen, machte ich einen großen Fehler. Ich erzählte ihnen alles, was in dem Buch stand. Und je mehr ich ihnen erzählte, desto schlimmer wurde es. Ich glaubte daran, daß Bartholomew durch die Zeit und durch das All fliegen, daß er sich mit Jupiter, seinem Hund, unterhalten konnte. Als meine Brüder mich auslachten ... Das war erniedrigend für mich, schlimmer noch, ich fühlte mich verraten. Weil ich in diesem Augenblick begriff, daß sie recht hatten, und nicht ich. Hunde können nicht reden, kleine Jungs können nicht fliegen. Ich war ein Dummkopf gewesen, daran zu glauben.«

Sophie konnte nicht umhin, für den Achtjährigen Mitleid zu empfinden, denn seine Brüder hatten ihm einen süßen Traum zerstört.

»Ich habe mich heute abend nicht lustig über Sie gemacht«, fuhr Connor fort. »Diese Novelle von Jane Austen ist aber ebenso verlogen wie die Geschichte des Bartholomew. Hunde können nicht reden, Miss Deene. Und Damen, die auf andere Menschen hinabsehen, weil sie nicht ihren gesellschaftlichen Status haben, sind keine Heldinnen, sondern einfach dumm und eingebildet.«

»Ich glaube, Sie verstehen das nicht ...«

»Oh doch, ich verstehe das sehr gut.«

»Nein. Und ich glaube auch nicht, daß ich Ihnen das je verständlich machen könnte ...«

»Weil ich nur ein armer, ungebildeter Bergmann bin?«

»Ihr Vergleich ist nicht fair ... Sie bringen da offenbar etwas durcheinander ... Man muß das analogisch erklären, das heißt ...«

»Ich weiß, was das heißt!«

Wie, zum Teufel, kann er das wissen? Als armer, ungebildeter Bergmann?

Sophie hatte das Gefühl, bei diesem Gespräch den kürzeren zu ziehen, obwohl sie überzeugt davon war, im Recht zu sein. Mr. Pendarvis schien die Fähigkeit zu haben, sie jedesmal in eine unangenehme Lage zu bringen.

»Es ist schon spät, ich muß jetzt wirklich heim.«

»Ich fahre Sie.«

»Was? Nein, ganz gewiß nicht.«

»Doch, ich fahre Sie. Um diese Uhrzeit sollten Sie nicht allein unterwegs sein.«

»Ich fahre immer selbst.«

»Auch nach Einbruch der Dunkelheit?«

»Auch dann. Davon abgesehen, wie kämen Sie dann zurück? Zu meinem Haus sind es mindestens zwei Meilen.«

»Ich gehe zu Fuß zurück.«

»Das kommt überhaupt nicht in Frage. Danke für das Angebot, aber meine Antwort lautet nein.«

Ein merkwürdiges Lächeln spielte um seine Lippen, das ihr nicht gefiel.

»Ist Ihnen mein rauhes Benehmen zuwider, Miss Deene? Der Gestank meiner Bergmannskluft? Oder haben Sie einfach nur Angst vor mir?«

Seine Nähe verwirrte sie. Er roch nach frischer Seife, sein Atem, als habe er gerade einen Apfel gegessen. Sie zwang sich, seinen Blick fest zu erwidern.

»Ich habe das Gefühl, da ist irgendwas schiefgelaufen zwischen uns, Mr. Pendarvis. Fest steht, ich wollte Sie ganz gewiß nicht beleidigen. Und Ihr Angebot, mich heimzufahren, lehne ich nur deshalb ab, weil ich dergleichen nie annehme ... unabhängig von gesellschaftlichen Unterschieden. Und noch etwas ... Seit unserem Kennenlernen empfinde ich alles mögliche, aber mit Sicherheit keine Angst.«

Connor lachte, ein sympathisches Lachen, und sie war froh, daß er offenbar nicht beleidigt war. Ohne Zweifel besaß er sehr viel Stolz und war ebenso verletzlich wie sie.

Er streckte seine Hand aus, um ihr in den Wagen zu helfen, wie sie meinte. Statt dessen hielt er sie in der seinen und sah sie an.

»Eines Tages müssen Sie mir verraten, welche Empfindungen ich in Ihnen hervorrufe, Miss Deene. Und wie ist das jetzt mit dem Buch? Leihen Sie es mir?«

»Nein«, meinte Sophie und entzog ihm ihre Hand.

»Und warum nicht?«

»Weil ich fürchte, daß Ihnen der Stil der Autorin nicht zusagt.«

»Harte Worte für jemanden, der sich gerade bei mir entschuldigt hat ...«

»Entschuldigt? Wie können Sie annehmen ...«

Sein spitzbübisches Lächeln machte ihr klar, daß er sie nur geneckt hatte. Völlig verwirrt kletterte sie in ihren Wagen.

»Gute Nacht, Sir.«

»Gute Nacht, Miss Deene. Und fahren Sie vorsichtig. Haben Sie eine Laterne? Der Mond scheint zwar, aber es ist trotzdem so dunkel wie in einem Kohlensack.«

Das war eine Redensart in Cornwall und erinnerte sie wieder daran, wie wenig sie im Grunde über diesen Mann wußte. Sein Benehmen, seine Ironie und sein ungeheures Selbstbewußtsein verwirrten sie. Konnte es sein, daß er in Wirklichkeit keineswegs der arme, ungebildete Bergmann war, für den er sich ausgab?

»Ich erwarte jeden Tag Antwort aus Carn Barra und bin schon sehr gespannt, wie man dort Ihre Arbeit beurteilt.«

Connor vergrub die Hände in den Taschen seiner Hose

und zog eine Augenbraue in die Höhe, als sei er über alle Maßen belustigt.

Erst auf der Heimfahrt fielen ihr all die Dinge ein, die sie zu ihm hätte sagen sollen, um ihn zu verunsichern.

Kapitel 5

Das Loch, durch das Connor fiel, war so groß, daß sogar ein Pferd darin hätte verschwinden können. Das meinte jedenfalls Tranter, der ihn unter Mühen wieder herauszog.

»Hast du denn nicht das Brett gesehen, Junge?« schimpfte er. »Und weißt du, warum es über dem Loch hing? Um von der einen Seite zur anderen zu gelangen. Oder bist du etwa ausgerutscht? Himmel, bist du schwer. Gib mir deinen Arm und hilf mit. Ja, so. Gott, wie du aussiehst. Mit all dem Blut ...«

Im Schein von Tranters Kerze — die seinige war bei dem Fall ausgegangen — betrachtete Connor den Schaden, den der Sturz angerichtet hatte. Seine linke Seite brannte wie Feuer, warmes Blut rann an der Innenseite des Armes herunter und tropfte von den Fingern.

»Ab nach oben mit dir«, meinte Tranter. »Besser, du läßt die Wunde von Annie Whited versorgen.«

»Wer ist das denn?«

»Annie arbeitet oben, sie versteht 'ne Menge von solchen Sachen. Zum Arzt gehen wir nur, wenn es ganz schlimm ist.«

Aber Connor blieb unten, ungeachtet der Schmerzen, wenn er den Pickel schwang. Er wußte, wenn er seinen Partner allein ließ, bekam dieser weniger Lohn ausgezahlt.

Zur Mittagszeit jedoch konnte er den Arm kaum noch bewegen.

»Jetzt ist Schluß. Du gehst nach oben. Sonst wirst du mir plötzlich noch ohnmächtig. Und wie kriege ich dich dann wieder ans Tageslicht?«

Ihre Schicht war erst in vier Stunden zu Ende, aber Connor beschloß, nun doch Tranters Rat zu folgen.

Auf der sechsten Leiter war er bereits schweißüberströmt, und seine vom Blut glitschige Hand drohte des öfteren abzurutschen. An der frischen Luft wurde ihm schwindlig, und er mußte sich kurz an die geöffnete Falltür lehnen, um nicht umzukippen. Neben dem Maschinenhaus waren die Frauen dabei, die Erzklumpen in kleine Stücke zu zerhacken. Ein Maultier zog einen vollbeladenen Karren hinter sich her, seine Arbeitgeberin unterhielt sich mit Andrewson.

In diesem Augenblick entdeckte sie ihn. Sie trug ein lavendelfarbenes Kleid mit einem viereckigen, weißen Kragen. Erschrocken machte sie Andrewson auf ihn aufmerksam. Das Blut hatte inzwischen das grobe Leinenhemd durchweicht, und Connor war erstaunt darüber, weil er inzwischen keine Schmerzen mehr verspürte. Verwirrt sah er hoch und verlor beinahe das Gleichgewicht.

»Was ist passiert?« rief Sophie, die mit Andrewson herbeigeeilt war. »Ist die Wunde schlimm?«

»Nein. Ich bezweifle es jedenfalls.«

»Wie konnte das passieren?«

»Ich bin in ein Loch gestürzt«, sagte er verlegen, weil dergleichen einem erfahrenen Bergmann einfach nicht passierte. »Fox hat mich wieder rausgezogen. Bei dem Fall habe ich mir die Seite aufgeschürft, und meinen Arm an dem Brett verletzt. Weder das eine noch das andere ist wirklich schlimm.«

Sophie war blaß geworden und zerdrückte unwissentlich die zusammengerollte Karte, die sie in der Hand hielt.

»Tranter Fox behauptet, Annie Whited kennt sich mit so

was aus. Ich gehe mich nur schnell waschen, und dann werde ich das Mädchen suchen ...«

»Ich habe sie vor einer Stunde nach Hause geschickt«, meinte Andrewson. »Sie war betrunken«, fügte er hinzu, als er Sophies fragenden Blick auffing.

»Und Dr. Hesselius ist in Tavistock. Er erwähnte es gestern im Haus meines Onkels«, sagte Sophie etwas hilflos.

»Ich gehe mich jetzt waschen«, wiederholte Connor.

»Gehen Sie mit ihm, Mr. Andrewson. Und dann kommen Sie mit ihm in mein Büro.«

»Ja, Madam.«

Connors garstiger Anblick erregte einiges Aufsehen. Einige Männer folgten ihm und Andrewson, um sich nach dem Unfall zu erkundigen. Andrewson half ihm aus dem Hemd, das inzwischen steif wie ein Brett war. Connor biß die Zähne zusammen, als das kalte Wasser auf die offenen Wunden traf, dann berichtete er, wie er durch seine eigene Ungeschicklichkeit in das Loch gefallen war. Niemand machte sich lustig über ihn, im Gegenteil, alle versuchten ihm Tips zu geben, wie die Wunden am schnellsten verheilen würden. Andrewson warf ihm ein frisches Hemd zu, und gemeinsam machten sie sich auf den Weg zum Büro von Miss Deene, das sie leer vorfanden.

»Weit kann sie nicht sein«, murmelte Andrewson. »Am besten warten Sie auf sie. Ich muß Sie leider allein lassen. Zuviel zu tun.«

Connor ließ seine Blicke über die Bücher über Bergbau, Kupferminen im besonderen, wandern, das Bild von Sophies Vater, den Schreibtisch, auf dem eine aus Ton geformte Rose lag, die sie als Briefbeschwerer benutzte. Ein kaum wahrnehmbarer Duft nach Rosen erfüllte das Büro, der nicht von dem Strauß auf dem Fensterbrett kommen konnte, weil es sich dabei um Vergißmeinnicht handelte.

Sophie stürzte herein, mit einer Schüssel Wasser und einem sauberen, weißen Handtuch über dem Arm.

Bestimmt hat sie einen privaten Waschraum, dachte Connor.

»Setzen Sie sich«, befahl sie ihm.

Ein magerer Junge mit sandfarbenem Haar erschien, ein in Papier gewickeltes Paket unterm Arm.

»Das habe ich in Annies Spind gefunden, Miss Deene«, sagte er.

»Ich danke dir, Matthew.«

Der Junge trat verlegen von einem Fuß auf den anderen, während sie das Paket öffnete.

»Miss Deene?«

»Ja, Matthew?«

»Ich werde am Mittwoch vierzehn.«

»Herzlichen Glückwunsch«, sagte Sophie, während sie ein braunes Fläschchen gegen das Licht hielt.

»Was ich damit sagen will ...«, meinte Matthew errötend, »dann bin ich alt genug, um unten mit meinem Dad zu arbeiten ... Wenn es Ihnen recht ist, meine ich.«

»Sprich mit Mr. Andrewson. Und komm am Mittwoch bei mir vorbei, dann sprechen wir über deinen Lohn und all das ...«

»Ja, Madam«, rief Matthew selig.

»Er hätte schon mit zehn nach unten geschickt werden können«, bemerkte Connor, als der Junge gegangen war.

»Laut Gesetz ja. Aber ich schicke keine Kinder unter Tage.«

»Das ist anständig von Ihnen.«

»Matthews Eltern denken anders darüber. Unter Tage verdient er dreimal so viel wie oben. Am liebsten hätten sie ihn schon mit neun hinuntergeschickt. Würden Sie sich bitte auf den Schreibtisch setzen, dann tue ich mich leichter.«

Rasch schob sie einen Papierstapel beiseite, und gemeinsam untersuchten sie die Verletzungen.

»Die Blutung hat fast aufgehört. Ich werde die Wunden jetzt reinigen ...«

»Das müssen Sie nicht ...«

»Haben Sie kein Vertrauen zu mir?«

»Nicht allzu großes.«

»Es ist nicht das erste Mal, daß ich so etwas mache. Als sich Michael Tavist mit dem Hammer die Hand zerschmetterte, habe ich ihn verbunden. Dr. Hesselius war sehr zufrieden mit mir«, erklärte sie mit einem gewissen Stolz.

»Also gut.«

»Bewegen Sie sich nicht, auch wenn es vielleicht schmerzt . . .«

»Ja, Madam.«

Connor ertrug die Prozedur mit zusammengebissenen Zähnen. Als sie aber etwas Bräunliches und ziemlich unangenehm Riechendes in die Wunden träufelte, schrie er auf.

»Autsch! Was zum Teufel ist das denn?«

»Würden Sie bitte nicht fluchen?«

Connor schloß sekundenlang die tränenden Augen.

»Was ist das denn?«

»Ich habe keine Ahnung«, meinte sie trocken.

In diesem Augenblick stürzte Jenks herein, ein Bulle von einem Mann mit einem schwarzen Bart. Seine vulgären Ausdrücke schallten täglich durch die unterirdischen Stollen. Connor fragte sich, ob dieser Mann seiner Arbeitgeberin zuliebe seine Worte etwas vorsichtiger wählen würde.

»Die Trupps von Murdoch und Bean haben sich verfehlt«, brummte er wütend, ohne Connor die geringste Aufmerksamkeit zu schenken.

Mit riesigen Schritten ging er zu der Karte an der gegenüberliegenden Wand und trommelte wütend mit den Fingern auf ein paar schwarze Linien in der unteren linken Ecke.

»Sie haben sich verfehlt«, wiederholte er fassungslos. »Um einen ganzen Klafter!«

Sophie ging ebenfalls zu der Karte, die sie gemeinsam

mit Jenks studierte. Von seinem Platz am Schreibtisch aus konnte Connor mit Holzkohle eingezeichnete vertikale und horizontale Striche erkennen, die für ihn aber nicht viel Sinn ergaben. Miss Deene und Jenks begannen zu diskutieren, auf die Linien zu deuten, die Köpfe zu schütteln und fast in die Karte hineinzukriechen, als könnten sie damit die schlechten Nachrichten ändern.

»Wie konnte das passieren, Mr. Jenks?« erkundigte sich Sophie.

»Ich weiß es noch nicht. Jeder schiebt die Schuld auf den anderen. Ich denke aber mal, es liegt an beiden Trupps.«

»Wenn das der Fall ist, hat man ihnen falsche Anweisungen gegeben.«

Jenks öffnete den Mund, schloß ihn jedoch wieder. Er wurde feuerrot, und auf seiner Stirn schwoll eine Ader an. Connor hatte das Gefühl, daß der Kopf des Bullen jeden Moment explodieren konnte.

»Das Gestein dort ist ziemlich weich«, meinte Miss Deene. »Wie lang wird es dauern, die beiden Schächte miteinander zu verbinden, was meinen Sie?«

»Eine Woche ungefähr«, erwiderte Jenks nach kurzem Nachdenken.

»Wenn beide Trupps arbeiten?«

»Nein, nur einer. Und natürlich verschiebt sich der Winkel.«

»Um wieviel?«

»Drei, vier Grad. Vielleicht auch fünf.«

»Lassen Sie beide Trupps arbeiten. Und versuchen Sie, nicht mehr als drei Grad abzuweichen. Wenn das möglich ist. Ich gebe Ihnen vier Tage.«

»Vier Tage?«

»Versuchen Sie, es in dieser Zeit zu schaffen.«

»Vielleicht brauchen wir nur dreieinhalb Tage ...«

»Um so besser.«

»Vielleicht sollte ich jedem Mann des Trupps, der zuerst

am Treffpunkt ankommt, eine Guinee extra versprechen. Wären Sie damit einverstanden?«

»Das ist eine ausgezeichnete Idee, Mr. Jenks.«

Jenks grinste seine Arbeitgeberin dankbar an. Erst jetzt fiel sein Blick auf Connor. »Was hast du denn gemacht?«

»Bin auf einem Brett ausgerutscht und gestürzt.«

»Na ja, kommt schon mal vor, so was«, meinte Jenks ohne jegliche Anteilnahme und stapfte nach draußen.

Sophie begutachtete noch einmal die Karte, knabberte an ihrer Unterlippe und spielte nervös mit einer Haarsträhne.

»Verärgert?«

»Nein, nein ... So etwas kommt so häufig vor, daß man sich besser nicht darüber ärgert.«

Sie tauchte das Handtuch ins Wasser und wusch es aus.

»Aber es ist zumindest lästig, oder nicht?«

»Das schon. Sagen Sie, Mr. Pendarvis ... Wenn wir es tatsächlich in vier oder sogar dreieinhalb Tagen schaffen sollten ... Kommt Ihnen das nicht ungeheuer schnell vor ...?«

»Sollte es das?«

»Nun, die Erklärung ist einfach ... Wir haben hier sehr viel weicheres Gestein als ihr in Cornwall.«

»Na ja ...«, meinte Connor, für den das neu war.

»Ich habe vor ein paar Jahren mit meinem Vater die Charleston-Mine in St. Austell besucht. Da ein Teil der Grube offen liegt, ist es sehr viel leichter, den Charakter des Gesteins zu bestimmen. Wir müssen dergleichen bei Kerzenlicht tun, da kommen Irrtümer natürlich vor. Sind Sie je in St. Austell gewesen?«

»Nein. Aber ich kann mir vorstellen, wie interessant es sein muß, sich über die Lage der Kupferadern ein Bild zu machen, bevor man ...«

»Zinn, meinen Sie sicherlich. Charleston ist eine Zinn-Mine.«

»Selbstverständlich meinte ich Zinn.«

Connor merkte, daß es besser war, ein anderes Thema anzuschlagen, wenn er sich nicht weiter blamieren wollte. Am liebsten hätte er einfach geschwiegen und dem Rascheln ihrer Röcke gelauscht, den zarten Rosenduft genossen, den sie ausströmte, sich der Empfindung hingegeben, die ihre Hand auf seinem Arm verursachte.

»Ich hörte, Sie wollen einen Ventilator anschaffen«, sagte er.

»Das stimmt. Ich habe mich bereits erkundigt. In einer Stunde können damit an die zwölftausend Gallonen Luft umgewälzt werden. Besonders nach Sprengungen wäre das eine große Verbesserung gegenüber den jetzigen Verhältnissen. Wenn das Ding wirklich funktioniert, kaufe ich sogar zwei.«

»Aus rein menschlichen Überlegungen, nehme ich an. Weil Sie um die Gesundheit und Sicherheit Ihrer Leute besorgt sind, oder?«

»Wie bitte?«

»Was ich damit sagen will ... Die Tatsache, daß Sie mehr Geld verdienen, wenn Sie die Temperatur mit dem Ventilator senken, ist wohl nicht ausschlaggebend für Ihren Entschluß, habe ich recht? Das ist sozusagen nur ein hervorragender Nebeneffekt ...«

Ihre blauen Augen sahen ihn erstaunt an.

»Warum können Sie mich eigentlich nicht leiden?«

»Das stimmt gar nicht ...«

»Ich denke doch, auch wenn mir der Grund nicht klar ist. Ich bin mir eigentlich sicher, nichts getan zu haben, was Sie hätte verletzen können ...«

»Natürlich nicht. Sie haben überhaupt nichts getan«, versuchte er beschämt, sie zu besänftigen. »Meine Aggressivität liegt wahrscheinlich mehr daran, daß ich ständig an meinen Bruder denken muß ...«

Das war zwar nicht die Wahrheit, aber auch nicht ganz gelogen.

»An Ihren Bruder?«

»Er ist ebenfalls Bergmann. Vielmehr, er war es. Heute kann er jedoch nicht mehr arbeiten. Seine Lungen sind kaputt.«

»Oh, das tut mir leid«, meinte Sophie mitfühlend. »Lebt er in Cornwall?«

»Nein, er ist mit mir nach Wyckerley gekommen.«

»Das heißt, Sie kümmern sich um ihn.«

»In gewisser Weise«, lächelte Connor. »Ich versuche es zumindest. Aber die Rolle ist mir ungewohnt. Mein Bruder ist älter als ich, müssen Sie wissen ... Daher kommt mir unsere jetzige Situation ...«

»... seltsam vor«, vollendete sie seinen Satz. »Und Sie haben Angst um ihn.«

»Das ist es, ja.«

Zum erstenmal unterhielten sie sich wie gute Freunde, und dieser Umstand schien ihnen beiden aufzufallen.

»Ich weiß nicht, ob dieses viereckige Tuch ausreichen wird, Sie zu verbinden«, meinte Sophie, um einen Grund zu haben, ihn nicht mehr ansehen zu müssen. »Sehr groß ist es ja nicht ...«

Mit Mühe verknüpfte sie die beiden Enden vor seiner Brust. Dann wandte sie ihre Aufmerksamkeit seinem Arm zu.

»Ein ziemlich tiefer Schnitt, den Sie da haben ... Ich fürchte, er wird genäht werden müssen ...«

»Sind Sie sicher, Frau Doktor?«

»Ja, das bin ich. Ich an Ihrer Stelle würde daher schnellstens ...«

»Ach, sieh mal an!« dröhnte Tranters Stimme durch den Raum. »Wenn ich gewußt hätte, wie Verletzte hier oben umsorgt werden ... hol mich der Teufel ... Ich hätte mich schon vor Jahren in ein Loch fallen lassen ...«

Vielsagend grinste er seine Arbeitgeberin an.

»Hallo, Mr. Fox. Was machen Sie denn hier oben um diese Zeit?«

»Wollte mal nach meinem Kumpel sehen, Madam«, meinte Tranter und warf einen kurzen Blick auf Connors Wunde. »Aber wie ich sehe, kümmert sich bereits ein Engel um ihn. Tja, Junge, wenn du jetzt umfällst, dann hast du wenigstens noch was Wunderschönes gesehen, was?«

»Richtig, ein sehr tröstlicher Gedanke.«

»Können Sie unserem Versehrten denn helfen, Miss Deene?«

»Nicht viel, aber zumindest habe ich die Wunden gereinigt und ihm etwas von diesem höllisch brennenden Zeug hineingeträufelt ... so fällt er mir wenigstens nicht um.«

»Gut gemacht, Miss Deene. Die Hauptsache, er kippt uns nicht aus den Latschen.«

»Eben.«

»Sagen Sie, Mr. Fox, ist Ihre Schicht nicht erst in drei Stunden beendet?«

»Das stimmt schon, Miss Deene, aber ich war in solcher Unruhe wegen des Jungen hier, mir ist ständig der Pickel abgerutscht, deswegen dachte ich ...«

»Aber jetzt, nachdem Sie sich von seinem Zustand überzeugt haben, hindert Sie wohl nichts mehr daran, zu Ihrer Arbeit zurückzukehren, oder?«

»Wahrscheinlich nicht«, gab Tranter nach einigem Nachdenken zu. »Solltest dich zwei, drei Tage ausruhen, Junge ... Hab' keine Lust, dich wieder bluten zu sehen ... Mach dir keine Gedanken um mich, hörst du? Ich ...«

»Wir sehen uns morgen wieder«, unterbrach Connor ihn.

»Ach ja? Na, auch gut, wenn du meinst ...«

»Ich glaube, daraus wird nichts«, warf Sophie ein. »Meiner Meinung nach wäre es mehr als leichtsinnig von Ihnen, Mr. Pendarvis, schon morgen wieder zu arbeiten.«

»Sehr leichtsinnig sogar«, stimmte Tranter zu. »Hör du mal auf deine Krankenschwester. Die kennt sich aus mit so was, das ist weit und breit bekannt. Und sie ist nicht nur schön, sondern auch klug, und unsereins sollte sich ihre Ratschläge zu Herzen nehmen, denn sie ...«

»Genug des Lobes, Mr. Fox«, lachte Sophie. »Ich wünsche Ihnen noch einen schönen Nachmittag.«

»Ihr ergebener Diener, Miss Deene«, sagte Tranter und machte eine tiefe Verbeugung.

»Ich mag es, wenn Sie lachen«, platzte Connor heraus.

Sophie senkte den Kopf und blieb ihm eine Antwort schuldig.

»Als ich Sie kennenlernte, haben Sie auch gelacht«, fuhr er fort. »Erinnern Sie sich?«

Sophie beschäftigte sich damit, in Annies Paket nach einer weiteren Binde zu suchen.

»Wie geht es Birdie?« erkundigte sich Connor.

»Birdie geht es gut. Ich habe das Gefühl, sie mag Sie.«

»Wirklich?«

»Ja, sie spricht immer noch von Ihnen.«

»Und was sagt sie?«

»Sie nennt sie den netten Mann mit den großen Händen.«

Connor lachte und beobachtete, wie sie ihm den Verband anlegte.

»Am nächsten Samstag nachmittag, würden Sie da einen Spaziergang mit mir machen, Miss Deene?« fragte er plötzlich.

Freude blitzte in ihren Augen auf, trotzdem sagte sie fast übereilt: »Ich kann nicht.«

Er betrachtete ihr Profil, die feine, vornehme Nase, die zarte Haut, den hübschen Mund mit den vielversprechenden vollen Lippen. Sie trug das Haar zu einem Knoten geschlungen, aber einige Haarsträhnen hatten sich daraus gelöst, und die strenge Frisur wirkte dadurch viel mädchenhafter. Es erstaunte ihn nicht sonderlich, daß sie seinen Vorschlag ablehnte. Eigentlich hätte er sie erst gar nicht fragen sollen, aber er hatte es satt, immer nur das zu tun, was sich gehörte oder von ihm erwartet wurde.

»Nur einen kleinen Spaziergang, am Ufer des Wyck entlang ...«, versuchte er es noch einmal.

»Ich kann nicht, wirklich.«

»Entschuldigen Sie meine Aufdringlichkeit«, sagte Connor und stand abrupt auf. »Es wird nicht wieder vorkommen.«

Er sah sich nach seinem Hemd um, doch ehe er danach greifen konnte, nahm sie es vom Schreibtisch und drückte es ihm in die Hand.

»Mr. Pendarvis, ich kann am Samstag keinen Spaziergang mit Ihnen machen, weil ich wichtige Verpflichtungen habe. Nächsten Samstag ist Johannistag, ein festlicher und wichtiger Tag für Wyckerley. Zu dem geplanten Programm gehört auch das Singen der Kinder. Verstehen Sie jetzt, warum ich nicht kann?«

Er gab vor, Schwierigkeiten beim Anziehen seines Hemdes zu haben, und erreichte damit, was er wollte. Sie half ihm hinein und knöpfte es sogar zu, mit gesenktem Blick und leicht geröteten Wangen. Sie war so unglaublich hübsch. Und inzwischen hatte er das Gefühl, daß er ihr nicht gleichgültig war.

Mit einer sanften Bewegung strich er ihr eine vorwitzige Locke hinter das Ohr. War er verrückt geworden? Was nahm er sich da eigentlich heraus?

Ihre blauen Augen richteten sich auf ihn, und er erkannte darin eine gewisse unschuldige Neugier. Sollte er sie küssen? Undenkbar. Das ging weit über das Erlaubte hinaus. Unwillkürlich trat er einen Schritt zurück.

Die so entstandene räumliche Distanz tat ihnen beiden gut.

»Heute abend sollten Sie unbedingt bei Dr. Hesselius vorbeigehen. Ich denke, um sechs Uhr wird er zu Hause sein. Er wohnt gegenüber vom Wirtshaus. Dem einzigen Wirtshaus von Wyckerley. Versprechen Sie mir, ihn aufzusuchen?«

»Ja.«

»Ich bin fast sicher, daß er ihre Wunde nähen wird. Sie brauchen morgen also nicht zur Arbeit zu kommen. Besser, Sie ruhen sich ein paar Tage aus.«

»Nein, nein. Ich bin morgen da.«

»Aber das ist ... unverantwortlich in Ihrem Zustand!«

»Bekomme ich für diese Tage meinen Lohn?«

»Obwohl Sie nicht arbeiten?« fragte sie völlig verwirrt.

»In Durham streiken sie, um diese Forderung durchzusetzen.«

»Die Arbeiter streiken?« fragte sie entsetzt.

»Ja. Sie streiken«, erwiderte er mit einem merkwürdigen Lächeln. »Bis Samstag also, Miss Deene.«

Kapitel 6

Noch vor zwanzig, dreißig Jahren fanden sich die Bewohner aller umliegenden Dörfer am Johannistag in Wyckerley ein, da man an diesem Tag noch Gelegenheit hatte, Arbeiter und Tagelöhner für die bevorstehende Ernte anzuheuern. Doch inzwischen begab man sich nach Tavistock und Plymouth, wenn man Arbeitskräfte suchte.

Übriggeblieben war ein Jahrmarkt mit Wettbewerben, Trödelverkauf, Schaustellern, Musik und sonstigen Vergnügungen.

Anne Morrell und Emmaline Nineways hatten in diesem Jahr schon sehr zeitig damit begonnen, die Werbetrommel zu rühren, um die Einwohner von Wyckerley dazu zu bewegen, ihre Keller und Dachböden zu durchstöbern, um nicht mehr Gebrauchtes zur Verfügung zu stellen.

Die einzelnen Stände waren im Pfarrgarten aufgebaut worden, und bereits um elf Uhr morgens zeichnete sich ab, daß dieser gut vorbereitete Bazar ein voller Erfolg wurde. Am gefragtesten waren die Sammlung militärischer Andenken von Captain Carnock und das Dutzend vom Schmied angefertigter Anglerhaken.

»Ich habe schon etwas entdeckt, was ich unbedingt haben möchte«, meinte Anne, die Sophie eine Tasse Tee in die Hand drückte. »Ihre Kusine hat vor einem Jahr in Exeter eine Kamera erstanden, sie aber niemals benutzt. Allerdings will sie vier Guineen dafür haben.«

»Viel zu teuer«, stimmte Sophie zu. »Wieviel mußte sie denn damals dafür bezahlen?«

»Keine Ahnung. Aber darauf kommt es auch nicht an. Die Kamera ist nicht mehr neu, soviel steht fest, auch wenn sie sie nicht benutzt hat. Also ist der verlangte Preis viel zu hoch.«

Sophie lächelte. Er sah Anne ähnlich, ein Schnäppchen machen zu wollen, auch wenn sie sich im Grunde eine neue Kamera hätte leisten können. Sophie suchte in ihrer Tasche nach einer Münze, um sich einen Krapfen zu kaufen.

»Was haben Sie denn dieses Jahr anzubieten?« fragte sie dann.

»Hauptsächlich Bücher«, meinte Anne. »Und eine Menge Trödel, den ich auf dem Dachboden des Pfarrhauses gefunden habe. Der Staubmenge nach zu urteilen, liegt das Zeug dort schon seit Jahrhunderten herum. Trotzdem habe ich kein schlechtes Gewissen. Die Leute sind ganz verrückt nach dem Kram, sie versuchen nicht mal, den Preis herunterzuhandeln.«

Sie unterbrach sich, um Miss Pine und Mrs. Thoroughgood zu begrüßen, die ihre eben erstandenen Schätze zu dem Stand von Mrs. Nineways hinübertrugen, bei der sie bezahlt werden mußten.

»Und Sie, Sophie?«

»Kleider, was sonst?« meinte Sophie und schnitt eine Grimasse. »Schals, Hüte, vier Paar Kinderhandschuhe, zwei Blusen, die ich nicht ein einziges Mal getragen habe.«

»Natürlich Kleider. Wie könnte es auch anders sein!« lachte Anne.

»Ich gebe zu, das Einkaufen von Garderobe ist meine Schwäche.«

Das einzig wirklich Ärgerliche daran war, daß sie äußerst selten Gelegenheit hatte, ihre modischen Dinge anzuziehen.

»Ah, Mrs. Morrell, Miss Deene, wie geht es Ihnen?« rief Jessie Carnock, die seit nicht allzu langer Zeit mit dem Captain verheiratet war.

Sophie wunderte sich jedesmal, was die Heirat aus Miss Weedie gemacht hatte. Nichts erinnerte mehr an die scheue, übernervöse und nicht besonders attraktive Frau von einst. Jetzt sah sie geradezu hübsch aus, ihre Augen strahlten, und die neue lockige Frisur stand ihr sehr gut, weil ihr längliches Gesicht dadurch runder wirkte.

»Stellen Sie sich vor, gerade hat jemand meine Fingerhutsammlung gekauft. Emmaline kann sich nicht erinnern, wer es war. Und Margaret Mareton hat sich in meine Zimmerlinde verliebt und konnte einfach nicht widerstehen, sie zu erwerben. Der Captain hatte vorgeschlagen, sie heute zum Kauf anzubieten.«

»Mag er keine Zimmerlinden?«

»Er fand, sie ist für unseren Flur zu groß geworden«, lachte Jessie. »Übrigens fand ich die Predigt des Pfarrers heute morgen auf dem Dorfanger sehr anregend.«

»War sie das? Emmaline und ich mußten hier die Tische aufstellen und haben sie deswegen leider verpaßt. Ich hoffe nur, sie hat nicht zu lange gedauert.«

»Keineswegs«, meinte Mrs. Carnock etwas überrascht über Annes Offenheit. »Keineswegs.«

»Sie erraten nie, was Pfarrer Wilke kürzlich zu Christy gesagt hat«, meinte Anne augenzwinkernd. »Er hat behauptet, dieses ganze Johannistaggetue sei eine heidnische Angelegenheit.«

»Na ja«, meinte Sophie lächelnd, »heute abend wird sogar getanzt, und zwar um das Johannisfeuer. Und da Pfarrer Wilke ein Moralist ist, kann ich mir schon vorstellen ...«

»Sophie! Es ist beinahe Mittag. Gleich beginnt mein Vater seine Rede auf dem Dorfanger, und du trödelst hier herum!«

Honorias Stimme klang vorwurfsvoll und verärgert.

»Aber ich hatte doch gesagt, daß ich hier beim Verkauf aushelfe, bis mein Chor dran ist«, meinte Sophie, die die Reden des Onkels langweilten.

»Unsinn. Du kommst jetzt mit. Das gehört sich einfach. Und dieser alberne Ramschverkauf muß eben ohne dich stattfinden«, sagte Honoria, während sie ihre dunklen Augen angewidert auf die verschiedenen Stände heftete. Das Feiern des Johannistages war ihr mindestens ebenso zuwider wie Pfarrer Wilke, wenngleich nicht aus moralischen Gründen.

Sophie betrachtete ihre Kusine, die größer war als sie selbst und deren Hochmut sie nur schwer ertragen konnte. Eigentlich konnte man Honoria sogar als hübsch bezeichnen, mit ihrem natürlich gelockten, braunen Haar. Allerdings hatte ihr Gesicht etwas Maskenhaftes, weil sie zuviel helles Reispuder verwendete, um die roten Flecken auf den Wangen zu kaschieren. Da sie kurzsichtig war, sich aber weigerte, eine Brille zu tragen, kniff sie ständig die Augen zusammen.

»Vater wird für dein ungehöriges Verhalten kein Verständnis haben«, sagte sie mit verkniffenen Lippen.

»Gehen Sie nur, Miss Deene«, mischte sich zu Sophies Ärger Mrs. Carnock ein. »Ich werde hier die Stellung für Sie halten.«

»Also gut«, stimmte Sophie wohl oder übel zu. »Danke, Mrs. Carnock.«

Mißmutig folgte sie Honoria. Die Reden ihres Onkels waren immer dieselben. Durchdacht, der jeweiligen Gelegenheit entsprechend, ein wenig überheblich. Doch die Dorfbewohner hatten sich in den sechs Jahren seiner Amtszeit daran gewöhnt, ja, die meisten störten sich nicht einmal daran, daß er sich für etwas Besseres hielt.

»Und so sind wir heute hier zusammengekommen, Freunde und Nachbarn, vereint in unseren Bemühungen, diesen Tag erfolgreich zu gestalten ...«

Sophie ließ ihre Blicke über die Anwesenden wandern. Die Ungeduld der erschienenen Grubenarbeiter, die wegen der Rede ihr Wurfspiel hatten unterbrechen müssen, war offensichtlich.

Der riesige Roy Donne hatte sein Hemd ausgezogen, wahrscheinlich, um Cora Swan mit seinem mächtigen Brustkorb zu beeindrucken. Charles Oldene und Lawrence Brill waren ebenfalls da. Und dann entdeckte sie Mr. Pendarvis. Sie hatte sich schon gefragt, ob er auftauchen würde, und unbewußt immer wieder nach ihm Ausschau gehalten.

Irgendwie sah er anders aus als die anderen der Gruppe. Sie hätte nicht genau sagen können, woran das eigentlich lag. Auffallend war zumindest, daß seine Arbeitskollegen ihn mit einem gewissen Respekt behandelten. Oder bildete sie sich das nur ein, um ihr eigenes Interesse an ihm zu rechtfertigen?

Der Bürgermeister beendete seine Rede, und alle klatschten höflich. Im Schutz von Honorias Strohhut beobachtete sie ihn weiter.

Lächelnd sagte er eben etwas zu Tranter Fox, dann fiel sein Blick auf sie.

Selbst schuld! Natürlich hat er gemerkt, daß du ihn beobachtet hast, dachte Sophie und errötete.

Er trug ein kragenloses blaues Hemd, und sie erinnerte sich an den Augenblick in ihrem Büro, als sie sich um seine Verletzungen gekümmert hatte, an sich nichts Ungewöhnliches, weil sie dergleichen öfter auch bei anderen Grubenarbeitern tat, aber in diesem besonderen Fall war ihr das erotische Knistern nicht entgangen, das dabei entstanden war.

Jenks hatte ihr berichtet, daß Dr. Hesselius die Wunde am Arm genäht hatte, und Pendarvis war, entgegen ihrer Ratschläge, am nächsten Morgen zur Arbeit erschienen. Die Verletzung schien auch keinen Einfluß auf seine Treffsicherheit zu haben, denn sein Trupp brach in diesem Augenblick in begeistertes Gejohle aus.

»Sophie! Hör sofort auf, zu den Männern hinüberzustarren. Das ist ungehörig. Zumal einer davon seinen nackten Oberkörper zur Schau stellt.«

Honoria griff plötzlich nach Sophies Arm und preßte die Fingernägel hinein.

»Honoria, was, zum Teufel, ist in dich gefahren?«

»Sie sind da«, flüsterte Honoria fast andächtig. »Sie sind tatsächlich gekommen. Ist das nicht wundervoll?«

»Von wem sprichst du?«

»Von Lord und Lady Moreton, natürlich. Siehst du sie? Am Flußufer mit Vater. Aber vielleicht hätten sie doch besser nicht kommen sollen ...«

»Und warum nicht?«

»Weil man bei diesem Pöbel nie weiß, zu welchem Verhalten er sich hinreißen läßt ...«

Sophie seufzte. Die von Honoria als Pöbel bezeichneten Männer und Frauen arbeiteten fast alle in der Mine des Bürgermeisters.

»Sei nicht so überheblich«, meinte sie schließlich in dem Wissen, daß dieser Ratschlag nicht auf fruchtbaren Boden fallen würde.

Dann lief sie hinüber, um die Verlaines zu begrüßen. Doch Honoria war schneller als sie.

»Mylord! Mylady!« sagte sie ehrfurchtsvoll und knickste. »Willkommen zu unserem bescheidenen Fest. Haben wir nicht herrliches Wetter heute? Der Himmel muß gewußt haben, daß Sie kommen werden.«

Sebastian Verlaine verkniff sich mit Mühe ein Grinsen,

als er die Hand zur Begrüßung ausstreckte. Seine Frau war geschickter im Verbergen ihrer Gefühle, aber Sophie hatte dennoch den Eindruck, daß Honorias unsinnige kleine Rede sie ziemlich belustigte.

»Ich bin froh, hergekommen zu sein«, sagte Lady Moreton lächelnd. »Es erinnert mich nämlich an den Johannistag in Ottery St. Mary, wo ich aufgewachsen bin. Mein Bruder hat dort einmal das Sackspringen gewonnen und als Preis ein Küken bekommen.«

Sebastian und Rachel waren erst seit etwa einem halben Jahr Mann und Frau, und ihre Heirat hatte ganz Wyckerley in Aufregung versetzt. Die beiden hatten nicht nur schon vor ihrer Eheschließung miteinander gelebt, denn niemand im Dorf hatte geglaubt, daß sie nur seine Haushälterin sei, zudem war Rachel eine ehemalige Strafgefangene, auch wenn sich später ihre Unschuld herausgestellt hatte. Jetzt aber war sie Lady Moreton, und Titel konnten auf wunderbare Weise die Erinnerung an eine skandalöse Vergangenheit auslöschen. Hätte es sich um eine ganz gewöhnliche Frau gehandelt, würden ihr die Dorfbewohner diese Vergangenheit bis an ihr Lebensende verübeln. Da sie inzwischen aber in die Aristokratie hineingeheiratet hatte, war sogar Honoria schamlos bestrebt, ihre Gunst zu gewinnen.

Lord Moreton gab eine Anekdote aus seiner Kindheit zum besten. Er war nicht nur ein sehr attraktiver Mann, sondern auch äußerst charmant und leicht zugänglich. Ganz offensichtlich war für Sophie die Liebe zu seiner Frau, denn es vergingen kaum mehrere Minuten, ohne daß er ihre Nähe gesucht hätte.

Nach außen hin war Lady Moreton eher zurückhaltend, aber Anne Morrell hatte ihr einmal gesagt, daß Rachel zur besten Freundin wurde, sobald sie jemanden gut genug kannte und ihm vertraute. Ihr Mißtrauen war verständlich, wenn man die schrecklichen Dinge bedachte, die sie hatte durchmachen müssen. Sie hatte dunkles

Haar, in das sich silbriggraue Strähnen mischten, und merkwürdig farblose Augen, in denen es melancholisch schimmerte, selbst wenn sie lachte.

»Ich muß Sie leider verlassen«, sagte Sophie mit Bedauern, denn sie würde Lady Moreton gern näher kennenlernen. »In zwanzig Minuten beginnt das Singen der Kinder. Und so lange werde ich wohl brauchen, bis ich sie alle gefunden habe.«

In Honorias Gesicht schlich sich ein zufriedenes Lächeln, denn sie war glücklich, die vornehmen Gäste ganz für sich zu haben.

Sophie eilte über den Rasen zum Pfarrhaus, als Tranter Fox hastig auf sie zukam.

»Miss Deene«, rief er schon von weitem. »So warten Sie doch. Ich muß Ihnen etwas Wichtiges sagen.«

»Was ist denn los?« rief Sophie zurück.

»Unsere Mannschaft hat gewonnen! Wir sind die heutigen Sieger«, erklärte Tranter frohlockend.

»Wie schön!« rief Sophie erfreut. »Sicher dank Ihnen.«

Das Kompliment ließ Tranter erröten. »Und jetzt warten die Jungs auf Sie, Madam, sehen Sie nur, dort drüben ...«

Gemeinsam begaben sie sich in den Schatten der alten Eichen, wo eben die denkwürdige Entscheidung gefallen war und die Verlierer mit betretenen Gesichtern das Spielfeld verließen. Um die heutigen Sieger versammelten sich männliche und weibliche Bewunderer, die ihnen gratulierten und stolz auf die Schultern klopften. Roy Donne knöpfte sich gerade das Hemd zu, kam dann auf sie zu und räusperte sich.

»Miss Deene, die Guelder Hurlers sind glücklich, Ihnen ...«

»Überaus glücklich«, verbesserte ihn Tranter.

»Die Guelder Hurlers sind überaus glücklich, Ihnen den heute gewonnenen Preis ...«

»Ihnen, unserer geschätzten Arbeitgeberin«, mischte sich Tranter erneut ein.

»Ihnen, unserer geschätzten Arbeitgeberin, den heute gewonnenen Preis zu überreichen ...«

Tranter wollte ihn gerade wieder verbessern, aber diesmal ließ sich Roy nicht aus der Ruhe bringen.

»Wer hält denn nun diese Rede, du oder ich?«

Tranter nahm ihm den Wurfring aus der Hand und machte vor Sophie eine tiefe Verbeugung, während die Mannschaft zu kichern begann.

»Und so fühlen wir uns stolz und höchst geehrt, Ihnen diesen Preis zu übergeben, Ihnen, die wir bewundern, nicht nur für ihre Schönheit, sondern auch für ihre Klugheit und Großzügigkeit ...«

Roy riß den Wurfring wieder an sich.

»Hier«, sagte er einfach und streckte ihr den Preis entgegen.

Sophie nahm ihn, überrascht, wie schwer der eiserne Ring war.

»Ich danke Ihnen, Ihnen allen. Ich bin sehr stolz auf Sie. Wie Sie wissen, fand dieser Wettbewerb zwischen Guelder und Salem schon statt, als mein Vater noch lebte. Und da er sich immer maßlos freute, wenn seine Mannschaft gewann, hat er eine Tradition eingeführt, die ich natürlich gedenke fortzusetzen ... Für jedes der drei gewonnenen Spiele gibt es heute im Wirtshaus eine Runde Cider, eine Runde Ale und eine Runde Brandy.«

Der Beifall nach ihrer kurzen Rede war riesig. Mr. Pendarvis lächelte. Sie hätte nicht sagen können, ob er sich für sie freute oder ob er sich über sie lustig machte. Langsam kam er auf sie zu und sah sie einen Moment schweigend an.

»Sie sehen unglaublich hübsch aus«, sagte er dann zu ihrem Erstaunen.

Verlegen sah Sophie zur Seite. Diese Bemerkung hatte sie nicht erwartet. Wie sollte sie ihm antworten? Sich für das Kompliment bedanken? Ihn dafür rügen? Sie wußte es nicht.

»Wie geht es Ihnen, Mr. Pendarvis?« fragte sie statt dessen. »Haben Sie sich von Ihrem Unfall wieder erholt?«

»Ganz und gar. Dr. Hesselius war sehr beeindruckt von Ihren Fähigkeiten als Krankenschwester. Er verglich Sie sogar mit Florence Nightingale.«

Sophie lächelte geschmeichelt. Florence Nightingale, die Heldin der Nation. Es verging keine Woche, in der nicht eine Geschichte in der Plymouth-Gazette über ihren bewundernswerten Einsatz im Krimkrieg erschien.

»Dr. Hesselius kann einfach nicht anders. Er übertreibt immer. Jetzt muß ich aber los.«

»Und warum?«

»Weil ... die Kinder singen gleich. Ich muß sie einsammeln.«

»Also bis später, ja? Sie werden danach doch einen Spaziergang mit mir machen, Miss Deere?«

»Ich freue mich darauf, Mr. Pendarvis«, sagte Sophie lächelnd.

Sechs Lieder gehörten zu dem Programm, das die Kinder hinter sich zu bringen hatten. Fünf davon waren verhältnismäßig einfach, das sechste und letzte aber, das den Höhepunkt bilden würde, war mit Instrumentalbegleitung vorgesehen. Sophie versuchte den aufgeregten Kindern mit einem ermutigenden Lächeln die Aufregung zu nehmen. Sie wartete, bis Ruhe eingetreten war, dann gab sie mit den Händen den Auftakt zum Beginn des Liedes.

Wider Erwarten, denn die Proben waren manchmal verheerend gewesen, klappte alles bestens. In den drei Jahren als Chorleiterin hatte Sophie gelernt, den Beifall der Zuhörer zu bestimmen. Heute konnte man ihn nur als stürmisch bezeichnen. Sophie lachte erleichtert und verbeugte sich mit ihren Schützlingen, die stolz in die Menge grinsten. Aus der zweiten Reihe drängte sich Tommy Wooten hervor und überreichte ihr einen riesigen Blumenstrauß, worauf der Beifall noch einmal anschwoll.

Mütter kamen auf die Bühne und gratulierten ihr. Wenige Minuten später wurde das Theaterstück von Miss Mareton aufgeführt, und Sophie fand sich neben Mr. Pendarvis wieder, während sie etwas verwirrt durch diesen Zufall — war es überhaupt ein Zufall? — der Handlung zu folgen versuchte, ohnehin kein sehr leichtes Unterfangen, weil die Siebenjährigen ihre Texte ungeheuer leise aufsagten.

Birdie, die einen Engel dargestellt hatte, sprang am Ende der Aufführung von der Bühne und kam auf Sophie zugelaufen. Doch statt sich, wie üblich, gegen deren Knie zu drücken, blieb sie mit flatternden Papierflügelchen vor Mr. Pendarvis stehen und starrte ihn gebannt an.

»Das ist der Mann, der mich von Ihnen losgemacht hat«, rief sie. »Und ich dachte, ich habe ihn nur geträumt.«

»Und ich dachte, ich habe dich geträumt«, sagte er lächelnd und beugte sich zu Birdie hinunter. »Und weißt du, warum? Weil du das niedlichste Mädchen bist, das ich je gesehen habe. Ich dachte, du bist ein Engel.«

Birdie sah ihn erstaunt an, dann steckte sie die Hände in die Taschen ihrer weißen Schürze und lächelte ihn kokett an. Ihre Wangen röteten sich, und plötzlich rannte sie kichernd davon.

Sophie und Mr. Pendarvis sahen sich an, dann mußten beide lachen.

»Gehen wir?« meinte er schließlich.

Einen Augenblick lang hatte Sophie Angst, er würde sie berühren, ihren Arm oder ihre Hand nehmen. Was würden die Einwohner Wyckerleys darüber denken, wenn er sich ihr gegenüber eine solche Freiheit herausnehmen würde? Schon die Tatsache, daß sie in aller Öffentlichkeit mit einem ihrer Grubenarbeiter gesellschaftlich verkehrte, war für viele anstößig genug und würde für Gesprächsstoff sorgen.

Wie Birdie steckte sie die Hände in ihre Taschen, um ihn gar nicht erst zu etwas zu verleiten, was zu Gerüchten Anlaß geben könnte, und folgte ihm über den Dorfanger.

Kapitel 7

Sie paßte ihre Schritte den seinigen an und begann eine Unterhaltung über das Wetter, als wolle sie damit ihre Unbefangenheit beweisen. Sie erzählte ihm von dem vierundachtzigjährigen Walter Tall, dem ältesten Einwohner Wyckerleys, der eine private Erhebung aufgestellt habe, aus der hervorging, daß es heute der siebenundsechzigste sonnige Johannistag sei, den er erlebt habe.

»Die alte Mrs. Cleary allerdings, sie ist jetzt achtzig, bezweifelt das und behauptet glattweg, der Mann sei senil geworden ...«

Als sie mit einem raschen Seitenblick bemerkte, daß ihn ihr harmloses Geplapper zu einem Lächeln hinriß, fuhr sie fort: »Und in Cornwall, in Ihrem Heimatdorf, wurde der Johannistag dort auch gefeiert?«

Ehe er antworten konnte, begegneten sie Mark Stark, dessen Vater Bäcker war, mit einem Tablett voller Kekse.

»Zwei Pennies das Stück, vier für Sixpence«, sang er, und sein Blick war auffordernd genug.

»Hätten Sie Lust darauf, Miss Deene?« erkundigte sich Mr. Pendarvis, und kaufte, als sie nickte, acht Stück.

Grinsend verstaute Mark die Kekse in einer Papiertüte, ehe er singend weiterging.

»Ich bin in Tewythiel aufgewachsen«, beantwortete Mr. Pendarvis ihre Frage, als sie auf der Brücke stehenblieben und den Fluß betrachteten, während sie die Kekse aßen. »Wahrscheinlich haben Sie von diesem Ort noch nie etwas gehört.«

»Das stimmt.«

»Er liegt östlich von Redruth. Trewythiel ist ein armes Dorf. Ich kann mich nur an sehr wenige Festlichkeiten erinnern. Auf jeden Fall wurde bei uns kein Cricket gespielt.«

Sie folgte seinem Blick zu dem Teil des Angers, auf dem sich zwei Mannschaften dieses Spiels erfreuten, und erkannte Christy Morrell und Robbie Woodworth. Cricket war das Spiel der besseren Gesellschaft, der Ehemänner und Söhne, die Jacken und Halsbinden zur Arbeit trugen, deren Hände nie schmutzig wurden, weil sie den Lebensunterhalt für ihre Familien mit dem Kopf und nicht mit ihren Muskeln verdienten. Ihr Begleiter aber kam offensichtlich aus einem Dorf, das solche Männer gar nicht kannte.

»Stammen Sie aus einer großen Familie?« erkundigte sie sich.

Die Frage an sich war unschuldig genug, aber seltsamerweise schien sie ihn zu verstören.

»Ich hatte vier Brüder und eine Schwester.«

»Ich habe mir immer Geschwister gewünscht«, meinte Sophie, »aber meine Mutter ist bereits kurz nach meiner Geburt gestorben. Nach ihrem Tod haben Vater und ich allein gelebt. Einsam habe ich mich trotzdem nicht gefühlt, weil Vater und ich uns sehr nahestanden.«

»Sie vermissen Ihren Vater sehr, nicht wahr?« meinte er mitfühlend.

»Das stimmt. Jeden Tag. Er war mein bester Freund.«

»Das tut mir leid.«

»Ich danke Ihnen.«

»Mein bester Freund ist mein Bruder.«

»Welcher?«

»Connor. Ich habe Ihnen schon von ihm erzählt.«

»Ja, ich erinnere mich.«

»Wir sind zwar völlig verschieden, aber wir würden alles füreinander tun.«

»Sie erwähnten, daß er krank ist ... Warum kehrt er nicht in den Schoß seiner Familie zurück ... nach Cornwall?«

»Er ... er bleibt lieber mit mir zusammen«, murmelte Jack, dem diese Fragen unangenehm waren, und begann die in der Nähe des Ufers schwimmende Entenfamilie mit Kekskrumen zu füttern.

Zwei der jungen Enten stritten sich heftig um die festlichen Leckerbissen, und Sophie versuchte mit komischer Verzweiflung eines davon abzulenken, ein Manöver, das mißglückte, weil sich die gesamte Familie nun um sie scharte. Hilflos lachend, sah sie Jack an.

»Ich kann einfach nicht genug davon bekommen ... Von Ihrem Lachen, meine ich. Für mich ist es schöner als jede Musik.«

Sophie wandte sich verlegen ab und starrte angestrengt auf die Enten. Warum mußte sie jedesmal erröten, wenn er etwas Nettes zu ihr sagte? Warum fiel ihr keine schlagfertige Antwort ein? Schließlich war sie jetzt dreiundzwanzig Jahre alt, Besitzerin einer Mine, die Chefin von hundert Angestellten, im Dorf respektiert für ihre Tüchtigkeit und dafür, daß sie sich selbst ernährte. Wie also kam es, daß sie gerade in Gegenwart dieses Mannes all ihre Selbstsicherheit verlor?

»Früher gab es hier auch Schwäne, aber die haben, zum Ärger aller, die Brunnenkresse weggefressen, die das ganze Jahr über hier am Ufer wächst, weil die Winter in Wyckerley so mild sind. Ja, und da hat man die Schwaneneier aus den Nestern geholt, und jetzt gibt es gar keine Schwäne mehr, was ich persönlich sehr bedauerlich finde ...«

»Ach hier sind Sie, Sophie!« Robert Croddy kam von der Brücke auf sie zu. »Ich habe Sie schon überall gesucht.«

Sophie sah Robert mit gemischten Gefühlen entgegen. Einerseits war ihr sein überraschendes Auftauchen lieb, weil sie dann nicht weiterhin gezwungen sein würde, Jack irgendwelchen Blödsinn zu erzählen, andererseits empfand sie ihn jedoch als Störenfried.

»Wo waren Sie die ganze Zeit?« erkundigte er sich grinsend, als er vor ihr stand. »Ich hoffte, Sie nach dem Auftritt der Kinder zu finden, aber Sie waren plötzlich wie vom Erdboden verschluckt.«

»Sie übertreiben, Robert. Wie Sie sehen, gibt es mich noch. Darf ich Sie mit Mr. Pendarvis bekanntmachen? Mr. Pendarvis, das ist Mr. Croddy.«

»Angenehm.«

»Ganz meinerseits.«

Keiner der beiden Männer machte Anstalten, dem anderen die Hand zu schütteln. Robert steckte die Daumen in die winzigen Taschen seiner teuren Weste, eine Geste, die Sophie an ihm kannte und die dazu diente, die goldene Uhrenkette besser zur Geltung zu bringen. Wenn sie Schuhe mit höheren Absätzen trug, war sie ebenso groß wie Robert, eine Tatsache, die ihm eher unangenehm war. Ihre Freundinnen hielten ihn für einen recht gutaussehenden Mann, sie hingegen erinnerte er an einen Bullen, vor allem wohl deswegen, weil er keinen Hals zu haben schien. Das fleischige Gesicht ging übergangslos in die mächtigen Schultern über.

»Ich dachte, wir beide essen einen Happen zusammen«, sagte Robert, indem er Jack völlig ignorierte. »Ich kann mir zwar nicht vorstellen, daß das Essen gut schmecken wird, aber immerhin tun wir damit ein gutes Werk«, grinste er.

Seine taktlose Bemerkung verärgerte Sophie. Da hatten sich nun alle Damen des Ortes aus reiner Herzensgüte tagelang der Zubereitung von Fleischpasteten, Süßspeisen und Getränken gewidmet, und er schien sich darüber lustig zu machen.

»Nein danke. Ich habe schon gegessen«, sagte sie deshalb.

»Aber Sie können uns doch wenigstens während des Essens Gesellschaft leisten. Wir sitzen dort im Schatten der Bäume. Honoria hat Sonnenschirme und Stühle besorgt, und Eustace würde sich sicher freuen, wenn Sie ...«

Eustace! Wie kam dieser Flegel dazu, seinen mindestens zwanzig Jahre älteren Onkel beim Vornamen zu nennen. Zwar waren die beiden in gewisser Hinsicht Freunde, weil Robert einige Anteile an der Salem-Mine besaß, aber das rechtfertigte keineswegs diese freche Anmaßung.

»Nein, danke. Aber wir sehen uns sicher später noch«, meinte sie deswegen kurz angebunden.

Roberts farblose Augen musterten daraufhin Jack mit unverhohlener Aufmerksamkeit und hefteten sich dann fragend auf Sophie, die sich zu einem Lächeln zwang. Was bildete sich dieser Schnösel eigentlich ein? Nur weil er sie manchmal zu den wenigen gesellschaftlichen Ereignissen begleiten durfte, für die sie sich, trotz ihrer vielen Arbeit, Zeit nahm. Oder machte er sich deswegen womöglich Hoffnungen? Vielleicht. Das würde zumindest sein Interesse an dem Fremden an ihrer Seite erklären, dessen Gesellschaft sie offensichtlich vorzog, statt sich zu entschuldigen und mit ihm zu gehen, um im Kreis seiner Familie zu sitzen. Was würde Robert für ein Gesicht machen, wenn sie jetzt einfach zu ihm sagte: »Mr. Pendarvis ist einer meiner Grubenarbeiter, dem ich versprochen habe, den Nachmittag mit ihm zu verbringen.« Allein der Gedanke trieb ihr die Röte ins Gesicht. Natürlich würde es ohnehin nicht sehr lange dauern, bis Robert Näheres über Jack herausfinden würde. Anzunehmen, daß er in spätestens fünf Minuten die Wahrheit kennen würde. Aber sie verspürte keinerlei Verlangen, dabeizusein, wenn er es tat.

»Also gut«, meinte Robert, als wolle er ihr eine letzte Chance einräumen.

Sophie lächelte tapfer weiter.

»Also gut, dann sehen wir uns später.»

»Ja, ja ... bis später.«

Beleidigt drehte sich Robert um und entfernte sich schnell.

Die Vorstellung, daß sich eben für einen kurzen Augenblick zwei Männer gegenübergestanden hatten, die beide um ihre Gunst buhlten, amüsierte sie, doch ein kurzer Blick auf Jack sagte ihr, daß es etwas anderes war, was er an Robert Croddy auszusetzen hatte: der Unterschied ihrer Herkunft. Robert gehörte der Mittelschicht an, hoffte aber insgeheim eines Tages zu den besseren Kreisen zu gehören. Honoria pflegte mit einem Naserümpfen zu sagen: »Hoffnungslos mittelmäßig, das ist er.«

»Mr. Croddy ist ein Geschäftspartner meines Onkels«, erklärte Sophie, um das unangenehme Schweigen zu brechen.

»Ich weiß, wer er ist.«

»Tatsächlich?«

»Unter Tage wird viel geredet, Miss Deene. Ich möchte fast behaupten, es gibt kaum etwas, worüber man da unten nicht spricht. Worüber die armen, bescheidenen Grubenleute aber am liebsten reden ... das sind Sie.»

»Ich? Das kann ich mir kaum vorstellen«, meinte Sophie, verwirrt über seinen seltsamen Ton. »Es gibt hier wohl kaum jemanden, der ein so langweiliges Leben führt wie ich.«

»Mögen Sie Ihre Arbeit nicht?«

»Aber ja, ich liebe sie. Ich wollte nur sagen ... Bei mir passiert nichts, was auch nur eines Gerüchtes wert wäre«, lächelte Sophie. »Davon abgesehen, bin ich hungrig wie ein Wolf, obwohl ich Mr. Croddy gegenüber behauptet habe, ich hätte schon gegessen. Die paar Kekse haben mich jedenfalls nicht satt gemacht.«

»Dann werden wir sofort gegen Ihren Hunger etwas unternehmen. Ich kann mir zwar nicht vorstellen, daß das Essen schmecken wird, aber immerhin tun wir damit ein gutes Werk«, sagte Jack, indem er Roberts abfälligen Ton nachäffte.

Sophie lachte. Sie konnte einfach nicht anders. Robert hatte es nicht besser verdient.

»Wir könnten uns etwas holen und uns dort auf den flachen Felsen am Ufer setzen«, schlug Jack vor.

Aber Sophie lehnte diesen Vorschlag aus mehreren Gründen ab. Die Begegnung mit Robert hatte ihr bewußt gemacht, daß sie mit Jack besser zurechtkam, wenn sie allein waren. Zudem fand sie es weniger anstößig, wenn sie sozusagen unbefangen von Stand zu Stand wanderten, als den Eindruck eines Liebespärchens zu erwecken, indem sie sich abseits irgendwohin setzten.

Wie zwei gute Freunde schlenderten sie gemeinsam von Tisch zu Tisch, probierten hier etwas von der Lammpastete, dort von dem würzigen Stew aus Shrimps und grünen Erbsen, beobachteten dabei das Marionettenspiel und lachten herzlich über die verstellten Stimmchen von Cora und Chloe Swan, den beiden hübschen Töchtern des Schmiedes.

Danach tranken sie Limonade aus Pappbechern und nahmen diese mit zurück zur Brücke.

»Wer ist das dort?« fragte Jack.

»Wen meinen Sie?«

»Das schwarzhaarige Mädchen in dem blauen Kleid.«

»Das? Das ist Sidony Timms.«

Sidony arbeitete als Milchmagd in Lynton Great Hall und wurde in letzter Zeit häufig mit William Holyoake gesehen, dem Gutsverwalter von Lord Moreton. Doch in diesem Augenblick war sie in Begleitung eines schlanken, jungen Mannes, dessen Bemerkungen sie zum Kichern und Erröten brachten. Sophie war sich sicher, ihn noch nie gesehen zu haben, und doch kam er ihr irgendwie bekannt vor.

»Wer das wohl sein mag?« murmelte sie.

»Das ist mein Bruder«, sagte Jack.

»Ihr Bruder? Wirklich? Dann ist es ja kein Wunder ...«

»Kein Wunder?«

»Daß er mich an jemanden erinnerte ...«

Connor sah seinem Bruder Jack sehr ähnlich, wenngleich seine eingefallenen Wangen verrieten, daß es um seine Gesundheit nicht zum besten stand.

»Ich habe das Gefühl, die beiden flirten«, bemerkte sie.

»Miss Timms sollte sich in acht nehmen. Mein Bruder hält sich für unwiderstehlich.«

»Sidony ist zwar nur eine Milchmagd, aber keineswegs dumm ... Obwohl ich zugeben muß, daß sie im Augenblick diesen Eindruck macht, wie sie dasteht und fasziniert auf das lauscht, was Ihr Bruder ihr ins Ohr flüstert.«

»Eine Milchmagd? Na, wenigstens mein Bruder weiß, wo er hingehört. Ich scheine der einzige Pendarvis zu sein, der es mit den Klassenunterschieden nicht so genau nimmt.«

Oh, nicht schon wieder dieses Thema, dachte Sophie entsetzt. Ehe sie dazukam, sich etwas zu überlegen, was Jack ablenken könnte, entdeckte sie Honoria, die mit fliegenden Röcken auf sie zugesegelt kam. Sollte sie Jack warnen? Aber vor was eigentlich? Vor Honorias Hochnäsigkeit?

»Sophie!«

»Hallo, Honoria. Na, wie war das Picknick?«

»Sophie«, wiederholte Honoria mit dieser Stimme, die Sophie so gut kannte und die nichts Gutes bedeutete.

»Darf ich dir Mr. Pendarvis vorstellen? Mr. Pendarvis, das ist meine Kusine, Miss Vanstone.«

»Es ist mir ein Vergnügen, Sie kennenzulernen, Miss Vanstone«, sagte Jack betont höflich.

»Sophie, kommst du bitte mit mir«, meinte Honoria, ohne Jack auch nur eines Blickes zu würdigen.

»Mr. Pendarvis ist einer meiner ...«

»Das weiß ich. Komm jetzt bitte. Mein Vater wartet auf uns.«

»Ich fürchte, das ist nicht möglich«, sagte Sophie verärgert. »Wie du siehst, bin ich nicht allein. Oder galt deine Einladung uns beiden?«

»Bestimmt nicht.«

»Ich verstehe ... dann tut es mir leid ...«

Tapfer erwiderte Sophie den wütenden Blick ihrer Kusine. Würde sie es wirklich wagen, eine Szene zu machen? Oder nur erbost davoneilen?

»Du willst damit doch nicht sagen, daß du hier weiterhin mit diesem Menschen herumstehen willst, oder? Das kann ich einfach nicht glauben. Ich bestehe darauf, daß du jetzt mit mir kommst. Und zwar sofort.«

»Ich bin in Begleitung von Mr. Pendarvis, Honoria, und das gedenke ich auch zu bleiben. Es ist besser, du läßt uns jetzt allein.«

»Sophie ...«

»Ich werde den Nachmittag weder mit dir noch mit meinem Onkel verbringen. Und das gilt auch für den heutigen Abend. Mr. Pendarvis hat mich eingeladen, diesen mit ihm zu verbringen.«

Honoria war sichtlich entsetzt. Ihr Mund öffnete sich zwar, aber sie war außerstande, etwas zu sagen. Unter Schock, als sei sie eben Zeugin eines Unfalls geworden, wirbelte sie herum und rannte weg.

Sophie warf Jack einen triumphierenden Blick zu.

»Die sind wir los!« meinte sie lächelnd. »Es tut mir leid, Honorias Benehmen Ihnen gegenüber war ausgesprochen rüde. Ich denke nicht, daß es ihre Absicht war, möchte mich aber trotzdem für ihre Taktlosigkeit entschuldigen ...«

»Glauben Sie, es war mir angenehm, daß Sie ihr sagten, wir seien zusammen ...«

»Wie bitte? Ich ...«

»Sie wollten sie damit schockieren, geben Sie es zu, Miss Deene.«

»Aber nein, ich ...«

»Das war mir gegenüber nicht sehr freundlich. Tut mir leid, aber ich fühle mich keineswegs dadurch geschmeichelt. Wenn Sie mich jetzt bitte entschuldigen ...«

Jack deutete eine Verbeugung an und ließ sie stehen.

»Aber Mr. Pendarvis ...«, flüsterte Sophie verstört und eilte ihm nach. »Mr. Pendarvis«, wiederholte sie noch einmal etwas lauter.

Jack blieb stehen und drehte sich langsam um. Erst jetzt wurde Sophie bewußt, daß sie von mindestens einem Dutzend Menschen beobachtet wurden. Betont lässig schlenderte sie den Rest des Weges auf ihn zu.

»Bitte, ich muß mit Ihnen reden«, sagte sie leise.

»Also gut«, meinte er und fuhr sich mit den Fingern durch die schwarzen Haare.

»Nein, nein ... nicht hier. Am Friedhof. Kommen Sie mir in ein paar Minuten nach. Einverstanden?«

Jack nickte kurz.

Sophie eilte über den Dorfanger, ohne die ihr zuwinkenden Menschen zu sehen, ohne auf das zu hören, was man ihr zurief. Jacks Beschuldigung hatte sie tief getroffen, und sie hatte das dringende Bedürfnis, sich zu rechtfertigen. Und ihr war klar, daß sie ihn verletzt hatte, denn zum ersten Mal hatte er es sie spüren lassen.

Das kleine Eisentor quietschte, als sie den Friedhof betrat, der sich hinter einer alten hohen Hecke verbarg. Sie lief den Mittelweg entlang, vorbei am Grab ihres Vaters, auf das sie erst heute morgen ein Sträußchen Gänseblumen gelegt hatte, und hielt erst nach der Biegung an, damit man sie nicht sah, sollte jemand zufällig vorbeikommen.

Aus dem Pfarrgarten hörte sie das Gelächter von Frauen, und ihr fiel siedendheiß ein, daß sie Anne versprochen hatte, ihr beim Aufräumen zu helfen. Was hatte sie nur bewogen, dieses gewagte Rendezvous vorzuschlagen? Die Folgen würden schrecklich sei, wenn sie mit Jack hier erwischt wurde.

Sie hörte das Tor in den rostigen Angeln quietschen, lauschte nervös den auf sie zukommenden Schritten. Ein Glück, es war tatsächlich Jack. Und es war zu spät, einen Rückzieher zu machen.

»Es tut mir leid. Sie hatten recht. Ich habe mich unmöglich benommen, aber bitte glauben Sie mir, es war nicht meine Absicht, Sie zu beleidigen. Ich habe einfach nicht nachgedacht. Ich wollte Sie nicht ... Ich möchte mich entschuldigen, das ist alles.«

»Es war nicht Ihre Schuld. Und es war mein Fehler, so ärgerlich zu werden. Mein Bruder behauptet immer, ich sei halsstarrig. Er scheint recht zu haben«, lächelte Jack.

»Sie machen es mir zu leicht«, lachte Sophie. »Was Sie auf dem Dorfanger gesagt haben . . .«

»Es ist nicht schwer, Ihnen zu verzeihen«, sagte Jack, nahm ihre Hand in die seine und streichelte mit dem Daumen über ihre Lebenslinie.

Sophie stand völlig bewegungslos. Ihr Herz klopfte. Nicht aus sexueller Begierde, sondern aus echter Zuneigung zu diesem Mann, der sie in sein Innerstes hatte sehen lassen. Ihre Blicke trafen sich, und sie wußte, gleich würden sie sich küssen. Langsam beugte er sich zu ihr, als wolle er ihr noch eine letzte Chance einräumen, der Intimität des Augenblicks zu entfliehen. Doch Sophie schloß die Augen, als seine Lippen zart die ihren berührten, seine Finger ihren Nacken liebkosten, während sein Kuß fordernder wurde.

Dann sah sie ihm tief in die Augen, in denen sie keine Spur von Triumph, sondern nur ungeheure Zärtlichkeit entdeckte.

»Deswegen bin ich nicht hergekommen . . .«, flüsterte sie.

»Das weiß ich.«

»Aber ich bereue es auch nicht. Wie sollte ich auch?«

»Sophie«, murmelte er und berührte zärtlich ihre Wange mit seinen Fingerspitzen.

Sie betrachtete seine hübsch geschwungenen Augenbrauen, die langen, seidigen schwarzen Wimpern, legte ihre Hände auf seine Schultern und starrte auf die Stelle an seinem Hals, an der sich das Klopfen seines Herzens abzeichnete und die sie so gern geküßt hätte. Doch ehe sie dazu kam, preßte er seine Lippen wieder auf die ihren, und sie drängten sich aneinander, als könnten sie so mehr über den anderen erfahren.

»Wir müssen damit aufhören«, zwang sich Sophie schließlich atemlos zu sagen.

»Ich möchte Sie wiedersehen, Sophie. Nicht heute abend beim Tanz um das Johannisfeuer, wo uns alle sehen können und man über Sie klatschen würde. Ich möchte Sie alleine sehen.«

»Ich weiß nicht ... ich habe noch nie ... ich meine, ich wüßte nicht, wie wir ...«

»Morgen. Sagen Sie ja, Sophie.«

»Ja. Aber wo?«

»Machen Sie einen Vorschlag.«

»Nach dem Kirchgang. Kennen Sie die alte romanische Ruine? Etwa eine Meile südlich von hier, an der alten Zollstraße nach Plymouth?«

»Ich werde sie finden.«

»Ich werde aber nicht lange bleiben können ...«

»Aber Sie kommen, ja?«

»Ja, ich komme. Ich verspreche es.«

Kapitel 8

Connor erreichte die Klosterruine früher als gedacht und hatte genügend Zeit, mit Muße zwischen den noch vorhandenen Resten von Bögen und dachlosen Gängen umherzuwandern. Ein blauer, fast wolkenloser Himmel wölbte sich über dem einsamen Platz, und die Sonne brachte die gelben und roten wilden Blumen zum Leuchten, die zwischen den Steinen wucherten.

Connor ertappte sich dabei, wie er einen Strauß für Sophie pflückte, obwohl er doch keineswegs ihr verliebter Verehrer war, wie sie wahrscheinlich annahm. Erst heute morgen war ihm klargeworden, daß er im Grunde nichts weiter war als ein verlogener Betrüger, der ihr etwas vorgaukelte, um das Ziel zu erreichen, das er sich gesetzt hatte und das ausschließlich mit seiner Arbeit zu tun hatte. Warum er so weit gegangen war, sie am Friedhof zu küssen, schob er einer momentanen Verwirrung zu, wenngleich das auch keine Entschuldigung war. Sein Bruder war derjenige in der Familie, der jedem Weiberrock nachrannte. Er selbst sah sich als Mann, der verantwortungsvoll eine Aufgabe übernommen hatte und ein ganz bestimmtes Ziel damit verfolgte. Frauen paßten nicht in das Bild, das er sich von seiner Zukunft gemacht hatte. Auch Sophie Deene nicht, die er ja nicht heiraten wollte. Eine private Beziehung mit ihr kam also überhaupt nicht in Frage. Deswegen würde er ihr heute sagen müssen, daß sie sich nicht wiedersehen durften. Aber wie sollte er ihr das auf anständige Art und Weise klarmachen, wie sollte er dem Netz aus Lügen entrinnen, das er selbst nicht nur gesponnen, sondern in dem er sich nun auch verfangen hatte? Nun, so schwer konnte das doch nicht sein. Sie würde es überleben.

Connor setzte sich auf einen Stein und lächelte, als er sich an ihre geröteten Wangen erinnerte, ihre erregt funkelnden Augen, als er sie im Arm gehalten hatte. Natürlich war sie sich der Gefahr bewußt gewesen, die sie mit diesem Stelldichein auf dem Friedhof eingegangen war. Für ihn hatte sie die Gefahr des Entdecktwerdens auf sich genommen, was in einem Dorf wie Wyckerley einer Katastrophe gleichkam. Und als sie sich dann noch bei ihm entschuldigt hatte, da hatte er für kurze Zeit den Verstand verloren.

Die Küsse, die sie ihm geschenkt hatte, waren unbeschreiblich süß gewesen, obwohl er alles andere im Sinn hatte, als sie zu verführen. Doch ihre zauberhafte Unschuld, ihr Bestreben, das zwischen ihnen herrschende Mißtrauen auszuräumen, waren der Anlaß für ihn gewesen, sie in den Arm zu nehmen, und es war ihm auch völlig natürlich vorgekommen.

Er hatte zwar keine Uhr, aber der Stand der Sonne verriet ihm, daß sie längst hätte hiersein müssen. Die Messe endete spätestens um halb eins. Selbst wenn sie von Freunden aufgehalten worden war, selbst wenn sie sich zu Fuß auf den Weg gemacht hatte, selbst dann hätte sie bereits hier sein müssen. Connor stand auf und wanderte unruhig auf und ab.

Und wenn sie nun überhaupt nicht kam? Unsinn, sie hatte es versprochen. Sie würde in jedem Fall kommen, auch wenn es nur war, um ihm zu sagen, daß zwischen ihnen nichts sein dürfe. Ärgerlich über ihre Verspätung, stieß er mit der Schuhspitze gegen Steine, hob einige auf und warf sie gegen die alte Klostermauer. Dann besann er sich darauf, den Eichhörnchen zuzusehen, die sich auf den mit Efeu bewachsenen Steinen in der Sonne jagten.

Warum kam sie nicht? Was mochte sie aufgehalten haben? Vielleicht war ein Grubenunglück schuld an ihrer Verspätung? Unwahrscheinlich, denn sonntags wurde in der Guelder-Mine nicht gearbeitet. Oder bedauerte sie bereits ihr Versprechen?

Als die Sonne langsam hinter den Bäumen auf den Hügeln im Westen verschwand, wußte er, daß sie nicht kommen würde. Trotzdem blieb er und wartete weiter. Die Blumen des Straußes, den er für sie gepflückt hatte, ließen bereits die Köpfchen hängen. Er kam sich vor wie ein Idiot. Er trug seinen noch am Vorabend ausgebürsteten besten Anzug, dazu eine von Jack geliehene Halsbinde, war frisch rasiert, hatte sich die Haare gestutzt und die Fingernägel geschrubbt, bis kein schwarzer Kohlenrand mehr zu sehen war. Lieber Himmel, er hatte sich sogar mit Jacks Rosenwasser parfümiert.

Es tat ihm gut, an all diese dummen Details zu denken, während er sch auf den Heimweg machte, und die Demütigung zu spüren, die wie ein Feuer in ihm loderte. Die Erinnerung daran würde ihn vor zukünftigen Verlockungen abhalten.

Sein Ärger, so redete er sich ein, hatte nichts mit seinem Entschluß zu tun, noch heute den Bericht über die Guelder-Mine fertig zu schreiben.

Sein Artikel war trocken und angefüllt mit Fakten, die die Sicherheit und Gesundheit der Grubenarbeiter betrafen, und die er in den wenigen Wochen unter Tage gesammelt hatte. Die seit zwanzig Jahren benutzten Leitern, die dem Auf- und Abstieg dienten, waren für unzählige Unfälle verantwortlich. Es gab auf den verschiedenen Ebenen keine Plattformen, auf denen sich die Arbeiter ausruhen konnten, was zu Erschöpfungszuständen führte, die wiederum zur Folge hatten, daß es zu Unfällen kam. Connor zitierte das Beispiel von Tranters Partner, der erst kürzlich hinuntergefallen war und sich beide Beine gebrochen hatte.

Die Löhne war ausgesprochen niedrig und beliefen sich auf etwa fünfzig Shilling pro Monat. Von diesem Geld mußten die Arbeiter ihre Kerzen, das Sprengmaterial und andere Unkosten bezahlen, was etwa vierzig Prozent des Lohnes ausmachte. Zufälligerweise gehörte der einzige Laden in Wyckerley, in dem sie das Material kaufen konnten, dem Onkel der Besitzerin der Mine. In Tavistock waren die Sachen weitaus billiger, das hatte Connor nachgeprüft.

Die Hitze unter Tage war unerträglich. In einer achtstündigen Schicht verlor ein Mann mindestens drei Pfund an Gewicht. Zwar war vor kurzem ein Ventilator installiert worden, doch er reichte bei weitem nicht aus, um genügend Frischluft zuzuführen, was zur Folge hatte, daß die Männer an Schwindsucht erkrankten. Aus dem Bericht von Mr. Lanyon ging hervor, daß Grubenarbeiter im Durchschnitt sechzehn Jahre früher starben als Landarbeiter.

Es gab keine spezielle Ausbildung und keine Lehrstellen für Jugendliche, keine Möglichkeit, im Winter warme Mahlzeiten zu sich zu nehmen. Diejenigen, die über Tage arbeiteten, konnten sich allenfalls beim Schmied oder in dem Raum aufwärmen, in dem ihre Kleidung zum Trocknen aufgehängt wurde. Es gab keinen Arzt, der sich um Unfallopfer kümmerte. Verletzte mußten sich wohl oder übel in die Obhut eines oben arbeitenden Mädchens begeben, das zu dem Zeitpunkt, an dem seine zweifelhaften Fähigkeiten als Krankenschwester verlangt wurden, womöglich gerade betrunken war. In dem Fall bemühte sich die Besitzerin der Mine selbst darum, Erste Hilfe zu leisten, eine zweifellos freundliche Initiative, aber nicht unbedingt dazu angetan, das Vertrauen des Verletzten zu gewinnen.

Unfälle und Grubenunglücke wurden als unvermeidbar betrachtet, der Tod von zwei bis drei Männern pro Jahr waren die Regel. Wenn diese unglaublichen Mißstände von der Besitzerin nicht erkannt und beseitigt wurden, so schloß Connor seinen Bericht, dann sah er wenig Hoffnung für eine Änderung der gefährlichen Zustände.

Jack kam herein, als Connor gerade den Artikel in einen Briefumschlag steckte. Ihm war nicht klargewesen, wie lange er dagesessen und geschrieben hatte, und es wurde ihm erst bewußt, wie spät es sein mußte, als Jack auftauchte.

Sein Bruder sah müde aus, lächelte aber, als er sich auf das Bett fallen ließ.

»Na, wie war dein Nachmittag mit der Minenbesitzerin, Con? Sag schon. Ich erzähle dir danach auch meine Geschichte.«

»Laß mich zuerst deine hören, meine ist mehr als kurz. Sie hat mich versetzt.«

»Ehrlich? Diese Teufelin!«

»Ich dachte mir schon, daß sie nicht auftauchen würde. Wahrscheinlich ist ihr was dazwischengekommen«, meinte Connor und zuckte mit den Achseln, als sei ihm das Ganze nicht wichtig.

»Ach wirklich? Tut mir leid für dich, Con«, meinte Jack.

»Alles halb so schlimm. Kein Grund, sich darüber aufzuregen.«

»Wenn du meinst . . .«

»Und? Was hast du getrieben? Du siehst irgendwie . . . Na, sagen wir, schuldbewußt aus . . .«

»Dazu habe ich keinen Grund, auch wenn ich alles versucht habe, um ... Erinnerst du dich an das Mädchen, mit dem ich am Johannistag zusammen war? Sidony heißt sie. Sidony Timms. Sie ist hübsch, oder?«

»Sie arbeitet für Lynton Great Hall, als Milchmagd . . .«

»Woher weißt du das denn?«

»Miss Deene hat so was erwähnt.«

»Stimmt, sie ist Milchmagd. Aber heute hatte sie frei. Ist ja schließlich Sonntag. Was glaubst du, wer hat sie nach der Messe heimbegleitet?«

»Ich kann es mir denken. Und was hast du dafür bekommen?«

»Nicht das, woran deine schmutzige Fantasie dich denken läßt, Bruderherz. Miss Timms ist über alle Zweifel erhaben.«

»Miss Timms?«

»Am Vormittag. Nachmittags nannte ich sie dann schon Sidony«, grinste Jack. »Weißt du, warum sie hinkt?«

»Sie hinkt? Das wußte ich nicht.«

»Ist es dir nicht aufgefallen? Ja, sie hinkt, aber nur ein bißchen. Ihr Vater ist schuld daran. Hat sie vor ein paar Jahren so fürchterlich verprügelt, daß sie nie wieder richtig gehen kann. Der Pfarrer hat das arme Mädchen aus dem Haus dieses Unholds weggeholt und ihr die Arbeit bei Lord Moreton verschafft. Und da ist sie sehr glücklich.«

»Du magst sie.«

»Richtig. Sie ist gescheit und lieb, und mag ihre Art, wie sie mich anlächelt, wenn ich neben ihr gehe. Als wäre ich ein richtiger Gentleman. Und sie hat so schöne schwarze, lange Wimpern ...«

»Hat sie denn keinen Verehrer?«

»In gewisser Weise schon. Den Gutsverwalter von Lynton. Holyoake heißt er. Aber der ist alt, mindestens vierzig. Der zählt sozusagen nicht.«

»Die Frage ist ... zählt er für sie?«

»Na ja, als Freund sicherlich, er hat sehr viel für sie getan, war immer freundlich zu ihr und so, verstehst du ... Was nun ihn betrifft ...«

»Er liebt sie.«

»Das weiß ich nicht. Ich habe den Mann nie getroffen. Will es auch gar nicht, wenn du mich fragst. Und überhaupt ... Ich sehe in ihm keinen Rivalen«, sagte Jack und stand langsam auf. »Was kritzelst du da eigentlich? Schon wieder einen Brief an die Rhads?«

»Ich habe meinen Bericht beendet.«

»Ist das wahr? Jetzt schon? Du hast es aber diesmal sehr eilig, oder etwa nicht, Con?«

»Eilig? Warum?«

»Nun ja, vielleicht deshalb, weil sie nichts von dir wissen will ...«

Connor warf ihm einen scharfen Blick zu, und Jack hob abwehrend die Hände.

»Meinetwegen kann sie und ihre Mine zur Hölle fahren, ich meine ja nur ...«

»Ich weiß, was du meinst. Aber laß dir eines gesagt sein ... Ich habe nicht gepfuscht mit dem Bericht ...«

»Nein, natürlich nicht. So etwas würdest du nie tun. Tut mir leid ...«

»Vergiß es, Jack.«

Aber später, nachdem Jack zu Bett gegangen war, las er noch einmal seinen Bericht durch und vervollständigte ihn mit einem Nachsatz.

Die Besitzerin der Mine plant schon in Bälde mehr Ventilatoren zu installieren, schrieb er. In diesem Fall werden die Luftverhältnisse unter Tage natürlich um vieles verbessert. Die Löhne sind zwar gering, aber nicht niedriger als in anderen vergleichbaren Gruben. Und obwohl das Gesetz es erlaubt, daß Jungs schon mit zehn Jahren unter Tage arbeiten, ist es in der Guelder-Mine üblich, sie erst mit vierzehn nach unten zu schicken.

Connor unterbrach seine Tätigkeit und lauschte dem Schnarchen Jacks. Die Kirchturmuhr schlug elf Mal.

Dies ist als Zwischenbericht zu betrachten, schrieb er und unterstrich diese Worte. Um sich eine endgültige Meinung bilden zu können, benötigt der Autor mehr Zeit. Ich hoffe, die beiden vorangegangenen Berichte über Wheal Looe und Tregurtha in Cornwall reichen aus, um Mr. Shavers mit den nötigen Informationen zu versorgen, die er zum Einreichen seiner Reform benötigt. Mein vollständiger Bericht über die Guelder-Mine wird in etwa vierzehn Tagen zu erwarten sein.

Ehe er sich am nächsten Morgen an den mühsamen Abstieg machte, hielt Connor nach Sophie Ausschau, konnte sie aber nirgends entdecken.

Unter dem Vorwand, sein Hemd wechseln zu müssen, das er sich an einem herausragenden Balken zerrissen hatte, stieg er zur Abendessenszeit wieder nach oben. Warum er sie unbedingt sehen wollte, konnte er nicht sagen. Vielleicht war der Grund, ihr zu beweisen, daß es ihm nichts ausgemacht hatte, daß sie ihn versetzt hatte. Als er sie nicht fand, fragte er beim Schmied nach, ob man sie heute überhaupt schon gesehen habe. Doch niemand schien etwas zu wissen. Nach Beendigung seiner

Schicht lungerte er herum und behielt die Tür ihres Büros im Auge. Als diese schließlich aufging, sah er Mr. Andrewson herauskommen.

»Mr. Andrewson! Tranter Fox und ich wollten Miss Deene etwas fragen. Haben Sie sie heute schon gesehen? Jenks meint ...«

»Nein. Sie ist zu Hause geblieben, weil sie krank ist.«

»Krank?«

»Na ja, eigentlich nicht krank, eher verhindert. Sie hatte gestern einen Unfall. Der Arzt hat sich nicht darüber geäußert, wann sie wieder arbeiten kann. Wenn Sie ein Problem haben, dann wenden Sie sich doch an Dickon Penney. Der ...«

»Ist sie verletzt? Was ist passiert?«

»Ein Unfall, ich sagte es doch schon«, meinte Andrewson und fixierte Connor neugierig. »Sie ist aus ihrem Wagen gefallen, als sie nach der Messe einen Ausflug machte. Wie ich höre, ist was mit ihren Beinen. Also, Dickon Penney ist derjenige, der Ihnen weiterhelfen wird.«

Andrewson nickte, steckte seine Pfeife in Brand und ließ Connor stehen.

Stone House lag an der Zollstraße, eine Meile nördlich von Wyckerley. Auf dem Weg nach Tavistock war Connor bereits einmal an den beiden Steinpfosten vorbeigekommen, die früher ein Tor eingefaßt hatten, das aber längst verschwunden war. Mit schnellen Schritten eilte er die Kiesauffahrt entlang. Das Haus lag hinter einer scharfen Rechtskurve verborgen.

Erstaunt blieb er dann stehen und betrachtete das alte Gemäuer, das ursprünglich wohl einmal ein Farmhaus gewesen war. Rosen rankten sich bis zum zweiten Stock hinauf und bedeckten fast völlig die honiggelben Dartmoorsteine, mit denen es errichtet worden war, und ließen lediglich die Fenster mit den Kreuzrahmen frei.

Die Haustür stand offen. Connor klopfte, doch niemand

schien ihn zu hören. Leicht beunruhigt betrat er die Eingangshalle, von der aus eine abgetretene Holztreppe nach oben führte. Links davon befand sich ein Salon, der mit den bequemen Sitzmöbeln, dem dünngewordenen Teppich und einem rußschwarzen Kamin sehr gemütlich wirkte. Ein dämmriger Flur führte in den rückwärtigen Teil des Hauses, in dem es offenbar noch mehrere Zimmer gab, unter deren Türschlitzen er Licht entdeckte.

»Ist jemand zu Hause?« rief er.

Keine Antwort, obwohl es nach frischgekochtem Essen roch.

Unschlüssig wanderte er wieder nach draußen. Ein schmaler Steinweg führte um das Haus herum und endete bei einer Terrasse, die an einen Wintergarten angebaut war. Doch auch dort entdeckte er niemanden.

Im Garten endlich, in dem es herrlich nach blühenden Rosen duftete, fand er Sophie. Sie lag schlafend auf einem niedrigen Diwan aus Korbgeflecht, ein Fuß ruhte auf einem Kissen, das Gelenk war bandagiert. Auch am anderen Fuß trug sie keinen Schuh, nur einen weißen Strumpf, der unter dem Saum des Unterrocks hervorlugte. Auf ihrer Brust lag ein aufgeschlagenes Buch, im Gras neben ihr Zeitungen, ein Nähkorb und ein Teller mit Käse.

Connor trat näher, vorsichtig, um sie nicht zu wecken. Ihre Wimpern zitterten leicht, als träume sie. Ihre Lippen waren ein klein wenig geöffnet, und er beobachtete fasziniert, wie sich ihr Busen mit jedem Atemzug hob und senkte. Sie war blasser als sonst und wirkte zerbrechlich. Ihr blondes Haar hatte sie hochgesteckt, doch einige Strähnen hatten sich gelöst und leuchteten wie Gold in der Sonne.

In diesem Augenblick öffnete sie die Augen und lächelte ihn an.

»Wenn Sie schlafen, sehen Sie aus wie ein Engel«, flüsterte er. »Sie sind so schön. Ich hätte Sie gerne geküßt. Würden Sie es zugelassen haben?«

Sophie bewegte sich nicht.

»Ich fürchte mich vor Ihnen«, sagte sie dann.

Auch er fürchtete sich vor ihr, aber sie war mutiger. Sie konnte es zugeben, er nicht.

Er kniete sich neben den Diwan.

»Sie haben sich verletzt, das tut mir leid«, meinte er und betrachtete ihre aufgeschürfte Wange und den Verband an ihrem Unterarm.

»Das ist nicht weiter schlimm«, murmelte sie schläfrig. »Lästig, aber nicht schlimm.«

»Andrewson sagte mir, Sie hatten einen Unfall.«

Sie richtete sich etwas auf und griff nach dem Buch auf ihrer Brust, das dabei herunterzufallen drohte.

»Ich habe nicht aufgepaßt und nicht gemerkt, daß der Weg immer schlimmer wurde«, erklärte sie. »Ich hätte besser den Wagen stehengelassen und wäre das letzte Stück zu Fuß gegangen. Da war plötzlich ein riesiger Felsbrokken, wirklich sehr groß, und eines der Räder hat ihn erwischt. Da bin ich in hohem Bogen aus dem Wagen hinausgeworfen worden. Gott sei Dank habe ich die Zügel losgelassen, wer weiß, was Valentine sonst passiert wäre.«

Es fiel Connor schwer, sie nicht zu berühren, sie nicht tröstend in die Arme zu nehmen.

»Zuerst dachte ich, ich habe mir das Fußgelenk gebrochen. Die gute Val kam zwar zurück, aber ich war außerstande, in den Wagen zurückzuklettern. Also habe ich sie auf einem Fuß hopsend abgeschirrt, und schließlich schaffte ich es, mich auf den Pferderücken zu schwingen, indem ich auf den Felsbrocken kletterte, der an unserem Unglück schuld war ...«

»Wo ist das passiert?«

»Wie ich schon sagte, da, wo der Weg nur aus Geröll besteht ...«

»Auf dem Weg nach Abbeycombe?«

»Wo sonst?« fragte sie erstaunt. »Dort haben Sie doch auf mich gewartet, oder?«

Er nickte.

»Na, zum Glück hat es wenigstens nicht geregnet«, lachte sie. »Ich bin dann auf dem Pony zu Dr. Hesselius geritten, und der hat mich, nachdem er mich untersucht und verbunden hatte, in seiner Kutsche heimgebracht.«

»Und was hat er über Ihr Fußgelenk gesagt?«

»Es ist wahrscheinlich nicht gebrochen, nur angesplittert.«

»Wahrscheinlich?«

»Er ist sich nicht ganz sicher. Auf jeden Fall hat er mir befohlen, zu Hause zu bleiben. Er ist ziemlich altmodisch, müssen Sie wissen. Schon wegen einem albernen Schnupfen steckt er einen ins Bett.«

Connor sah sie zweifelnd an. Jack war ebenfalls ein Meister darin, seine Krankheit herunterzuspielen.

»Wenn es nach ihm geht, darf ich eine, vielleicht sogar zwei Wochen lang nicht meine Beine benutzen, was völlig undenkbar ist. Ich habe meinen Onkel gebeten, mir Krücken zu besorgen. In ein paar Tagen bin ich sicher wieder in der Lage, zur Arbeit zu gehen.«

Connor sagte nichts dazu. Es war nicht an ihm, ihr Vorschriften zu machen, obwohl er es gerne getan hätte.

»Und was ist das? Und das hier?« fragte er und berührte mit den Fingern leicht den Verband an ihrem Arm und die Schürfwunde auf der Wange.

»Ach, nicht der Rede wert. Weh tut mir nur noch mein Fußgelenk, und das auch nur, wenn ich auftrete. Dr. Hesselius hat mir eine Arznei gegeben, aber die hat mich so müde gemacht, ich nehme sie jetzt nicht mehr.«

»Sie sind eine sehr aufsässige Patientin.«

»Das stimmt nicht. Aber kein Mensch weiß so gut wie ich, wie ich mich tatsächlich fühle.«

Connor lächelte bei dieser Unvernunft, die ihn wieder an seinen Bruder erinnerte.

»Oh, da fällt mir ein ... Mr. Jenks kommt gleich vorbei

... Ich habe ihn gebeten, um fünf Uhr hierzusein«, sagte sie plötzlich.

Connor stand auf. Höchste Zeit, sich auf den Weg zu machen. Jenks wollte er auf keinen Fall hier begegnen.

»Tja, dann werde ich mich jetzt verabschieden. Das mit Ihrem Unfall tut mir leid. Aber ich bin froh, daß Sie auf dem Weg der Besserung sind. Wenn ich irgendwas für Sie tun kann ... Was wohl allerdings kaum der Fall sein dürfte ...«

»Oh doch, mir fällt da tatsächlich etwas ein, was Sie für mich tun könnten. Kommen Sie doch morgen wieder vorbei, das heißt, wenn es nicht regnet ... Sie finden mich wieder hier im Garten. Werden Sie kommen?«

Connor versprach es ihr.

Kapitel 9

Connor hielt sein Versprechen. Von nun an kam er jeden Tag, immer eine Stunde vor Einbruch der Dämmerung, immer geradewegs in den Rosengarten von Sophies Mutter.

Schon mittags begann sie ängstlich den Himmel zu betrachten, denn wenn es regnete, würde er nicht kommen. Das war eine stillschweigende Abmachung zwischen ihnen. Maris und Mrs. Bolton gegenüber erwähnte sie, daß seine Besuche rein geschäftlicher Natur seien, was die beiden ohne weiteres glaubten, denn etwas anderes wäre undenkbar gewesen. Ihren Vetter, ihren Onkel oder um ihre Gesundheit besorgte Freunde bat sie, am Vormittag vorbeizuschauen. Jenks oder Dickon Penney bestellte sie abends zu sich.

Dieses ausgeklügelte System erlaubte es ihnen, allein zu sein. Verhältnismäßig allein, wenn man davon absah, daß sie von jedem im Haus gesehen werden konnten, oder von Thomas, der über dem Kutschenunterstellplatz wohnte.

Wenn Connor kam, war sein Haar meist noch feucht, und er trug seinen besten Anzug. Beim ersten Mal bot sie ihm Kekse an, die er fast gierig in sich hineinschlang. Von diesem Zeitpunkt an sorgte sie dafür, daß Maris eine Platte mit belegten Broten und einen Krug mit Orangentee oder Limonade vorbereitete.

Sie berührten sich nicht, aber sie sprachen viel miteinander, wenn sie in zwei Stühlen nebeneinander saßen, nahe des von Rosen fast zugewachsenen Gartenhauses. Connor pflegte von dem zu berichten, was sich tagsüber ereignet hatte, und natürlich war die Kupfermine eines ihrer Lieblingsthemen, obwohl ihr dabei auffiel, daß er sich weniger für den Kupferabbau interessierte, sondern immer wieder auf die Arbeitsbedingungen in der Grube zu sprechen kam.

Nach und nach sprachen sie auch über andere Dinge. Es überraschte sie, wie gebildet er war, eine Tatsache, die er auf die häufige Lektüre von Büchern schob, als sie ihn darauf ansprach. Connor erzählte fast nie etwas von seiner Familie, als sei dies ein Thema, das ihn verlegen machte. Trotz ihrer Neugier respektierte sie seine diesbezügliche Zurückhaltung und drang nicht weiter in ihn. Statt dessen erzählte sie ihm über ihre eigene Kindheit, die Liebe zu ihrem Vater, ihr Leid, als dieser starb.

»Er muß großes Vertrauen in Sie gesetzt haben«, meinte er. »Sonst hätte er Ihnen wohl kaum die Mine vererbt.«

»Ja, das hat er«, gab sie zu. »Und er war davon überzeugt, daß ich ihn nicht enttäuschen würde. Das hat er so oft wiederholt, daß ich es irgendwann fast selbst glaubte.«

Nicht fast, ich glaube wirklich daran, dachte Sophie.

Aber das sprach sie nicht laut aus, weil sie fürchtete, es würde überheblich klingen.

»Er hat mich verwöhnt ... Jedenfalls behauptet Honoria

das. Er behandelte mich mehr wie einen Sohn als eine Tochter ... Trotzdem, ich wäre nie auf die Idee gekommen, daß er mir die Mine vererbt. Es war in der Nacht, in der er starb. Er brach am Schreibtisch zusammen, sie brachten ihn nach Hause, und einige Stunden später war er tot. Herzanfall. Bis zum letzten Moment war er bei vollem Bewußtsein. Ich denke, er war selbst überrascht, als er mich fragte, ob ich Guelder haben wollte. Eigentlich hatten wir beide angenommen, daß Onkel Eustace die Mine übernehmen würde, wenn Vater etwas zustieß. Sobald er meine Antwort wußte, änderte er sein Testament. Christy Morrell hat als Zeuge unterschrieben.«

Sophie schneuzte sich und lächelte unter Tränen.

»Der Verlust war schrecklich für mich. Nur die Arbeit in der Mine machte es einigermaßen erträglich. Und da er immer so fest an mich geglaubt hatte, stürzte ich mich in diese Arbeit, was mir den Kummer erleichterte. Ich kann behaupten, daß ich meine Entscheidung nie bereut habe. Tatsächlich kann ich mir nicht vorstellen, ein anderes Leben zu führen.«

In Wirklichkeit dachte sie natürlich manchmal daran, eine eigene Familie zu haben, Kinder großzuziehen und den Haushalt zu versorgen. Aber sie betrachtete dies mehr als ein zukünftiges verlockendes Ziel, zu dessen Verwirklichung ihr im Augenblick die Zeit fehlte.

Die Schatten wurden länger, und sie wußte, Jack würde sie bald verlassen. Er hatte die Katze auf dem Schoß, die seine Liebkosungen mit einem lauten Schnurren belohnte.

»Fängt dieser faule Kater auch manchmal Mäuse?«

»Nein«, lachte sie. »Dazu ist er eindeutig zu faul.«

Lächelnd lehnte sich Jack zurück und hörte ihr zu. Er selbst sagte nur sehr wenig. Etwas geradezu Geheimnisvolles umgab ihn. Trotzdem hatte sie weder Angst vor ihm, noch mißtraute sie ihm.

»Möchten Sie sich ein bißchen die Füße vertreten?«

Es war ihnen zur Gewohnheit geworden, im Garten einen langsamen Spaziergang zu machen. Sie benutzte dazu einen Stock und stützte sich auf der anderen Seite auf Jacks Arm. Leider hatte Dr. Hesselius recht behalten. Die Verletzung am Fußgelenk war ernster Natur, und ihr ursprünglicher Plan, in wenigen Tagen ihre Arbeit wieder aufzunehmen, erschien ihr im nachhinein geradezu lächerlich.

Jack half ihr hoch und reichte ihr den Stock. Wenn sie allein und müde war, benutzte sie den Rollstuhl, den Anne Morrell für sie aufgetrieben hatte, um wenigstens im Haus nicht auf die Hilfe anderer angewiesen zu sein. Die durch den Unfall bedingte Unbeweglichkeit ging ihr unglaublich auf die Nerven, vor allem, weil die Genesung länger dauerte, als angenommen. Geduld war nicht eine ihrer größten Stärken.

Andererseits hatten diese unfreiwilligen Ferien auch etwas Gutes, nämlich die Stunden mit Jack. Warum sie diese so sehr genoß, hätte sie nicht eigentlich zu sagen gewußt. Ihr war jedoch klar, wenn sie erst einmal wieder gesund und in ihr normales Leben zurückgekehrt war, würde sie bedauerlicherweise keine Zeit mehr für solche angenehmen Mußestunden haben.

Wahrscheinlich aus eben diesem Grund genoß sie jede Sekunde, die Jack ihr Gesellschaft leistete. Wie angenehm es war, sich auf seinen starken Arm zu stützen, während sie durch den Garten gingen. Er roch nach frischer Seife, und er schien nur Augen für sie zu haben. Freundliche, graue Augen, die zu lächeln schienen, wenn er sie ansah. Jeder, der die beiden zufällig so sah, mußte erkennen, daß sie an alles andere als an Geschäftliches dachten.

Ahnten Maris, Thomas oder Mrs. Bolton schon etwas? Wußte vielleicht sogar schon das ganze Dorf über ihre heimlichen Verabredungen? Und wenn Onkel Eustace davon erfuhr? Sein Verhalten war voraussehbar. Und sie selbst, wie würde sie auf mögliche Vorwürfe seinerseits antworten? Schwer zu sagen. Jedenfalls war ihr klar, daß sie sich da auf etwas ziemlich Gefährliches eingelassen hatte. Seltsam, es schien ihr sogar Spaß zu machen.

Diesmal waren sie weiter gegangen als sonst. Sophie sah sich lächelnd in dem kleinen Obstgarten um.

»Zurück werden Sie mich tragen müssen«, scherzte sie und stieß einen entzückten Schrei aus, als Jack sie daraufhin hochhob.

»Zurück? Warum nicht dort unter die Bäume, wo ich Sie küssen kann?«

»Dort ist eine Bank, wir könnten uns hinsetzen und ...«

Seit Tagen hatten sie sich beide danach gesehnt, erstaunlich war lediglich, daß sie so lange gewartet hatten. Sophie legte ihm die Arme um den Hals, preßte ihr Gesicht an seine Wange. Unwillkürlich fing sie an zu zittern und schloß die Augen.

Er fand die weißgestrichene Eisenbank ohne Mühe und setzte sich darauf, ohne sie loszulassen. Sophie saß auf seinem Schoß, leicht erschrocken über das, was sie hier taten. Doch seine lachenden Augen beruhigten sie, und sie lächelte glücklich, als sie seinen warmen Atem an ihrem Hals spürte.

Ihre Finger spielten mit seinem tiefschwarzen Haar, das sich oberhalb des Kragens leicht lockte und wie Satin glänzte. Mit einer Hand streichelte er langsam ihr Rückgrat entlang, die andere legte sich besitzergreifend um ihre Hüfte.

Sie spürte förmlich, wie erstaunt er war, als ihm bewußt wurde, daß sie kein Korsett trug.

»Oh, Sophie«, murmelte er, und dann küßte er sie.

»Jack«, stöhnte sie.

»Pst«, meinte er, und seine warme Zunge drang in ihren Mund ein.

Dies war ein völlig neues Gefühl für Sophie. Sie spürte,

wie ihr Körper unwillkürlich auf dieses unbekannte Vergnügen reagierte.

»Ich habe das Gefühl, ich schmelze«, wisperte sie und überließ sich bereitwillig seinen Verführungskünsten.

Doch als seine Finger die zarte Haut liebkosten, die der Ausschnitt ihres Kleides freigab, bekam sie Angst.

»Jack ... Jack ...«, murmelte sie atemlos.

Seine Lippen ließen von den ihren ab, und er preßte ihren Kopf an seine Schulter.

»Ich war verdammt wütend an dem Tag, als Sie nicht zu unserer Verabredung in Abbeycombe kamen«, sagte er plötzlich. »Ich weiß eigentlich nicht, warum ich Ihnen das sage ... Im Grunde wollte ich es nicht erwähnen.«

»Sie waren wütend auf mich?« fragte Sophie und sah ihn an.

»Ja, weil ich annahm, daß Sie mich absichtlich versetzt haben, weil ich glaubte, Sie wollten mich nicht wiedersehen ...«

»Aber nein ...«

»Ich war gekränkt und gab Ihnen die Schuld daran«, gestand er.

Sophie verzieh ihm sofort mit einem leidenschaftlichen Kuß.

»Was geschieht mit uns?« wisperte sie.

»Wir haben den Verstand verloren, das ist es.«

»Ja, das muß es wohl sein.«

Jedesmal, wenn er kam, gingen sie wieder in den Obstgarten, lenkten wie zufällig ihre Schritte in diese Richtung. Sobald sie dort angekommen waren, liebkosten und küßten sie sich.

Das muß Liebe sein, sagte sich Sophie. Wenn er nicht bei ihr war, mußte sie ständig an ihn denken. War er dann endlich da, verging sie vor Sehnsucht, von ihm berührt und geküßt zu werden. Sie sprachen immer weniger miteinander, widmeten sich all den kleinen Zärtlichkeiten, die so viel versprachen. Ihre Gefühle füreinander in Worte zu kleiden, war für beide äußerst schwierig, und so unterließen sie es.

Nichts sollte ihre Idylle stören, nicht einmal der Gedanke an eine Zukunft, die nie stattfinden konnte, da der Standesunterschied sie nicht erlaubte.

An einem heißen Julitag, am Nachmittag, passierte das, wovor sie sich die ganze Zeit unbewußt gefürchtet hatte. Selbstverloren in einem innigen Kuß, hörte Sophie die Schritte ihres Onkels erst, als es zu spät war.

»Sophie? Sophie, wo bist du?« rief der Bürgermeister von Wyckerley ahnungslos.

»Hier Onkel, ich komme schon«, rief sie zurück, als sie ihn bereits bei dem Gartenhaus entdeckte.

Als er ihre Stimme hörte, wandte er sich in ihre Richtung und kam auf sie zu. Er war ganz in Schwarz gekleidet und trug, wie üblich, seinen großen Hut, der nicht in diese ländliche Umgebung zu passen schien.

Sophie warf Jack einen verzweifelten Blick zu. Aufmerksam beobachtete er sie, wartete darauf, daß sie auf ihren Onkel zueilen würde, damit dieser nichts von seiner Anwesenheit erfuhr. Sie war entsetzt, wie verletzt er aussah, wie sich seine Lippen zusammenpreßten, die Lippen, die sie noch vor Sekunden geküßt hatte, die Enttäuschung in seinen Augen, die Bitterkeit, die wie ein Abschied wirkte.

»Ich bin hier, Onkel ... mit Mr. Pendarvis«, rief sie mutig.

Connor hatte sie in diesem Moment bewundert. Sich gegen die eindrucksvolle Autorität ihres Onkels, des Bürgermeisters, aufzulehnen, das erforderte Mut. Doch was hatte sie damit erreicht? Er erinnerte sich genau an das Gesicht Vanstones, als dieser ihn aus dem Obstgarten kommen sah. Der Ausdruck war eine seltsame Mischung aus Erstaunen, Mißtrauen und plötzlicher Gewißheit gewesen, so leicht entzifferbar wie die Speisekarte eines Gasthauses.

»Mr. Pendarvis ist kurz vorbeigekommen, um mich über die Vorgänge in der Mine zu informieren«, hatte Sophie zu ihrem Onkel gesagt.

Aber die Lüge war offensichtlich, und Vanstone war kein Dummkopf. Er sah natürlich die Grasflecken auf ihrem weißen Kleid, er bemerkte, daß sie ohne Stock hinter dem Gebüsch hervorgehumpelt kam, er konnte Connors gelöste Halsbinde und seine offene Weste nicht übersehen. Und all das waren Beweise für ihre Schuld, für etwas, was sie nicht hätten tun dürfen.

In Connors Gegenwart jedoch wurde darüber kein Wort verloren. Er hatte versucht abzuschätzen, ob es besser für Sophie war, wenn er blieb, oder ob er ihr einen Gefallen tat, wenn er sofort aufbrach. Er hatte sich für letzteres entschlossen, war aber jetzt, auf dem Heimweg, nicht mehr sicher, ob es das richtige gewesen war.

Was hätte er sonst tun sollen? Es kam einem Wunder gleich, daß man sie nicht schon früher erwischt hatte. Sophie und er hatten mit dem Feuer gespielt und waren immer sorgloser dabei geworden, wie Kinder. Die Schuld lag eigentlich bei ihm. Er hätte aufhören müssen, sie zu besuchen. Natürlich hatte es Sophie Freude gemacht, wenn er vorbeischaute. Schon deswegen, weil sie sich wahrscheinlich langweilte. Und er? Er hatte weder auf sein Gewissen gehört noch seinen gesunden Menschenverstand zu Wort kommen lassen. Wie hatte es passieren können, daß er seine ernsthaften Ziele, wenn auch nur zeitweise, hatte vergessen können, die ihn sonst von verführerischen Weibern ferngehalten hatten? Eustace Vanstone hatte ihn auf den Boden der Tatsachen zurückgeholt, und jetzt schämte er sich.

Er hatte alles falsch gemacht. Und gelogen. Er hatte Sophie über den wahren Grund seines Hierseins belogen. Er hatte die Rhadamanthus-Gesellschaft belogen, indem er vorgab, mehr Zeit zu brauchen, um seinen Bericht über die Guelder-Mine zu beenden, den er in Wahrheit schon vor zwei Wochen hätte fertigstellen können. Wie sollte er aus diesem selbst eingebrockten Schlamassel herauskommen? Wenn er Sophie gestand, daß er nicht Jack, sondern eigentlich Connor hieß, daß er sich unter einem falschen Vorwand hatte von ihr einstellen lassen, was würde dabei gutes herauskommen? Die Wahrheit würde sie wahrscheinlich noch mehr verletzen, als es seine Lügen bereits getan hatten. Die einzige Möglichkeit war, den Ort zu verlassen. Sie würde sehr bald einsehen, daß sie auf ihren Instinkt hätte hören müssen, daß sie mit Blindheit geschlagen war, seinen wahren Charakter nicht früher durchschaut zu haben. Und sie würde ihn schnell vergessen. Zurückbleiben würde eine Erinnerung an einen Sommer, in dem sie von Sinnen gewesen sein mußte. Was ihn betraf, er würde sie nie vergessen, so lange er lebte.

Jack lag auf Connors Bett, als er endlich heimkam. Er starrte an die Decke, offenbar in Gedanken.

»Da ist schon wieder ein Brief für dich, von den Rhads«, murmelte er und gab Connor einen Briefumschlag.

Er sah schlimmer aus als sonst, schien immer magerer zu werden, immer grauer im Gesicht.

»Wie fühlst du dich, Jack?«

»Wie immer. Willst du nicht den Brief lesen?«

»Ich denke, ich kenne den Inhalt. Die Gesellschaft will endlich den Bericht über die Guelder-Mine haben. Und zwar sofort.«

Vor ein paar Tagen hatte er die Rhads davon unterrichtet, daß die Besitzerin der Mine demnächst beabsichtigte, einen Aufzug einzubauen, um damit das veraltete und gefährliche Leiter-System zu ersetzen. ›Demnächst beabsichtigte‹ war natürlich maßlos übertrieben, aber zumindest keine Lüge. »Denken Sie darüber nach«, hatte er ihr geraten, in den Tagen, als sie noch miteinander über so wichtige Dinge sprachen, und er sich eingebildet hatte, daß der einzige Grund seiner Besuche war, sie zu erziehen, sie von neuartigen Sicherheitsvorkehrungen im Grubenbau zu überzeugen. Als sie jedoch den Preis für diese Modernisierung erfuhr, hatte sie von anderen Dingen geredet. Doch er hatte darauf beharrt, sie müsse noch einmal darüber nachdenken. Schließlich hatte sie lachend zugestimmt, das zu tun.

»Was hast du den ganzen Tag über getrieben?« erkundigte er sich bei seinem Bruder.

»Auf dem Bett herumgelegen. Und an gestern nacht gedacht.«

»Gibt es dafür einen besonderen Grund?«

»Ich war gestern mit Sidony zusammen. Wir ... Na ja, wir haben es getan. Im Mondschein, in einem Heuhaufen, in der Nähe von Lynton. Und weißt du was, Con? Sie war noch Jungfrau.«

»Oh!« Connor betrachtete seinen Bruder aufmerksam. Jack sah nicht so aus, als sei er besonders stolz auf sich. Eher verwirrt, fast gerührt.

»Du willst mir doch nicht erzählen, daß du dich in sie verliebt hast?«

»Liebe! Du trägst immer gleich so dick auf, Con. Ich und Liebe? Du spinnst ja!« meinte Jack lässig, aber seine Augen verrieten Unsicherheit.

»Na gut. Also, wie war sie?«

»He, wie sprichst du denn von dem Mädel? Sidony ist nicht so eine!«

»Ich verstehe.«

»Sie ist anders, kapierst du das?«

»Alles klar.«

»Und wie war dein Nachmittag mit der niedlichen Miss Deene?«

Connor hatte keine große Lust, dem Bruder die Frage zu beantworten.

Statt dessen öffnete er den Briefumschlag der Rhadamanthus-Gesellschaft.

»Na und? Was schreiben sie?«

»Sie wollen ...«

»Ja, was denn? Nun, sag schon ...«

»Sie wollen, daß ich nach London komme und für sie arbeite.«

»Potzblitz!«

»Shavers kann seine Reform nun doch nicht schon dieses Jahr einbringen. Jetzt wollen sie, daß ich nach London komme und Reden für sie schreibe.«

»Nach London, sagst du?«

»Ich soll Reden für Shavers entwerfen, die er vor den Arbeitern halten kann, ich soll Artikel schreiben ... Und ich werde dafür bezahlt.«

»Aber das ist doch wunderbar, Con.«

»Ja, gewiß ...«

Das ist die Lösung, dachte Connor.

Er hatte sich schon Gedanken über seine berufliche Zukunft gemacht, weil die Gesellschaft entschieden hatte, ihn nicht mehr nach Buckfastleigh zu schicken. Nun hätte er sich erleichtert fühlen müssen. Das Angebot der Rhads löste sein Problem. Andererseits ...

»Ich werde das Angebot annehmen«, sagte er.

»Aber natürlich mußt du es annehmen. Wann?«

»Sofort. Sie wollen mich sofort haben. Du kommst doch mit mir, nicht wahr?«

»Ich weiß nicht, Con ... Gib mir ein bißchen Zeit, darüber nachzudenken, ja?«

Kapitel 10

Am Freitag sah es nach Regen aus. Sophie betrachtete unruhig die grauen Wolken, die vom Süden her aufzogen. Wenn es wirklich zu regnen anfing, dann würde sie Jack heute nicht sehen. Sie spürte Panik in sich aufkommen.

Heute war die letzte Gelegenheit für seinen Besuch. Für morgen hatte sie ein paar Leute zum Tee eingeladen, am Sonntag würde sie den Gottesdienst besuchen, und am Montag begann sie wieder zu arbeiten. Wie sollte es dann weitergehen?

Der Wind wirbelte Rosenblätter über die Terrasse, in den schwankenden Baumwipfeln saßen die Vögel und zwitscherten aufgeregt, wie immer, wenn sich ein Sturm ankündigte. Sophie blickte in den Spiegel, in dem eine Fremde sie anzustarren schien, mit blassem Gesicht und tiefen Rändern unter den Augen.

Sie hoffte inständig, daß Jack kommen würde. Onkel Eustace hatte ihn gestern zwar nicht beleidigt, aber das war auch nicht nötig gewesen. Sein Verhalten reichte aus, um klarzumachen, wie sehr er Jacks Anwesenheit mißbilligte, wie sehr er es Sophie übelnahm, diesen Mann in ihr Haus eingeladen zu haben. Sie ahnte, wie unangenehm die Situation für Jack gewesen sein mußte. Und sie sehnte sich danach, ihm zu sagen, daß ihr die Einstellung ihres Onkels egal war, daß sich durch den Vorfall nichts geändert habe, daß ...

Sie öffnete die Tür. Sogar die Luft roch schon nach Regen. Um die Mittagszeit ließ der Wind nach, um zwei kam sogar die Sonne heraus. Aber es wurde fünf, und Jack war nicht gekommen.

Unglücklich ging sie im Garten auf und ab und führte Selbstgespräche.

Eigentlich hatte sich nichts verändert, obwohl ihr Onkel sie erwischt hatte. Aber die schönen Stunden mit Jack gehörten trotzdem der Vergangenheit an, weil der übliche Tages- und Arbeitsablauf sie wieder einholen würde. Die Vorstellung, auf etwas verzichten zu müssen, was ihr so lieb geworden war, machte ihr Angst.

Und dann kam er doch noch, und sie spürte die Erleichterung im tiefsten Inneren ihres Herzens. Mit einem glücklichen Lächeln hieß sie ihn willkommen.

Sein Lächeln war trauriger, ernster. Mit langen Schritten kam er auf sie zu.

»Dem Himmel sei Dank, da sind Sie ja«, sagte sie. »Ich fürchtete schon, Sie würden nicht kommen.«

»Eigentlich hätte ich es auch nicht tun sollen.«

»Mag sein, aber ... Sollen die Leute denken, was sie wollen. Es ist mir wirklich egal, Jack. Hauptsache, Sie sind da.«

»Sophie«, flüsterte er, die Hand schon erhoben, um sie zu berühren.

Doch dann überlegte er es sich anders.

»Können wir uns setzen? Ich muß mit Ihnen reden.«

Sie war ein bißchen enttäuscht, weil er offenbar nicht vorhatte, mit ihr in den Obstgarten zu gehen, wo niemand sie hätte sehen können, aber sie nickte. Sie ließen sich in den beiden Stühlen nieder, die neben dem Gartenhaus standen.

»Was ist passiert, nachdem ich gegangen war?« erkundigte er sich besorgt.

»Nichts. Er hat nicht einmal mit mir geschimpft. Warum auch? Ich muß mich doch vor ihm nicht für mein Tun rechtfertigen ...«

»Was hat er gesagt? Er wird doch mit Sicherheit ...«

»Spielt das wirklich eine Rolle? Mir ist es unwichtig, was er denkt.«

»Ich möchte es trotzdem wissen.«

»Jack, können wir den Vorfall nicht einfach vergessen? Ich habe keine Lust, seine Worte zu widerholen. Es war nicht weiter schlimm, trotzdem möchte ich es nicht sagen. Warum sollten wir uns unseren letzten Tag damit verderben?«

»Unseren letzten Tag, richtig. Woher wissen Sie das?«

»Nein, das meinte ich nicht. Es ist nur ... Wie sollen wir ... Ich weiß nicht, ob wir ...« Verlegen unterbrach sie sich. War sie tatsächlich in einen Mann verliebt, den sie nicht einmal zu sich nach Hause einladen konnte?

»Es ist unser letztes Treffen, Sophie«, wiederholte er ernst. »Hören Sie mir jetzt bitte genau zu. Es gibt da eine Organisation, die sich Rhadamanthus-Gesellschaft nennt. Ich weiß nicht, ob Sie schon davon gehört haben ...«

»Das sind Sozialisten, nicht wahr?«

»Reformer.«

»Mein Onkel sagt, es sind Sozialisten.«

»Ihr Onkel hält sogar den Gemahl der Königin für einen Sozialisten«, lächelte er grimmig. »Aber darüber wollen wir jetzt nicht streiten.«

»Gut. Aber was haben Sie mit dieser Gesellschaft zu tun, Jack?«

»Sie haben mir eine Arbeit angeboten.«

»Was haben sie ...?« fragte sie fassungslos.

»Sie sind der Auffassung, daß ich ihnen nützlich sein kann. Bei ihrem Vorhaben, die Sicherheits- und Gesundheitsbedingungen in Gruben zu verbessern. Aufgrund meiner Erfahrung ... als Grubenarbeiter.«

»Aber woher kennt man sie dort?«

»Also ... Ich habe ihnen irgendwann einmal einen Brief geschrieben, das ist zwar schon ewig her, aber ... Sie haben ihn in ihrer Zeitung abgedruckt, und seitdem sind wir in brieflichem Kontakt ...«

»Das wußte ich gar nicht. Davon haben Sie mir nie etwas gesagt ...«

»Ich weiß ... auf dieses Thema sind wir nie zu sprechen gekommen.«

»Und wo befindet sich der Sitz dieser Gesellschaft? In London?« preßte sie mühsam hervor.

»Ja, in London.«

»Würden Sie denn nach London gehen?«

»Ja ...«

»Und werden Sie es tun?«

»Ich denke, ich muß es tun.«

»Wann?«

»Schon sehr bald.«

»Ich verstehe. Und jetzt sind Sie hier, um sich von mir zu verabschieden.«

»Sophie ...«

Sie stand auf. Die Hände auf ihre brennenden Wangen gepreßt, ging sie auf den Eingang des Obstgartens zu.

»Bitte, Jack, folgen Sie mir nicht ...«, flehte sie, als sie hinter sich seine Schritte hörte.

Aber Jack ließ sich nicht beirren, schlang die Arme um sie und preßte sie an sich.

»Es ist schon gut«, sagte sie. »Ich mache Ihnen keinen Vorwurf, weil Sie das Angebot annehmen wollen. Ich weiß, es ist eine Möglichkeit für Sie, sich zu verbessern ... Was wäre, wenn ich Ihnen eine Arbeit anbieten würde? Ich meine ... nicht als Grubenarbeiter, irgendetwas anderes ... Sie könnten Jenks Gehilfe werden, oder der von Dickon Penney ... Sie sind klug und ...«

»Nein, Sophie, ich kann nicht für Sie arbeiten.«

»Warum denn nicht?«

»Es geht nicht. Es ist unmöglich. Bitte fragen Sie mich nicht, warum.«

Sie starrte in seine Augen und wußte plötzlich, es hatte keinen Sinn, den Versuch zu machen, ihn überreden zu wollen.

Dann würde sie ihn also nie wiedersehen? Warum war das Leben so ungerecht?

»Bitte, Jack ... gehen Sie nicht!« flüsterte sie. »Wir werden eine andere Lösung finden ... wir ...«

»Es gibt keine Lösung für uns zwei, Sophie ...«

»Bitte, bleiben Sie ...«

»Es geht wirklich nicht ...«

Sophie seufzte und entzog sich seiner Umarmung. Sie war nicht die einzige, der die Hoffnungslosigkeit ihrer Situation bewußt war. Auch in seinen grauen Augen schimmerte dieselbe Traurigkeit, die von ihrem Herzen Besitz ergriffen hatte.

»Dann verbringen Sie wenigstens den heutigen Abend mit mir«, murmelte sie und nahm seine Hand.

Seine hübsch geschwungenen Augenbrauen zogen sich erstaunt zusammen.

»Was?«

»Kommen Sie heute Abend zu mir, Jack«, lachte Sophie. »Oder begehren Sie mich etwa nicht?« fügte sie atemlos hinzu.

»Ich ...«, stammelte er.

»Ich werde allein sein«, erklärte sie hastig. »Meine Haushälterin ist an den Wochenenden bei ihrem Sohn. Und Thomas ist zwar da, aber nach dem Abendessen zieht er sich in seine Wohnung zurück. Er geht sehr früh schlafen.«

Connor versuchte etwas zu sagen, aber sie legte ihm den Finger auf die Lippen.

»Bitte. Ich wünsche es mir so sehr ...«

Sophie erwartete ihn mit nervöser Ungeduld. Unruhig ging sie in dem kleinen Salon auf und ab, sie rückte die Bücher im Regal zurecht, sie blies den Staub von den Kerzenhaltern auf dem kleinen Tisch, sie polierte mit ihrem Taschentuch das Messinggehäuse der Uhr. Sollte sie sich umziehen? Warum, zum Teufel, war sie so nervös? Würde ein Glas Sherry helfen? Wie absurd, sich Mut antrinken zu wollen. Mut wofür? Um sich von einem Grubenarbeiter entjungfern zu lassen? Ausgerechnet von einem solchen Mann? Gut, er war klüger und belesener als andere Männer seiner Herkunft, und vielleicht war sie sogar in ihn verliebt, aber das änderte eigentlich nichts. Er blieb trotzdem das, was er sein Leben lang gewesen war. Ein Grubenarbeiter. Aber spielte das wirklich eine Rolle?

Mit Sicherheit. Wozu sich selbst belügen? Die Schule in Exeter, die sie besucht hatte, kam ihr in den Sinn. Hatte man ihnen dort nicht beigebracht, daß sich eine wirkliche Dame nie dazu herbeiließ, mit den unteren Schichten zu verkehren, außer auf rein geschäftlicher Basis oder allenfalls noch bei Wohlfahrtsveranstaltungen? Natürlich hatte zu jener Zeit keiner daran gedacht, daß eine Absolventin dieser Schule eines Tages eine Kupfermine besitzen würde.

Es klopfte leise an die Haustür. Ihr Herz raste, und sie strich sich nervös über das Haar, glättete die Röcke und drückte die Schultern durch.

Es war Robert Croddy.

»Robert? Was willst du denn?« stieß sie unhöflich hervor.

Er sah geradezu lächerlich aus. Im Knopfloch seines eleganten Übermantels steckte eine gelbe Blume, den Hut preßte er mit beiden Händen an die Brust.

»Kann ich hereinkommen?« fragte er mit einem Lächeln, das um seine dünnen Lippen spielte.

»Nein!« sagt sie, riß sich dann aber zusammen. »Es tut mir leid, ich bin ganz allein im Haus. Es würde sich nicht gehören, dich hereinzubitten«, fügte sie etwas sanfter hinzu und sah dabei ängstlich über seine Schulter.

Doch außer seiner im Mondlicht schwarzglänzenden Kutsche in der Auffahrt war nichts zu sehen.

»Natürlich. Du hast völlig recht. Verzeih mir, Sophie, ich konnte nicht ahnen, daß du allein bist ... Wo ist denn dein Personal?«

»Meine Haushälterin hat frei, wie jeden Freitag abend«, gab sie kühl Auskunft, weil sie der Ansicht war, daß ihn das eigentlich nichts anging. »Wolltest du irgend etwas Besonders von mir?«

»Nein, ich bin eigentlich nur hier, um mein Bedauern auszudrücken ...«

»Dein Bedauern?«

»... weil ich morgen nicht kommen kann.«

»Weil du morgen nicht kommen kannst?« wiederholte sie dümmlich.

»Du hattest mich zum Tee eingeladen.«

»Aber natürlich . . . Entschuldige meine Verwirrung, aber ich war über der Lektüre eines Buches eingeschlafen, als es klopfte ...«:

»Dann will ich dich nicht länger aufhalten ...«, sagte er und verbeugte sich.

»Schade, daß du morgen nicht kommen kannst«, beeilte sie sich zu sagen.

»Mir tut das auch sehr leid, aber ich habe eine geschäftliche Verabredung, die sich leider nicht aufschieben ließ . . .«

Sie unterdrückte die Frage, um was für Geschäfte es sich handle, weil sie fürchtete, er würde dann noch länger bleiben. Außerdem sprach Robert nicht gerne über dergleichen, weder über die Brauerei seines Vaters, noch über seine Anteile an der Mine ihres Onkels. Er war sehr altmodisch, was das betraf. Zwar war er Geschäftsmann, aber im Gegensatz zu Sophie schämte er sich dafür.

Sie war heilfroh, als er endlich ging und sie das Geräusch der davonrollenden Kutsche hörte. Aus der Dunkelheit hinter den Hecken löste sich ein Schatten, und sie erkannte Jack erst, als das Licht des Mondes auf seine schwarzen Haare schien. Ungemein erleichtert lächelte sie ihm zu, und erst Sekunden später fiel ihr sein grimmiges Gesicht auf.

»Ich hätte vielleicht etwas später kommen sollen«, meinte er kühl. »Aber ich konnte ja nicht wissen, daß sich hier die Männer die Klinke in die Hand geben.«

»Aber ...«, begann Sophie und nahm seine Hand in die ihre und hielt sie fest, obwohl sie sich wie leblos anfühlte. »So kommen Sie doch endlich ins Haus ...«, fuhr sie fort und zog ihn mit sich.

»Es war Robert«, erklärte sie. »Robert Croddy. Sie haben ihn bereits kennengelernt. Auf dem . . .«

»Ich weiß, wer das war.«

»Er wollte nur ... Ich meine, er ist noch nie abends hier aufgetaucht. Er wollte mir nur sagen, daß er nicht zu meiner morgigen Einladung kommen kann. Er ... Jack, sind Sie etwa eifersüchtig auf ihn?«

Ihre ehrliche Überraschung brachte ihn wieder zu Verstand.

»Zum Teufel, ja. Am liebsten würde ich ihn in ein Bierfaß stecken und ihn in den Fluß werfen«, lächelte er.

Sie lachte herzlich und umarmte ihn.

»Ich habe ihn weggeschickt«, flüsterte sie. »Obwohl er den perfekten Ehemann für mich abgeben würde ... Er ist reich, sieht gut aus ...«

»Er ist potthäßlich ...«

»Ist stark ...«

»Fett, das ist er ...«, sagte Connor und küßte sie. »Und dumm ...«

»Mag sein, aber er ist reich.«

»Keineswegs. Wer hält Sie in diesem Augenblick im Arm? Er oder ich?«

Sophie drückte ihr Wange an seine Schulter. Robert war in der Tat ein standesgemäßer Verehrer. Trotzdem hatte sie ihn weggeschickt, zugunsten eines armen Grubenarbeiters aus Cornwall. Dem sie sich an den Hals warf, dem sie ihre Jungfräulichkeit opfern wollte. Wenn das je herauskam, war ihr Ruf ein für allemal ruiniert. Und trotzdem nahm sie dieses Risiko auf sich. Für ihn. Jack hatte dabei nichts zu verlieren. Aber er war eifersüchtig. Eine merkwürdige Welt, in der sie beide lebten.

Plötzlich hatte sie Angst vor ihrer eigenen Courage. Es war wohl am besten, die Sache so schnell wie möglich hinter sich zu bringen. Sie drängte sich an ihn, küßte ihn leidenschaftlich und schloß dabei die Augen, um ihren Verstand auszuschalten und nicht an die Folgen ihres leichtsinnigen Tuns denken zu müssen. Sie spürte sein Erstaunen, ehe sein Kuß fordernder wurde. Genau das war es, was sie von ihm wollte. Besiegt und in Besitz genommen werden. Sie wollte seinen Namen flüstern, doch seine Lippen, die sich fest auf die ihren preßten, hinderten sie daran. Ihre Hände wanderten unter seinen Mantel, liebkosten seinen Rücken, die Muskeln seiner Schultern. Durch den dünnen Stoff des Hemdes konnte sie die Wärme seines Körpers spüren, während seine Hände ihr Gesäß massierten. Als er an ihrem Ohrläppchen saugte, fing sie an zu zittern. Am liebsten hätte sie sich an Ort und Stelle zu Boden sinken und sich von ihm in Mutters Blumengarten besteigen lassen.

»Sophie ...«

Sein Tonfall verriet ihr, daß dies nicht seine Absicht war. Aber wo sollten sie sich lieben? Hier? In ihrem Zimmer, oder in dem ihres Vaters, weil dort das Bett breiter war? Sie hatte sich zwar vorgestellt, wie es sein würde, mit Jack zu schlafen, hatte aber nicht einen Gedanken daran verschwendet, wo dies stattfinden sollte.

»Sollen wir in mein Zimmer gehen?« flüsterte sie fragend.

»Hmmm ...«

Sie führte ihn die abgetretene Holztreppe nach oben, geradewegs in ihr Zimmer, wo sie die Kerze auf ihrem Nachttisch anzündete. Sie versuchte sich vorzustellen, wie dieses Zimmer auf ihn wirken mußte, mit der weißen Überdecke auf dem Bett, in dem sie seit zwanzig Jahren schlief, mit dem Regal, in dem Schulbücher standen und Bilder von Freundinnen, mit den gerahmten Auszeichnungen, die sie bekommen und stolz an die Wand gehängt hatte. Als Siebzehnjährige war sie sogar die Maikönigin von Wyckerley gewesen, und sie besaß immer noch den dummen, mit Bändern verzierten Strohhut, den sie bei dem Umzug getragen hatte. Die Frisierkommode war ein Geschenk ihres Vaters, als sie zehn gewesen war, und inzwischen war der Stuhl davor zu klein für sie und der Spiegel so niedrig, daß sie sich darin nur betrachten konnte, wenn sie sich vornüber beugte.

Jack stand bei ihrem Sekretär und betrachtete die daraufstehenden Bilder.

»Das ist meine Mutter«, erklärte Sophie und deutete auf eine Miniatur, die mit Wasserfarben gemalt worden war. »War sie nicht wunderschön?«

»Sie sehen ihr sehr ähnlich.«

»Lustig, das sagen viele … Ich selbst kann die Ähnlichkeit nicht erkennen. Und das sind meine Eltern, etwa einen Monat nach ihrer Hochzeit. Ich liebe dieses Ölbild … Sie sehen so glücklich darauf aus.«

»Und das ist die Kupfermine, nehme ich an«, meinte Connor und deutete auf eine Zeichnung, auf der nichts weiter zu sehen war als ein Maschinenhäuschen und eine Leiter, die aus einem Loch herausragte.

»Richtig. Vor fünfzehn Jahren. Kurz nachdem mein Vater sie gepachtet hatte. Welch ein Unterschied zu heute!«

Sie lehnte sich leicht an ihn. Warum hörte er nicht endlich auf zu reden? Nichts deutete darauf hin, daß es seine Absicht war, sie zu verführen. Offenbar wartete er darauf, daß sie die Initiative ergriff. Und sie war fest entschlossen, genau das zu tun.

Sie blies die Kerze aus, damit er nicht merken sollte, wie nervös sie war. Doch es war trotzdem nicht so dunkel im Zimmer, wie sie es gehofft hatte, weil der Mond zum Fenster hereinschien. Mit einem lautlosen Seufzer begann sie sich auszuziehen. Ihre Furcht, daß er einfach stehenbleiben und sie dabei beobachten würde, war zum Glück unbegründet. Er kam auf sie zu und half ihr dabei, die Knöpfe im Rücken aufzuknöpfen. Dann schob er das Kleid über ihre Schultern, und sie spürte seinen warmen Atem auf ihrer Haut.

»Oh Sophie …«, flüsterte er erregt. »Verzeihen Sie mir, aber ich kann Ihnen nicht widerstehen …«

»Das möchte ich auch gar nicht«, sagte sie kokett und küßte ihn, um ihn von ihren Worten zu überzeugen.

Was ist los mit mir? dachte sie. Bin ich wirklich im Begriff, mich an den Hals eines Mannes zu werfen, den ich vielleicht nie wiedersehen werde? Der mich nie heiraten wird, obwohl ich ihm das kostbarste schenke, was ich besitze? Werde ich mein Tun eines Tages vielleicht doch bereuen?

Sie mußte aufhören, sich über die Zukunft Gedanken zu machen. Was zählte, war allein die Gegenwart, dieser Moment.

»Was wir tun, ist richtig, Jack«, sagte sie deshalb. »Daran glaube ich fest.«

Ihre Sicherheit beseitigte Connors letzte Skrupel.

»Sophie«, murmelte er heiser und fuhr mit seinen Händen durch ihr Haar.

Dann schob er die Träger ihres Mieders nach unten, während sie kleine Küsse auf sein Gesicht hauchte. Sie hielt den Atem an, als er ihre Brüste liebkoste. Er konnte es kaum glauben, sie so zu sehen.

Miss Deene, seine Arbeitgeberin, die Frau, die all seine Kollegen in ihren Bann zog und zu erotischen Fantasien anregte.

»Die Männer unter Tage sprechen über die Mine immer, als sei sie eine Frau«, erzählte er ihr, während er sie weiter entkleidete. »›Heute hat sie uns mal wieder fertiggemacht‹, oder ›Gott, ist sie heiß heute‹ sagen sie dann.«

»Ach, tatsächlich?« fragte sie lächelnd.

»Ja, und manchmal denke ich, in Wirklichkeit reden die Männer von Ihnen. ›Wie ist sie heute?‹ fragt einer, und ich kann mir nur mit Mühe verkneifen zu antworten: ›Du wirst es nicht glauben, Kumpel, aber sie ist noch schöner als gestern‹.«

Sophie lachte und legte den Kopf an seine Schulter.

Sie trug jetzt nur noch ihre Strümpfe. Für einen kurzen Augenblick war ihr ihre Nacktheit peinlich.

»Sie sind so wunderschön, Sophie«, sagte er, und seine bewundernden Blicke wanderten über ihren aufreizenden Körper. »Einfach wunderschön. Aber das wissen Sie natürlich.«

»Nein, das weiß ich leider nicht, Jack«, sagte sie kaum hörbar.

Ihre Stimme verriet sie. Sie hatte Angst. Und er war ein Idiot. Warum war ihm das nicht schon früher aufgefallen?

Er schlang seine Arme um sie, und seine Fingerspitzen huschten über ihren nackten Rücken.

»Sie brauchen keine Angst zu haben, Sophie«, murmelte er beruhigend.

Dann begann er sich zu entkleiden. Sophie deckte das Bett auf und setzte sich auf den Rand. Neugierig beobachtete sie, wie er seine Hose auszog, während sie dasselbe mit ihren Strümpfen tat.

Die Matratze hatte in der Mitte eine Kuhle, und so rollten sie zwangläufig aufeinander zu. Zart berührte sie seine kaum verheilte Wunde.

»Ich mußte ständig an Sie denken, Jack«, gestand sie.

»Mir geht es ebenso. Seitdem ich Sie zum erstenmal gesehen habe. Erinnern Sie sich daran? Ich hatte das Gefühl, noch nie eine so schöne Frau gesehen zu haben. Dieses zarte Gesicht, und dieses wundervolle Haar ... das leuchtet, wie der Sonnenschein selbst ...«

Sophie lachte verlegen, und er drückte einen Kuß auf ihre Stirn, während er mit seiner linken Hand ihre Brust massierte.

»Aber sogar meinem Bruder fiel auf, daß es nicht nur Ihre Schönheit war, die uns faszinierte ... Es war noch etwas anderes ...«

»Was denn?«

»Das ist schwer zu erklären ... Die Art, wie Sie mit den Kindern umgingen, liebevoll, aufmerksam, geduldig ... Sie sind einfach entzückend, Sophie.«

»Nicht immer«, lächelte sie mit geschlossenen Augen.

»Mögen Sie das?« fragte er, als die Spitze seines Mittelfingers zärtlich ihre Brustwarze liebkoste.

Sophie biß sich auf die Unterlippe und stöhnte.

»Und das?« Seine Zunge huschte über ihre steifen Nippel.

»Wie lange ...« murmelte sie.

»Wie lange was ...?«
»Wie lange soll das so weitergehen ... Ich meine, ehe wir ...«
»Solange Sie es wollen«, lachte er.
»Ich wußte gar nicht, daß ... Machen das alle, ehe sie ...?«
»Das weiß ich nicht. Was haben Sie sich denn vorgestellt?«
»Nun ... Ich dachte, man macht nur das eine, ohne all das Drumherum ... Aber es ist schön ...«
»Ohne Zweifel«, meinte er, und seine Finger spielten mit den Löckchen ihres Schamhaars.
Sophies Atem wurde kürzer, ihre Lippen drängten sich den seinen entgegen. Dann bat er sie, die Schenkel zu öffnen, und als sie es tat, streichelte er sie sanft und zärtlich, bis sie sich stöhnend unter seinen Berührungen zu winden begann.
»Jack?« flüsterte sie atemlos.
»Ja?«
»Ich will es jetzt ...«
Connor legte sich auf sie. In letzter Sekunde fiel ihm ein, daß sie wahrscheinlich nicht wußte, was auf sie zukam. Sollte er sie warnen?
»Es wird ein bißchen weh tun ...«, murmelte er.
Dann drang er mit einem kräftigen Stoß in sie ein, und sie schrie entsetzt auf.
»Es ist schon vorbei ...«
»Schon vorbei ...?« wisperte sie verwirrt.
»Die Schmerzen«, meinte er lächelnd. »Jetzt kommt das Vergnügen, ich verspreche es.«

Kapitel 11

»Und das ist das Zimmer, in dem ich als Baby geschlafen habe«, erklärte Sophie, als sie ihm später das Haus zeigte. »O Gott, wieviel Staub hier rumliegt, und einmal richtig durchlüften könnte auch nicht schaden.«

Ihr Blick wanderte über die Regale, die mit unzähligen Erinnerungen an ihre Kindheit vollgestopft waren.

»Oh, meine Lieblingspuppe«, rief sie. »Nora hieß sie. Ich habe sie für meine kleine Schwester gehalten.«

»Sie sieht aus wie du«, lächelte er.

»Als Zehnjährige wäre ich bei diesem Kompliment vor Freude in die Luft gesprungen«, lachte sie und drückte sich an ihn.

»Und ein Schaukelpferd ... Himmel, wie oft sind wir zusammen ausgeritten ...«

»Und Nora kam dann auch mit?«

»Selten. Manchmal hat unser Koch mir das Mittagessen in eine kleine Schachtel gepackt. Das habe ich dann verzehrt, während ich auf dem Pferd saß und mir einbildete, ein amerikanisches Cowgirl zu sein. Ich nehme an, ich wurde ziemlich verwöhnt. Verglichen mit anderen Kindern.«

Verglichen mit dir, dachte sie insgeheim.

Allein die vielen Spielsachen, die sie geschenkt bekommen hatte. Bücher, Spiele, Puzzles, Zeichenblöcke, Kreiden, Wasserfarben, Puppen. Sie erinnerte sich an die Geschichte, die er ihr erzählt hatte, von dem kleinen Jungen, der sich unsichtbar machen konnte. Seine Brüder hatten ihm seinen Traum zerstört. Aber im Gegensatz zu ihr hatte er wenigens Geschwister gehabt.

»Und das war Mrs. Turners Zimmer«, erklärte sie, während sie die Hausbesichtigung fortsetzte. »Sie war mein Kindermädchen. Und das hier, das war das Zimmer meines Vaters.«

Sie hatte nichts in diesem Raum verändert, er sah immer noch so aus, wie in der Nacht, in der er starb. Nur die meisten seiner Kleidungsstücke hatte sie der Gemeinde gestiftet. Das schwere Mahagonibett hatte vier Pfosten, die Vorhänge waren zugezogen. Manchmal stellte sie sich vor, daß ihr Vater hinter diesen Vorhängen schlief und sie ihm Tee brachte oder die Zeitung, während er sich gähnend streckte und zu ihr sagte: »Guten Morgen, mein Sonnenschein!«

»Du vermißt ihn sehr, nicht wahr?« fragte er und küßte sie sanft.

»Ja, ich vermisse ihn sehr«, gab sie zu. »Willst du sein Arbeitszimmer sehen? Aber vielleicht langweilt dich das ja ...«

»Nein, nein, ich würde es gerne sehen.«

»Im Ernst?«

»Ja, wirklich.«

Sie nahm ihn an der Hand, und gemeinsam gingen sie die Holztreppe hinunter. Sie war barfuß, er hatte zwar seine Hose an, aber kein Hemd.

»Ich liebe dieses alte Haus, und ich wollte es dir schon so lange zeigen.«

»Es ist ein gemütliches Haus, und es paßt zu dir. Aber fühlst du dich nicht manchmal einsam? So ganz allein?«

»Eigentlich nicht. Nun, manchmal vielleicht. Aber ganz allein bin ich auch nicht. Mrs. Bolton, meine Haushälterin, wohnt hier, und Thomas auch, und Maris ist den ganzen Tag über hier und geht erst abends nach Hause.«

Im Arbeitszimmer ihres Vaters, das sich auf der Rückseite des Hauses befand, schloß sie hastig die Vorhänge, weil sie Angst hatte, Thomas würde das Licht der Kerze entdecken und sich darüber wundern.

»Natürlich ist hier alles ein bißchen altmodisch, und Honoria redet seit langem auf mich ein, ich solle das Haus renovieren und ...«

»Aber das willst du nicht ...«

»Schon, warum auch nicht? Aber das kostet Geld. Und

ich habe kein Geld, weil ich alle Gewinne gleich wieder in die Mine gesteckt habe.«

Die Bohlen knackten unter ihren Füßen, als sie über die abgetretenen und fadenscheinigen Teppiche zu dem alten Ledersessel hinter dem Schreibtisch ihres Vaters hinüberging und liebevoll mit der Hand darüber strich.

»Hast du all diese Bücher gelesen?« fragte er und deutete auf die beiden Regale zu beiden Seiten der Tür.

»Alle nicht, aber die meisten. Ein Großteil davon ist Fachliteratur über den Kupferabbau.«

»Und damit sind wir wieder bei deinem Lieblingsthema«, lachte er und setzte sich auf die Schreibtischkante.

»Kein Wunder. Die Mine ist mein Leben.«

»Für eine Frau ist das ziemlich ungewöhnlich. Wie kommt das?«

»Mein Vater war ein Besessener, was die Guelder-Mine betrifft. Und ich wollte schon immer etwas machen, was wichtig ist, worauf ich stolz sein kann.«

»Das kann ich verstehen.«

»Vater war der Meinung, ich hätte mindestens ebensoviel Verstand wie ein Mann. Wir waren ... Wie soll ich es nennen ... Wir waren Partner. Wir zwei gegen den Rest der Welt, verstehst du? Als er starb und ich glaubte, vor Kummer vergehen zu müssen, da habe ich mich kopfüber in die Arbeit gestürzt. Das hat mich davor gerettet, trübsinnig zu werden.«

Sie war angenehm überrascht, wie leicht es ihr fiel, mit Jack über all dies zu reden. Seltsam war nur, wie wenig er über sich preisgab.

»Bist du gerne Grubenarbeiter?« erkundigte sie sich neugierig.

»Nein, ich hasse diese Arbeit.«

»Warum machst du sie dann? Das ist etwas, was ich von Anfang an nicht verstanden habe. Warum versuchst du nicht ... Ich meine, du könntest doch ... mit deinen Fähigkeiten ...«

»Ist das so wichtig für dich? Aus welchem Grund?«

»Aus welchem Grund? Da fragst du noch? O Jack ...«

»Laß uns über etwas anderes reden, ja? Irgendwann werde ich es dir erzählen, aber nicht heute abend ...«

»Wie du meinst. Aber verrate mir wenigstens, warum du die Arbeit nicht magst ...«

»Warst du jemals unten? Bist du jemals in die Grube hinuntergeklettert?«

»Natürlich. Allerdings nur einmal. Als ich neunzehn wurde, hat mein Vater es mir endlich erlaubt. Ich hatte ihn seit Jahren gebeten, mich hinunterzulassen ...«

»Und? Wie war es für dich?«

»Ich mochte es«, sagte sie zögernd. »Ich wollte immer schon wissen, wie es da unten aussieht, wie nach Kupfer geschürft wird, na, einfach alles ... Es hat mich fasziniert ... Ja, ich mochte es.«

»Du mochtest es?« fragte er ungläubig. »Kannst du dir überhaupt vorstellen, wie es ist, jeden Tag da unten zu arbeiten, in dem stickigen, heißen Labyrinth, in dem jeden Moment etwas passieren kann? Egal, wir wollen jetzt nicht darüber reden.«

Sie gingen in die Küche, weil sie plötzlich hungrig waren. Nebeneinander setzten sie sich auf die Bank an dem geschrubbten alten Eichentisch und neckten sich lachend, ob der kalte Schweinebraten beser mit oder ohne Senf schmeckte. Er lobte das von Mrs. Bolton gebackene Brot, sie zählte ihm Gründe auf, warum sie dachte, daß es ungerecht sei, die englische Küche als die schlechteste der Welt zu bezeichnen. Sophie fühlte sich rundherum wohl. Es war schön, einfach mit ihm dazusitzen und herumzualbern. Sie hatte ihm nicht nur erlaubt, ihr Liebhaber zu sein, sie empfand ihn auch als echten Freund. Und gerade deshalb wollte sie mehr über ihn wissen.

»Bist du je richtig betrunken gewesen?«

»So richtig, meinst du? Ja, einmal. Als ich sechzehn wurde. Meine Brüder haben mich mit nach Redruth genommen. Um zu feiern, daß ich endlich ein Mann war.«

»Ich weiß nicht, ob ich den Rest der Geschichte hören will«, meinte sie lachend.

»Dann hättest du mir die Frage nicht stellen dürfen ...«

»Aber vielleicht bekomme ich rote Ohren ...«

»Das macht nichts. Die Farbe ändert nichts daran, daß sie entzückend sind«, sagte er und küßte sie aufs Ohr. »Wie ich schon sagte, sie nahmen mich mit nach Redruth, in eine Taverne ... Sie hießt *Zum schwaren Bullen,* daran erinnere ich mich noch. An mehr allerdings nicht.«

»Was habt ihr denn getrunken?«

»Gin. Und dieses Gesöff habe ich danach nie mehr wieder angerührt. Schon der Geruch ist mir seitdem widerlich.«

»Was ist das für ein Gefühl, wenn man völlig betrunken ist?«

»Schrecklich. Einfach schrecklich.«

»Aber doch nicht gleich zu Anfang ...«

»Nein, anfangs macht es einen Riesenspaß. Warst du denn noch nie betrunken?«

»Was für eine Frage! Natürlich nicht.«

»Wirklich nie?«

»Nein. Wie denn auch? Selbst wenn ich es gewollt hätte ... Ich hatte nie Gelegenheit dazu, nicht mit Honoria, die mich immer begleitet und auf mich aufpaßt wie ein Wachhund. Du hast sie ja kennengelernt. Kannst du dir vorstellen, daß man sich in ihrer Gesellschaft amüsieren kann?«

»Nein, das kann ich mir tatsächlich nicht vorstellen.«

»Siehst du! Eigentlich sind wir schon sehr verschieden voneinander, findest du nicht auch?«

»Du und ich? Ja, das stimmt wohl.«

Sophie wusch ihre Teller und räumte alles säuberlich auf, damit weder Maris noch Mrs. Bolton merkten, daß jemand der Küche einen mitternächtlichen Besuch abgestattet hatte. Hand in Hand gingen sie dann wieder hinauf und in den Wintergarten.

»Schau nur, wie schön der Mond scheint. Es ist fast so hell wie bei Tag.«

»Wir könnten in den Garten gehen«, schlug Jack vor. »Hast du Lust?«

»Lust schon, aber das lassen wir besser. Wenn Thomas zufällig aufwachen sollte, kann er uns sehen.«

»Und hören . . .«

»Nein, das nicht. Er ist taub«, lachte sie.

Jacks Arm um ihre Schultern vermittelte ihr Sicherheit und Geborgenheit. Trotzdem war sie verwirrt, weil etwas, was sie nicht genau hätte sagen können, zwischen ihnen stand, sie trennte, obwohl sie sich doch körperlich so nahegekommen waren, wie das zwischen einem Mann und einer Frau nur möglich war. In Wirklichkeit aber war er ihr dennoch fremd, aufregend fremd. Sie wollte ihn um jeden Preis besser kennenlernen, aber dazu würde sie Zeit brauchen.

Zeit! Das war das Problem. Sie hatten nicht mehr viel Zeit.

»Ich habe Angst, Jack.«

»Warum?«

»Dich zu verlieren. Du wirst von hier weggehen, und das ist sicher genau das, was du tun mußt, aber . . . Ich dachte, ich schlafe mit dir und verabschiede mich dann... Aber so einfach ist es nicht . . .«

Jack küßte den Rest des Satzes von ihren Lippen, und sie spürte, daß er ebenso traurig war wie sie. Aber er sprach nicht darüber, und vielleicht hatte er sogar recht damit. Warum sollte sie sich jetzt darüber Gedanken machen, wie verrückt ihre Idee gewesen war? Wieso sollte sie sich fragen, warum sie sich freiwillig in diesen Zustand der Verletzbarkeit begeben hatte, wenn seine Gegenwart sie noch beglückte, wenn seine Küsse, seine Liebkosungen, seine zärtlichen Worte sie verzauberten?

Die Hauptsache war doch, daß er heute abend gekommen war, daß er hier war. Welchen Kummer auch immer ihr die Zukunft bescheren würde, dieser herrliche Augenblick war es wert, denn sie liebte ihn.

Er drängte sie zu dem ausgeklappten Liegestuhl, der beim Fenster stand. »Leg dich darauf, Sophie.«

Als sie es tat, kniete er sich neben sie.

»Kommst du nicht? Wir haben beide Platz …«, flüsterte sie lächelnd.

Aber er beugte sich über sie, zog an dem Gürtel ihres Morgenmantels, schob seine warme Hand hinein und streichelte ihre Haut. Mit den Fingerspitzen liebkoste er ihre Brustwarzen, und sie hob den Arm über ihre Augen, damit er nicht sah, wie sehr sie seine Berührungen erregten. Sie spürte seine Lippen darüberhuschen, dann seine nasse Zunge, und begann zu stöhnen. Er schob ihren Arm beiseite und küßte sie leidenschaftlich, während seine Hand zwischen ihre Schenkel rutschte und sie dort streichelte, bis sie glaubte, es nicht mehr aushalten zu können, und aufschrie.

Sie zitterte und wand sich, sein Finger bohrte sich in sie, und sie schwebte auf einer Wolke des Glücks, immer weiter entfernte sie sich, bis sie meinte, sich in Luft aufzulösen.

»Ein Glück, daß Thomas taub ist«, murmelte er lächelnd, als sie langsam wieder der Erde zusegelte.

Als ihr bewußt wurde, was genau er damit meinte, wurde sie knallrot. Jack stand auf und entledigte sich seiner Hose. Die Haut, die sich glatt über seine Muskeln spannte, wirkte im Mondlicht wie pures Silber. Sie streckte ihm ihre Hand entgegen, um ihn neben sich zu ziehen, aber er legte sich lächelnd auf sie. Fast ungeduldig schlang sie ihre Beine um ihn und keuchte, als er in sie eindrang. Inzwischen wußte sie, was auf sie zukam und bog sich ihm entgegen, um ihn noch tiefer in sich zu spüren. Wie von weither hörte sie ihre heisere Stimme, die seinen Namen rief, hörte sein Stöhnen, spürte, wie er sich ein letztes Mal aufbäumte und aus ihr herausrutschte.

»Nein, nein ..., keuchte sie, weil sie die plötzliche Leere in sich unerträglich fand.

Aber er schlang die Arme um sie, drängte sie an sich, und sie fühlte etwas Warmes auf ihrem Bauch.

»Liebling, o Jack, ich liebe dich«, murmelte sie und küßte seine schweißnasse Stirn.

»Ich liebe dich auch, Sophie. Ich schwöre es.«

Sie zweifelte nicht eine Sekunde an seinen Worten. Was immer auch das Schicksal mit ihnen beiden vorhatte, sie wußte, diese Nacht würde sie weder vergessen, noch jemals bedauern.

Die Lösung des Problems fiel Connor ein, als er im Morgengrauen zur Decke starrte, während draußen im Garten die Vögel ihr fröhliches Gezwitscher begannen.

Neben ihm lag Sophie, eng an ihn gekuschelt, den Arm über seine Brust gelegt.

»Ich liebe dich«, murmelte er und hauchte einen Kuß auf die Wange der Schlafenden.

Es war so einfach, und er fragte sich, warum er nicht früher darauf gekommen war. Er würde ihr gestehen, wer er in Wirklichkeit war, und sie bitten, auf ihn zu warten, während er sich in London um sein berufliches Fortkommen kümmern würde. Wenn er es erst einmal zu etwas gebracht hatte, konnten sie heiraten.

Sie liebte ihn. Mutig wie sie war, hatte sie es ausgesprochen. Im Gegensatz zu ihm. Obwohl er sie ebenfalls liebte, hatte er es ihr nicht gesagt. Weil er plötzlich das Gefühl hatte, sie zu beschützen, indem er schwieg. Vielleicht war das dumm von ihm, denn die Liebe war etwas so Kostbares und es gab keinen Grund, sie zu verstecken, mochten die Motive dafür noch so ehrenwert sein. Das Wissen, daß sie ihn liebte, bestärkte ihn in der Gewißheit, daß sie auf ihn warten würde, während er für die Rhadamanthus-Gesellschaft seine Berichte schreiben würde, eine Arbeit, die ihm Freude machen würde, weil ihm die Verbesserung der Arbeitsbedingungen unter Tage sehr am Herzen lag. Er würde bescheiden leben, um genügend Geld zu sparen, mit dessen Hilfe er sein Jurastudium wieder aufnehmen konnte. Wie viele Jahre würde er brauchen? Drei, vielleicht sogar vier. Aber Sophie würde auf ihn warten, und ihr Glaube an ihn würde es ihm erleichtern durchzuhalten.

Gab es etwas Schöneres, als ein schwerwiegendes Problem endlich in den Griff zu bekommen? Er fühlte ein lange vermißtes Hochgefühl in sich aufsteigen, in dem er daran dachte, Sophie so lange zu küssen, bis sie aufwachte. Es drängte ihn, ihr alles zu sagen, endlich das Geheimnis zu lüften und ihr zu offenbaren, wer er wirklich war. Wie schön mußte es sein, aus der fremden Rolle zu schlüpfen und wieder Connor zu werden.

Aber sie schlief, und davon abgesehen, würde es nicht leicht für ihn sein, ihr alles zu gestehen. War es nicht besser, bis zum Morgen zu warten, wenn sie beide ausgeschlafen und munter waren?

Ohne Zweifel. Sein Verstand mußte einwandfrei arbeiten, wenn er dieses wichtige Gespräch mit ihr führte.

Er rutschte etwas tiefer, um es sich etwas bequemer zu machen, ohne Sophie in ihrem süßen Schlummer zu stören. Der Gedanke, sie zu verlieren, war unerträglich. Aber wenn er es richtig anstellte, ließe es sich vielleicht vermeiden.

Sie erwachten beide im selben Moment und lächelten sich zu. Noch waren sie sich nicht bewußt, was sie aus dem Schlaf gerissen hatte. Doch als sich das Geräusch wiederholte, setzte sich Sophie erschrocken auf.

»Maris!« flüsterte sie und wurde blaß.

Sie kletterten aus dem Bett, jeder auf seiner Seite, und

sahen sich in entsetztem Schweigen an. Dann fingen sie gleichzeitig an, hilflos zu kichern, drückten die Hand vor den Mund, um das Lachen zu unterdrücken.

Sophie war diejenige, die als erste wieder zur Vernunft kam.

»Schnell, zieh dich an!« zischte sie. »Maris ist dabei, die Treppe zu scheuern, wie jeden Morgen. Ich werde sie bitten, mir aus der Küche eine Tasse Kaffee zu holen, und in dieser Zeit kannst du heimlich verschwinden. Worauf wartest du noch? Zieh dich endlich an ...«

Sie warf ihm sein Hemd zu, schlüpfte in ihren Morgenmantel, band den Gürtel zu und rannte aus dem Zimmer.

Als sie zurückkam, zog er sich gerade die Schuhe an.

»Sie ist in der Küche. Sie wird es nicht merken, wenn du jetzt durch die Haustür schlüpfst. Aber du mußt dich beeilen.«

»Aber ich wollte mit dir reden ...«

»Nicht jetzt!«

Er stand auf und kam auf sie zu.

»Aber wann?« fragte sie ihn.

»Heute nachmittag, im Garten.«

»Ja, ja ...«, meinte sie ungeduldig.

»Um zwei Uhr?«

Sie nickte, dann schüttelte sie plötzlich den Kopf.

»Das geht nicht. Heute kommen alle zu mir zum Tee. Das hatte ich völlig vergessen ...«

»Dann heute abend?«

»Gut, heute abend. Aber jetzt mußt du wirklich gehen. Bitte, Jack.«

Connor fluchte. Was für eine blöde Situation. Ihm blieb nicht einmal mehr Zeit, sie zu küssen. Sie begleitete ihn bis zur Treppe, aufgeregt, weil Maris jeden Moment aus der Küche zurückkommen konnte. Wie gern hätte er ihr gesagt, daß er sie liebte, ihr seine Vergangenheit gestanden und ihr versichert, daß die Zukunft ihnen gehören würde. Aber die Gefahr, entdeckt zu werden, war zu groß.

»Also heute abend«, flüsterte er.

»Heute abend«, flüsterte sie.

Vorsichtig schlich er die Treppe hinunter. Die sechste Stufe knarrte so laut, daß er sich noch einmal nach Sophie umsah. Ihr hübsches Gesicht war gerötet, während sie angestrengt in Richtung Küche lauschte.

Er warf einen letzten Blick zurück, als er die Eingangstür erreichte. Sie saß auf der obersten Stufe, rief ihm lautlos etwas nach, blies ihm einen Kuß zu.

»Ich liebe dich, Jack«, hatte sie gemeint.

Aber das wurde ihm erst klar, als er die Auffahrt entlangspurtete.

Kapitel 12

»Ich habe es ja gesagt ... Gleich fängt es zu regnen an.«

»Was?« Sophie war seit Minuten damit beschäftigt, einen Silberlöffel zu polieren. »Was hast du gesagt, Maris?«

»Ist nur gut, daß Sie sich entschieden haben, den Tee im Haus zu servieren«, seufzte Maris. »Der Himmel wird immer schwärzer, und gleich wird es zu regnen anfangen.«

Sophie sah aus dem Fenster. Maris hatte recht. Am bisher blauen Himmel zogen drohende schwarze Wolken auf, und die ersten dicken Tropfen klatschten bereits gegen die Glasscheiben.

»Was ist eigentlich mit Ihnen los?« erkundigte sich Maris neugierig. »Haben Sie heute nacht nicht gut geschlafen?«

Geistesabwesend, mit gesenktem Kopf, versicherte Sophie, sie habe ganz ausgezeichnet geschlafen.

»Na, dann gehe ich jetzt in die Küche runter, um die Kekse zu backen, die Sie so gern haben. Mrs. Bolton muß auch jede Minute kommen und kann sich um die Pasteten kümmern. Das mit den Blumen machen doch Sie, oder?«

»Hm? Ja, sicher.«

»Miss Sophie.«

»Ja, Maris?«

»Lieber Himmel, Sie sollten sich für eine halbe Stunde hinlegen. Mir scheint, Sie haben es nötig.«

Sophie legte den Löffel beiseite und nahm eine Gabel zur Hand.

»Ach Unsinn. Ich bin nicht müde. Ja, ja, ich habe alles verstanden ... Sie backen jetzt Kekse, und ich kümmere mich um die Blumen. Kein Grund zur Aufregung. Die Gäste kommen erst in anderthalb Stunden.«

»Vergessen Sie bloß nicht, sich anzuziehen.«

Sophie warf einen Blick auf ihren Morgenmantel.

»Ich werde es nicht vergessen, ich verspreche es«, lächelte sie.

Kaum war Maris verschwunden, ging Sophie zum Fenster und starrte in den Regen. Heute schien einer dieser Tage zu sein, an dem das Wetter verrückt spielte. Vielleicht kam die Sonne bis zur Ankunft der Gäste doch wieder heraus.

Sophie hätte viel darum gegeben, wenn sie die Einladung hätte verschieben können, doch dazu war es nun zu spät. Ausgerechnet heute fühlte sie sich kaum in der Lage, die aufmerksame und liebenswürdige Gastgeberin zu spielen. Ihr ging einfach zu viel durch den Kopf. Und jeder einzelne Gedanke drehte sich letztlich um Jack.

Sollte sie ihn zu ihrem Teilhaber machen oder ihm sogar die Guelder-Mine übereignen? Das würde verhältnismäßig einfach sein, sie brauchte ihn nur zu heiraten. Ein einfaches ›Ja‹, und ihm würde alles gehören. So war das üblich. Jeglicher Besitz einer Frau ging bei der Eheschließung zwangsläufig in die Hände des Mannes über. Daran war nichts außergewöhnlich. Der Vorteil dabei war, daß er dann in Wyckerley bleiben würde. Nicht des Geldes wegen, das scherte ihn keinen Pfifferling, sondern aus Verantwortungsgefühl. War er nicht gewillt, beruflich weiterzukommen? Und deswegen bereit, für diese Gesellschaft zu arbeiten, von der er ihr erzählt hatte? Das Angebot, das sie ihm machen konnte, war mit Sicherheit um vieles besser. Er würde nicht mehr unter Tage arbeiten müssen, was er ohnehin verabscheute, sondern er konnte sich gemeinsam mit ihr um die Geschäftsleitung kümmern. Und vielleicht einige der Dinge verwirklichen, die ihm so am Herzen lagen.

In diesem Augenblick hörte es zu regnen auf. Was hatte Maris gesagt, was sie tun sollte? Richtig, die Blumen. Aber sie war noch nicht einmal fertig mit dem Polieren des Silbers, der Tisch war erst halb gedeckt, und langsam wurde es höchste Zeit.

Hatte sie gerade daran gedacht, Jack zu heiraten? War sie völlig übergeschnappt? Sie konnte ihn unmöglich heiraten. Die Frau von Jack Pendarvis zu werden, bedeutete gleichzeitig den Verlust ihrer gesellschaftlichen Stellung. Wyckerley war ein kleiner Ort, aber dieses Provinznest war ihre Welt, weil sie hier geboren und aufgewachsen war. Und dank ihrer Herkunft gehörte sie zu den drei, vier Damen, die das Vorrecht hatten, sich zur feinen Gesellschaft zählen zu dürfen. Tatsächlich gab es außer Anne Morrell und Rachel Verlaine niemanden, den sie über sich duldete. Wenn sie Jack heiratete, verlor sie ihren Platz. Sie war ehrlich genug zuzugeben, daß sie das nicht wollte.

Aber was dann? Sich auf eine Affäre mit ihm einlassen? Sie war nicht der Mensch, der mit einem solchen Doppelleben zurechtkommen würde. Davon abgesehen, zweifelte sie sehr daran, daß sich Jack auf eine solche Lösung einlassen würde. Außerdem war sie sicher, daß die Leidenschaft, die sie füreinander empfanden, abkühlen würde, weil sie zu Heimlichkeiten gezwungen sein würden. Die andere Möglichkeit war, daß sie leichtsinnig werden würden und ihre Verbindung eines Tages doch herauskäme.

Allein die Vorstellung war unerträglich: Sophie Deene, einstmals ein angesehenes Mitglied der Gesellschaft, ein gefallenes Mädchen, welches das Andenken an ihren Vater entehrt hatte und gezwungen sein würde, Wyckerley zu verlassen.

Gab es wirklich keine Lösung für sie beide? Die einzige schien zu sein, daß sie ihn aufgab, ihn vergaß, ihn aus ihrem Leben verbannte.

Verwirrt ging sie in den Garten, eilte den nassen Weg zum Gartenhaus entlang, zog ihre Schürze über, griff nach der Schere und einem Korb, lief in den Blumengarten und widmete sich der Arbeit, die Maris ihr aufgetragen hatte. Sie schnitt ein paar Astern ab, die sich hübsch auf dem gedeckten Tisch ausmachen würden, und ein paar Lilien für die große Vase in der Eingangshalle. Sollte sie für die Damen kleine Sträußchen zusammenstellen, die diese mit nach Hause nehmen konnten? Die feuchte Luft duftete nach Rosen. Sophie kniete sich nieder und fing an zu weinen. Die Tränen liefen über ihre Wangen und machten ihr Angst. Noch nie hatte sie so ihre Selbstbeherrschung verloren. Unter ungeheurer Anstrengung drängte sie die Schluchzer in ihrer Kehle zurück.

Sie konnte Jack nicht aufgeben. Sie liebte ihn doch. Mochten die Folgen noch so schrecklich sein, sie würde lernen, sie zu ertragen.

Von einer Sekunde zur anderen kehrte Ruhe in ihr Herz ein. Mit einem Zipfel ihrer Schürze wischte sie die Tränen ab und stand auf. Wieviel Zeit hatte sie hier im Garten vergeudet? Sie mußte sich beeilen. In weniger als einer Stunde kamen ihre Gäste. Je früher sie kamen, desto schneller würden sie wieder gehen. Und abends würde sie dann Jack wiedersehen. Nur daran konnte sie denken.

Connor ging an diesem Tag nicht zur Arbeit in der Mine. Dieser Teil seines Lebens war ein für allemal vorbei. Er war zwar erschöpft, aber unfähig zu schlafen. Jack war im Bett geblieben, weil es ihm heute nicht gutging. Mit ihm konnte er nicht reden. Was sollte er mit sich anfangen, bis es endlich sechs Uhr wurde? Nichts machte ihn rastloser, als Zeit zu verplempern. Er versuchte, sich gedanklich auf seine Zukunft zu besinnen, war aber außerstande dazu, weil er immerfort an Sophie denken mußte, an ihre gemeinsame Nacht, dann an ihr Geständnis, daß sie ihn liebte.

War es richtig gewesen, mit ihr zu schlafen? Die Frage erübrigte sich jetzt. Was zählte, waren die Folgen seines Tuns. Sophie zu seiner Geliebten zu machen, würde zwangsläufig sein weiteres Leben beeinflussen, und zwar auf eine Weise, die nicht vorhersehbar war. Seine Absicht, ihr die Wahrheit über sich zu erzählen, schien in der Stunde der Morgendämmerung eine hervorragende Idee gewesen zu sein. Jetzt jedoch war er sich nicht mehr sicher.

Aber welche Möglichkeit gab es sonst? Keine. Er mußte diese unangenehme Sache so schnell wie möglich hinter sich bringen, in der Hoffnung, daß sie großherzig genug war, ihm zu verzeihen. Wenn es doch nur schon vorbei wäre. Und so sehr er sich einerseits vor diesem Augenblick der Wahrheit fürchtete, war er andererseits maßlos ungeduldig, ihr endlich alles zu sagen, damit dieses Geheimnis nicht mehr zwischen ihnen stand.

Und vor allem wollte er sie wiedersehen. Noch fünf Stunden. Eine Ewigkeit. Die Liebe an sich war seltsam genug, aber in diesem Fall bestand sie zu gleichen Teilen aus Hochstimmung und Furcht.

In diesem Augenblick klopfte es an der Tür. Jack konnte es nicht sein, er klopfte niemals an. Connor sprang vom Bett hoch und knöpfte sich das Hemd zu, während er zur Tür ging.

Im dämmrigen Flur stand ein Mädchen, das ihm zwar bekannt vorkam, das er aber erst erkannte, als es seinen Strohhut abnahm.

»Mr. Pendarvis? Ich bin Sidony Timms. Hier, ich habe Ihnen Ihre Post mit hereingebracht, sie steckt im Briefkasten.«

Erstaunt nahm Connor den Briefumschlag entgegen, und warf einen kurzen Blick darauf. Da er keinen Absender entdeckte, wußte er, daß es ein Brief von den Rhads sein mußte.

»Danke«, murmelte er.

Sidony errötete und fingerte verlegen an ihrem Strohhut.

»Möchten Sie nicht hereinkommen?« fragte Connor schließlich.

Sidony lächelte dankbar und betrat das Zimmer. Connor deutete auf den einzigen Stuhl im Raum, aber sie schüttelte den Kopf.

»Nein, danke. Es tut mir leid, hier einfach so aufzutauchen, aber ich wollte Sie, wenn ich darf, etwas fragen ... Es betrifft Connor.«

Seinen eigenen Namen zu hören und zu wissen, daß es in Wirklichkeit um Jack ging, war seltsam. Zum ersten Mal wurde ihm bewußt, daß auch Jack in dem Moment enttarnt wurde, in dem er Sophie die Wahrheit sagen würde.

»Bitte, fragen Sie ...«, sagte er schließlich.

»O, Sir ... Ich mache mir so große Sorgen um ihn«, sprudelte Sidony los. »Ich weiß, daß er krank ist, aber er will einfach nicht mit mir darüber reden. Manchmal versuche ich es dennoch, aber dann wird er wütend auf mich. Ich mag ihn sehr, müssen Sie wissen. Würden Sie mir bitte sagen, wie schlimm seine Krankheit wirklich ist?«

Ihre ängstlich aufgerissenen Augen rührten Connor. Sophie war also nicht die einzige Frau von Wyckerley, die dem Charme der Pendarvis-Brüder verfallen war. So zartfühlend wie möglich versuchte er, dem Mädchen die Wahrheit zu erklären.

»Sie wissen sicher, daß er bis vor einem Jahr unter Tage gearbeitet hat. Seine Lungen haben so sehr darunter gelitten, daß ihm die Ärzte verboten haben, weiterhin in Gruben zu arbeiten. Er ist bei zwei verschiedenen Ärzten gewesen. Keiner konnte sagen, wie sich die Krankheit entwickeln würde. Das heißt, man weiß nicht, ob die Aussicht auf Heilung besteht.«

»Dann steht es also wirklich schlimm um ihn?« fragte sie flüsternd. »Kann es sein, daß er bald sterben muß?«

»Ich bete jeden Tag, daß er nicht stirbt.«

Am liebsten hätte er ihre Hand in die seine genommen, um sie zu trösten. Hatte es Sinn, ihr zu sagen, daß er genauso litt wie sie?

»Spricht er je von mir?«

»Nun, er ...«, begann Connor zu sagen.

»Entschuldigen Sie die Störung ...«, stammelte Sidony errötend und rannte zur Tür.

»So warten Sie doch, Miss Timms ...«

»Und danke für Ihre Offenheit«, rief sie über die Schulter zurück.

»Warten Sie!«

Aber sie hörte ihn nicht mehr. Flink wie ein Wiesel rannte sie davon. Sollte er ihr nachlaufen und sie damit noch mehr in Verlegenheit bringen? Connor entschied sich dagegen.

Wieder allein fühlte er sich nun in doppelter Hinsicht schuldbewußt, für sich und seinen Bruder. Um darüber nicht nachgrübeln zu müssen, öffnete er den dicken Briefumschlag der Rhadamanthus-Gesellschaft und setzte sich auf sein Bett. Zuerst las er das kurze Schreiben des Direktors, dann ein zweites Mal, ehe er den Inhalt begriff.

Wie Sie bereits wissen, konnten wir in der kurzen Frist unsere Reformvorschläge nicht einbringen. Wir haben deshalb beschlossen, Ihren Bericht zu vervielfältigen und in Umlauf zu bringen. Wir möchten Ihnen hiermit nochmals unseren Dank für Ihre gewissenhafte Arbeit aussprechen und freuen uns auf eine noch engere Zusammenarbeit mit Ihnen.

Das billig gebundene Pamphlet nannte sich das Journal der Rhadamanthus-Gesellschaft.

Connor schlug es auf und fand in der Mitte seinen Bericht, der ursprünglich ›Eine Untersuchung der gefährlichen Zustände in den Gruben Cornwalls und Devonshires‹ überschrieben war. Jetzt hieß die Überschrift: ›Englische Arbeiter in Lebensgefahr. Ein Augenzeugenbericht über die unerträglichen Arbeitsbedingungen in Kupferminen‹.

Connor begann zu lesen, überflog die Seiten, die sich mit Wheal Looe und Tregurtha beschäftigten und konzentrierte sich auf den Teil seines Berichts, der sich mit der Guelder-Mine beschäftigte. Da stand es schwarz auf weiß, die Mängel, die er beanstandet hatte: Die unerträgliche Hitze, das veraltete Leitersystem, die schlechten Luftverhältnisse, das Fehlen medizinischer Betreuung. Des weiteren wurde angedeutet, daß es zwischen Sophie und ihrem Onkel eine finanzielle Absprache geben mußte, da sein Laden der einzige im Umkreis von zehn Meilen war, in dem die Arbeiter der Guelder-Mine ihr Material kaufen konnten. Connor traute seinen Augen nicht. Das hatte er nicht in seinem Bericht geschrieben. Und auch einiges andere nicht, wie er beim Weiterlesen bemerkte. Die von ihm festgestellten Fakten waren aufgebauscht und dramatisiert worden, und zwar in einem Ton moralischer Entrüstung. Getadelt wurde auch ein Vertreter der Kirche, ohne den Dorfpfarrer namentlich zu erwähnen, der diese unerträglichen Zustände offenbar zuließ und nichts dagegen unternahm. Nicht erwähnt wurde die Tatsache, daß Christy Morrell sich vor zwei Jahren unter Lebensgefahr in die Grube begeben hatte, um das Leben von Tranter Fox zu retten.

Connor war entsetzt, was man aus seinem Bericht gemacht hatte, aber er mußte zugeben, daß die Gesellschaft damit genau das erreichen würde, was ihre Absicht war, nämlich die Arbeiter aufzuwiegeln, was wiederum zur Folge hätte, daß die Regierung handeln mußte, wenn Shavers seine Reformvorschläge das nächste Mal unterbreitete.

Eigentlich hätte Connor mit sich zufrieden sein sollen. Es war ihm mit dem Bericht gelungen, auf die gewissenlosen Minenbesitzer und Spekulanten aufmerksam zu machen, die man zukünftig für den sinnlosen Tod vieler Männer zur Verantwortung ziehen würde.

»Es ist doch alles in Ordnung, oder?« erkundigte sich Anne Morrell, als Sophie ihr ein kleines Glas Madeira reichte.

»Aber natürlich. Warum fragen Sie?«

»Ich weiß nicht ... Ohne besonderen Grund.«

Sophie wußte, Anne ließ sich nicht so leicht täuschen. Natürlich hatte sie ihre etwas geschwollenen Augen und die Unaufmerksamkeit bemerkt, mit der sie ihren Gästen zuhörte. Doch obwohl sie sich sehr nahestanden und sie Anne völlig vertraute, fühlte Sophie sich außerstande, ihr im Moment das zu sagen, was sie so beschäftigte.

»Ich möchte nur wissen, wo Honoria bleibt«, meinte Lily Hesselius, die sich zu ihnen gesellte. »Der Regen kann an ihrer Verspätung nicht schuld sein, denn jetzt scheint wieder die Sonne, nicht wahr? Wir hätten den Tee sogar draußen nehmen können.«

Lily war die Frau des Arztes und sehr viel jünger als ihr Mann. Ihre Angewohnheit, mit den männlichen Bekannten ihres Mannes zu flirten, war häufig Anlaß zu verärgerten Bemerkungen.

»Es kann jeden Moment wieder anfangen zu regnen«, sagte Anne. »Wenn die Wolken vom Süden her aufziehen, weiß man es nie.«

Annes Versuch, sie zu verteidigen, brachte Sophie zum Lächeln.

In diesem Augenblick näherte sich Pfarrer Morrell den drei Damen.

»Ich hoffe nicht, daß dies eine jener Zusammenkünfte ist, bei der sich die Damen zurückziehen, um Geheimnisse auszutauschen, während wir Männer uns gelangweilt anstarren, oder? Ich bitte Sie also, uns aus dieser schrecklichen Situation zu erlösen, meine Damen. Kommen Sie«, lachte er.

In Annes Augen leuchtete es zärtlich auf, wie immer, wenn ihr Mann in ihre Nähe kam. Das Glück dieses Ehepaares war so offensichtlich, daß es niemandem entgehen konnte.

Sie folgten Christy und gesellten sich zu den anderen, zu Captain Carnock und seiner Frau, Dr. Hesselius, Margaret Mareton und ihren Eltern. Lily kam erneut auf die Verspätung Honorias und ihres Vaters zu sprechen, und ihr Mann bemerkte, daß seines Wissens heute nachmittag keine Gerichtsverhandlung stattfand und dies also nicht der Grund sein könne. Eustace Vanstone, Captain Carnock und Sebastian Verlaine waren Richter. Jessica, Mrs. Carnock, sah entzückend aus in ihrem grünen Kleid und dem modischen Seidenschal, den sie sich lässig über die Schultern gelegt hatte. Das Ehepaar war gerade aus Southampton zurückgekehrt, wo es Urlaub gemacht hatte. Offenbar hatte Jessie den Ausflug genutzt, um sich mit neuen Kleidungsstücken einzudecken. Mit verliebten Blicken betrachtete sie ihren Mann, der eben den Arzt in seine militärischen Erfahrungen einweihte. Dr. Hesselius, ein freundlicher, glatzköpfiger Mann, der eine Brille mit dicken Gläsern trug, hinter der seine gütigen braunen Augen eine überdurchschnittliche Intelligenz verrieten, warf seiner Frau einen verzweifelten Blick zu, aber Lily hatte offenbar im Augenblick keine Lust, ihn aus den Fängen des Captains zu retten. Statt dessen wandte sie sich an Anne, um dieser von ihrem hübschen neuen Tisch zu erzählen, den sie in Bath bestellt hatte.

Sophie nickte und lächelte, antwortete, wenn angesprochen, füllte Teetassen und half Maris, die Platten herumzureichen. Hin und wieder schielte sie zu der Uhr auf dem Kaminsims, deren Zeiger stillzustehen schienen. Sie erwischte sich dabei, wie sie sich vorstellte, wie ihre Freunde und Nachbarn reagieren würden, wenn sie die Wahrheit über sie und Jack gewußt hätten. Mit Sicherheit wären die meisten entsetzt über das, was sie beide getan hatten. Manche würden sich sogar veranlaßt fühlen, sie zu meiden. War sie wirklich bereit, all das zu ertragen, es Jack zuliebe auf sich zu nehmen? Wenn es sein mußte, gewiß. Aber insgeheim hoffte sie, daß es nie dazu kommen würde.

Als sie das Geräusch von Kutschenrädern in der Auffahrt hörte, sah sie aus dem Fenster. Sie entdeckte Thomas, der langsam zur Vorderseite des Hauses schlenderte. Onkel Eustace und Honoria waren endlich angekommen. Insgeheim verärgert über die Verspätung der beiden, was bedeutete, daß die Gäste mindestens noch eine Stunde länger bleiben würden, zwang sie sich zu einem erfreuten Lächeln.

Doch ehe sie sich von der Armlehne des Stuhles, in dem Anne saß, erheben konnte, erschien ihr Onkel bereits in der Tür.

Alle Anwesenden unterbrachen ihre Gespräche und starrten auf den verspäteten Gast. Es war mehr als offensichtlich, daß er verärgert war. In einer Hand trug er seinen Stock, in der anderen hielt er ein zusammengerolltes Papier, das er mehrmals wütend gegen seine Hüfte knallen ließ.

Er weiß es, dachte Sophie.

Er starrte die Anwesenden an, als sähe er sie heute zum erstenmal.

»Onkel?« meinte Sophie und ging auf ihn zu.

Sein mürrisches Gesicht wandte sich ihr zu, und seine Augen blitzten sie zornig an.

»Ich hoffe, du bist jetzt zufrieden«, fuhr er sie an.

»Hast du es ihr schon gesagt?« rief Honoria aufgeregt und rauschte herein.

Ihr Vater schien sie nicht einmal zu sehen.

»Was, um Himmels willen, ist denn los?« fragte Sophie. »Hat es mit der Mine zu tun?«

»So kann man es sagen.«

»Ist jemand verletzt? Hat es einen . . .?«

»Hier! Lies das!« bellte Vanstone und schmiß ihr die Papierrolle zu, die dabei aufging.

Sophie bückte sich, hob das Heft auf, erhaschte einen Blick auf die dunklen Buchstaben. *Rhadamanthus.* Mit steifen Fingern öffnete sie das Pamphlet.

Englische Arbeiter in Lebensgefahr, las sie.

»Diesen Mist hat Pendarvis verzapft. Los, lies es.«

»Jack? Jack hat das geschrieben?«

»Jack? Du nennst ihn also Jack?« schrie ihr Onkel, und er sah dabei aus, als würde er sich jeden Moment an ihr vergreifen.

Christy Morrell trat an ihre Seite, was sie dankbar zur Kenntnis nahm.

»Sie sind auch in dem Artikel erwähnt«, schnappte Vanstone. »Zwar nicht namentlich erwähnt, aber man weiß trotzdem genau, daß Sie gemeint sind. Verdammt, lies es, Sophie. Seite zehn . . . da spricht er über deine Mine.«

»Wie kommst du darauf, daß Mr. Pendarvis den Artikel geschrieben hat?«

»Wen sonst hast du am zwölften Juni bei dir eingestellt? Lies jetzt endlich.«

Am 12. Juni 1857 begann ich meine Arbeit in der Guelder-Mine in Wyckerley, Devonshire. Die Besitzerin der Mine, Miss S. Deene, bot mir einen Lohn von fünf Pfund und gewährte mir ein Darlehen von zwei Pfund, das ich am 30. Juni zurückzahlte ...

Sophie las Seite für Seite, obwohl sie kaum in der Lage war, die Worte zu entziffern. Der Text verschwamm vor ihren Augen, und nur einige grauenvolle Sätze drängten sich ihrem Verstand auf.

Bei der entsetzlichen Hitze wird jeden Tag mindestens ein Mann ohnmächtig ... Die Lungenerkrankungen der Arbeiter sind die unmittelbare Folge der schlechten Luftverhältnisse unter Tage ... Nicht einmal im Winter ist für heiße Getränke zum Abendessen gesorgt ...

Sophie ließ sich auf den nächstbesten Stuhl sinken. Anne Morrell beugte sich mit besorgtem Gesicht über sie.

»Das muß ein Irrtum sein«, hörte sie sich stammeln. »Das kann er nicht geschrieben haben. Wie bist du in den Besitz dieses Heftes gekommen?«

»Clive Knowlton hat es mir gegeben«, zischte Vanstone. »Jedes Parlamentsmitglied hat ein Exemplar bekommen, die Rhadamanthus-Gesellschaft hat es sogar allen Zeitungen geschickt ... Am Montag kann jeder im Land diesen Mist lesen, das muß man sich einmal vorstellen!«

Sophie hatte das Gefühl, sich jeden Moment übergeben zu müssen. Ihr Magen revoltierte, während sie fassungslos auf Worte wie ›lebensgefährlich‹, ›unmenschlich‹, ›unakzeptabel‹ starrte.

»Was weißt du über ihn?« fragte ihr Onkel sie mit unangenehm lauter, scharfer Stimme. »Du hast ihn schließlich bei dir eingestellt. Wer ist er? Wußtest du nicht, daß er ein Betrüger ist?«

»Das ist er nicht. Er ist genau das, was er zu sein vorgibt.«

»Hast du versucht, etwas über ihn herauszufinden?«

»Ja. Ich habe nach Carn Barra geschrieben. Dort kannte man ihn. Die Auskunft lautete, daß er seit einem halben Jahr nicht mehr dort arbeitete, weil er krank war. Und all das hat er mir auch erzählt. Hier handelt es sich ganz offensichtlich um einen Irrtum. Ein anderer muß den Artikel geschrieben haben. Das würde er mir nie antun. Ich kenne ihn. Wenn es einen Spion in meiner Mine gegeben hat, ich sage, wenn … dann bestimmt nicht Jack Pendarvis.«

»Sie haben recht. Es war nicht Jack Pendarvis.«

Die Anwesenden hielten den Atem an und starrten erneut zur Tür. Sophies Knie zitterten vor Erleichterung. Dort stand Jack. Unfähig, etwas zu sagen, sah sie ihn an. *Ich wußte es*, lautete die stumme Botschaft, die sie ihm in ihrem Blick zukommen ließ.

»Aber ich habe den Artikel geschrieben«, fuhr er heiser fort. »Ich bin Connor Pendarvis. Und habe den Namen meines Bruders benutzt, um in der Guelder-Mine Arbeit zu bekommen.«

Sophie legte ihre Hand auf ihr Herz, als müsse sie sich überzeugen, daß es trotz des Schocks weiterschlug. Was hatte er da eben gesagt? Ihr Liebhaber und vermeintlicher Freund?

»Jack, nein … Wie kannst du so etwas behaupten?« flüsterte sie kaum hörbar.

Connor sah ihr entsetzlich blasses Gesicht, auf dem nun hektische rote Flecken erschienen. Ihre Augen waren weit aufgerissen, aber sie schien ihn nicht zu sehen, obwohl sie ihn anstarrte.

»Es tut mir leid, Sophie.«

Er sah nicht die Gefahr, die auf ihn zukam, spürte aber Sekunden später Vanstones Stock, der seine Wange traf. Eine Frau schrie auf, ein zweiter Schlag traf ihn am rechten Arm. Die Schmerzen waren höllisch. Christy Morrell warf sich mutig zwischen ihn und Vanstone und entriß dem Bürgermeister den Stock.

Connors Faust holte drohend aus, aber jemand hielt ihn von hinten fest.

Connor fluchte. Blut floß aus der Wunde an seiner Wange, rann in seinen Kragen. Morrell drängte ihn zurück.

»Raus!« schrie Vanstone. »Raus mit Ihnen!«

Sophie rührte sich nicht vom Fleck. Zitternd drehte sie sich langsam um, wandte ihm den Rücken zu. Connor starrte auf sie und wußte, das war das Ende.

»Sie ist nicht zu Hause«, sagte Maris.

Noch vor kurzem hatte Connor mit ihr gescherzt, wenn sie ihm eine Tasse Tee oder ein paar belegte Brote in den Garten gebracht hatte. Doch jetzt funkelten ihn ihre einstmals freundlichen Augen böse an. Sie schien zum Äußersten bereit, um ihn am Betreten des Hauses zu hindern.

»Sie ist zu Hause. Ich weiß es. In ihrem Zimmer brennt Licht.«

»Nein, sie ist nicht zu Hause«, wiederholte das Hausmädchen.

»Haben Sie ihr meinen Brief gegeben?«

»Ja, natürlich . . .«

»Und? Hat sie ihn gelesen?«

»Woher soll ich das wissen?« erwiderte sie unfreundlich. »Und selbst wenn ich es wüßte, würde ich es Ihnen nicht sagen.«

Connor schämte sich plötzlich. Hier stand er und versuchte ein braves, treues Hausmädchen über ihre Arbeitgeberin auszufragen. Er war bereits zum dritten Mal hier, ohne Sophie zu Gesicht bekommen zu haben.

»Sagen Sie ihr, daß ich nicht von hier weggehen werde, bis sie herunterkommt und mit mir redet«, meinte er und zwängte seinen Fuß in den offenen Türspalt. »Haben Sie das verstanden? Sie sagen ihr jetzt sofort, daß ich hier bin, und daß ich mich nicht von der Stelle rühren werde, verdammt noch mal, und wenn ich warten muß bis zum Jüngsten Gericht.«

Maris wurde eine Spur blasser. Sie schien nicht genau zu wissen, wie sie sich verhalten sollte. Die Tür konnte sie ihm nicht vor der Nase zuschlagen, weil sein Fuß dazwischensteckte. Ging sie allerdings hinauf, um Sophie seine Nachricht zu überbringen, würde er ohne Zweifel ins Haus stürmen.

»Hören Sie, es hat keinen Zweck hierzubleiben ... sie will Sie nicht sehen«, versuchte sie es noch einmal. »Wenn Sie jetzt nicht Vernunft annehmen, sehe ich mich gezwungen, Thomas zu holen. Er ist sehr stark, auch wenn man das nicht vermutet. Es ist also wirklich besser, wenn Sie jetzt gehen ...«

»Schon gut, Maris ...«

Das Mädchen fuhr herum, als es Sophies Stimme in ihrem Rücken vernahm. Connor nahm die Gelegenheit wahr und stieß die Tür auf. Sophie stand auf der untersten Stufe der Treppe, ihre Hand umklammerte einen der Pfosten. Sie war vollständig angezogen und sorgfältig frisiert, aber ihre Blässe und die verweinten Augen verrieten ihren wirklichen Zustand.

Maris kaute unentschlossen auf ihrer Unterlippe.

»Sind Sie sicher, Miss Sophie? Soll ich nicht lieber doch Thomas holen? Wir drei könnten ihn mit Leichtigkeit ...«

»Nein, Maris, es ist schon gut. Ich werde mich mit Mr. Pendarvis unterhalten. Im Salon.«

Ohne ihn eines Blickes zu würdigen, ging Sophie auf den Salon zu, und ihm blieb nichts anderes übrig, als ihr zu folgen, obwohl das Gespräch mit Sicherheit äußerst unangenehm werden würde. Sie schloß die Tür hinter ihnen und betrachtete ihn kühl.

In den letzten vierundzwanzig Stunden hatte Connor nichts anderes getan, als darüber nachzudenken, was er ihr sagen würde. Nichts davon schien ihm im Moment einzufallen, er konnte sich nicht an eine der sorgsam überlegten Entschuldigungen erinnern.

»Sophie, es tut mir so leid.«

Nicht die geringste Regung ihrerseits. Nervös marschierte er durch den Raum, hier und da einen Gegenstand hochhebend, um ihn dann verlegen wieder zurückzustellen.

Sophie stand einfach nur da, ein stummer, bewegungsloser Vorwurf. Schließlich zwang er sich, vor ihr stehenzubleiben.

»Ich habe dich angelogen, und zwar bewußt. Dafür gibt es keine Entschuldigung. Einiges, das in dem Artikel steht, habe ich geschrieben, anderes nicht. Die Gesellschaft hat den von mir noch nicht zu Ende gestellten Bericht abgedruckt, wozu sie eigentlich kein Recht hatte. Daher habe ich mich von diesen Leuten getrennt.«

Er fuhr sich nervös durch das schwarze Haar.

»All das wollte ich dir eigentlich schon gestern abend sagen. Mir ist klar, daß ich dir weh getan habe, und das ist etwas, was ich nie wollte. Ich schwöre es. Und ich dachte, ich kann es wiedergutmachen, aber ... dazu kam ich nicht mehr.«

Er trat einen Schritt näher, doch sie wich entsetzt vor ihm zurück.

»Himmel, Sophie! So sag doch wenigstens was.«

»Bist du fertig?«

»Ja, aber ...«

»Dann kannst du jetzt gehen«, sagte sie mit eisiger Ruhe.

»Sophie, hör auf mit diesem Theater.«

»Ich möchte, daß du gehst.«

»Erst, wenn du mit mir geredet hast. Sag mir, was in deinem Kopf vorgeht, Sophie ...«

»Du verläßt jetzt sofort mein Haus. Und fasse mich ja nicht an«, fuhr sie flüsternd fort, als er versuchte, ihren Arm zu ergreifen. »Sonst wird mir übel.«

Ihr Gesicht sah so ganz anders aus als sonst. Connor konnte den Anblick kaum ertragen.

»Sophie, so hör doch ... Das, was zwischen uns war, das war keine Lüge ...«

»Alles war gelogen!«

»Nein.«

»Ich habe dich in mein Bett gelassen, du hast mit mir geschlafen ... und du hast es zugelassen, daß ich dich in diesem intimsten Augenblick unseres Beisammenseins Jack nannte, obwohl du doch in Wirklichkeit ...«

»Ich ...«

»Du bist ein Feigling, ein Lügner ... Und dafür werde ich dich hassen, solange ich lebe.«

Er sah, daß sie meinte, was sie sagte. Und sie hatte recht. Er hatte ihr die Wahrheit über sich vorenthalten, weil er Angst hatte, sie zu verlieren. Aus Feigheit hatte er geschwiegen.

»Jedes Wort, das ich zu dir im Bett gesagt habe, meinte ich ehrlich, Sophie. Aber was ist mit deinen geflüsterten Zärtlichkeiten? Wenn sie wahr gewesen wären, würdest du dich jetzt mir gegenüber nicht so verhalten. Dein Stolz mag verletzt sein, aber dein Herz habe ich nicht gebrochen.«

»Das stimmt. Trotzdem bist du ein Lügner. Deine Absicht war es einzig und allein, mich zu verführen.«

»Das kannst du doch nicht im Ernst glauben.«

»Eine sommerliche Eroberung, mehr bedeute ich dir nicht. Wen hast du noch mit deinem Charme betört? Schade für dich, daß die Minen in Looe und Tregurtha nicht Frauen gehören, sonst hättest du mit denen ebenfalls schlafen können.«

»Und wer hat mich gebeten, spät abends hier vorbeizukommen? Erinnerst du dich daran, Sophie? Du selbst warst es. Ich habe niemals den leisesten Versuch gemacht, dich ins Bett zu kriegen, und das weißt du ganz genau ...«

keit keine Ahnung hatte, wie es da unten zuging, war berechtigt.

Folglich bat sie Jenks, obwohl dieser strikt dagegen war, sie nach unten zu begleiten.

»Sie werden sich schmutzig machen«, protestierte er, als sie verlangte, noch tiefer nach unten zu steigen.

»Das weiß ich. Deswegen habe ich auch kein Ballkleid angezogen«, meinte sie schnippisch.

»Außerdem ist es zu anstrengend für Sie«, versuchte er es noch einmal. »Die Besichtigung kann Stunden dauern. Sie werden zu müde sein, um all die Leitern wieder nach oben zu klettern. Außerdem verstehe ich Ihr plötzliches Interesse nicht . . .«

Seine Widerspenstigkeit ärgerte sie, weil sie ihr ihre Unwissenheit erst recht bewußt machte.

»Ich möchte es, und damit genug, Mr. Jenks.«

Unwillig gehorchte er. Theoretisch war sie natürlich über die Schürfvorgänge im Bilde, aber das war nichts im Vergleich zu der Erfahrung, die sie nun in diesem dunklen, feuchten Labyrinth machte, in dem es so heiß und stickig war, daß man kaum Luft bekam. Nur mit Mühe kletterte sie die glitschigen, lebensgefährlich steilen Leitern wieder nach oben, in immer kürzeren Abständen innehaltend, weil ihre Kräfte spürbar nachließen.

Zwei Tage und drei schlaflose Nächte später stand ihr Entschluß fest, die längsten Leitern durch einen Ein-Mann-Aufzug zu ersetzen, eine Art Paternoster, und das Ventilationssystem in der untersten Ebene zu verbessern. Außerdem würde es von nun an in der Zeit von November bis März mittags für drei Pennies einen Teller heiße Suppe geben, für jeden Arbeiter, der sich die Mühe machte, nach oben zu kommen. Für die über Tage Arbeitenden würde eine Hütte gebaut werden, in der sie sich im Winter aufwärmen konnten. Außerdem plante sie die bisherigen Waschräume zu vergrößern und zu erneuern. Ein Komitee von sechs Arbeitern sollte damit beauftragt werden, die Sicherheitsvorkehrungen zu überprüfen und drei Wochen später Verbesserungsvorschläge zu machen.

Diese Neuigkeiten sprachen sich schnell herum. Sophie ahnte, daß Onkel Eustace mit den geplanten Verbesserungen nicht einverstanden sein würde, aber sie war trotzdem nicht auf seine außerordentlich ärgerlichen Vorhaltungen gefaßt, mit denen sie bereits am Nachmittag konfrontiert wurde.

»Du hast den Verstand verloren«, rief er und wanderte wie ein nervöser Tiger in ihrem kleinen Büro hin und her, so verstört, daß er sogar vergessen hatte, seinen Hut abzunehmen. »Aber bitte, wenn du dich unbedingt ruinieren willst, dann bist du auf dem besten Weg. Ich hätte nicht gedacht, daß du je einen so schwerwiegenden Fehler machen würdest ... Jedes Kind weiß doch, daß das Kapital eines Unternehmens in dieses zurückfließen muß, zumindest, bis es auf festen Beinen steht. Erst seit zwei Jahren ist Guelder in der Lage, genügend Kupfer zu schürfen ... Aber was ist, wenn etwas Unvorhergesehenes passiert ... Was dann? Was nützt ein Aufzug, wenn es nichts mehr zu schürfen gibt? Kein Gesetz verlangt diese idiotischen Verbesserungen, die du da planst ...«

»Tut mir leid, aber ich bin nicht deiner Meinung«, sagte sie so ruhig wie möglich. »Im Gegenteil, ich glaube, der Moment für Verbesserungen ist äußerst günstig ... Gerade jetzt, weil die Kupferpreise augenblicklich keinen Schwankungen unterliegen und die Produktionsergebnisse gut sind ...«

»Hast du überhaupt eine Ahnung, was diese Maschinen kosten? Tausend Pfund mindestens!«

»Es gibt Beispiele dafür, daß die Anschaffung solcher Maschinen sich bereits in einem Jahr bezahlt machen und sogar noch Gewinn erwirtschaftet wird. Sieh dir doch Fowey Consols an ...«

»Fowey ist zehnmal größer als Guelder!«

»Das ist mir klar. Ich weiß auch, daß ich schrittweise

vorgehen muß, nicht alle Anschaffungen auf einmal machen kann ... In diesem Fall bleibt genügend Kapital übrig, um unvorhergesehene Durststrecken zu überbrükken ... Wenn zum Beispiel die Kupferpreise plötzlich wieder fallen sollten oder ...«

»Was du da sagst, stimmt nicht«, bellte Vanstone. »Wo ist dein gesunder Menschenverstand geblieben? Was denkt denn Penney über diesen Plan von dir?«

»Er ...«

»Ich bin sicher, er findet ihn wunderbar! Begreifst du nicht, was du mit deinen merkwürdigen Ideen anrichtest? Und das betrifft nicht nur Guelder, das geht jeden Minenbesitzer in dieser Gegend an ...«

»Um so besser. Es wurde endlich Zeit, daß etwas dieser Art geschieht. Es geht einfach nicht an, daß die Männer da unten weiter unter diesen schrecklichen Bedingungen arbeiten ... Das ist geradezu unmenschlich ...«

»Du bist ja verrückt ...«

»Wann warst du zum letzten Mal unten?«

»Oh, ich habe von deinem Ausflug gehört ... Jeder weiß davon, und ich schäme mich für dich ...«

»Das tut mir leid. Ich gebe zu, ich habe dich absichtlich nicht um deinen Rat gebeten, bevor ich meinen Entschluß faßte ... Schon das allein macht dich wütend. Um die Wahrheit zu gestehen, ich habe es nicht getan, weil deine Reaktion vorhersehbar war. Wenn ich dich damit beleidigt habe, dann tut mir das leid. Aber die Guelder-Mine gehört mir, und ich werde das tun, was ich für richtig halte ... Für mich, und für die Menschen, die für mich arbeiten.«

»Ich kann mir schon denken, wer dir diesen Floh ins Ohr gesetzt hat. Dieser Judas, dieser Betrüger, auf dessen Charme du reingefallen bist ... Natürlich, du bist ja auch nur eine Frau, leicht beeinflußbar und all das ... Dir fehlt der kühle Kopf eines Mannes, der die Realität sieht, wie sie ist ...«

»Also das ist doch ...«

»Du weißt sicherlich, ich war strikt dagegen, daß Tolliver dir die Mine vererbt ... und wie ich sehe, habe ich damit durchaus recht gehabt ...«

»Ist das ein Grund, uns anzufeinden?«

»Unsinn. Ich bin zwar der Überzeugung, daß du hier eine entsetzliche Dummheit machst, die sich katastrophal auf uns alle auswirken könnte ... Aber du bist meine Nicht, trotz allem!«

Diesem Hinweis hatte weder er noch sie etwas hinzuzufügen. Nachdem er gegangen war, saß Sophie in ihrem Stuhl und dachte über diese unerfreuliche Szene nach. Allmählich zwang sie sich dazu, Abstand davon zu gewinnen. Das Schlimmste war wohl vorbei. So hoffte sie zumindest. Und ihr Entschluß stand fest. Die ersten Schritte, um ihn in die Tat umzusetzen, waren bereits in die Wege geleitet, und sie bedauerte es nicht, obwohl dafür in gewisser Weise Jack, vielmehr Connor, verantwortlich war.

Zum ersten Mal seit Tagen ging es ihr besser. Die Hoffnung, an ihn denken zu können, ohne zu leiden, beflügelte sie geradezu, denn das war vielleicht der erste Schritt, um diese ganze Angelegenheit so schnell wie möglich zu vergessen.

Sophie saß an diesem Abend über die langen Zahlenreihen gebeugt, deren einzelne Posten die verschiedenen Investitionen darstellten, als Maris meldete, daß sie Besuch habe.

»Ich habe sie in den Salon geführt.«

»Wer ist es denn, Maris?«

»Dieses Timms-Mädchen.«

»Wer?«

»Sidony Timms, die Milchmagd von Lynton Great Hall.«

Wohl oder übel begab sich Sophie in den Salon, um diese unerwartete Besucherin zu begrüßen. Sidony, scheu wie immer und niedlich anzusehen, kam sehr schnell auf das zu sprechen, was sie hergeführt hatte.

»Ich wollte Sie eigentlich nur fragen, ob Sie zufällig wissen, wo sich Mr. Jack Pendarvis im Moment aufhält, Madam.«

»Nein, das weiß ich leider nicht«, meinte Sophie.

»Schade«, sagte Sidony. »Ich dachte halt, weil doch sein Bruder für Sie gearbeitet hat ...«

»Trotzdem ... Ich weiß es nicht.«

»Con ... ich meine natürlich Jack, hat mir gesagt, daß er mir schreiben würde, damit ich weiß, wo er ist. Aber bisher habe ich keinen Brief von ihm bekommen, und ich ... ich ...«

Du armes kleines Ding, dir geht es nicht besser als mir, dachte Sophie, als sie die feuchtschimmernden Augen von Sidony sah.

»Ich weiß nicht, wo die beiden sind, Sidony«, sagte sie freundlich. »Wenn ich ... Wenn ich von Mr. Pendarvis etwas höre, dann werde ich es dich wissen lassen.«

»Das ist nett von Ihnen, Madam. Glauben Sie mir, ich hätte Sie nicht belästigt, wenn ich nicht gedacht hätte, daß Sie vielleicht wissen, wo die beiden sich aufhalten. Jack hat mir versprochen zu schreiben. Aber er ist ja so krank. Und ich dachte, vielleicht ist es noch schlimmer geworden, oder er ist sogar ...«

Sie legte die Hände vor ihr kleines Gesicht und begann nun wirklich zu weinen. Sophie wußte nicht so recht, was sie tun sollte.

»Entschuldigen Sie«, sagte Sidony hilflos und kaum hörbar.

»Ich möchte mich wirklich nicht in deine Angelegenheiten mischen, Sidony, aber ich nahm an ... Nun, ich nahm an, daß du und William Holyoake, daß ihr beiden ...«

»Ja, sicher ... Und das macht alles noch schlimmer. William ist mein bester Freund. Ich dachte sogar, wir heiraten. Aber dann habe ich Jack kennengelernt und ... Oh, ich bin ganz durcheinander ... Und ich habe William so weh getan, und jetzt weiß ich nicht einmal, wo Jack sich aufhält. Er hat mir vor seiner Abreise gesagt, daß ich ihn vergessen soll, weil er nicht gut genug für mich sei ... Aber das kann ich nicht, ich habe es zwar versucht und ich wünschte wirklich, ich könnte ihn vergessen, das wäre die beste Lösung für uns alle, aber ...«

Sophie konnte nicht anders, als Mitgefühl für das arme Mädchen zu empfinden, das sich unglücklich in ein zerknülltes Taschentuch schneuzte.

Sie erinnerte sich noch genau an den Johannistag, an dem sie Sidony mit Connors krankem Bruder gesehen hatte. War Sidony genauso dumm gewesen wie sie selbst und hatte sich diesem Kerl hingegeben? Höchstwahrscheinlich. Diese Pendarvis-Brüder schienen sehr begabt darin zu sein, von Frauen das zu bekommen, was sie wollten.

Sidony ging, nachdem ihr Sophie noch einmal versicherte, ihr Bescheid zu geben, wenn sie etwas über den Aufenthaltsort von Jack erfuhr.

Sobald sie im Bett lag, konnte sie nicht umhin, daran zu denken, daß der ältere der Brüder zumindest den Anstand besessen hatte, der von ihm Verführten zu sagen, daß er ihrer nicht wert sei. Im Gegensatz zu Connor, dem so etwas nie in den Sinn gekommen wäre.

»Ich habe beschlossen, mich als Nachfolger von Clive Knowlton wählen zu lassen«, meinte Robert Croddy eine Woche später, als er sie in seiner Kutsche nach Hause gebracht hatte, in Anschluß an ein eher unangenehmes Abendessen im Haus ihres Onkels.

»Clive Knowlton tritt zurück?« Warum denn?«

»Er wird Geistlicher. Das Gute an dieser Situation ist, er selbst kann seinen Nachfolger bestimmen. Wenn es mir also gelingt, seine Gunst zu erlangen, dann erübrigt sich eine Wahl.«

»Und du glaubst, das wird dir gelingen?« fragte Sophie zweifelnd.

Sie wußte, Knowlton war ein reicher, einflußreicher Gentleman, der seit Jahrzehnten immer wieder gewählt worden war. Sie zweifelte daran, daß er ausgerechnet Robert Croddy als seinen Nachfolger ernennen würde.

»Was ich dir da gesagt habe, ist streng vertraulich«, meinte Robert leise. »Nur sehr wenige wissen bisher von seiner Absicht zurückzutreten. Ich habe also die besten Aussichten.«

»Dann wünsche ich dir viel Glück, Robert.«

»Dein Onkel wird sich für mich stark machen.«

»Tatsächlich? Dann hast du ja wirklich die allerbesten Aussichten.«

»Ja, das glaube ich auch.«

»Es war lieb von dir, mich heimzubringen, wir sehen uns wahrscheinlich ...«

Sie unterbrach sich, weil er ihr plötzlich eine Hand auf die Schulter legte. Eine solch intime Geste hatte er sich bisher nie getraut. Würde er etwa versuchen, sie zu küssen?

»Robert ...«

Seine Lippen fanden die ihren. Der Kuß war nicht unangenehm, aber ohne jedes Gefühl, und ließ sie völlig kalt.

»Sophie, heirate mich.«

Damit hatte sie nicht gerechnet, und es verschlug ihr die Sprache.

»Du wirst es nicht bedauern. Du weißt, ich werde das Geschäft meines Vaters übernehmen und gedenke, Karriere zu machen. Knowltons Nachfolger zu werden, ist nur der Anfang. Zum richtigen Zeitpunkt werde ich die Brauerei verkaufen und das Geld bestens investieren. Ich verspreche dir, du wirst auf mich stolz sein, wenn du mich heiratest.«

»Oh, Robert ... tatsächlich weiß ich nicht, was ich sagen soll«, stotterte sie, als sie merkte, wie ernst es ihm war.

»Sag einfach ja.«

»Nein ... Ich meine, das kommt für mich überaus überraschend ... Natürlich fühle ich mich durch deinen Antrag geschmeichelt und außerordentlich geehrt, daß du eine Heirat mit mir in Betracht ziehst, aber ...«

»Kein aber, Sophie. Ich liebe dich.«

Sophie betrachtete ihn. Meinte er das im Ernst? Liebte er sie wirklich? Sein Gesicht schien nicht mehr auszudrücken als die Erwartung kurz vor dem Abschluß eines Geschäftes. Das erleichterte sie ungemein. Zumindest würde sie ihm nicht das Herz brechen, wenn sie seinen Antrag ablehnte.

»Du weißt, ich respektiere dich, Robert, und unsere Freundschaft bedeutet mir sehr viel, aber versuche mich zu verstehen ... Ich habe nicht vor, jemals zu heiraten. Ich habe mich für ein völlig anderes Leben entschieden ... davon abgesehen, wäre ich dir keine gute Frau ... gerade für dich nicht ...«

»Das verstehe ich nicht. Was willst du damit sagen?«

Weil du zu viel von mir erwarten würdest. Weil ich mich dir unterordnen müßte, weil etwas anderes für dich nie in Frage käme, dachte sie.

»Ich finde, du verdienst eine bessere Frau als mich, Robert. Und ich habe das Gefühl, du würdest eine Heirat mit mir nur bedauern. Ich zweifle nicht daran, daß du alles tun würdest, um mich glücklich zu machen ... Aber genauso sicher bin ich, daß ich dir nicht das geben kann, was du verdienst. Sei mir nicht böse, wenn ich deinen Antrag ablehne, und vor allem, laß uns weiterhin Freunde bleiben ...«

Seine Augenbrauen zogen sich zusammen, aber eher aus Verwunderung als aus Verärgerung.

»Also gut, lassen wir es für den Augenblick dabei«, meinte er lässig. »Aber so leicht wirst du mich nicht los.

Ich werde dich immer wieder fragen, ob du meine Frau werden willst. Du täuschst dich nämlich in einem wesentlichen Punkt, Sophie. Wir passen hervorragend zusammen. Ich bin genau der richtige Mann für dich. Das weißt du nur noch nicht. Aber ich kann warten ...«

Sophie schüttelte lächelnd den Kopf, verzichtete aber darauf, ihm zu widersprechen, um nicht unfreundlich zu wirken. Und Robert verabschiedete sich herzlicher von ihr, als sie es unter diesen Umständen angenommen hatte.

Als sie endlich im Bett lag, dachte sie über das eben Erlebte nach. Warum hatte sie seinen Antrag abgelehnt? Womöglich war Robert doch der richtige Mann für sie. Er schien sich dessen ganz sicher zu sein. Und warum zweifelte sie daran? Weil sie ihn nicht liebte? Weil er sie nicht liebte? War es wirklich so schrecklich, eine Ehe einzugehen, auch wenn man sich nicht liebte? War Liebe nicht eher ein Gefühl, das alles erschwerte?

So zynisch hatte sie noch nie über die Liebe gedacht. Das war ohne Zweifel Connors Schuld. Ein weiterer Grund, ihn zu hassen.

Es überraschte sie, daß sie wieder imstande war, an ihn zu denken. Bedeutete das, daß sie auf dem Weg der Gesundung war? Es kam ihr vor, als habe Roberts Antrag etwas sehr Positives ausgelöst, den Fall der Mauer, die sie zu ihrem Schutz zwischen sich und ihren Erinnerungen an Connor errichtet hatte. Zum ersten Mal hatte sie heute das Gefühl, daß sie damit würde leben können.

Ein kleiner Trick würde ihr dabei helfen. Sie mußte die Zeit mit ihm einfach als eine Erfahrung betrachten, eine von vielen, die man im Laufe seines Lebens machte, und versuchen, etwas daraus zu lernen, indem sie das schmerzliche, erniedrigende Erlebnis in etwas Positives umwandelte. Sie hatte überlebt, oder nicht? Sie hatte sogar ihren guten Ruf gerettet, was einem Wunder gleichkam. Wenn sie an das Risiko dachte, das sie eingegangen war. Sie mußte verrückt gewesen sein, sich in eine so gefährliche Situation begeben zu haben. Was, wenn alles herausgekommen wäre? Welch ein Leichtsinn von ihr, und all das für einen Mann, der es nicht wert war.

Natürlich war sie nicht vollkommen, und ihre Fehler waren ihr immer bewußt gewesen. Aber erst Connor hatte es geschafft, daß sie auch solche erkannt hatte, die ihr vorher nicht klargewesen waren. Davon abgesehen, war er nicht noch viel schlimmer als sie? Von Anfang an hatte er sie belogen. Zugegeben, sie konnte nicht wirklich behaupten, daß er sie verführt hatte. Aber hintergangen hatte er sie, das stand ohne Zweifel fest. Selbst wenn sie ihm verzieh, daß er sich für jemanden anderen ausgegeben hatte, selbst wenn diese Maskerade aus moralischen Gründen verständlich war, für die intime Beziehung zu ihr gab es keinerlei Entschuldigung. Gut, sie hatte es zugelassen und damit ebenfalls eine Sünde begangen, aber ihre Beweggründe waren echte Zuneigung und gesunde Begierde gewesen. Sie hatte alles für ihn aufs Spiel gesetzt. Die Zerstörung ihres guten Rufes. Sie hatte ihm alles gegeben, sogar ihre Jungfräulichkeit. Weil sie glaubte, ihn zu lieben. Doch diese Entschuldigung konnte er für sich nicht in Anspruch nehmen. Seine Absicht war es lediglich gewesen, sie zu hintergehen, mit ihr zu schlafen. Und das konnte sie ihm niemals verzeihen. Sie mußte versuchen, nicht mehr an ihn zu denken. Und wenn, dann ausschließlich als warnendes Beispiel: Traue keinem Mann, und gib dich keinem hin, wenn du nicht mit ihm verheiratet bist. Wenn sie die Möglichkeit gehabt hätte, bei ihren Eltern aufzuwachsen, wenn Mutter und Vater nicht viel zu früh gestorben wären, dann hätte sie dies wahrscheinlich schon vorher gewußt. Sie war immerhin dreiundzwanzig Jahre alt. Jetzt wußte sie es.

Sophie starrte zur Decke, ohne zu weinen, obwohl sie litt. Vielleicht war Roberts Antrag die Möglichkeit für einen Neubeginn. Es war höchste Zeit, daß sie wieder versuchte, glücklich zu sein. Aber wie sollte sie das anstellen? Sie war jetzt kein Mädchen mehr, sondern kam sich vor wie eine mißtrauische Frau, der die Unschuld und die Jugend geraubt worden waren. Sie fühlte sich alt und müde und sehr, sehr traurig. Vor allem mußte sie sich davor hüten, sich von Erinnerungen einfangen zu lassen. Sie durfte nicht daran denken, wie Connor im Rosengarten gesessen hatte, mit dem Kater auf dem Schoß. Sie durfte nicht an sein Lächeln denken, mit dem er sie beschenkt hatte, wenn sie etwas Lustiges gesagt hatte. Und auf keinen Fall durfte sie sich daran erinnern, was sie empfunden hatte, als er mit ihr schlief.

Wie sollte, wie konnte sie sich aus diesem Zustand des Kummers und Bedauerns befreien? Wann würde endlich der Schmerz nachlassen? Ihn zu hassen, war eine hilfreiche Möglichkeit.

Sie redete sich ein, daß er ein Ungeheuer gewesen war, ein gewissenloser Betrüger, ein gefühlloser Verführer, ein gefährlicher Lügner. Das war zwar nicht die Wahrheit, aber hier ging es darum zu überleben. Zu überleben, indem sie ihn zu ihrem verhaßten Feind erklärte. Das klappte zwar nicht immer, aber es war die einzige Waffe, die er ihr gelassen hatte.

Am nächsten Tag kam sie zu spät zum Sonntagsgottesdienst und entgegen ihrer sonstigen Gewohnheit setzte sie sich in eine der hinteren Bänke. Es war ein heißer Augusttag, die Predigt von Christy schön und lehrreich, aber wieder einmal viel zu lang.

Später sagte sie sich, daß viele Anzeichen darauf hingedeutet hatten, von ihr aber mißachtet worden waren. Als sie jedoch in der Kirche ohnmächtig wurde, mußte sie wohl oder übel das Fatale ihrer Situation erkennen.

Sie war schwanger.

Nach dem Gottesdienst fand sie sich am Grab ihres Vaters wieder, ohne sich erinnern zu können, wie sie dorthin gekommen war. Ihr Bedürfnis nach Trost mußte ihre Schritte gelenkt haben.

Erst, als sie Annes Arm um ihre bebenden Schultern spürte, merkte sie, daß sie bitterlich weinte.

»Sophie, Sie müssen es mir nicht sagen, wenn Sie nicht wollen, aber ist es dieser Mann, dieser Mr. Pendarvis, der Sie so unglücklich macht?« fragte Anne sie sanft.

Sophie stritt es heftig ab, wieder und wieder, bis Anne es aufgab, weiter in sie zu dringen.

»Ich werde Christy holen.«

»Nein, nein«, stammelte Sophie. »Bitte nicht.«

Sie fühlte sich außerstande, den beiden ihr Leid anzuvertrauen, obwohl sie ihre besten Freunde waren. Sie schämte sich in Grund und Boden.

Am nächsten Tag begab sie sich zur Arbeit hinaus zur Mine, und die gewohnte tägliche Routine beruhigte sie etwas. Sie konnte jedoch nicht verhindern, daß sie sich bei jedem Menschen, mit dem sie sprach, fragte, was dieser über sie denken würde, wenn er über ihren Zustand Bescheid wüßte. Am nächsten Tag wurde sie beinahe wieder ohnmächtig. Glücklicherweise befand sie sich in diesem Augenblick allein in ihrem Büro, und so konnte sie sich erholen, indem sie ihren Kopf auf die Platte des Schreibtischs legte. Ihr fiel auf, daß sie seit längerem nichts mehr gegessen hatte. Schon der Gedanke an Essen verursachte ihr Übelkeit. War das normal? Wen sollte sie fragen? Dr. Hesselius? Nein, das kam überhaupt nicht in Frage. Scham und Angst hielten sie davon ab. Den darauffolgenden Tag blieb sie zu Hause.

Die Gewißheit, schwanger zu sein, ein Kind von Connor Pendarvis zu erwarten, lähmte sie wie ein schrecklicher Alptraum. Dabei liebte sie Kinder, hatte immer daran gedacht, eines Tages welche zu bekommen, wobei ihr Wunschdenken natürlich immer den Vater dieser Kinder mit einschloß. Doch das Schicksal hatte es anders entschieden, strafte sie offenbar für die Sünde, sich einem verantwortungslosen Lügner hingegeben zu haben. Und sie wußte, daß sie damit ihr Leben ruiniert hatte.

Connors wütende Beschuldigung, die er ihr an den Kopf geworfen hatte, kurz bevor er aus ihrem Haus stürmte, war nicht ganz unrichtig. Es gefiel ihr, im Dorf beliebt zu sein, manchmal freute sie sich sogar darüber, beneidet zu werden. Doch jetzt würde sie den Preis für ihren Leichtsinn bezahlen müssen, wie jede andere Frau, die mit einem Mann schlief, ohne mit ihm verheiratet zu sein. Sie hatte gegen die Regeln der gesellschaftlichen Moral verstoßen und würde für diese Schande büßen müssen. Ein Ort wie Wyckerley, den Connor als hinterwäldlerisches Provinzkaff bezeichnet hatte, ein Ort, in dem sie sich bisher sicher und wohl gefühlt hatte, würde sie mit Verachtung strafen für das, was sie getan hatte, daran bestand kein Zweifel. Wie sollte sie weiter hier leben? Was würde aus ihr werden?

Der Sommer ging in den Herbst über. Noch blühten die Kletterrosen und verströmten ihren herrlichen Duft. Thomas hatte zwar die verwelkten Blüten abgeschnitten, jedoch vergessen, sie zusammenzukehren. Die vertrockneten bräunlichen Köpfchen lagen überall, Vorboten des baldigen Herbstes. Sophie saß in einem Stuhl und betrachtete vom Garten aus ihr Haus. Sie erinnerte sich an die Nacht, in der sie Connor stolz herumgeführt hatte, in der er ihr gesagt hatte, daß er zu ihr passe. Und all das hatte sie leichtsinnig aufs Spiel gesetzt, für einen Mann, der es nicht im geringsten verdiente.

Sie spürte die Tränen auf ihren Wangen und wischte sie ärgerlich fort. Selbstmitleid konnte schnell zur Gewohnheit werden.

»Sophie!«

Die Stimme Robert Croddys schallte zu ihr herüber. Hastig sprang sie auf und glättete ihre Röcke. Sie war sich bewußt, wie schrecklich sie aussehen mußte, und zwang sich, ihm fröhlich zuzuwinken. Robert sah ihrer Meinung nach nicht wie ein Parlamentsmitglied aus, eher wie ein Dorfpolizist, der dazu neigte, äußerst unangenehm zu werden.

»Was ist los mit dir?« fragte er trotz des Lächelns, mit dem sie versuchte, ihren wahren Zustand zu verbergen.

»Nichts. Ich habe mir einen Tag frei genommen, weil ich mich heute Morgen nicht ganz auf der Höhe fühlte. Das ist alles.«

»Bei Guelder draußen sagte man mir, du seist krank.«

»Was hast du da gemacht? Warum warst du dort?«

»Um dich zum Mittagessen einzuladen. Ich habe nämlich eine neue Kutsche, die ich dir vorführen wollte. Komm, sieh sie dir an ... Entschuldige, es ist vielleicht doch nicht der richtige Moment, du kannst sie ein andermal bewundern ...«

»Mir geht es gut, wirklich.«

»Laß uns ein paar Minuten zusammensitzen«, meinte er, nahm ihren Arm und preßte sie auf ihren Stuhl zurück.

»Ich wette, das sind immer noch die Nachfolgen deines Unfalls«, sagte er, während er sich einen zweiten Stuhl heranrückte und sich neben sie setzte. »Du hättest deine Arbeit nicht so schnell wieder aufnehmen dürfen. Das war unvorsichtig von dir, aber deine Ungeduld in solchen Dingen ist ja bekannt.«

Er griff nach ihrer Hand, zärtlich und besorgt.

»Glaube mir, Robert, es geht mir wirklich gut. Und ich freue mich, daß du vorbeigekommen bist ... Ein bißchen Gesellschaft wird mir guttun. Erzähl mir von deiner neuen Kutsche, hast du sie in Devonport gekauft?«

»Nein, in Plymouth. Sie ist hellblau und paßt genau zu deinen Augen. Deswegen habe ich mich für sie entschieden.«

Sophie lachte schwach und lehnte sich zurück.

»Ich schwöre dir, das ist die reine Wahrheit. Ich sage das nicht, um dir zu schmeicheln. Ich habe mir vorgestellt, wie wir darin herumkutschieren ... als Mann und Frau.«

»Oh, Robert ...«

»Schon gut. Das war kein neuerlicher Antrag, nur eine kleine Ergänzung zu dem ersten«, lächelte er mit seinen schmalen Lippen.

Seine Freundlichkeit, sein Bemühen, sie aufzuheitern, rührte sie. Sie versuchte, ihm zuzuhören, als er ihr von seiner zukünftigen politischen Laufbahn erzählte, ihr berichtete, was ihr Onkel über seine Ansichten, gewählt zu werden, gesagt hatte. Aber ihre Gedanken verloren sich in einer anderen Welt, ihre Hände wurden feucht, ihr Herz raste. Würde sie ausgerechnet jetzt wieder ohnmächtig werden?

Lieber Gott, bitte nicht gerade jetzt, betete sie lautlos und stand auf.

»Sophie? Was ist?« rief er und erhob sich ebenfalls.

»Nichts, nichts«, murmelte sie und zwang sich zu lächeln.

Sie schlenderte zum Gartenhaus hinüber, lehnte sich an die getünchten warmen Ziegel. Robert kam auf sie zu, und sie empfand seinen Körper als immer größer werdende Masse, die auf sie zurollte und die Sicht auf alles andere verstellte. Sein besorgtes Gesicht brachte sie wieder zu sich.

»Robert?« sagte sie leise und unterbrach sich.

Nein, sie brachte es nicht fertig, ihn zu fragen, ob er sie liebte. Seine Antwort würde sie in Verlegenheit bringen, weil sie ihm ja ohnehin nicht glaubte.

»Möchtest du mich wirklich heiraten?« fragte sie stattdessen.

»Sophie!« rief er völlig überrascht.

»Möchtest du?«

»O Sophie, das weißt du doch«, stammelte er.

Mit der Zunge befeuchtete sie ihre trockenen Lippen. Wie sollte sie ihm die Wahrheit gestehen? Mit welchen

Worten? Ihre Knie begannen zu zittern, und am liebsten wäre sie davongerannt. Nur mit Mühe unterdrückte sie dieses Verlangen, blieb stehen und sah in sein besorgtes Gesicht.

»Ich muß dir etwas sagen ... Wenn du mich danach noch immer zu deiner Frau machen willst, dann heirate ich dich ...«

»Du ... du willst mich tatsächlich heiraten?«

»Zuerst muß ich dir etwas sagen ...«

»Und was ist das?«

Wie sollte sie es ihm beibringen? War sie nicht schon wieder dabei, ein Risiko einzugehen, das entsetzliche Folgen haben konnte?

»Was willst du mir sagen?«

Sophie öffnete den Mund, fest gewillt, ihm die schreckliche Wahrheit zu sagen, doch dann wurde ihr plötzlich klar, daß sie nicht einfach damit herausplatzen konnte.

»Angenommen, ich hätte etwas getan, was du von Herzen verabscheust ... Kannst du dir vorstellen, daß du mir verzeihen könntest?«

Robert schwieg, sah sie hilflos und abwartend an.

»Ich habe etwas Furchtbares getan, und ich schäme mich dafür. Aber ich verspreche, ich würde alles tun, um dir eine gute Frau zu sein ... Vorausgesetzt, du könntest mir verzeihen.«

»Was hast du getan, Sophie?« fragte er beunruhigt.

»Ich bin schwanger. Ich erwarte ein Kind von Connor Pendarvis. Wir waren nur ein einziges Mal zusammen ... Ich dachte, ich liebe ihn.«

Wie schön, endlich die Wahrheit zu sagen, welche Erleichterung, sich jemandem anzuvertrauen, dachte sie.

Robert war leichenblaß, dann erschienen hektische rote Flecken auf seinen Wangen. Fassungslos starrte er sie an.

»Connor Pendarvis?« preßte er zwischen seinen schmalen Lippen hervor. »Du meinst diesen Grubenarbeiter? Den Mann, der in deiner Mine gearbeitet hat?«

»Er war ... kein Grubenarbeiter«, rechtfertigte sie sich.

»Und du hast mit ihm geschlafen?«

»Ein einziges Mal. Und jetzt erwarte ich ein Kind. Willst du mich trotzdem heiraten, Robert? Ich werde versuchen, dich glücklich zu machen. Willst du?«

»Mein Gott!« stammelte Robert und drehte ihr den Rücken zu. »Du kleine miese Hure«, rief er und wirbelte herum. »Du hast dich von einem Grubenarbeiter vögeln lassen! Hure! Eine Hure, das bist du!«

»Robert, nein ... Ich hätte es dir nicht sagen sollen ... Geh, geh jetzt ...«

»Es ist unfaßbar. Wenn ich mir vorstelle, daß ich dich zu meiner Frau machen wollte! Weil ich immer annahm, das ist die Richtige, die perfekte Frau für dich!«

»Geh jetzt, Robert, ich bitte dich ...«

Seine Augen funkelten, verächtlich und begierig zugleich.

Sophie erstarrte. Noch nie hatte sie ihn so gesehen. War das sein wahres Wesen, das er bisher immer so erfolgreich vor ihr verborgen hatte?

»Was für ein Idiot ich war! Jetzt verstehe ich erst, worauf du in Wirklichkeit aus warst. Wie blöd von mir, mich zurückzuhalten, wenn ich dich eigentlich hätte vögeln können ...«

»Thomas!« rief sie ängstlich, als Robert mit geballten Fäusten auf sie zutrat.

»Du brauchst nicht um Hilfe zu rufen«, zischte Robert. »Keine Angst, ich würde dich nicht einmal anfassen, selbst wenn du mich darum bitten würdest.«

Sie starrte ihm nach, als er sich immer weiter von ihr entfernte und zu seiner neuen Kutsche in der Auffahrt ging, mit energischen Schritten, um einen würdevollen Abgang bemüht.

Ich hätte ihn heiraten sollen, dachte sie, den Blick auf seinen Rücken geheftet. *Vor Jahren schon. Dann wäre ich heute in Sicherheit.*

»Robert«, rief sie, weil ihr plötzlich einfiel, daß er nun ihr schreckliches Geheimnis kannte.

Betont langsam drehte er sich um, mit einem eisigen Blick und einer nach oben gezogenen Augenbraue. Sie stolperte ihm nach.

»Ich habe dich immer für einen Gentleman gehalten. Du bist wütend, und ohne Zweifel zu Recht. Würdest du mir trotzdem versprechen, das Geheimnis, das ich dir anvertraut habe, für dich zu behalten?«

»Da brauchen Sie sich keine Sorgen zu machen, Miss Deene. Ihr Geheimnis ist so widerlich, daß ich es bestimmt nicht ausplaudern werde. Ich käme mir vor wie ein Idiot, weil jeder hier weiß, daß ich mir einst Hoffnungen gemacht habe, eine Frau zu heiraten, die in Wahrheit nichts weiter ist als eine Dirne«, sagte er verächtlich und verbeugte sich ironisch, ehe er sie stehenließ.

Sophie schüttelte fassungslos den Kopf. Diesen Mann hatte sie bisher als Freund betrachtet. Als was würde er sich in Zukunft herausstellen? Konnte sie sich auf seine Verschwiegenheit verlassen? Würde er wenigstens in dieser Hinsicht ein Gentleman bleiben?

Jetzt war sie in einer noch schlimmeren Lage, als vor seinem Besuch. Gab es wirklich keinen Ausweg? Ihr blieb nur noch eine einzige Möglichkeit. Eine allerletzte Chance. Sonst war sie verloren.

Kapitel 14

»Ääh, hier ... hier ist der Re ... Rest des vierundvierzigsten Kapitels. Ich mö ... möchte, daß es ... äh ... daß es bis mo ... morgen abgeschrie ... ben ist.«

Angus McDougal, ein Schotte mit buschigen weißen Augenbrauen und einer dünnen langen Nase, hatte die unangenehme Angewohnheit zu stammeln und brauchte daher Ewigkeiten, bis er einen Satz beendete, was Connor wahnsinnig machte.

»Das ... äh, das letzte Mal war ich ... war ich nicht sehr zufrieden ... mit Ihnen, Mr. Pen ... Pendarvis. Die Seiten des ... hm ... dreiundvierzigsten Kapitels hatten ... äh ... Tin ... Tintenflecke«, fuhr sein Arbeitgeber fort.

»Tut mir leid, Sir. Ich werde mich bemühen, das zu vermeiden.«

»Das ... das hof ... hoffe ich doch. Äh ... ich habe ganz verge ... vergessen, Ihnen diesen Brief zu ... geben, er kam gestern mit der ... mit der P ...«

»Post«, beendete Connor den Satz, obwohl er wußte, daß er McDougal damit noch mehr verärgerte.

»Post«, wiederholte der Schotte kühl.

Dann nahm er aus seiner Weste, auf der Connor Aschenreste seiner Pfeife entdeckte, einen Schlüssel.

»Um sechs ... äh ... schlie ... schließen Sie bitte ab, ja?«

»Ja, Sir«, sagte Connor, der das jeden Abend tat.

»Aber nicht eine Mi ... Minute früher!« drohte McDougal.

Connors Arbeitgeber war nicht ein von Natur aus schlechter Mann, aber seine vielen Marotten und Eigenheiten dieses exzentrischen Anwalts konnten einem unglaublich auf die Nerven gehen.

Connor sah der mageren, in einen schwarzen Mantel gekleideten Gestalt nach, die aus dem Haustor schlüpfte und dann durch den Regen eilte. Wieder einmal hatte der Geizkragen vergessen, ihm seinen Lohn auszuzahlen. Aber ihn daran zu erinnern, hätte bedeutet, daß er sich weitere fünf Minuten mit seinem stammelnden Arbeitgeber hätte unterhalten müssen, und dem war Connor heute nicht gewachsen, weil ein besonders anstrengender Tag hinter ihm lag.

In dem Briefumschlag fand er eine kurze Notiz, auf billiges Papier gekritzelt.

Ich bitte um Entschuldigung für meine Schrift, aber ich sitze im Zug. Ich wollte Ihnen nur mitteilen, daß Mr. Thacker und ich das Abendessen mit Ihnen am Donnerstag sehr genossen haben. Ich versichere Ihnen, daß ich mich schon sehr bald wieder melden werde. *Ian Braithwaite.*

Tatsächlich waren die Zeilen kaum lesbar, und es kostete Connor einige Mühe, sie zu entziffern. Braithwaite und sein Partner Thacker hatten seinen Artikel in dem vierteljährlich erscheinenden Journal der Rhadamanthus-Gesellschaft gelesen und ihn daraufhin überraschend besucht, weil sie davon so beeindruckt gewesen seien, wie sie mehrfach behaupteten. Die beiden hatten offenbar nicht die lange Reise von Plymouth gescheut, um ihn zum Abendessen auszuführen, bei dem sie sich über Politik und Reformen unterhalten hatten, um ihn dann mit einer Frage zu überraschen, die für ihn völlig unerwartet kam.

»Haben Sie je daran gedacht, selbst einmal in die Politik zu gehen, Mr. Pendarvis?« erkundigte sich Braithwaite, während er an einer Zigarre paffte und seinen Portwein schlürfte.

Als Connor verneinte, je so etwas in Betracht gezogen zu haben, ließen die beiden Herren das Thema fallen, und Connor wunderte sich später, was nun eigentlich der wirkliche Grund für ihren Besuch gewesen sein mochte.

Immerhin jedoch war er auf diese Weise zu einem Abendessen eingeladen worden, was in diesen Tagen nicht sehr oft vorkam. Und so hatte sein Aufenthalt in Wyckerley doch noch zu etwas Gutem geführt. Wenngleich sein Privatleben einem Desaster glich, die berufliche Anerkennung, zumindest in Reformerkreisen, war ihm seit Erscheinen des Artikels sicher.

»Ich arbeite hier in Exeter als Sekretär eines Anwalts«, hatte er Braithwaite erklärt. »Für den Übergang. Ich bin mir noch nicht sicher, für welches der zahlreichen Angebote ich mich entscheiden soll.«

Das war nicht gerade eine Lüge, aber immerhin besser, als die Wahrheit zu sagen, die gelautet hatte: »Ich kopiere die unlesbaren Notizen eines Irren, für elf Shillinge pro Woche und freie Logis, während ich versuche, mein Leben in den Griff zu bekommen.«

Connor rieb sich die schmerzenden Augen und streckte sich, um seine verspannten Schultern zu lockern. In dem kleinen Büro wurde es immer dunkler, es mußte bald sechs sein. Selbst wenn er noch die Absicht gehabt hätte, weiterzuarbeiten, es wäre nicht möglich gewesen. McDougal war zu geizig, um Petroleum für die einzige kleine Lampe zu kaufen.

In diesem Augenblick klopfte es an der Tür. Wer konnte das sein? Sein Arbeitgeber hatte heute keinerlei Termine, das stand fest. Connor griff nach seiner Jacke und ging zur Tür.

Er erkannte die Frau sofort. Er hatte sie vor zwei Tagen zum erstenmal gesehen, als sie McDougal aufsuchte, um diesen zu bitten, sich um das Testament ihres verstorbenen Mannes zu kümmern.

»Guten Abend, Mrs. . . .«

»Wayburn. Irene Wayburn. Guten Abend, Mr. Pendarvis«, sagte sie mit einem koketten Lächeln und etwas vorwurfsvollem Ton, weil er sich nicht an ihren Namen erinnert hatte.

Sie zog einen Handschuh aus und reichte ihm die bloße Hand.

»Darf ich hereinkommen?«

»Natürlich. Aber Mr. McDougal ist schon gegangen.«

»Wie schade!« meinte sie und rauschte in das kleine Büro.

Sie roch nach Regen und einem schweren Parfüm. Connor bot ihr einen Platz an, aber sie lehnte dankend ab.

»Ich denke nicht, daß ich lange bleiben werde.«

»Was kann ich für Sie tun, Mrs. Wayburn?«

»Ich habe hier einige Papiere, um die mich Mr. McDougal gebeten hat«, sagte sie und lächelte ihn offen an.

Connor nahm den Briefumschlag entgegen, den sie aus ihrer Handtasche geholt hatte.

»Er bekommt ihn gleich morgen früh, ich verspreche es.«

»Ich danke Ihnen.«

Mrs. Wayburn betrachtete ihn ohne die geringste Verlegenheit. Sie war von mittlerer Größe, mit großen Brüsten und vollen Hüften. Das schönste an ihr war ihr Teint, blaß und samtig wie bei einer Nonne. Die Aufforderung in ihren erregt glitzernden Augen und vorgeschobenen dicken sinnlichen Lippen war unübersehbar, und Connor fragte sich, ob der Tod ihres Mannes mit der erotischen Ausstrahlung zu tun hatte.

»Seit meiner ersten Unterredung mit Mr. McDougal ist mir einiges eingefallen ... Im Zusammenhang mit dem geistigen Zustand meines Mannes, zu dem Zeitpunkt, als er sein Testament gemacht hat. Ich bin nicht sicher, ob es sich dabei um etwas Wichtiges oder Unwichtiges handelt, aber ich habe das Bedürfnis, mit jemandem darüber zu reden ... mit Ihnen.«

»Mit mir?«

»Warum nicht? Sie sind doch der Gehilfe von Mr. McDougal. Wir könnten gemeinsam zu Abend essen und darüber sprechen. Vielleicht handelt es sich tatsächlich um wichtige Fakten, die offen gelegt werden müssen ... Je früher, desto besser ...«

Connor kratzte sich nachdenklich am Kinn, legte dann die Hand über seinen Mund, um sein Grinsen dahinter zu verbergen. Ein Abendessen mit der Witwe war verlokkend, sehr verlockend sogar. Warum sollte er sich nicht darauf einlassen? Und wenn es danach zu mehr kam, so würde das die Sache auch nicht komplizieren, denn jeder würde danach seines Weges gehen, ohne Bedauern über das Vorgefallene zu empfinden. Was sie anbot, war ein einfacher, schneller Beischlaf. Warum also nicht?

»Ich kann leider nicht.«

»Oh! Sind Sie sicher?«

»Ja, sicher. Es tut mir leid. Ich zweifle nicht daran, daß es ein entzückender Abend werden würde, aber es ist leider unmöglich.«

»Quel dommage! So sagt man wohl in solchen Fällen«, seufzte sie der Form halber. »Vielleicht ein anderes Mal.«

Sie ließ ihre Handtasche zuschnappen und ging auf die Tür zu.

»Und vergessen Sie bitte nicht, Mr. McDougal den Umschlag zu geben, Mr. ...?«

»Pendarvis«, meinte Connor grinsend, weil das kleine Biest nun vorgab, seinen Namen vergessen zu haben. »Nein, das werde ich nicht.«

Sie lächelten sich noch einmal zu, und dann war er wieder allein. Minutenlang bedauerte er seine Entscheidung. Warum war er nicht auf das verlockende Angebot der Witwe eingegangen? Schließlich geschah es nicht alle Tage, daß sich ihm eine Frau an den Hals warf. Der Weiberheld in der Familie war sein Bruder Jack. So war es immer gewesen, und daran würde sich auch in Zukunft nichts ändern.

Aber Jack war abgereist, war jetzt in Exminster, um dort bei der Ernte zu helfen, aus Rücksichtnahme und weil er ihm nicht zur Last fallen wollte. Connor hatte alles versucht, ihn zum Bleiben zu überreden, doch ohne Erfolg. Jack hatte ihm auf sein Drängen hin versichert, er fühle sich nicht krank, würde es aber tun, wenn er weiterhin nutzlos herumsaß. Er wollte arbeiten und sich selbst ein bißchen Geld verdienen. Connor konnte das nur allzugut verstehen. Außerdem hatte es wenig Sinn, mit Jack zu streiten, wenn dieser sich einmal etwas in den Kopf gesetzt hatte. In dieser Hinsicht ähnelten sie sich sehr. Sie waren beide höchst eigensinnig.

Endlich war es sechs Uhr. Connor zählte die Schläge, die von der Kathedrale herüberwehten. Zeit, das Büro abzuschließen und die kaputte Holztreppe an der äußeren Hinterseite des Hauses hinaufzusteigen, in sein kleines Zimmer, das er ebenso haßte wie seine Arbeit, sein jetziges Leben. Wenn es nicht geregnet hätte, wäre er noch am Fluß entlangspaziert, um den Augenblick hinauszuzögern, in dem er in seinem mehr als schlicht eingerichteten und häßlichen Zimmer das Abendessen einnehmen würde.

Oben angekommen, entzündete er die Kerzen, in deren weichem Licht der zerlumpte Diwan, der ihm als Bett diente, nicht ganz so schlimm aussah. Als Schreibtisch mußte ein einfacher Tisch genügen. Es gab weder einen Schrank noch eine Kommode, weswegen seine Kleidungsstücke an einem Nagel in der Tür hingen. Das einzige Fenster ließ sich nicht öffnen, was nicht allzu schlimm schien, weil die Aussicht auf die schäbigen Häuser und den verkommenen Hinterhof alles andere als erbaulich war. Zumindest waren heute nicht die üblichen störenden Geräusche aus der Nachbarschaft zu hören. Streitende Ehepaare, schreiende Kinder oder das schrille Gejaule kämpfender Hunde waren meistens an der Tagesordnung. Connor wusch sich die mit Tinte verschmierten Hände in der kleinen Waschschüssel, zog sich den Mantel aus, lockerte seine Halsbinde und knöpfte die Weste auf.

Lange starrte er in den winzigen Spiegel, betrachtete sein Gesicht, als sähe er es zum ersten Mal. Früher glaubte er, genau über sich Bescheid zu wissen. Er hatte sich für einen ernsthaften Mann mit Grundsätzen gehalten, überzeugt von den Zielen, die er anstrebte. Er war die Hoffnung seiner Familie, der Stolz des Dorfes gewesen, als man noch meinte, er würde Journalist oder Anwalt werden. Sein Traum war es, einen dieser beiden Berufe zu ergreifen, um sein eigentliches Lebensziel zu erreichen, die Situation der arbeitenden Klasse zu verändern. Der Spiegel zeigte ihm den zu einem häßlichen Lächeln verzogenen Mund. Bisher hatte er in dieser Hinsicht nicht viel erreicht. Er war ein Versager, auf der ganzen Linie. Beruflich und erst recht privat. Für das, was er Sophie angetan hatte, gab es keine Entschuldigung. Er wagte zu bezweifeln, daß er sich das je verzeihen könnte. Wenn es ihm nur wenigstens gelänge, diesen unangenehmen Vorfall zu verdrängen. Aber das schien unmöglich zu sein.

Seltsamerweise war er immer noch wütend auf sie, obwohl die Schuld doch allein bei ihm lag. Aber jedesmal, wenn ihm die Dinge einfielen, die sie ihm bei ihrem letzten Treffen vor sechs Wochen an den Kopf geworfen hatte, wurde er so zornig, als habe der Streit erst vor einer Stunde stattgefunden.

Du hast mir gezeigt, wie tief ich sinken kann ... Ich werde den Rest meines Lebens damit verbringen, zu bereuen, was ich mit dir getan habe ...

Natürlich war ihre Enttäuschung verständlich, und er hatte es nicht besser verdient. Was ihn jedoch so besonders wütend machte, war die Tatsache, daß sie in Wirklichkeit durch und durch ein Snob war, der ihn in diesem Moment hatte spüren lassen, wie groß der gesellschaftliche Unterschied zwischen ihnen war. Das konnte er ihr nicht verzeihen.

Connor aß ein Stück der kalten Lammpastete, die er vor zwei Tagen gekauft hatte. Selbst wenn er es gewollt hätte, es gab in seinem miesen Zimmer keinen Ofen, auf dem er sein Essen hätte wärmen können. Davon abgesehen, hätte er sich den Kauf von Kohlen gar nicht leisten können.

Nach dem Essen versuchte er an dem Artikel weiterzuschreiben, den er vor sechs Abenden begonnen hatte und der sich mit dem Problem der Kinderarbeit auseinandersetzte. Seine Augen schmerzten, der Kopf tat ihm weh, und er fühlte sich entsetzlich ausgelaugt. Tatsächlich jedoch waren das nicht die Gründe, warum er nicht weiterkam. Er gestand sich ein, daß er offenbar den Antrieb verloren hatte, diese zornige Kraft, die er früher in seine Studien gesteckt hatte. Eigentlich hätte er sich über den Erfolg seines Artikels im Journal der Rhadamanthus-Gesellschaft freuen müssen, denn immerhin hatte er damit Shavers geholfen, die Reform beim nächsten Mal eher durchzubringen. Andererseits stürzte ihn die Erbärmlichkeit seines jetzigen Lebens in tiefes Selbstmitleid. Die unsinnige Arbeit für McDougal, sein karges Zimmer, die Bemühung, jeden Penny zu sparen, um sich eines Tages seinen Traum erfüllen zu können, Jura zu studieren. Er hätte den Abend doch mit der lustigen Witwe Irene verbringen sollen. Sich solch simplen Genüssen hinzugeben, vermittelte zumindest den Eindruck, daß man noch am Leben war.

Irgendwann war er offensichtlich eingeschlafen, denn er träumte, Irene sei zurückgekommen. Er hatte sie geküßt und sie ins Zimmer getragen. Sie war viel schwerer, als er angenommen hatte, und deswegen wachte er auf. Es dauerte einige Sekunden, bis ihm klar wurde, daß es tatsächlich an der Tür geklopft hatte. Das konnte nur die Witwe sein. Hastig schob er seinen Stuhl zurück, gewillt, diesmal alles zu tun, was sie von ihm erwartete.

Träumte er immer noch?

Vor der Tür stand Sophie.

»Sophie«, flüsterte er.

»Darf ich hereinkommen?« erkundigte sie sich kühl, und ihr Ton machte alle seine kurz aufgeloderten Hoffnungen mit einem Schlag zunichte.

Die Vorstellung, daß sie gleich sehen würde, in welch armseligen Verhältnissen er lebte, war ihm mehr als unangenehm, aber es war wohl nicht zu vermeiden. Mit einer hilflosen Geste und versteinertem Gesicht bat er sie herein und wäre am liebsten im Erdboden versunken, als er bemerkte, mit welchem Blick sie den kleinen Raum musterte.

»Warum bist du gekommen? Schulde ich dir noch Geld?« fragte er zynisch.

Trotz des schummrigen Lichtes sah er, wie sie erbleichte.

»Ein Glück, daß ich nicht der schönen Aussicht wegen gekommen bin«, sagte sie verächtlich. »Es scheint dir nicht besonders gutzugehen, Connor. Andererseits ... Hast du es besser verdient?«

»Ich habe keine Zeit für derart reizendes Geplänkel, Miss Deene. Warum bist du hier?«

»Kann ich ein Glas Wasser haben?« meinte sie und wandte ihm den Rücken zu.

»Tut mir leid, das frische Wasser ist alle. Darf es auch ein Glas Ale sein?«

Überraschenderweise fand er ein sauberes Glas und goß das warme, abgestandene Bier ein, das er gestern aus dem Wirtshaus geholt hatte.

»Ich danke dir«, sagte sie und nahm einen winzigen Schluck.

»Wie ich sehe, schreibst du wieder einen deiner wunderbaren Artikel. Oder bist du wirklich ein Anwalt, wenn du nicht gerade den Grubenarbeiter spielst?«

Betont unhöflich setzte er sich auf den Rand seines Bettes.

»Nein, leider bin ich das nicht. Ich habe zwar in meiner Jugend bei einem Anwalt volontiert, aber der starb sehr bald nach meinem Eintritt in die Kanzlei. Und danach habe ich mein Studium aufgegeben ... Irgendwie schien mir immer etwas dazwischenzukommen. Wie hast du mich gefunden?«

»Dein Bruder hat einer Bekannten von mir geschrieben und in seinem Brief auch deine Adresse erwähnt.«

»Wem hat mein Bruder geschrieben?«

»Sidony Timms.«

Sidony. Die von Jack verführte Milchmagd aus Wyckerley, dachte Connor.

»Aha. Und was ist der Grund deines Besuches, Sophie?«

Was immer es war, weswegen sie gekommen war, es schien ihr unendlich schwerzufallen, darüber zu sprechen.

»Ich habe eine Verabredung«, log Connor. »Wenn du mir also bitte sagen könntest, warum ...«

»Ich hätte viel darum gegeben, wenn ich nicht hätte kommen müssen«, sagte Sophie schließlich. »Die letzten Wochen habe ich nur deshalb überlebt, weil ich wußte, daß ich dich nie wiedersehen würde ... Das kannst du mir glauben ...«

»Ich verstehe. Und warum bist du dennoch hier?«

»Ich ... Ich erwarte ein Kind«, brachte sie mühsam heraus.

Diese erstaunliche Neuigkeit brachte ihn völlig aus der Fassung. Er war außerstande, etwas zu sagen oder sich auch nur zu bewegen.

»Eigentlich hatte ich gehofft ... Ich weiß eigentlich nicht, warum ... Ich hätte wissen müssen, daß du zu keiner anständigen Empfindung in der Lage bist ...«

Endlich schaffte er es aufzustehen.

»Teilst du mir das mit, weil du glaubst, ich bin der Vater dieses Kindes?« fragte er lauter, als es nötig gewesen wäre.

Sie stand da, mit dem Rücken zu ihm, und er sah, wie sie förmlich in sich zusammensank. Warum taten sie sich gegenseitig so weh?«

»Tut mir leid, so meinte ich das nicht«, sagte er schnell und fuhr sich mit der Hand nervös durch die schwarzen Haare. »Und was hast du jetzt vor?«

»Abgesehen davon, daß ich hergekommen bin, um dich davon zu unterrichten, meinst du? Nun, ich finde, alles weitere geht dich nichts an.«

»Na, na ... In Wirklichkeit willst du doch, daß ich dir jetzt meine Zuneigung gestehe und dir einen Heiratsantrag mache, stimmt's?«

»Letzteres ja. Ersteres kannst du getrost vergessen. Ich glaube nicht, daß ich das ertragen könnte.«

Es war für Sophie unmöglich, zu ahnen, was er dachte. Er wirkte wie ein Fremder auf sie, in seinem Anzug und mit den langen Haaren, in diesem kleinen unaufgeräumten Zimmer, auf dessen Tisch sich Bücher und Papier neben dem Tintenfaß stapelten.

»Um die Dinge wirklich klarzustellen ... Du erwartest also mein Kind und möchtest von mir geheiratet werden ...«

Sie unterließ es, ihn darauf hinzuweisen, daß von ›möchten‹ überhaupt nicht die Rede war, weil sie sich eine derart beleidigende Bemerkung unter diesen Umständen nicht leisten konnte.

»Ich wünschte, es gäbe eine andere Möglichkeit. Ich gebe mich keinen Illusionen hin, was deine Empfindungen für mich betrifft ... Das hast du bei unserem letzten Treffen sehr deutlich gemacht. Und wenn es nur um mich allein ginge, wäre ich bestimmt nicht hergekommen, um ein solches Ansinnen zu stellen. Aber es geht um das Kind ...«

Connor schwieg. Bisher hatte sie überhaupt noch nicht daran gedacht, was sie tun würde, wenn er sie abwies. Der Gedanke war ihr erst gekommen, als sie die attraktive Frau gesehen hatte, die vor kurzem aus dem Büro gekommen war.

»Du mußt natürlich nicht mit mir zusammenleben«, fuhr sie hastig fort. »Du kannst hier bleiben und deine Reformbemühungen fortsetzen ... Worum ich dich bitte, ist lediglich dein Name, dem Baby zuliebe. Heirate mich, und danach trennen sich unsere Wege, wenn du das möchtest ...«

»Möchtest du es denn?«

»Ja«, sagte sie nach einigem Zögern.

Wieder schwieg er.

»Ich kann dir auch Geld dafür geben ... Ein jährliches Stipendium oder eine monatliche Unterstützung ...«

Heftig griff er nach ihrem Arm und wirbelte sie herum.

»Glaubst du wirklich, ich würde Geld dafür nehmen? Haßt du mich so sehr?«

»Es war nicht meine Absicht, dich zu beleidigen. Ich weiß fast nichts über dich, und das wenige, das ich weiß ... Wirst du mich heiraten?«

»Das ist eine sehr wichtige Entscheidung ... Darüber muß ich gründlich nachdenken ... aber ich werde es dich wissen lassen ... In welchem Hotel wohnst du?«

Am liebsten hätte sie ihm ins Gesicht gespuckt. Aber sie nannte ihm nur den Namen des kleinen Hotels, in dem sie untergekommen war.

»Eine gute Adresse. Dort wird es dir an nichts fehlen, während du auf meine Antwort wartest ...«

Sophie rutschte tiefer in ihr Cape und ging zur Tür. Wenn sie noch ein Sekunde länger blieb, bestand die Gefahr, daß sie ihn schlagen würde.

»Sophie, so warte doch. Ich begleite dich ...«

»Das ist nicht nötig«, rief sie, während sie die Treppe hinuntereilte. »Du weißt ja, wo ich bin. Schicke mir einfach eine Nachricht. Ich habe keine Lust, dich noch einmal zu sehen.«

Sophie rannte durch die neblige Dunkelheit zurück zu ihrem Hotel, froh darüber, allein zu sein, erleichtert, daß das unangenehme Wiedersehen vorbei war.

Am nächsten Tag überreichte man ihr Connors Nachricht.

Liebe Sophie,
ich werde Dich heiraten und überlasse alle Vorbereitungen Dir. Sollen wir diese miese Angelegenheit hier in Exeter hinter uns bringen und als dummes Ehepaar nach Wyckerley zu-

rückkehren? Unterrichte mich von Deinen Wünschen, und ich werde alles tun, um ihnen gerecht zu werden.

Dein ergebner Diener
Connor Pendarvis

Kapitel 15

Sophie konnte einfach nicht still sitzen bleiben, unruhigen Schrittes ging sie hin und her und sah neidisch zu Christy hinüber, der sich die Wartezeit mit dem Lesen eines Buches vertrieb. Nicht einmal das Geräusch ihrer Absätze auf dem kalten Steinboden schien ihn aus der Ruhe zu bringen oder ihn gar zu verärgern.

Pfarrer Morrell war zweifellos der gütigste Mann, den sie je kennengelernt hatte. Das war auch der Grund, warum sie ihm gebeichtet hatte. Trotz der verfahrenen Situation, in die sie sich leichtsinnigerweise selbst hineingebracht hatte, verzichtete er auf jegliche moralische Vorwürfe. Allerdings war er nicht bereit, in das Eheregister ein falsches Datum einzutragen, aber ansonsten hatte er alles getan, um zu gewährleisten, daß die Trauung so schnell wie möglich stattfinden konnte. Den Termin hatte er auf zehn Uhr abends gelegt, damit keiner im Dorf etwas mitbekam, und einen Vorwand gefunden, um seinen Kirchendiener wegzuschicken. Jetzt sah er von seinem Buch auf und lächelte ihr beruhigend zu, weil er ahnte, wie sehr sie darunter litt, auf einen Bräutigam zu warten, der womöglich gar nicht kommen würde.

Zwar ging sie davon aus, daß Connor erscheinen würde, auch wenn er ihren Brief, in dem sie ihm das Datum und die Uhrzeit ihrer Hochzeit mitgeteilt hatte, nie beantwortet hatte. Was aber, wenn er nicht zu seinem gegebenen Wort stand, wenn er sein Versprechen nicht hielt?

Zudem quälte sie die Ungewißheit, was nach der Trauung passieren würde. Würde er sich gleich danach aus dem Staub machen? Oder würde er, um den Schein zu wahren, eine kurze Zeit in Wyckerley bleiben und erst später unter einem Vorwand abreisen? Fest stand, daß das Kind siebeneinhalb Monate nach der Hochzeit zur Welt kommen würde. Wie sollte sie das erklären? Christy hatte sie beruhigt, indem er sie darauf hinwies, daß es sinnlos war, sich Sorgen zu machen, weil eine so natürliche Sache, wie die Geburt eines Kindes, nicht nach Gutdünken verzögert oder verschoben werden konnte. Damit hatte er natürlich recht, aber sich nicht zu sorgen, war leichter gesagt, als getan. Es war ihr sehr schwergefallen, Anne die Wahrheit zu sagen, weil sie fürchtete, die Freundin deswegen zu verlieren. Ihre Angst war unbegründet, wie Annes Reaktion bewies.

»O Sophie, wenn Sie wüßten«, hatte sie gesagt. »Ich könnte Ihnen Dinge über mich erzählen, die Sie überaus schockieren würden. Ich kann es nicht, weil es nicht nur mein Geheimnis ist. Was auch immer andere über Sie denken mögen, es wird mich nicht daran hindern, weiterhin Ihre Freundin zu sein.«

Plötzlich hörte man draußen eine Kutsche vorfahren. Sophie wirblte herum und starrte zum Eingang der Kirche, Christy sah von seinem Buch auf. Offenbar hatte sie sich das Geräusch also nicht nur eingebildet.

Christy stand auf und trat neben sie. Gemeinsam lauschten sie den Schritten, die sich näherten. Dankbar drückte sie seine Hand.

Connor betrat die Kirche und kam auf sie zu. Nichts in seinem Gesicht verriet seine Gedanken oder Gefühle.

»Sophie«, sagte er und gab dann Christy die Hand. »Darf ich Sie kurz allein sprechen, Pfarrer?«

»Diesen Vorschlag wollte ich eben auch machen«, meinte Christy.

Die beiden Männer entfernten sich in Richtung Sakristei.

Sophie blieb allein zurück, zutiefst erleichtert, daß Connor tatsächlich gekommen war. Ihre Knie zitterten, und sie mußte sich setzen. Mit fahrigen Bewegungen glättete sie den Rock ihres Kleides und überlegte, über was die beiden Männer in der Sakristei wohl sprachen. Als Christy und Connor zurückkehrten, stand sie auf.

»Ich werde jetzt Anne holen«, meinte Christy. »Wir sind gleich wieder zurück.«

»Anne ist unsere Trauzeugin«, erklärte Sophie. »Sie ist bei Elisabeth, das ist ihre kleine Tochter. Sie hat eine Erkältung, die Kleine, meine ich ...«

»Du siehst schön aus«, meinte Connor.

»O danke. Wie war die Reise?«

»Ich bin mit dem Zug bis Plymouth gefahren. Dort habe ich eine Kutsche gemietet ...«

»Ich verstehe.«

»Wie fühlst du dich, Sophie? Gesundheitlich, meine ich. Ich hätte dich das schon in Exeter fragen sollen, aber ...«

»Es geht mir den Umständen entsprechend gut«, versicherte Sophie hastig.

»Da bin ich aber froh.«

Heimlich schielte sie zu ihm hinüber. Er hatte beide Hände in den Taschen vergraben und schien sich nicht allzu wohl in seiner Haut zu fühlen. Der schwarze Stoff war billig, aber der Anzug brandneu. Und er hatte sich die Haare schneiden lassen.

»Danke, daß du gekommen bist«, meinte Sophie.

»Dachtest du denn, ich würde nicht kommen?«

»Nein ... doch ... ich ...«

»Du warst beunruhigt, stimmt's?«

»Das scheine ich in letzter Zeit immer zu sein«, lächelte sie schwach.

»War es schwer für dich ... Hat irgend jemand ...?«

»Nein, nein ... es weiß ja niemand Bescheid. Aber danke, daß du danach fragst.«

»Das ist doch selbstverständlich.«

»Über was hast du mit Christy gesprochen? Oh, tut mir leid, das geht mich ja nichts an ...«

»Ich habe mich bei ihm entschuldigt. Wegen des Artikels, den die Rhadamanthus-Gesellschaft abgedruckt hat. Was da zu lesen war, habe ich überhaupt nicht über den Pfarrer geschrieben. Er hat meine Entschuldigung angenommen.«

Natürlich, dachte sie.

»Und weißt du, worüber er noch mit mir geredet hat?«

»Ich kann es mir vorstellen ...«

»Wahrscheinlich. Über meine Pflichten als Ehemann. Aber alles in allem ist er unglaublich sanft mit mir umgesprungen.«

Über wen machte er sich lustig? Über sie, über Christy oder über sich selbst?

In diesem Augenblick erschien das Ehepaar Morrell. Anne trug die kleine kranke Elisabeth auf dem Arm, die ihr Köpfchen an ihre Schulter gedrückt hatte und schlief.

»Wir sind uns bisher nicht offiziell vorgestellt worden«, sagte sie. »Ich bin Anne Morrell, die Frau des Pfarrers. Sophie ist meine Freundin.«

Connor streckte ihr die Hand entgegen und lächelte.

»Sie sind also die Mutter der kleinen Elisabeth. Sie müssen wissen, ich habe Ihre Tochter am Tag meiner Ankunft in Wyckerley kennengelernt. Wie Sophie auch. Ich wußte nicht, wer von den beiden hübscher ist. Tatsächlich weiß ich es bis heute nicht.«

»Sophie hat mich gewarnt, aber Sie sind ja noch schlimmer, als ich dachte«, meinte Anne.

»Viel schlimmer!« stimmte er zu.

Christy hatte inzwischen die Kerzen am Altar entzündet, und sein taktvolles Räuspern verkündete, daß er bereit war.

Sophie mußte mit Wehmut daran denken, wie sie sich als junges Mädchen ihre Hochzeit vorgestellt hatte. In einer mit Blumen geschmückten Kirche, in der all ihre Freunde zusammengekommen waren und auf den Augenblick warteten, in dem sie am Arm ihres Vaters durch den Mittelgang zum Altar schreiten würde, wo ihr zukünftiger Mann sie lächelnd erwartete. Die heutige Zeremonie, heimlich und zu später Stunde, mit einem Bräutigam neben sich, der sie nur gezwungenermaßen heiratete, hatte nichts mit ihrem Wunschtraum von einst gemein. Ein Glück nur, daß ihr Vater das nicht mehr erleben mußte.

Connor stand ruhig und mit versteinertem Gesicht rechts von ihr und nahm ihre Hand, um den heiligen Schwur zu leisten. Seine Hand zitterte ebenso wie die ihre, und zum erstenmal versuchte sie, sich in seine Lage zu versetzen.

». . . im Namen Gottes nehme ich, Connor, dich, Sophie, zu meiner Frau und schwöre, dich von diesem Tag an zu lieben und zu ehren, in guten wie in schlechten Tagen, bis daß der Tod uns scheidet . . .«

Ehe Sophie sich versah, waren sie Mann und Frau. Glücklicherweise verzichtete der feinfühlige Christy darauf, den Bräutigam aufzufordern, sie zu küssen. Sie trugen sich in das Eheregister ein, und Sophie lehnte Annes Einladung, noch ein Glas Wein zu trinken, ab, unter dem Vorwand, daß es schon sehr spät sei. In Wirklichkeit überkam sie wieder diese Unsicherheit, weil sie nicht wußte, was als nächstes geschehen würde. Reiste Connor schon heute nach Exeter zurück? Oder erst morgen? Würde er sie heimbegleiten und darauf bestehen, seine Pflichten als Ehemann wahrzunehmen? Connors Pläne nicht zu kennen, war einfach schrecklich.

Sie verabschiedeten sich von den Morrells. Connor nahm ihren Arm und führte sie aus der Kirche. Die Nacht war neblig und feucht. Sophie entdeckte die von Connor gemietete Kutsche, die neben ihrer eigenen stand. Würden sich ihre Wege jetzt trennen?

»Warte bitte einen Augenblick«, meinte er.

Nach zwei Minuten war er zurück.

»Christy ist so freundlich, dein Pony heute nacht in seinem Stall unterzubringen. Ich werde deinen Wagen morgen früh holen.«

Die Fahrt zum Stone House verlief bis auf einige nichtssagende Bemerkungen schweigend. Während sie schon ins Haus ging, brachte Connor sein Pferd in den Stall. Es war kurz nach elf. Sophie hatte Mrs. Bolton gebeten, nicht auf sie zu warten. Die Haushälterin hatte ihr keine Fragen gestellt, obwohl sie sich mit Sicherheit gewundert hatte.

Wie sollte sie sich nun verhalten? Ihrem Mann etwas zu trinken anbieten? In der Speisekammer fand sie einen Krug Wein, den sie in den Salon trug. Sie hörte seine Schritte, als sie gerade ein Glas für ihn füllte. Würde er anklopfen? Unsinn, warum sollte er. Er kam hereinspaziert, völlig natürlich, als sei er es gewohnt, in diesem Haus zu leben.

»Und du? Trinkst du nichts?« erkundigte er sich, als sie ihm sein Glas reichte.

»Nein«, meinte sie und schüttelte den Kopf. »Ich denke, es ist besser für das Baby, wenn ich keinen Wein trinke.«

Im Spiegel konnte sie sehen, daß er sie beobachtete, während sie die Kerzen anzündete.

»Was hast du vor?« fragte sie schließlich.

»Wie meinst du das?«

»Bleibst du über Nacht hier?«

»Ob ich über Nacht hierbleibe?« fragte er erstaunt.

»Nun ja ... Ich habe keine Ahnung, was du vorhast«, gab sie zu. »In jeder Hinsicht. Bleibst du hier? Fährst du zurück? Was sind deine Pläne? Wie dem auch sei, laß uns bitte heute abend nicht streiten, ja? Meine Haushälterin schläft unten und das Haus ist hellhörig. Sie muß ja nicht unbedingt von unseren Schwierigkeiten erfahren, oder?«

»Oh, ich habe keine Lust zu streiten«, meinte Connor

und setzte vorsichtig sein Glas ab. »Und was meine Pläne betrifft ... Hast du nicht mein Gepäck in der Kutsche gesehen? Ich hatte vor, den Rest irgendwann später nachkommen zu lassen. Nicht, daß ich noch sehr viele Sachen in Exeter hätte.«

»Du bleibst also hier? Bei mir?«

»Wenn es dir recht ist. Normalerweise ist das so, wenn man geheiratet hat.«

Sophies Gefühle waren völlig durcheinander, was sicher auch mit ihrer Schwangerschaft zu tun hatte. Plötzlich mußte sie weinen, ohne eigentlich einen Grund zu haben.

Sie spürte seine Hände leicht auf ihren Schultern.

»Warum weinst du?«

»Ich weiß es nicht ...«

»Ist es dir lieber, wenn ich dich allein lasse?«

»Nein, nein ... Ich fühle mich so ... Nein, ich möchte nicht, daß du gehst ...«

»Es ist schon spät.«

»Ja, natürlich. Und du bist sicher müde. Du kannst im Zimmer meines Vaters schlafen.«

»Dann würde ich vorschlagen, du gehst schon zu Bett. Ich bleibe noch ein Weilchen hier unten.«

»Also gut ... dann gute Nacht.«

»Gute Nacht, Sophie.«

An der Tür drehte sie sich nochmals um.

»Connor?«

»Ja?«

»Danke.«

«Wofür? Weil ich das getan habe, was sich in einem solchen Fall gehört?« meinte Connor und prostete ihr zu.

Sophie durchquerte die Eingangshalle und stieg langsam die Treppe hinauf.

Bisher ist alles gutgegangen, dachte sie. *Warum bin ich dann so verdammt unglücklich?*

Connor hätte sich nie träumen lassen, eines Tages durch die schmiedeeiserne Pforte zu gehen, hinter der der Weg durch einen gepflegten Vorgarten zu dem eindrucksvollen Haus des Bürgermeisters führte, das aus der Tudor-Zeit stammte. Sophie hatte ihn beim Frühstück gebeten, sie zu ihrem Onkel zu begleiten, um diesen von ihrer Heirat zu unterrichten, ehe er es von anderer Seite erfuhr, und sie war sichtbar erleichtert gewesen und hatte dankbar gelächelt, als er ihrem Vorschlag ohne zu zögern zustimmte.

Sie klopfte an die schwarz gestrichene Haustür, trat einen Schritt zurück und reckte entschlossen das Kinn vor, wahrscheinlich, um sich selbst Mut vor der Begegnung mit ihrem Onkel zu machen, der alles andere als entzückt sein würde, wenn er die Neuigkeit erfuhr. Sie trug ein einfaches graublaues Seidenkleid, dessen weite Ärmel an den Handgelenken mit weißer Spitze besetzt waren. Nur der etwas ausgefallene Hut sorgte dafür, daß sie nicht wie ein Puritanerin aussah. Connor trug denselben schwarzen Anzug wie gestern abend, den er von seinen Ersparnissen gekauft hatte. Jack hatte ihm nicht nur eine dazu passende Halsbinde geliehen, sondern ihm auch das Geld für die Zugfahrkarte und die Mietkutsche vorgestreckt. Wie würde seine Frau reagieren, wenn sie erfuhr, daß sich sein gesamtes Vermögen auf lächerliche vierundzwanzig Shilling belief?

Sophie schaute grimmig drein, als niemand erschien, um ihnen zu öffnen, und klopfte erneut.

Sie sah wunderschön aus, obgleich ihr zartes Gesicht verriet, daß sie offenbar wenig geschlafen hatte. Er selbst war hundemüde, weil er stundenlang wachgelegen und sich Gedanken über ihre gemeinsame Zukunft gemacht hatte.

»Guten Morgen, Fay«, begrüßte Sophie das Hausmädchen ihres Onkels, als dieses endlich an der Tür erschien und erstaunt knickste. »Ist mein Onkel da?«

»Ja, Madam. Er ist in seinem Arbeitszimmer. Soll ich ihm sagen ...?«

»Nein, nein ... Wir wollen ihn überraschen.«

Sie griff nach Connors Hand und zog ihn in den langen Flur, an dessen Ende das Arbeitszimmer ihres Onkels lag. Die Tür stand etwas offen, und während sie klopfte, streckte sie bereits ihren Kopf durch den Spalt.

»Onkel Eustace?«

»Sophie! Was für eine Überraschung. Komm rein ...«

Sophie holte tief Luft, drückte Connors Hand, ehe sie sie losließ, und gemeinsam betraten sie den Raum.

Vanstone war eben im Begriff, sich aus seinem Stuhl zu erheben, um Sophie entgegenzugehen, verharrte nun aber ungläubig mitten in seiner Bewegung, als er Connor erblickte.

»Was soll das?« fragte er und richtete sich endlich auf. Obwohl es Samstag vormittag war und er offenbar nichts weiter vorhatte, als allein zu Hause zu arbeiten, war er so förmlich gekleidet, als müsse er jeden Moment zu einer offiziellen Einladung gehen. Vanstones bösartiger Blick und die Narbe auf seiner eigenen Wange erinnerten Connor, daß es zu spät war, sich diesen Mann zum Freund machen zu wollen.

Sophie lächelte gekünstelt.

»Wir sind gekommen, um dir etwas zu sagen, Onkel Eustace. Es wird dich überraschen, aber ich hoffe, es wird dich auch freuen. Mr. Pendarvis ... Connor und ich haben geheiratet.«

»Was habt ihr?« rief der Bürgermeister.

»Geheiratet. Gestern abend. Christy hat uns getraut. Und jetzt sind wir hier, um deinen Segen zu erbitten.«

Vanstone war sprachlos. Entsetzt starrte er Sophie an, außerstande, zu glauben, was sie eben gesagt hatte.

»Warum?« brachte Vanstone schließlich heraus.

»Warum?« wiederholte Sophie dümmlich.

»Warum, um Himmels willen, hast du ihn geheiratet?«

»Warum? Weil wir ...«

»Weil wir uns lieben«, beendete Connor ihren angefangenen Satz.

»Das ist doch der übliche Grund für eine Heirat. Wir sind seit meiner Abreise von Wyckerley brieflich in Kontakt geblieben, und ich habe sie so lange gebeten, meine Frau zu werden, bis sie schließlich einwilligte.«

Der Bürgermeister fluchte, und Sophie schien immer kleiner zu werden.

»Bitte, Onkel ...«, flehte sie mit blassem Gesicht.

»Dieser Mann ist ein Verräter! Du kannst ihn doch unmöglich geheiratet haben!« stieß Vanstone hervor.

»Doch, Onkel. Wir sind jetzt Mann und Frau ... und ich bitte dich ...«

»Hast du vergessen, was er getan hat? Hast du den Verstand verloren?«

Sophie zuliebe schwieg Connor, obwohl er innerlich vor Wut kochte.

»Bitte, versuche zu vergessen, was vorher passiert ist ... das Ganze war ein ... ein Mißverständnis. Wir möchten deinen Segen für unser zukünftiges gemeinsames Leben, kannst du das nicht verstehen?«

»Nein, das kann ich nicht«, meinte ihr Onkel unverblümt. »Ich kann dir allerdings einen Rat geben, ich zweifle aber daran, daß du ihn beherzigen wirst. Such dir noch heute einen Anwalt und laß die Ehe für ungültig erklären.«

Sophie sah ihn unglücklich an.

»Und was haben Sie vor, Mr. Pendarvis? Werden Sie arbeiten, oder wollen Sie etwa von dem Geld meiner Nichte leben?« wandte sich Vanstone grimmig an Connor.

»Ich bin mir noch nicht ganz sicher, was ich tun werde«, meinte Connor. »Ich habe drei Jahre lang Jura studiert, noch zwei weitere, und ich werde zu den Prüfungen zugelassen. Das Geld meiner Frau gehört jetzt auch mir. Es kann gut möglich sein, daß ich mein Studium fortsetzen werde und es damit finanziere. Ich sage das Sophies wegen, nicht weil ich glaube, daß meine Pläne Sie etwas angehen.«

Vanstone schwieg und zupfte an den silbergrauen Enden seines Schnurrbartes.

»Es ist mir ziemlich gleichgültig, ob Sie mit mir als Mann Ihrer Nichte einverstanden sind, aber ...«, fügte Connor hinzu.

»Ich bin es nicht ...«

»... aber für Sophie ist Ihr Segen wichtig. Wollen Sie ihn ihr wirklich vorenthalten?«

»Durchaus. Wenngleich ich hoffe, daß sie glücklich wird. Ich fürchte allerdings, du wirst an der Seite dieses Mannes nicht glücklich werden, Sophie. Eines Tages wirst du zu mir kommen und mich um Hilfe bitten. Und wenn ich es kann, dann werde ich dir auch helfen, das verspreche ich dir. Und ich werde versuchen, meinen Mund zu halten und dir keine Vorhaltungen zu machen, daß du nicht auf meinen gutgemeinten Rat gehört hast.«

»Danke, Onkel.« Sophie lächelte schwach, trat unsicher auf ihn zu und küßte ihn auf die Wange.

Vanstone ließ es gnädig über sich ergehen, mehr nicht.

Als das Hausmädchen die Haustür hinter ihnen schloß, stieß Sophie einen überraschten kleinen Schrei aus.

»Lieber Himmel, nein«, murmelte sie. »Nicht das auch noch ...«

»Was ist denn eigentlich los?« erkundigte sich Connor verwirrt.

Robert Croddy schloß eben die schmiedeeiserne Pforte und war im Begriff, auf sie zuzukommen.

»Er weiß es.«

»Was weiß er?«

»Das mit dem Kind ...«

»Woher soll er davon wissen?«

»Ich habe es ihm gesagt ...«

»Du hast was?«

Connor konnte es einfach nicht glauben. Warum hatte sie sich diesem Trottel Croddy anvertraut?

»Ach, wieder im Lande?« meinte Robert anzüglich und verstellte ihnen den Weg. »Ich hätte nicht für möglich gehalten, daß Sie den Mut aufbringen würden, sich hier noch einmal sehen zu lassen, Pendarvis. Belästigt er dich, Sophie?«

»Nein, nein ... er ist ...«

»Aber Sie belästigen mich«, sagte Connor und ging drohend auf Croddy zu. »Ich rate Ihnen, mir auch in Zukunft aus dem Weg zu gehen, Sie lausiger Bierpantscher. Und meiner Frau ebenfalls.«

»Ihrer Frau?« Robert war fassungslos, ehe er zu lachen anfing.

Das war sein Fehler. Connors Faust traf sein arrogantes Kinn, Croddy stolperte nach hinten und fiel schließlich auf den harten Steinweg.

»Hört auf!« rief Sophie und versuchte, Connors Arm festzuhalten.

Passanten blieben stehen und starrten neugierig herüber.

Croddy saß verdutzt am Boden und hielt sein schmerzendes Kinn. Sophie wollte auf ihn zueilen, aber Connor riß sie mit sich, schubste sie in die Kutsche, sprang selbst hinein und ließ die Zügel auf den Rücken des Pferdes sausen, das erschrocken die Hauptstraße von Wyckerley entlanggaloppierte. Sophie mußte sich festhalten, sonst wäre sie bei der rasanten Fahrt aus der Kutsche gefallen.

»Warum hast du diesem Lackaffen von dem Baby erzählt?« rief Connor wütend.

»Warum, warum ... Da ich diesen Lackaffen in meiner Verzweiflung gebeten habe, mich zu heiraten, hatte ich das Gefühl, ihm reinen Wein einschenken zu müssen«, preßte Sophie mühsam hervor.

Connors Stirnader schwoll an. Nur mit Mühe unterdrückte er die Flüche, die sich in seinem Zorn auf die Lippen drängten.

»Was soll eigentlich diese Raserei, verdammt noch mal?« fuhr sie ihn wütend an.

»Was das soll? Ich kann es eben nicht erwarten, unsere Hochzeitsreise anzutreten, meine liebe Sophie«, bellte er zurück.

»Unsere was? Unsere Hochzeitsreise? Wo fahren wir denn hin?«

»Nach Cornwall«, sagte er mit grimmiger Zufriedenheit. »Es wird Zeit, daß du jetzt meine Familie kennenlernst.«

Kapitel 16

Ihre Reise nach Cornwall dauerte drei lange Tage, in denen sie kaum ein Wort miteinander wechselten. Den Sonntag verbrachten sie gezwungenermaßen in Liskeard, da es vor Montag keine Kutsche zu mieten gab und auch kein Zug fuhr. Sie besichtigten die wenigen Sehenswürdigkeiten des Ortes ohne wirkliches Vergnügen. Am frühen Nachmittag zog sich Sophie in ihr Hotelzimmer zurück und tauchte erst Montag früh wieder auf.

Dann fuhren sie mit einer gemieteten Kutsche bis Lostwithiel, um von dort den Zug nach Truro zu nehmen. Zu Sophies Entsetzen war in dem kleinen Bahnhofshotel nur noch ein einziges Zimmer frei. Die Vorstellung, Connor könnte auf die Idee kommen, auf seinem Recht als Ehemann zu bestehen, verwandelte sie für den Rest des Tages in ein Nervenbündel. Außerdem war sie so hastig von Wyckerley aufgebrochen, daß Sophie nur das Nötigste hatte packen können und ihr keine Möglichkeit blieb, sich noch Geld zu besorgen. Die geringe Summe, die sie im Haus aufbewahrt und Connor für die gemeinsame

Reise gegeben hatte, war aufgebraucht, und sie war gezwungen, an ihre Bank in Tavistock zu telegrafieren, um sich welches anweisen zu lassen.

Sie besichtigten das Gebäude, in dem die Kupfer- und Zinnauktion stattfanden, und Sophie stellte fest, daß es sehr viel größer und neuer war als jenes in Tavistock, zu dem sie zweimal im Monat mit Dickon Penney fuhr.

Am späten Nachmittag, als die Sonne allmählich tiefer sank und es plötzlich recht kühl wurde, wanderten sie in ihr Hotel zurück. Auf dem Weg dorthin versuchte sich Sophie ihr zukünftiges Leben mit Connor vorzustellen, was ihr nicht so recht gelingen wollte. Unter normalen Umständen hätten sie wohl nie zusammengefunden, sie waren einfach zu unterschiedlich.

Doch jetzt waren sie Mann und Frau und würden es bis an ihr Lebensende bleiben. Machte ihm dieser Gedanke ebenso Angst wie ihr? Oder hoffte er insgeheim, wie sie auch, daß sie eine Lösung finden würden, die es ihnen erlauben würde, friedlich miteinander zu leben?

Sie aßen im Restaurant des Hotels zu Abend. Sophie war hungrig, und das Essen war ausgezeichnet, aber ihre Unterhaltung war zähflüssiger denn je. Durch Zufall erwischte sie ihn dabei, wie er sie beobachtete. Der Ausdruck seiner Augen verwirrte sie. Erst nach einigen Minuten kam sie darauf, warum. Heute nacht würden sie in einem Bett schlafen müssen. Nervös nippte sie an ihrem mit Wasser verdünntem Wein, überzeugt, daß ihre Unsicherheit ihn amüsierte.

»Dazu habe ich auch etwas zu sagen ...«, brach es aus ihr hervor, ohne weitere Erklärung, was genau sie damit meinte.

»Nicht wirklich«, antwortete er wie aus der Pistole geschossen.

»Weil du mein Herr und Gebieter bist?«

»Das hast du ganz richtig erkannt.«

»Mistkerl!«

Gleichzeitig schoben sie ihre Stühle zurück, standen auf und starrten sich wütend an.

»Vielleicht sollten wir dieses Gespräch an einem Ort fortsetzen, wo man uns nicht hören kann«, meinte sie bissig.

»Genau das wollte ich eben vorschlagen.«

Später lag sie steif im Bett, wagte nicht, sich zu bewegen, zwang ihre Atemzüge zur Regelmäßigkeit und gab vor, tief und fest zu schlafen, während ihre Gedanken rasten.

Ich erwarte ein Kind von ihm. Der Mann, der hier neben mir liegt, ist der Vater des Kindes. Wir sind verheiratet. Was spielt es für eine Rolle, daß wir uns nicht lieben? Tausende von Ehepaaren lieben sich nicht, haben aber trotzdem eine innige Beziehung. Kein Mensch hält das für verwerflich oder falsch. Warum wehre ich mich dagegen? Weil ich mich nicht einem Mann hingeben will, der mich benutzt und betrogen hat? Oder will ich ihn damit bestrafen? In gewisser Weise ja. Aber was wird dabei auf Dauer herauskommen? Ist es nicht besser so zu tun, als führe man eine normale Ehe?

Am Morgen hatte sie das Gefühl, nicht eine Sekunde geschlafen zu haben, als Connor sie weckte, indem er sie sanft an der Schulter rüttelte.

»Wach auf, Sophie.«

»Wie spät ist es denn?« fragte sie schlaftrunken.

»Es ist noch früh.«

»Aber du bist ja schon angezogen.«

»Wir müssen los. Ich gehe jetzt nach unten, um eine Kutsche zu mieten. Du kannst dich inzwischen anziehen.«

»Wo fahren wir denn hin?«

»Heim.«

»Heim?«

»Zu mir nach Hause. Nach Trewythiel«, lächelte er grimmig.

Auf dem Friedhof von St. Dunston lagen sechs Mitglieder der Familie Pendarvis begraben. Connor stand etwas abseits, sonst hätte sie nach seiner Hand gegriffen, weil sie spürte, wie sehr ihm der Verlust seiner Familie zu Herzen ging.

»Woran sind sie gestorben?«

»Mein Vater hatte die Schwindsucht, Jude ist von einer kaputten Leiter gestürzt, Diggory starb bei einem Wasserbruch und meine Mutter aus Kummer, weil die Arbeit im Bergwerk ihren Lieben den Tod gebracht hatte. Ein Segen, so blieb ihr zumindest erspart, dem Dahinsiechen von Catherine zusehen zu müssen, die ein schwaches Herz hatte.«

Sophie mußte an den Tod ihres eigenen Vaters denken und wie sehr er ihr fehlte. Also konnte sie nicht umhin, Mitgefühl für Connor zu empfinden.

»Und jetzt gibt es nur noch Jack und dich?«

»Ja, Jack und mich.«

Und Jack litt an derselben Krankheit, die seinen Vater dahingerafft hatte.

Connor kniete sich nieder und klaubte das trockene Laub von einem der Gräber. Sophie tat es ihm, nach einem kurzen Zögern, gleich.

Schweigend säuberten sie die Gräber, eines nach dem anderen. Dann stand Connor auf und verließ schnellen Schrittes, mit gesenktem Kopf und ohne sich nach ihr umzusehen, den Friedhof. An der Ecke der schmalen Hauptstraße von Trewythiel, die von eine paar armseligen Häuschen gesäumt war, und auf der sich Pferdeäpfel und Hundekot häuften, holte sie ihn ein. Mit der Hand beschattete er seine Augen und starrte zum Ende der Straße, auf ein häßliches Haus aus grauen Steinen deutend.

»Dort bin ich aufgewachsen«, erklärte er und beobachtete sie aufmerksam, als warte er auf eine Bemerkung von ihr.

Eine alte Frau, schwarzgekleidet und mit einem Tuch

um die gebeugten Schultern, in der einen Hand einen Stock, mit dem sie den Boden abtastete wie eine Blinde, kam ihnen mit kleinen Schritten entgegen.

»Mrs. Gregg!« rief Connor überrascht.

Die Alte blieb stehen, sah ihn verwirrt, aber ohne Mißtrauen an.

»Mrs. Gregg, erinnern Sie sich nicht an mich? Connor. Connor Pendarvis ...«

»Connor?« Sie lächelte, wobei ihre ledrige Gesichtshaut tausend Falten warf. »Der gewiefte kleine Con. Na so was. Natürlich erinnere ich mich an dich. Ein kluges Kerlchen, hat mein Malcolm immer gesagt. Jetzt ist er tot, mein Malcolm. Acht Jahre schon.«

»Ich weiß, Mrs. Gregg. Es tat mir sehr leid, von seinem Tod zu hören.«

»Und sie haben keinen Ersatz für ihn gefunden. Nur jeden zweiten Sonntag kommt ein Pfarrer von Truro zu uns, um den Gottesdienst abzuhalten ... Ja, ja, die Zeiten haben sich geändert. Hast du gehört, daß sie die Grube geschlossen haben?«

»Jack hat es mir erzählt.«

»Wenn sie schon dabei sind, können sie auch gleich das ganze Dorf zumachen. Nichts ist hier übrig, nicht, daß da vorher viel gewesen wäre. Wir warten, bis wir alle nacheinander wegsterben, mehr ist hier nicht zu tun. Und wer ist das?«

»Oh, Entschuldigung ... Das ist meine Frau.«

»Freut mich, Sie kennenzulernen, Mrs. Gregg«, murmelte Sophie und nahm die trockene Hand der Alten in die ihrige.

Mrs. Gregg war die Witwe des hiesigen Pfarrers, der Connor das Lesen und Schreiben beigebracht hatte, fiel ihr jetzt wieder ein.

»Mich auch, mich auch ...«, nickte die alte Frau. »Und konntest du was anfangen mit dem, was mein Malcolm dir beigebracht hat?«

»Aber sicher, Mrs. Gregg«, lächelte Connor.

»Und warum bist du hergekommen? Um dir die Gräber anzusehen? Na ja, was auch sonst? In deinem Haus lebt keiner mehr, es steht leer. War wohl richtig, daß du von hier weggegangen bist. Siehst gut aus, wie ein richtiger Gentleman. Und hast eine hübsche, junge Dame geheiratet, wie ich sehe. Besser, du vergißt unser Trewythiel, Junge. Das rät dir eine alte Frau ...«

Sie verabschiedete sich rasch, damit man ihre Tränen nicht sehen sollte. Connor und Sophie starrten der kleinen, schwarzen Gestalt nach, die langsam die Straße hinunterschlurfte, ehe sie zu ihrer Kutsche zurückkehrten, die vor der langsam zerfallenden Kirche stand.

»Laß uns nicht nach Truro zurückfahren«, meinte Sophie plötzlich. »Ich würde gern das Meer sehen. Einverstanden?«

»Einverstanden«, lächelte Connor.

Sie fuhren nach Lizard Point, dem südlichsten Punkt, nicht nur von Cornwall, sondern auch von England. In Lizard fanden sie einen winzigen Gasthof, in dem sie ein Zimmer mieteten, von dessen Balkon aus man über den Kanal sehen konnte. Nachdem ihr Gepäck hinaufgeschafft worden war, entschlossen sie sich zu einem Spaziergang entlang der Klippen. Von Westen her blies eine erfrischend kühle Brise, die sich in Sophies Röcken und in ihren Haaren verfing. Als ihr die Augen zu tränen begannen, schloß sie sie und stellte sich vor, der Wind würde einfach all das hinwegblasen, was ihre unglückliche Ehe ausmachte. Das Bedauern, weil sie sich darauf hatte einlassen müssen, die schlimme Erkenntnis, daß sie einfach nicht zusammenpaßten, den Kummer über die tiefe Kluft zwischen ihnen, die nicht einmal mit schönen Erinnerungen zu überbrücken war.

Als Connor ihre Hand nahm, um ihr an einer schwierigen Stelle des Weges zu helfen, überließ sie sie ihm, verwundert, daß er sie auch danach nicht losließ. Jeder, der sie so sah, mußte sie für Liebende halten. Aber es war kaum jemand unterwegs, der diesem Irrtum verfallen würde, denn der Sommer war vorbei und die Touristen bereits abgereist.

An eine windgeschützten Stelle setzten sie sich in den warmen, weichen Sand. Der Himmel hatte dieselbe Farbe wie das Wasser, ähnlich dem Blau von Taubeneiern. Connor legte sich auf die Seite, stützte seinen Kopf in die Hand und betrachtete die schnell ziehenden weißen Wolken, sehr still und melancholisch.

»Erzähl mir von deiner Familie«, sagte Sophie sanft, um ihn aus dieser Stimmung zu reißen.

»Was möchtest du denn wissen?« fragte er lächelnd.

»Warst du glücklich, als kleiner Junge?«

»Manchmal.«

»Und deine Brüder, waren sie nett zu dir?«

»Manchmal.«

»Und deine Eltern?«

»Immer.«

»Und warum warst du manchmal trotzdem unglücklich?«

»Weil man zuviel von mir erwartete, denke ich ...« Connor setzte sich auf und ließ den feinen Sand durch seine Finger rinnen.

»Zum Beispiel?«

»Großes ...«, murmelte er. »Wir waren sehr arm«, fuhr er dann fort. »Du kennst ja jetzt Trewythiel, also kannst du dir es vielleicht vorstellen ...«

Er warf ihr einen kurzen Blick zu, und sie wußte, er dachte dasselbe wie sie. Nein, sie konnte es sich nicht vorstellen.

»Fast jeder im Dorf arbeitete in der Zinnmine von Feock, auch die Frauen und Kinder. Und meine Familie. Wenn die Zinnpreise gut waren, konnten wir uns gerade so über Wasser halten, wenn nicht, dann hungerten wir ...«

»Und du, hast du auch in der Mine gearbeitet?«

»Nein, ich nicht. Ich war der Jüngste, derjenige, der es einmal besser haben sollte. Ich wurde zur Schule geschickt, nicht ins Bergwerk. Und wenn wir kein Geld für die Schule hatten, dann hat mich Pfarrer Gregg umsonst unterrichtet. Seine Frau hast du ja heute kennengelernt. Seine Witwe, meine ich.«

»Bist du gerne zur Schule gegangen? Oder warst du manchmal neidisch auf die anderen Kinder, die es nicht mußten?«

»Manchmal. Irgendwie habe ich mich dafür geschämt, obwohl ich sehr gern lernte. Wahrscheinlich fühlte ich mich schuldig, weil ich nichts dazu beitrug, um meiner Familie das Überleben zu erleichtern.«

»Was solltest du denn einmal werden?«

»Ein Gentleman und Lehrer«, sagte er und lachte kurz und grimmig auf. »Nein, das war natürlich ein Scherz. Ich weiß nicht, was man eigentlich von mir erwartete ... es wurde niemals darüber gesprochen. Aber alle schienen daran zu glauben, daß ich etwas Besseres werden würde, daß ich einen Beruf erlernen würde, der mir erlaubt, Veränderungen herbeizuführen, die sich zum Wohl der Arbeiter auswirken ... Man hoffte, ich würde Politiker oder Rechtsanwalt oder zumindest Journalist werden ...«

»Du warst ein Kommunist!« stammelte Sophie fassungslos.

Connor lachte belustigt auf.

»Weißt du überhaupt, was das ist, ein Kommunist?«

Sophie errötete. Sie hatte keine Ahnung.

»Mit Sicherheit nichts Gutes«, sagte sie dann.

»Und woher willst du das wissen?«

»Das kannst du dir doch denken ... Von meinem Onkel«, antwortete sie ehrlich.

»Eines Tages werden wir uns eingehend über den Kommunismus unterhalten«, versprach Connor. »Im Augenblick laß dir nur eines von mir sagen ... Das ist nicht die politische Einstellung, die ich habe. Ich bin für Reformen, aber nicht für Revolutionen.«

»Also gut. Ich glaube dir.«

Connor legte sich auf den Rücken, verschränkte die Arme unter dem Kopf und schloß die Augen.

»Erzähl weiter, Connor. Du hast meinem Onkel gesagt, daß du auf der Universität warst. Wie konntet ihr euch das leisten?«

»Ich bekam ein Stipendium.«

»Und welche Universität war es?«

»In Manchester. Aber inzwischen wurde sie geschlossen. Als mein Stipendium ablief, habe ich mich verpflichtet, fünf Jahre lang in einer Anwaltskanzlei zu arbeiten. Eine enttäuschende Erfahrung, aber immerhin . . «

»Es war dein Wunsch, Anwalt zu werden?«

»Mein größter Wunsch.«

»Und was geschah dann?«

»Nach drei Jahren starb mein Arbeitgeber. Und kurz darauf starb auch meine Mutter. Übrig blieb nur noch Cathy . . .«

»Und Jack.«

»Und Jack. Cathy war sehr krank. Jack konnte sich nicht um sie kümmern und gleichzeitig Geld verdienen. Also zog ich nach Truro . . .«

»Warum nach Truro?«

»Dort wohnte eine Tante, die sich erbot, Cathy bei sich aufzunehmen, während ich in einer Kanzlei arbeitete, zu äußerst miesen Bedingungen ... für ein Zimmer und Essen ... Und dann starb auch Cathy. Mit elf Jahren. Es war furchtbar. Schlimmer als alles zuvor. Sie war so verdammt jung . . . Und Jack und ich . . .«

Connor unterbrach sich. Die Erinnerung schien ihm unendlichen Kummer zu bereiten, und seine Lippen zitterten.

Diesmal drängte Sophie ihn nicht, weiterzusprechen. Sie beobachtete die Möwen und lauschte ihren schrillen

Schreien, während sie an den Tod ihres Vaters dachte, dessen Verlust sie nur mit Mühe überwunden hatte. Wie sehr mußte erst Connor gelitten haben, als alle seine Lieben, einer nach dem anderen, starben. Ihre Augen wurden feucht, so groß war das Mitleid, daß sie in diesem Augenblick für ihn empfand.

Abrupt setzte sich Connor auf.

»Wenn du nicht weitersprechen möchtest ...«

»Doch, doch ... Ich möchte es hinter mich bringen. Du sollst über mein Leben Bescheid wissen. Aber ich werde mich kurz fassen. Die Arbeit in der Kanzlei bedeutete mir nichts, gar nichts ... Es war reine Zeitverschwendung, um es genau zu sagen. Jack arbeitete noch in Carn Barra, obwohl er schon krank war. Er stellte mir ein paar seiner Kollegen vor ... Reformer, Kommunisten ... Mir gefiel ihre Einstellung, ihre Absicht, Dinge in Bewegung zu bringen, Dinge verändern zu wollen ... Was mir nicht gefiel, war die Art, wie sie dies bewerkstelligen wollten ...«

»Mit Gewalt?« versuchte sie zu erraten.

»Einige ja. Dann ist ein Mann von der Rhadamanthys-Gesellschaft mit mir in Kontakt getreten ...«

»Was bedeutet dieser Name eigentlich?«

»Eine so gebildete junge Dame wie du weiß das nicht?« neckte Connor sie. »Rhadamanthys ist im griechischen Mythos der Sohn von Zeus und Europa, der Bruder des Minos, berühmt wegen seiner Weisheit und Gerechtigkeit. Der späteren Sage nach einer der drei Totenrichter ...«

»Nach dieser mythologischen Gestalt haben sie sich also genannt? Findest du das nicht ein bißchen anmaßend und übertrieben?«

»Natürlich. Von Anfang an. Aber im Gegensatz zu dir habe ich ihnen diesen Namen nicht vorgeworfen, ehe ich nicht herausgefunden habe, was diese Gesellschaft erreichen will ...«

»Und das ist?«

»Veränderungen. Wie alle anderen auch. Nur etwas friedlicher eingestellt und vernünftiger in ihren Ansichten und Bemühungen, die Regierung von ihren guten Absichten zu überzeugen. Shavers heißt der Mann, der sich dafür einsetzt. Und er ist mir schon deswegen sympathisch, weil er weder Herrenhäuser niederbrennt noch zu Streiks aufruft.«

»Und du arbeitest immer noch für diese Gesellschaft?«

»Nein. Und zwar aus einem einfachen Grund. Sie haben meinen Bericht abgedruckt, obwohl sie wußten, daß er noch nicht abgeschlossen war.«

»Aber geschrieben hast du ihn«, sagte sie vorwurfsvoll. »Es waren also deine Worte ...«

»Stimmt nicht ...«

»Nein ...?«

»Nein. Ich habe nichts als Fakten aufgezählt. Aber sie haben den Ton des Artikels verändert. Plötzlich klang das Ganze wie eine Anschuldigung.«

»Als ob das so einen großen Unterschied ausmachen würde ...«

»Glaubst du das wirklich?«

»Ich weiß es nicht. Ich will nicht mit dir streiten, Connor. Nein, eigentlich glaube ich es nicht. Aber im Grunde ist das auch nicht das, worauf es ankommt ...«

»Du kannst es mir nicht verzeihen, ist es das?«

Sophie sah ihn an, überlegte kurz, ob endlich der Augenblick gekommen sei, an dem sie über das reden könnte, was er getan hatte. Aber dann stand sie auf, schüttelte sich den Sand aus ihren Röcken und ging zum Ufer. Dort zog sie ihre Schuhe aus, hob ihre Röcke hoch und watete mit bestrumpften Füßen in das flache Wasser. In diesem Augenblick drohte der Wind ihren Strohhut wegzublasen, und sie mußte mit beiden Händen danach greifen. Ihre Röcke fielen herab und eine große Welle kam herangerollt und durchnäßte sie. Lachend und stolpernd wich sie zurück.

Connor beobachtete sie fasziniert. Was für eine Frau! Schön, wild und ausgelassen wie ein junges Fohlen, auf der anderen Seite eine kompetente, selbstsichere Geschäftsfrau. Diese Mischung war äußerst reizvoll. Wie schön zu wissen, daß sie ihm gehörte. Sie war seine Frau. Er war unendlich erleichtert, es endlich fertig gebracht zu haben, ihr die ganze Wahrheit über sich zu sagen. Anfangs war er ängstlich gewesen, die Geschichte seines Lebens würde sie noch mehr auseinanderbringen, aber diese Furcht war unbegründet gewesen. Sophie hatte ihm ruhig zugehört, ohne entsetzt zu sein, wie er ursprünglich angenommen hatte. Nun wußte sie alles über ihn, keine unangenehme Überraschung stand ihr mehr bevor, jedenfalls nicht, was seine Vergangenheit betraf. Gab es vielleicht doch eine Zukunft für sie beide? War seine Offenheit doch der erste Schritt zu einem Neubeginn? Er hoffte es von ganzem Herzen.

Connor stand auf und schlenderte auf sie zu. Sie hielt ein Stück Holz in der Hand, welches die Wellen ans Ufer getragen hatten, befühlte neugierig die glattgewaschene Oberfläche und bemerkte ihn erst, als er dicht neben ihr stand. Der Wind zauste in ihren Haaren, ihre Augen leuchteten so blau wie das Wasser, und ein Lächeln spielte um ihre Lippen.

»Schau mal … Siehst dieses Stück Holz nicht genauso aus wie ein Vogel?« Sie zeigte ihm ihren Fund.

Connor versenkte seine Hände tief in den Taschen seines Übergangsmantels, um der Verlockung zu widerstehen, sie zu berühren. Die Sonne ging langsam unter, die Luft wurde merklich kühler. Bald würde die Nacht hereinbrechen, die erste gemeinsame Nacht in einem Bett seit ihrer Eheschließung. Der Gedanke daran erregte ihn.

»Bist du hungrig?«

Sophie nickte, schüttelte den Sand von ihren Füßen und schlüpfte in ihre Schuhe. Hand in Hand gingen sie zurück zum Hotel.

Sophie redete ununterbrochen, während sie sich hinter dem Paravant entkleidete und ihr Nachthemd anzog. Aus Verlegenheit, dachte Connor und hörte sich lächelnd ihren Monolog an, in dem vom Wetter, von ihrem Spaziergang, von der herrlichen Landschaft, von den köstlichen Muscheln in dem kleinen Restaurant neben dem Hotel die Rede war. Dann erschien sie, das Nachthemd sittsam bis oben hin zugeknöpft, und ein erleichterter Ausdruck trat in ihre Augen, als sie bemerkte, daß er bereits im Bett lag, die Decke über seinen fast nackten Körper gebreitet.

»Soll ich die Läden schließen?« Sie ging mit unsicheren Schritten auf die Balkontür zu.

»Wenn du es möchtest.«

»Ist dir kalt?«

»Nein. Und dir?«

»Nein. Ich finde es nicht kalt. Kannst du die Fuchsien und Kamelien riechen? Oh, der Mond ist nicht zu sehen ... Ob das Regen bedeutet?«

Langsam kam sie dann auf das Bett zu und schlüpfte unter die Decke.

»Laß die Lampe brennen«, meinte er.

»Bist du nicht müde?« erkundigte sie sich erstaunt.

»Eigentlich nicht. Es ist noch früh.«

»Ich weiß nicht, ich bin ständig müde ...«

»Und ständig hungrig«, lachte er. »An der Seeluft allein wird das nicht liegen.«

»Da hast du recht«, meinte sie und legte unwillkürlich eine Hand auf ihren Bauch.

Er legte seine darüber.

»Bisher haben wir noch gar nicht über das Baby gesprochen. Fühlst du dich wohl?«

»Mir geht es wunderbar.«

»Da bin ich aber froh. Was für ein Gefühl ist es, schwanger zu sein?«

»Oh, anfangs war es ausgesprochen scheußlich. Mir war dauernd schlecht.«

»Das tut mir leid.«

»Aber jetzt fühle ich mich gesünder denn je. Es ist schwierig, diesen Zustand zu beschreiben . . . Ich fühle mich stark und lebendig . . . Wenn ich nicht gerade schlafe.«

»Freust du dich auf das Kind?«

»Manchmal. Manchmals allerdings ... habe ich Angst.«

»Ich kann nichts spüren«, meinte Connor und strich mit der Hand über ihren Bauch.

»Das ist momentan nur, weil ich flach auf dem Rücken liege. In Wahrheit werde ich langsam aber sicher immer dicker . . .«

»Ach ja?« Er lachte. »Das ist mir bisher nicht aufgefallen. Laß mal sehen.«

Er zog die Bettdecke herunter und betastete ihren Bauch durch den Stoff des Baumwollnachthemdes hindurch.

»Wahnsinnig dick bist du, da besteht kein Zweifel«, lächelte er. »Ich wollte dir kein Kind machen in jener ersten Nacht. Glaubst du mir das?«

»Ja, ich glaube dir. Aber manchmal passiert es eben einfach, das habe ich jedenfalls gehört.«

»Darf ich dich küssen, Sophie?«

»Nur einen Kuß? Ist es das, was du willst, Connor?« fragte sie kokett und sah ihm in die Augen.

»Nein, nicht nur einen Kuß«, gab er zu, weil sie ihre Zeit nicht mehr mit Lügen vertrödeln würden.

»Warum willst du es? Eigentlich hat sich nichts verändert, oder?«

Er fummelte an dem Spitzenbesatz ihres Nachthemdes.

»Ich hatte heute den Eindruck, daß sich doch etwas verändert hat«, murmelte er und knöpfte den obersten Knopf auf. »Sollten wir nicht versuchen ... Ich meine, wir sind doch jetzt ein Ehepaar . . . Wir müssen uns eine Chance geben, uns wieder näherzukommen, findest du nicht auch?«

»Näherkommen? Nennt man das so?« fragte sie leise und bedeckte mit der Hand ihre Augen.

Connor fand den Augenblick ungeeignet für viele Worte. Er beugte sich über sie, entfernte sacht ihre Hand und ließ seinen Mund über dem ihren schweben, während er ihr fragend in die Augen sah, in denen er ihre Zweifel, ihre Unentschiedenheit erkannte. Als er sie sanft auf ihre fest geschlossenen Lippen küßte, schloß sie die Augen, als sie jedoch seine Zunge spürte, wandte sie das Gesicht mit einem Ruck ab.

»Ich kann nicht, Connor«, flüsterte sie. »Sei mir bitte nicht böse.«

Sekundenlang betrachtete er sie, dann ließ er sich auf sein Kissen zurückfallen.

»Gute Nacht«, murmelte sie.

»Gute Nacht, Sophie«, sagte er.

Er wußte nicht genau, ob sie schlief oder nicht. Er jedenfalls lag noch Stunden wach. Sophie hatte recht gehabt. Draußen begann es zu regnen.

Um Mitternacht ließ der Regen nach. Das warnende Geräusch einer Glocke war zu hören, das die Schiffe von der im Nebel liegenden Küste fernhalten sollte. Der naßgeregnete Balkon lag in tiefster Finsternis, da der Mond hinter dicken Wolkenschwaden verschwunden war. Sophie starrte fröstelnd in die Dunkelheit und legte die Hand auf das feuchte Holzgeländer, als müsse sie sich festhalten, um der Einsamkeit zu entfliehen, die sich schmerzhaft in ihrem Herzen breitmachte.

Leise schlich sie zum Bett zurück. Connor lag auf dem Bauch, den Kopf mit den schwarzen Haar tief ins Kissen gedrückt.

Die zufällige Berührung mit seinem warmen Körper, als sie unter die Decke schlüpfte, machte ihr bewußt, wie sehr sie sich nach ihm sehnte.

»Con«, flüsterte sie.

Als er erwachte, kuschelte sie sich in seine Arme, tat, als sähe sie seinen überraschten Blick nicht.

»Du bist ja ganz durchgefroren«, murmelte er.

»Dann solltest du mich wärmen«, flüsterte sie zurück und ließ es zu, daß er sie küßte, die Arme um seine nackten Schultern geschlungen.

»Sophie ...«

»Laß uns jetzt nicht reden, bitte ...«, sagte sie und begann ihn zu liebkosen.

Sie wollte jetzt, daß er mit ihr schlief, daß er sie nahm, schweigend, als geschähe es in einem Traum. Als er versuchte, sie zu küssen, drehte sie das Gesicht zur Seite, lüpfte ihr Nachthemd, öffnete die Schenkel und drängte ihn mit ihren unerfahrenen Händen, sich zu beeilen. Dann spürte sie sein Gewicht über sich, schrie auf, als er in sie eindrang, wölbte ihm ihren Unterleib entgegen.

»Nein!« rief sie, als er sie mit zärtlichen Liebkosungen verwöhnen wollte, preßte ihn an sich, die Nägel in die Haut seines Rückens grabend, und bestimmte selbst den Rhythmus, der immer leidenschaftlicher wurde, schneller und zielbewußt.

Es dauerte nicht lange, und sie schrie auf, sich erlöst in die Wolke fallen lassend, die jeglichen Willen von ihr genommen hatte.

Danach lag sie da, still und bewegungslos, ohne seine Zärtlichkeiten zu erwidern.

»Was ist los?« flüsterte er.

»Nichts ist los. War es nicht das, was du wolltest?«

Sie tat so, als müsse sie gähnen und rollte sich auf ihrer Seite des Bettes zusammen.

»Gute Nacht«, murmelte sie, ihm den Rücken zuwendend.

Kapitel 17

Die tägliche Routine holte sie ein, sobald sie wieder zu Hause waren. Sophie ging wieder arbeiten, Connor jedoch blieb daheim und wurde von Tag zu Tag ruheloser. Sie spürte es, obwohl er versuchte, seine innere Unruhe vor ihr zu verbergen. Ohne je darüber zu sprechen, hatten sie ein Abkommen getroffen und gingen freundlich miteinander um, aber seine Rastlosigkeit und Unzufriedenheit unterhöhlte die im Grunde oberflächliche Beziehung.

»Wie war dein Tag, meine Liebe?« erkundigte er sich eines Abends, etwa eine Woche nach ihrer Heimkehr aus Cornwall, in dem spöttischen Ton, den er immer dann anwandte, wenn er den guten Ehemann spielte.

Während sie ruhig weiteraß, erzählte sie ihm von den im Moment stattfindenden Arbeiten in der Grube, berichtete über die letzten Gerüchte, was die Kupferpreise betraf, wiederholte Bemerkungen von Jenks über den Ausbau eines neuen Stollen. Connor hörte ihr betont höflich zu, während er sich aus der Karaffe Wein einschenkte.

»Tranter Fox ist heute bei mir im Büro erschienen«, meinte sie, in der Hoffnung, ein Thema zu finden, für das er sich interessieren würde.

»Tranter? Tatsächlich. Wie geht es ihm?«

»Wie immer eigentlich. Er hat einen neuen Partner. Thad, den Bruder von Martin Burr. Aber offensichtlich sind die beiden diesen Monat im Rückstand mit ihrer Arbeit. Und Tranter behauptet, das liege daran, weil er darunter leide, daß du nicht mehr da bist.«

»Dieser Lügner!« Connor grinste.

»Er nennt dich immer noch Jack«, fuhr sie fort. »Und weißt du, was er gesagt hat? ›Wenn ich gewußt hätte, daß mir dieser junge Kerl den Traum meiner schlaflosen Nächte vor der Nase wegschnappt, hätte ich ihn schon am ersten Tag von der Leiter geschubst.‹«

Connor lachte herzlich, weil sie versuchte, den harten Akzent von Tranter nachzuahmen. Sophie war so glücklich, ihn wieder einmal lachen zu hören, daß sie ebenfalls zu kichern anfing.

»Was meinst du, wie er und die anderen wirklich über mich denken? Haben sie das Gefühl, ich hätte sie betrogen?«

»Ich habe nichts dergleichen gehört.«

»Wie solltest du auch ...«

»Du würdest überrascht sein, was ich alles mitbekomme.«

»Das mag sein, aber ich glaube nicht, daß deine Arbeiter dir sagen würden, daß sie deinen Mann für einen Verräter halten.«

»Ist es dir so wichtig, was sie von dir halten?«

»Es ist mir wichtig. Sie waren meine Freunde.«

»Natürlich. Aber im Ernst, ich habe nicht das Gefühl, daß sie was gegen dich haben. Tranter macht immer seine Witze, aber er hat sich nach dir erkundigt ... wirklich ...«

»Tranter ist vielleicht eine Ausnahme ...«

»Und er hat hunderte von Freunden, und da sie ihn alle mögen, hat er auf seine Art einen gewissen Einfluß auf sie. Deswegen bin ich sicher ... Wenn er nicht wütend auf dich ist, dann sind es die anderen auch nicht.«

Außerdem hast du nicht die Arbeiter verraten, sondern mich, dachte sie, ohne es auszusprechen, weil sie keinen Streit vom Zaun brechen wollte.

»Und wie ist das mit dir, Sophie? Wie kommst du dir in dieser neuen Situation gegenüber deinen Leuten vor?«

»Wie schon? Natürlich waren sie überrascht ...«

»Überrascht?« lächelte er skeptisch.

»Na gut, schockiert also. Oder fassungslos, wenn du willst. Aber ich denke, Robert Croddy hat sein Wort gehalten.«

Über Croddy zu reden, war eine heikle Angelegenheit,

und bisher hatten sie vermieden, auch nur seinen Namen zu erwähnen.

»Sonst wüßte bereits jeder hier Bescheid. Folglich ... Nun, Jenks und all die anderen sind anscheinend der Meinung, daß ich eine besonders faszinierende Person bin, bei der man mit allerlei Überraschungen rechnen muß. Vielleicht dachten sie vorher, mich zu kennen, jetzt müssen sie eben lernen umzudenken ...«, sagte sie leichthin.

Aber Connor ließ sich nicht so leicht täuschen. Grimmig starrte er in sein Weinglas, ohne jedoch etwas zu sagen.

»Warum hast du Croddy von dem Kind erzählt, Sophie?« fragte er schließlich. »Was, verdammt, hast du dir dabei gedacht?«

»Was, verdammt, sollte ich sonst tun? Ich wußte nicht einmal, wo du bist. Ich hatte keine andere Wahl. Bist du so ärgerlich, weil du glaubst, ich würde irgendetwas für Robert empfinden? Da kann ich dich beruhigen ... Er bedeutet mir nichts, gar nichts. Ihn zu heiraten, hätte gleichzeitig bedeutet, mich aufzugeben. Trotzdem habe ich ihn gefragt, obwohl ich das wußte. Aber ich war in einer hoffnungslosen Lage, verstehst du das nicht? Davon abgesehen, hatte mir Robert einige Wochen zuvor einen Antrag gemacht.«

»Und dieser Mistkerl wollte dich dann plötzlich nicht mehr heiraten?«

»Nein, das wollte er auf keinen Fall.«

»Ich hätte ihn im Garten deines Onkels umbringen sollen ...«

»Können wir diese Sache nicht endlich ruhen lassen? Bitte, Connor.«

»Also gut. Es tut mir leid. Alles tut mir leid.«

»Laß uns nicht mehr darüber reden, ja?«

Schweigend saßen sie sich gegenüber, bis Maris den Kaffee servierte.

»Und wie war dein Tag, mein Lieber?« erkundigte sich Sophie, während das Mädchen die Tassen füllte.

Connor grinste, weil sie ihn nachahmte.

»Na ja ... Mrs. B. kann mich immer noch nicht leiden, aber Maris beginnt, langsam etwas freundlicher zu werden.«

Maris schnitt eine komische Grimasse, um nicht zu lachen.

»Ich glaube, sie mag mich. Heute nachmittag hat sie mir eine Kanne Tee und ein paar Kekse gebracht, ohne daß ich sie darum bitten mußte. Und heute morgen hat sie mich zum erstenmal nicht beschimpft, weil ich das Badezimmer unter Wasser gesetzt habe.«

Maris lachte herzlich.

»Ich möchte nur wissen, warum so ein Mann im Haus so viel zusätzliche Arbeit macht. Das ist mir unverständlich. Wirklich unverständlich«, sagte sie und stellte die Kanne ab.

»Am Samstag ist in Tavistock ein großer Markt«, meinte Sophie, als das Mädchen hinausgegangen war.

»Möchtest du hin?«

»Würde es dir Spaß machen?«

»Mit dir schon.«

»Ich weiß nicht, ehrlich gesagt, besondere Lust habe ich nicht ...«

»Dann eben das nächste Mal.«

Die Wahrheit war, sie waren beide noch nicht bereit, sich in der Öffentlichkeit zu zeigen. Vielleicht mußten sie sich erst selbst daran gewöhnen, ein Ehepaar zu sein, bevor sie es den anderen beweisen wollten.

»Erinnerst du dich an das, was du über die Leiterin in der Guelder-Mine geschrieben hast?« fragte sie.

»Natürlich.«

»Du hast in deinem Artikel geschrieben, daß ein Mann heruntergefallen sei und sich dabei beide Beine gebrochen habe.«

»Das ist richtig. Tranter hat es mir erzählt. Der Verunglückte war sein Partner.«

»Stimmt. Hat er dir auch gesagt, daß der Mann zu dem Zeitpunkt des Unfalls betrunken war?«

»Was?« Connor war fassungslos.

»Martin Burr war sturzbesoffen, als es passierte. Ich habe ihn gefeuert, als er wieder gesund war.«

»Das wußte ich nicht, ich schwöre es.«

»Ich glaube dir.«

»Aber . . .«

»Aber was?« unterbrach sie ihn.

»Eigentlich ändert das nichts. Das Leiternsystem ist trotzdem veraltet und lebensgefährlich.«

»Du hast wahrscheinlich recht«, seufzte sie. »Warum kommst du an einem der nächsten Tage nicht einmal zur Mine und besuchst mich?«

»Warum sollte ich das tun?«

»Damit du aus diesem Haus rauskommst und einmal etwas anderes siehst.«

Connor erschien schon am nächsten Tag.

Sophie saß hinter ihrem Schreibtisch, und dachte, anstatt zu arbeiten, über das merkwürdige Leben nach, das sie führten. Eigentlich kamen sie beide ganz gut zurecht, jedenfalls sehr viel besser, als sie anfänglich gedacht hatte. Und von Tag zu Tag lernten sie sich besser kennen, ihre Eigenarten und Gewohnheiten, ihre Vorlieben und Abneigungen. Connor, zum Beispiel, rasierte sich immer abends, was ihr sehr merkwürdig vorkam. Er stand sehr früh auf und mochte es, allein lange Spaziergänge zu machen. Wenn er glaubte, unbeobachtet zu sein, sprach er laut mit dem Kater. Er schnarchte glücklicherweise nicht, schlief aber sehr unruhig und trat sie dabei manchmal ans Schienbein. Er brauchte nie sehr lange im Badezimmer, was sehr angenehm war, weil sie es liebte, dort herumzutrödeln. Das jedenfalls behauptete er. Er konnte nicht verstehen, was eine Frau mit so vielen Kleidern, Hüten und Schuhen anfing, liebte es aber, ihr dabei zuzusehen, wenn sie ihre blonden Haare bürstete. Sie schliefen beide gern bei geöffnetem Fenster. Connor bewegte sich lieber auf dem Rücken eines Pferdes fort, als in einer Kutsche. Eigentlich hatte er keine unangenehmen Angewohnheiten. Er trank nicht zuviel, rauchte nicht und verabscheute Schnupftabak. Und er liebte ihr gemeinsames Zuhause, obwohl er es noch nicht ganz als das seine betrachtete. Würde er das je?

»Du scheinst es gemütlich zu haben!« sagte er von der Tür ihres Büros her und grinste sie an.

Sophie stand lächelnd auf.

»Schön, daß du gekommen bist.«

»Ich habe dich vermißt. Hast du viel zu tun?«

»Nicht wirklich. Und du? Kannst du ein bißchen hierbleiben?«

»So lange du willst.«

»Heißt das, du langweilst dich bei deinen Büchern?«

»Das stimmt. Aber ich habe dich auch vermißt.«

»Warum besuchst du nicht Tranter? Er würde sich sicherlich freuen, dich zu sehen.«

»Eigentlich bin ich nicht gekommen, um Tranter zu sehen.«

»Aber er würde sich wirklich freuen. Ich werde versuchen, ein Paar Stiefel für dich aufzutreiben und einen Helm ...«

»Aber ich will jetzt nicht in die Grube hinuntersteigen, Sophie. Ich bin deinetwegen hier.«

»Und wenn ich mit dir komme?«

Sie schlüpfte in ein Paar schmutzige Stiefel, die neben der Tür standen.

»Wo ist mein verdammter Helm?« rief sie. »Ah, da ist er ja.«

Sie setzte ihn auf und starrte etwas besorgt auf ihr rosafarbenes Kleid. Warum hatte sie ausgerechnet heute nicht ein schwarzes Kleid angezogen, auf dem man den Schmutz nicht so sehen würde?

»Nun, komm schon. Es ist gerade Schichtwechsel.«

»Sophie, ich verstehe überhaupt nicht, was das soll ...«

»Das ist mir egal. Komm«, sagte sie und zog ihn am Ärmel hinter sich her.

Sophie war mehr als ungeduldig. Seit einer Woche schon suchte sie nach einer Möglichkeit, wie sie ihn dazu bringen konnte, in die Grube hinunterzusteigen, damit er sich selbst von den erstaunlichen Veränderungen überzeugen konnte, ohne daß sie ihm davon erzählen mußte. Am liebsten hätte sie von ihm verlangt, daß er hinter ihr mit geschlossenen Augen die alten Leitern hinunterkletterte, um die Überraschung vollkommen zu machen, aber das wäre natürlich viel zu gefährlich gewesen. In vierzig Klafter Tiefe wartete sie auf ihn, aufgeregt wie ein kleines Kind.

Die Zeit und ihre finanziellen Mittel hatten bisher nur ausgereicht, diese neue wunderbare Erfindung zwischen dem vierzigsten und sechzigsten Klafter einzubauen, eine Art Paternoster, bestehend aus einer eisernen Plattform, auf der jeweils ein Mann nach unten befördert werden konnte. Diese Einrichtung sparte Zeit, und die Arbeiter mußten nicht mehr auf den glitschigen Leitern hinauf- und hinunterklettern.

Mit gespielter Ruhe betrachtete sie Connors Gesicht, um sich an seiner Reaktion zu erfreuen, wenn ihm klar wurde, was sie getan hatte. Und er enttäuschte sie nicht. Sein weitaufgerissenen Augen und das gedankenverlorene Lächeln verrieten ihr genauestens seine Gedanken und Empfindungen. Der Schichtwechsel war der richtige Zeitpunkt, um das einfache, aber klug ausgedachte neue Verfahren zu begutachten. Es war faszinierend zuzusehen, wie die Männer einer nach dem anderen heraufschwebten, während andere sich gleichzeitig nach unten bringen ließen. Selbst Sophie, die schon mehrfach hier unten gewesen war, um sich dieses fortschrittliche System anzuschauen, war immer noch fassungslos, wie wunderbar es funktionierte.

Connor erholte sich nur sehr langsam von seinem Erstaunen, doch dann griff er nach ihrer Hand.

»Hallo, Jack!« rief einer der Heraufschwebenden, der in dem schummrigen Licht schwer zu erkennen war.

»Hallo! Bist du es, Mooney?« rief Connor und winkte ihm zu.

»Nein, Roy«, rief der Mann und nahm den Helm ab, damit er leichter zu erkennen war. »Na, wie findest du unsere neue Maschine?«

»Großartig! Einfach wundervoll«, lachte Connor, ehe der Mann aus seinem Blickfeld verschwand.

Jeder der Heraufkommenden begrüßte Connor, erstaunt, ihn hier unten zu sehen, aber offensichtlich sehr erfreut.

Sophie verkniff sich ein Lachen, weil keiner so recht zu wissen schien, wie er sie beide anreden sollte.

»Jack ... Ich meine Con ... vielmehr Mr. Pendarvis ...«

»Hallo, Miss Dee ... Mrs. Pendarvis ...«

Alle schienen guter Laune und sehr zufrieden mit ihrer ›neuen Maschine‹ zu sein, deren Anschaffung sie Connor verdankten, wie sie sehr wohl wußten. Daher empfanden sie ihm gegenüber auch nicht die Vorbehalte, die er befürchtet hatte, sondern allenfalls eine gewisse Neugier. Wer war dieser Mann, der wochenlang mit ihnen gearbeitet, dann einen anklagenden Bericht über die Arbeitsbedingungen in Bergwerken geschrieben hatte, darauf einen Monat lang verschwunden war und letztendlich ihre Arbeitgeberin geheiratet hatte? Sie mißtrauten ihm nicht, sie wollten lediglich herausfinden, was für ein Mensch dieser Connor eigentlich war.

Unbemerkt entfernte sich Sophie, um ihren Mann seinen Kumpels zu überlassen. Zurück in ihrem Büro, versuchte sie zu arbeiten, gab es aber nach kurzem auf, ging zum Fenster hinüber und wartete ungeduldig auf die Rückkehr Connors. Es dauerte nicht lange, und sie sah ihn über den Hof kommen, hier und da jemandem etwas zurufend.

Eigentlich wollte sie an ihren Schreibtisch zurückkehren und vorgeben, in ihre Arbeit vertieft zu sein, sah aber dann ein, daß das Unsinn war. Lächelnd sah sie ihm entgegen, als er zur Tür hereinkam.

»Wo warst du denn plötzlich?«

»Ich habe mich aus dem Staub gemacht, weil keiner mit mir geredet hat«, lachte sie.

»Warum hast du das alles vor mir verheimlicht?« sagte er und legte ihr seine Hände auf die Schultern.

»Weil ... Ich weiß es nicht genau. Vielleicht wollte ich dir nicht das Gefühl geben, daß du gewonnen hast. Ich habe es nämlich nicht deinetwegen getan.«

»Das weiß ich doch.«

»Ich habe es getan, weil ich glaube, daß es richtig ist.«

»Natürlich.«

»Und auch aus geschäftlichen Überlegungen«, meinte sie mit vorgestrecktem Kinn, fast herausfordernd. »Der Einbau hat eine Unmenge Geld gekostet, aber dieses neue System wird andererseits auch Geld einsparen. In drei Jahren sollte es sich bezahlt gemacht haben, und ab dem vierten können wir mit einem Gewinn rechnen. Also glaube ja nicht ...«

»... daß du es aus reiner Güte getan hast ...«

»Richtig, denn das ist nicht der Fall.«

»Auf so etwas würdest du auch nie kommen ...«

»Nein, das würde ich nicht. Ich bin Geschäftsfrau und keine Menschenfreundin. Und gebe mir jetzt bloß keinen Kuß. Ich sage dir doch, dafür verdiene ich keine Belohnung ...«

»Halt endlich still.« Connor küßte sie sanft.

Sophie gab nach und umschlang ihn mit ihren Armen. Sie fühlte ein seltsames Glück in ihrem Herzen, denn es geschah zum erstenmal, daß sie sich außerhalb ihres Schlafzimmers küßten.

»Du hast sogar noch mehr getan, hörte ich ... Den neuen Ventilator gekauft, ein Sicherheits-Komitee gegründet und ...«

»Hörst du jetzt auf, Connor, ich sagte dir doch schon, warum ich ...«

»Ja, ja ... Ich weiß, Sophie. Du hast diese Dinge nicht für mich getan, das ist mir klar. Und ich habe auch nicht das Gefühl, daß ich gewonnen habe, daß du verloren hast oder wie auch immer ... Ich freue mich einfach. Darf ich das? Und ich möchte dich küssen.«

»In Ordnung, keine Einwände«, lächelte sie und bot ihm ihren Mund.

Wie herrlich, sich so zärtlich zu berühren, ohne unbedingt auf mehr aus zu sein.

Bedeutete das vielleicht doch, daß sie sich liebten?

»Oh, Con ...«, seufzte sie glücklich und drückte den Kopf an seine Brust, an die Stelle, wo sie sein Herz schlagen hörte.

Ein ungewöhnlich lautes Räuspern und das unterdrückte Fluchen ihres Mannes schreckten sie aus ihrer Hingabe.

»Ich habe geklopft. Zweimal sogar«, meinte Tranter, der in der Tür stand.

»Und haben Sie sich nichts dabei gedacht, als keiner antwortete?« fragte Connor.

»Doch, natürlich. Daß keiner hier ist. Ich konnte ja nicht wissen ...«

Sophie fuhr sich verlegen mit der Hand durchs Haar und wandte sich ab, weil sie lachen mußte.

»Ich habe was läuten hören, daß du hier bist, Mr. Pendarvis, und mußte einfach raufkommen, um dich zu sehen.«

»Und wie geht es dir, altes Haus?« grinste Connor.

Die beiden schüttelten sich die Hände und klopften

sich gegenseitig auf die Schultern, wie das merkwürdigerweise Männer tun, wenn sie ihre Zuneigung zeigen wollen.

»Ich bin ein seelischer Krüppel. Und daran bist nur du schuld. Wie konntest du mir das antun, Jack? Oder wie du auch heißen magst. Und nicht nur ich leide, jeder einzelne Mann, der je ein Auge auf unsere entzückende Miss Deene geworfen hat, leidet genauso wie ich. Du bist eine hinterhältige Schlange, und es gibt nur eine einzige Möglichkeit, das wieder gutzumachen ...«

»Und welche?«

»Du mußt uns allen einen ausgeben, was sonst?« Tranter grinste.

»Da wird mir wohl nichts anderes übrigbleiben«, seufzte Connor. »Wenn das die einzige Möglichkeit ist, mich wieder einzuschmeicheln ...«

»Das ist es«, nickte Tranter. »Also los, komm schon. Wir wollen nicht unnötig Zeit verschwenden. Los, gehen wir ...«

»Es kann spät werden«, rief Connor seiner Frau zu, als Tranter ihn zur Tür zog. »Wirst du auf mich warten?«

Sophie nickte glücklich.

Connor saß hinter dem riesigen Schreibtisch von Sophies Vater, in dessen Arbeitszimmer und in dem gemütlichen Ledersessel, betrachtete die zerkratzte und mit Tintenflecken verschandelte Platte und spielte mit dem Federhalter in seiner Hand, den Sophie Tolliver Deene zu seinem fünfzigsten Geburtstag, ein Jahr vor seinem Tod, geschenkt hatte. Meistens fühlte er sich sehr wohl in diesem Zimmer, in dem Sophies Vater gearbeitet hatte, manchmal allerdings hatte er das Gefühl, es nicht verdient zu haben.

Im Augenblick war er gelangweilt. Es war noch früh am Abend, kurz nach dem Essen, und Sophie ging irgendwo im Haus herum, um mit Mrs. Bolton Haushaltsangelegenheiten zu besprechen. Natürlich hatte er damit als Mann nichts zu tun, und das war ihm eigentlich auch recht angenehm, aber es bedeutete auf der anderen Seite, daß Sophie zu Recht erwartete, daß er in der Zwischenzeit arbeitete. Die Wahrheit jedoch war, daß ihn sein Studium im Augenblick nicht sonderlich interessierte. Er fragte sich, wo seine frühere Begeisterung geblieben war, die ihm über die geldarmen Jahre geholfen hatte. Gerade jetzt, wo er voller Hoffnung hätte sein müssen, da er fest entschlossen war, aus sich etwas zu machen, worauf Sophie stolz sein würde, gerade jetzt, wo er sich eigentlich hätte glücklich schätzen müssen, weil er sich den Luxus eines Studiums leisten konnte. Diese Lustlosigkeit machte ihm Angst. Hin und wieder redete er sich ein, daß es sich eben um eine jener Phasen handle, die fast bei jedem während des Studiums auftauchten, manchmal war er regelrecht böse auf sich, weil er sich offenbar nicht zusammenreißen konnte.

Seufzend legte er die Beine auf eine Ecke des Schreibtischs und faltete die Hände über dem Bauch. Im Grunde hätte er rundherum zufrieden sein müssen. Zumindest seit dem Tag, an dem Sophie ihn mit den Veränderungen in der Mine überrascht hatte.

Ihr Handeln hatte ihn sehr gerührt, mehr als er sich anfangs hatte eingestehen wollen, und die Erleichterung, die ihn danach überkommen hatte, war grenzenlos. Endlich wurde ihm bewußt, warum sie sich einst ineinander verliebt hatten.

Am meisten fiel ihm der Unterschied in ihrer Beziehung auf, wenn sie miteinander schliefen. Sie konnten dabei lachen, konnten wieder zärtlich zueinander sein. Manchmal weinte Sophie hinterher, und wenn es nicht unmännlich gewesen wäre, hätte er am liebsten mit ihr geweint. Noch waren sie nicht soweit, über ihre Liebe zu sprechen, weil ihnen dabei immer noch die bitteren Erfahrungen der Vergangenheit im Wege standen, aber zumindest waren sie beide gewillt, gemeinsam dasselbe Ziel anzustreben.

Auch das in Sophies Bauch wachsende Kind brachte sie einander näher. Stundenlang konnten sie sich Namen ausdenken. Wenn es ein Junge werden würde, wollte Sophie ihn gerne nach ihrem Vater nennen, aber Connor war von dem Namen Tolliver nicht übermäßig angetan.

»Und wenn wir ihn Tolly rufen?« kam sie ihm entgegen.

»Das mag vielleicht angehen, bis er zehn ist, aber danach?« warf er ein.

»Na, immerhin besser als Egdon«, meinte sie schnippisch, worauf es eigentlich nichts einzuwenden gab, auch wenn sein Vater so geheißen hatte.

Ein Mädchen konnten sie entweder Mary nach seiner Mutter oder Martha nach ihrer Mutter nennen. Aber richtig glücklich waren sie damit auch nicht. Sie fingen an, Listen zu machen, und je länger sie überlegten, desto alberner wurden ihre Vorschläge. Manchmal waren sie besorgt, daß Mrs. Bolton ihr Gekicher hören würde. Was sollte sie nur von ihnen denken?

»Connor?«

Sophie steckte den Kopf zur Tür herein, und die entzückende Ablenkung war genau das, wonach er sich die ganze Zeit gesehnt hatte.

»Sophie! Komm rein. Ich ...«

»Du hast Besuch«, unterbrach sie ihn, ehe er allzu zärtlich wurde.

»Ich habe Besuch?« fragte er erstaunt und nahm die Beine vom Schreibtisch.

»Mr. Braithwaite ist da«, sagte Sophie und öffnete die Tür.

»Ian!« Connor sprang auf. »Das ist aber eine Überraschung. Und eine sehr angenehme dazu.«

»Entschuldigen Sie bitte, daß ich hier einfach so auftauche, ohne mich vorher anzumelden, aber ich hatte in der Nähe zu tun, und dachte mir, wir könnten vielleicht ein bißchen miteinander reden«, sagte Braithwaite und lächelte schüchtern. »Aber ich kann auch ein andermal ...«

»Nein, nein, Sie stören uns nicht. Meine Frau Sophie haben Sie ja schon kennengelernt?«

»Ich hatte bereits das Vergnügen.«

»Ian ist ein Freund von mir«, erklärte Connor seiner höflich lächelnden Frau, obwohl er diesen in Wirklichkeit nur einmal gesehen hatte, an dem Abend, als er von ihm und einem Freund Thacker zum Abendessen ausgeführt worden war.

»Was möchten Sie gerne trinken, Mr. Braithwaite? Kaffee, ein Glas Wein ...«, erkundigte sich Sophie.

»Danke, das ist lieb, aber ich komme gerade vom Essen.«

»Wie Sie meinen. Also gut, dann lasse ich Sie beide jetzt allein. Sie haben sicher viel miteinander zu bereden«, sagte Sophie, ihre Neugierde hinter einem Lächeln versteckend.

Ehe sie die Tür schloß, versuchte Connor, ihr noch mit den Augen eine Nachricht zu übermitteln: Ich habe nicht die geringste Ahnung, warum er hier ist.

Dann bat er Ian, Platz zu nehmen.

»Und wie wäre es mit einem Cognac? Ich habe hier in meinem Schreibtisch eine Flasche ...«

»Da sage ich nicht nein.« Ian bestätigte damit Connors Verdacht, daß er Sophies Angebot nur ausgeschlagen hatte, um sie möglichst schnell loszuwerden.

Er schenkte zwei Gläser ein, reichte eines dem Besucher und sah diesen an.

»Prost«, sagte dieser und kam dann gleich zum Wesentlichen. »Ich bin natürlich nicht rein zufällig hier.«

»Nein?« fragte Connor, der immer neugieriger wurde.

Braithwaite rückte seine Brille zurecht und schlug die Beine übereinander.

»Ich bin extra von Plymouth gekommen, um mit Ihnen zu sprechen. Thacker wäre auch gerne mitgekommen, aber seine Frau steht kurz vor der Entbindung. Sie bekommt wahrscheinlich gerade in diesem Augenblick ihr Kind«, sagte er, sah auf seine Uhr und ließ danach seinen Blick aufmerksam über die Bücherregale und die schöne Holzvertäfelung wandern. »Wir haben von Ihrer Heirat gehört. Herzlichen Glückwunsch im nachhinein. Ihre Frau ist ganz reizend.«

»Ich danke Ihnen. Wen meinen Sie mit ›wir‹?«

»Unsere Organisation.«

Connor sah ihn nachdenklich an. Was hatte seine Heirat mit Braithwaites Partei zu tun? Jack warf ihm immer vor, eine Situation vorschnell zu beurteilen, aber der aufmerksame Blick Braithwaites ließ ihn daran denken, daß dieser offenbar Sophies Haus mit dem armseligen Zimmer in Exeter verglich und zu dem Schluß kommen mußte, daß Connor es inzwischen recht weit gebracht hatte. Sein Mißtrauen wuchs, obgleich er Ian im Grunde recht gern mochte. Was bezweckte Ian mit seinem Besuch?

»Warum sind Sie hier, Ian?« fragte er frei heraus. »Gibt es irgend etwas Spezielles, was Sie mir sagen wollen?«

»Sagen nicht, aber ich wollte Sie etwas fragen.« Ian hüstelte nervös und musterte Connor mit seinen intelligenten braunen Augen. »Ich bin beauftragt, Sie zu fragen, ob Sie daran interessiert wären, den Platz von Clive Knowlton einzunehmen.«

Connor starrte seinen Besucher an, unfähig, etwas zu sagen. Er lachte verlegen, in der Hoffnung, Ian würde es ebenfalls tun, aber dieser saß einfach nur da und fixierte ihn durch seine Brillengläser.

»Clive Knowlton?« brachte Connor schließlich mühsam hervor. »Tritt er denn zurück?«

»Im Vertrauen gesagt, ja!«

»Aber warum denn? Er ist doch schon ewig dabei?«

»Das stimmt. Aber letztes Jahr hat er seine Frau verloren, und der Verlust scheint ihn arg mitgenommen zu haben. Wir wissen von seinem geplanten Rücktritt, aber offiziell wird er ihn erst in einigen Wochen bekanntgeben. Im November, nehme ich an, wenn das Parlament zusammentritt.«

Connor konnte es einfach nicht glauben. Aber Braithwaite sah nicht so aus, als erlaube er sich einen schlechten Scherz mit ihm, im Gegenteil, er war sehr ernst, und in seinen Augen lag eine gewisse Spannung.

»In der Tat haben sich die Konservativen bereits auf einen Nachfolger für Knowlton verständigt. Sie kennen ihn vielleicht ... Robert Croddy.«

»Den kenne ich allerdings.«

»Tatsächlich? Nun, dann werden Sie wahrscheinlich auch verstehen, warum wir uns nach jemandem anderen umsehen.«

»Schon ... Aber warum ich?«

»Man mag Sie. Ihren Artikeln und unserer Diskussion in Exeter entnehme ich, daß Sie unsere Einstellung teilen. Wie Sie sind auch wir für eine friedliche Reform, was die Arbeitsbedingungen der unteren Klassen betrifft.«

Connor stand auf und begann hin- und herzugehen.

»Aber ich bin doch neu hier«, protestierte er schwach. »Mich kennt hier kein Mensch.«

»Da irren Sie sich gewaltig, mein Lieber. Sie sind sogar sehr bekannt.«

»Aber doch nur ... Ich meine, wäre das eine Hilfe?«

»Gewiß. Das glauben wir jedenfalls. Diese verschlafene Gegend hätte längst eine Reform nötig gehabt, und glücklicherweise scheint man da langsam draufzukommen. Knowlton ist beliebt und wird geachtet, aber er ist alt geworden und hat nicht mehr genügend Kraft. Das weiß er auch selbst. Wir glauben, Sie würden ähnliche Ziel wie Knowlton verfolgen, im Gegensatz zu Croddy. Croddy ist ein Opportunist, der sogar seine Mutter verleugnen würde, um die Wahl zu gewinnen.« Ian kräuselte angewidert den Mund.

»Wen Knowlton also als seinen Nachfolger bestimmt, der ...«

»... der wird wahrscheinlich seinen Sitz einnehmen. Croddy ist allerdings nicht zu unterschätzen, er hat eine starke Organisation im Rücken.«

»Was ich nicht habe ...«

»Noch nicht. Aber wir sind noch am Anfang, und da Knowltons Rücktritt noch ein Geheimnis ist, kann Croddy nicht allzuviel Schaden anrichten. Ich wiederhole also meine Frage ... Sind Sie interessiert?«

»Ja, ich bin es«, sagte Connor ohne zu zögern.

»Hervorragend«, lachte Ian. »Auf diese Antwort habe ich gehofft.«

»Aber damit ist es doch nicht getan, oder?«

»Nicht ganz. Es wird in unserer Organisation einige geben, die sich erst genauestens über Sie informieren wollen, ehe eine endgültige Entscheidung getroffen wird. Ich werde dafür sorgen, daß es nicht allzu schlimm für Sie wird, und Sie sich nicht wie ein Schüler bei einer Prüfung vorkommen.«

»Das kommt alles so plötzlich, ich weiß nicht ... Ich komme einfach nicht darauf, warum Ihre Wahl auf mich gefallen ist ...«

»Wirklich nicht? Vielleicht unterschätzen Sie sich.«

Connor zuckte mit den Achseln.

»Der Krimkrieg ist vorbei, die Sache mit den Chinesen ist ziemlich unbedeutend ... Wir leben in einer verhältnismäßig friedlichen Zeit, der richtige Zeitpunkt für eine Reform. Die Wähler, das glaube ich wirklich, hoffen auf Veränderung, und die wäre mit Ihnen sicherlich gewährleistet ...«

Connor hätte gerne noch einen Cognac getrunken, aber erstens war die Flasche leer, und zweitens wollte er gerade vor Ian nicht den Eindruck erwecken, er habe ein Alkoholproblem.

»Bitte nehmen Sie es mir nicht übel, was ich Ihnen jetzt

sage«, fuhr Ian fort. »Ihre Heirat macht Sie als Kandidaten für uns noch attraktiver. Wie soll ich mich ausdrücken? Knowlton ist sehr konservativ, das Privatleben seines Nachfolgers muß schon in Ordnung sein ... Dabei fällt mir ein ... Ihre Frau bekommt doch mehr als dreihundert Pfund jährlich, oder nicht?«

»Wie bitte?«

»Nun ja, das ist ein weiterer wichtiger Punkt. Der Nachfolger Knowltons muß jährlich mindestens dreihundert Pfund einnehmen, oder die Summe muß durch das Vermögen der Frau gewährleistet sein ... Wir nehmen an, daß dies in Ihrem Fall so ist ...«

»Keine Ahnung, um ehrlich zu sein. Ich bin erst seit kurzem verheiratet, und weiß nicht, wieviel Geld meine Frau hat ...«, sagte Connor zurückhaltend.

»Tatsächlich? Aber Sie können es herausfinden, nicht wahr? Diese Bedingung kann auch umgangen werden, da gibt es Wege, aber wir müßten es frühzeitig wissen. Jetzt muß ich aber los. Ich freue mich über das Ergebnis unserer kleinen Unterhaltung. Eine aufregende Sache, was?«

»Ja«, stimmte Connor zu. »Müssen Sie wirklich schon gehen? Möchten Sie nicht vielleicht noch mit Sophie reden ... am besten, Sie bleiben über Nacht. Es ist ohnehin schon spät ...«

»Danke für das freundliche Angebot, aber leider kann ich es nicht annehmen. Ich muß noch heute zurück nach Plymouth. Sie können sich sicher vorstellen, es gibt eine Unmenge zu tun. Sie werden von mir hören, vielleicht schon in zwei, drei Tagen. Und dann werden Sie mehr Zeit mit mir verbringen müssen, als Ihnen lieb ist.«

Connor brachte seinen Besucher zur Tür und machte sich dann auf die Suche nach Sophie. Er fand sie schließlich in der Küche.

Beim Licht zweier Kerzen las sie in einem Buch und naschte ab und zu von den Resten des Abendessens. Erstaunlich, wieviel schwangere Frauen eigentlich essen konnten.

Überrascht sah sie hoch und errötete, weil er sie bei ihrer momentanen Lieblingsbeschäftigung erwischt hatte.

»Auch hungrig?« fragte sie mit vollem Mund.

Connor schüttelte den Kopf und küßte sie.

»Du wirst es nicht glauben ... etwas sehr Merkwürdiges ist passiert ...«

»Was denn?«

»Braithwaites Besuch hatte einen ganz besonderen Grund. Ich hoffe nur, du wirst mir nicht ohnmächtig, wenn du die Neuigkeiten hörst.«

»Nun spann mich doch nicht so auf die Folter.«

»Man denkt daran, mich zum Nachfolger Knowltons aufzustellen ...«

»Du meinst ...? Du sollst den Sitz einnehmen, den Robert Croddy anstrebt?«

»Genau.«

»Aber das ist ... Ich kann es einfach nicht glauben ...«

»Noch ist nichts entschieden. Die Organisation will mich erst unter die Lupe nehmen..«

»Aber warum sollten sie dich wollen? Ich verstehe das nicht ...«

»Dein Vertrauen in mich entzückt mich.«

»Ich meinte das ernst, Connor.«

»Ich auch.«

»Wie kommen sie auf die Idee, daß du die Wahl gewinnen könntest? Das meinte ich eigentlich. In Tavistock kennt dich kein Mensch.«

»Braithwaite behauptet das Gegenteil.«

»Aber das ist doch ...«

»Offenbar ist mein Ruf nicht annähernd so schlecht, wie du es dir vorstellst.«

»Das meinte ich doch nicht. Ich bin nur überrascht, das ist alles.«

»Kannst du dir vorstellen, daß ich mich eignen würde?«

»Wie soll ich das wissen? Geduld gehört nicht gerade zu deinen besten Eigenschaften. Und ich zweifle daran, daß du willig bist, Kompromisse einzugehen.«

Sophies Antwort verärgerte Connor, obwohl er wußte, daß sie recht hatte.

»Vielleicht handelt es sich bei der ganzen Angelegenheit um einen schlechten Scherz deines Freundes Croddy. Ja, ich denke, das muß es sein.«

»Jetzt bist du wütend.«

»Nicht im geringsten. Ich schätze deinen Realismus. Was würde ich ohne dich tun?«

»Connor ...«

»Wieviel Geld hast du, Sophie?«

»Wieviel Geld ich habe?«

»Ian möchte es wissen. Ich kann mich nur dann als Kandidat aufstellen lassen, wenn du pro Jahr dreihundert Pfund verdienst ... wirft die Mine soviel ab?«

Sophie stand langsam auf, ihre blauen Augen fest auf ihn geheftet.

»Du kennst ihn schon länger, nicht wahr?«

»Ian? Ja, ich habe ihn in Exeter kennengelernt. Sein Freund und er luden mich eines Tages zum Abendessen ein. Und dabei haben wir uns über Politik unterhalten.«

»So? Über Politik habt ihr gesprochen«, sagte sie bissig. »Angenommen, du hättest mich nicht geheiratet, Connor ... Angenommen, du hättest nicht eine Frau geheiratet, die dreihundert pro Jahr verdient ... Was wäre dann aus deinen politischen Ambitionen geworden?«

»Wovon sprichst du eigentlich? Ich hatte nie politische Ambitionen ...«

»Tatsächlich? Ist es nicht vielmehr so, daß du von Anfang an eine politische Karriere im Sinn hattest? Na los, sag mir die Wahrheit, Connor ... Jetzt ist es doch egal, wir sind ja verheiratet ...«

Connor schwieg, weil er Angst davor hatte, ausfallend zu werden.

»Ich behaupte ja nicht, daß du mich nur aus diesem Grund geheiratet hast, aber ... Nun komm schon, gib es zu . . . War es nicht leichter, diese bittere Pille zu schlucken, als dir klar wurde, daß du damit zwei Fliegen mit einer Klappe schlägst? Anstand zu beweisen und an mein Geld ranzukommen, um deinen politischen Ehrgeiz zu befriedigen ...«

Ihr ungerechter, unberechtigter Vorwurf kränkte ihn zutiefst. Wie konnte sie ihn so falsch einschätzen? Wütend stapfte er aus der Küche.

Kapitel 18

In den darauffolgenden Tagen gingen sie sich möglichst aus dem Weg. Gar nicht miteinander zu reden, wäre kindisch gewesen, aber sie beschränkten sich auf das Allernötigste. Der jetzige Zustand war schlimmer als die Wochen zu Beginn ihrer Ehe, denn dazwischen lag eine Zeit des Näherkommens, und nun wußten beide, wie sehr sie das vermißten. Aber weder er noch sie sahen sich in der Lage, diese Mauer neuerlichen Mißtrauens und verletzten Stolzes niederzureißen, dazu waren sie zu wütend aufeinander.

Sophie verließ jeden Tag frühmorgens das Haus, um ihrer Arbeit nachzugehen. Zwar schliefen sie nicht in getrennten Zimmern, achteten aber darauf, daß sie sich zu unterschiedlichen Zeiten zurückzogen. Das gab ihnen die Möglichkeit, sich schlafend zu stellen, wenn der andere ins Bett kam.

Connors erstes Zusammentreffen mit Braithwaites politischen Gesinnungsgenossen während eines Abendessens in George Thackers Haus in Plymouth verlief zu seiner Erleichterung sehr gut. Sophies Abwesenheit hatte er damit entschuldigt, daß sie an einer heftigen Grippe leide und das Bett hüten müsse. Man bedachte ihn mit verständnisvollem Nicken allseits und Bemerkungen, die der Hoffnung Ausdruck verliehen, sie das nächste Mal kennenzulernen. Es würde also ein nächstes Mal geben, das war mehr als erfreulich. Aber aller Wahrscheinlichkeit nach würde Sophie dann auch nicht dabei sein. Nicht bei dem jetzigen Stand der Dinge. Sie hatte sich nicht etwa geweigert mitzukommen, tatsächlich hatte er sie nicht einmal darum gebeten. Lieber hätte er sich die Zunge abgebissen. Wenn sie wirklich glaubte, er hätte sie ihrer verdammten dreihundert Pfund wegen geheiratet, dann konnte sie seinetwegen zu Hause versauern, während er seine politische Karriere ohne sie verfolgte.

Und dann kam unerwartet ein Brief von Jack. So lange es ging, vermied es Connor, den Brief zur Sprache zu bringen, weil eine Unterhaltung darüber zwangsläufig wieder das leidige Geld zum Thema haben würde. Aber heute Abend würde er mit ihr darüber sprechen müssen. Er ging also hinauf in den ersten Stock, in ihr gemeinsames Schlafzimmer, in das sie sich schon zurückgezogen hatte.

»Ich brauche zehn Pfund. Und zwar sofort. Morgen muß ich nach Exeter.«

Sophie saß an ihrer Frisierkommode und bürstete ihr Haar.

»Und wofür brauchst du die zehn Pfund?« fragte sie.

»Muß ich jede meiner Ausgaben rechtfertigen? Vielleicht wäre es besser, du gibst mir wöchentlich, oder auch monatlich, eine bestimmte Summe, mit der ich tun kann, was ich will.«

»Ich meinte, warum mußt du nach Exeter?« präzisierte sie kühl. »Mein Geld gehört ohnehin dir. Du brauchst mich nicht darum zu bitten.«

Connor setzte sich aufs Bett. Er wollte sich nicht mit ihr streiten. Es mußte doch möglich sein, vernünftig miteinander zu reden. Er sah ihr zu, wie sie mit heftigen Bewegungen ihr Haar bürstete. Sie sah hübscher aus denn je, und er spürte eine plötzliche Sehnsucht in sich aufwallen. Das passierte ihm hin und wieder, aber er wußte, er würde abwarten müssen, bis all die anderen Dinge zwischen ihnen geklärt waren.

»Ich muß nach Exeter, um meinen Bruder zu besuchen. Das Geld ist für ihn. Er ist sehr krank und nicht in der Lage, für sich selbst zu sorgen.«

»Hol ihn zu uns«, sagte sie. »Hier kannst du dich besser um ihn kümmern. Er kann mein altes Kinderzimmer haben. Tagsüber ist Maris im Haus, wenn er etwas braucht, und abends Mrs. Bolton. Und wir zwei, das macht vier. Vier Menschen, die sich um ihn kümmern können.«

Connor stand auf. Er wußte nicht, was er darauf sagen sollte.

»Ist es wieder seine Lunge?«

Connor nickte.

»Dr. Hesselius hat Erfahrung in solchen Dingen. Er war letztes Jahr in Bath, glaube ich, in einer Klinik, wo er sich mehrere Wochen aufhielt, um sich auf diesem Gebiet weiterzubilden. Er kann sich seiner also annehmen. Nun?«

»Gut. Dann hole ich ihn morgen her. Und ...«

»Ja?«

»Danke.«

»Keine Ursache.«

Connor trat hinter sie und liebkoste ihre Wange leicht mit seinen Fingern. Ihre Lider zitterten.

»Sophie, ich vermisse dich«, sagte er ehrlich, weil ihm ihr Gesichtsausdruck verriet, daß sie genau wie er unter der Einsamkeit litt.

»Und ich hasse es, wenn wir uns streiten«, sagte sie.

Er zog sie hoch und nahm sie in seine Arme.

»All das, was ich gesagt habe, tut mir leid, Connor. Ich weiß, du hast mich nicht meines Geldes wegen geheiratet. Es war gemein von mir, dir das vorzuwerfen.«

»Vergiß es.«

»»Ich verstehe gar nicht, wie ich das tun konnte. Ich war so furchtbar wütend auf dich und dann, als mir klar wurde, daß ich im Unrecht war, dann brachte ich es einfach nicht fertig, mich dafür zu entschuldigen. Du warst so zornig auf mich, und das hat alles noch schlimmer gemacht. O Con, laß uns nie mehr so streiten, ja? Es ist schrecklich und einfach nicht zum Aushalten.«

»Weißt du was? Laß uns etwas ausmachen ... wenn es wieder einmal soweit ist, dann dürfen wir höchstens für vierundzwanzig Stunden schmollen, länger nicht. Wollen wir uns das verprechen? Danach müssen wir wieder miteinander reden, ob es uns paßt oder nicht. Oder mit Sachen werfen, oder schreien . . . Was immer, aber nie mehr dieses entsetzliche Schweigen, das einen um den Verstand bringt . . . einverstanden?«

»Ich kann den nächsten Streit kaum erwarten«, lachte sie. »Ich finde es einfach fabelhaft, mit Tellern zu werfen . . .«

Glücklich küßte er sie auf ihren lachenden Mund, zog sie wie zufällig zum Bett, auf das sie niedersanken, ohne sich loszulassen. Sie roch nach der Lavendelessenz, die sie immer in ihr Badewasser tat, und ihre Haare leuchteten wie pures Gold. Connor murmelte Zärtlichkeiten, knabberte an ihrem Ohr und gestand ihr, wie sehr er sie begehrte.

»Aber wir sollten über Jack reden . . .«

»Später, Liebste, später . . .«

Er küßte sie auf die bloße Schulter, nachdem er den Morgenmantel hatte hinabrutschen lassen, und seine Hände liebkosten ihre Brüste, die sich ihm verlangend entgegenstreckten.

»Und über deine Kandidatur ... Ich möchte, daß du die Wahl gewinnst.«

»Wie lieb von dir! Aber im Augenblick ist mir meine politische Karriere ziemlich egal . . .«

»Ich wollte nur, daß du weißt, ich würde für dich stimmen, wenn ich es könnte«, meinte sie und knöpfte sein Hemd auf.

Connor zog sie zu sich, und Sophie bedeckte sein Gesicht mit winzigen zarten Küssen.

»Himmel, wie sehr ich dich vermißt habe«, flüsterte sie. »Wir dürfen uns nie mehr streiten, bis an unser Lebensende.«

»Nie wieder«, versprach er, aber ihre Augen verrieten, daß sie sich beide etwas vormachten.

Sie nahm seine Hände und legte sie sich auf ihre Brüste.

»Wie schön sie sind, diese Paradiesäpfel, und etwas voller sind sie geworden ...«

Wieder beugte sie sich über ihn, und ihre Zungen vereinigten sich in einem leidenschaftlichen Kuß. Seine Hand fuhr zärtlich ihren Rücken entlang, umfaßte ihre entzückenden Gesäßbacken, während ihre Finger mit seinem Haar spielten.

Mit einer einzigen Bewegung seines starken Armes zog er sie unter sich, begrub sie unter seinem Gewicht und drang in sie ein. Ihr hübsches Gesicht leuchtete selig, und er wußte, sie liebte ihn.

»Jetzt sind wir beide in dir«, murmelte er. »Das Baby und ich.«

Unter ihren Lidern rollten Tränen hervor, die er zärtlich hinwegküßte, während er sie mit sanften Stößen liebte. Sophies Augen waren geschlossen, sie biß sich auf die Unterlippe und stöhnte vor Vergnügen. Er fühlte ihre Arme um seine Schultern, ihre Nägel in seiner Haut, ihr Keuchen, das immer schneller wurde. Die Leidenschaft riß ihn hinfort wie ein aus heiterem Himmel hereinbrechendes Sommergewitter und brachte ihm die Erlösung, nach der er sich so lange gesehnt hatte.

»Wir sind uns verdammt ähnlich«, seufzte Sophie später und kuschelte sich an ihn. »Das ist unser Problem,

Con. Wir sind uns zu ähnlich. Wir sind beide sehr stolz, wir werden beide so schnell wütend, und es sind dieselben Dinge, die unseren Zorn hervorrufen. Und wir sind beide Snobs, wenn auch auf unterschiedliche Art und Weise. Manchmal machst du etwas ungeheuerlich Dummes, und dann werde ich ärgerlich. Und dann fällt mir ein, daß ich eben noch etwas genauso Dummes getan habe, und meine Wut auf dich löst sich in Wohlgefallen auf. Manchmal.«

»Manchmal«, sagte er, und seine Zunge spielte mit ihrem Nabel, bis sie zu lachen anfing, weil es kitzelte. »Ich weiß, du liebst mich, Sophie, aber ich weiß auch, daß du nicht immer mit mir einverstanden bist. Aber genau das möchte ich. Ich brauche das.«

»Con ...«

»Sag bitte nichts, Liebling. Ich wollte nur, daß du es weißt.«

»Mir geht es ebenso. Ich weiß, ich bin nicht gerade die Frau, die du geheiratet hättest, wenn du die Wahl gehabt hättest. Nein, das bin ich nicht«, beharrte sie, als er sie unterbrechen wollte. »Du hast dir mit Sicherheit eine klügere Frau gewünscht, die liberaler eingestellt ist, als ich ... sozialer, nehme ich an.«

»Ich habe noch nie eine Sozialistin kennengelernt.«

»Ich meine es ernst, Connor.«

»Vielleicht hat Karl Marx eine Schwester ...«

»Ich bin nun mal so, wie ich bin, Con ... Natürlich wünsche ich mir, daß du mich respektierst, aber ich kann mich nicht in allem ändern ...«

»Das sollst du auch auf keinen Fall, mein Schatz.«

»Doch, das willst du ...«

»Nein, das will ich nicht. Ich mag dich genau so, wie du bist.«

»Tatsächlich?« fragte sie kokett. »Wie wäre es dann, wenn du es mir noch einmal zeigst?«

»Danke, Maris. Ich mache das schon.« Sophie nahm dem Mädchen das Tablett aus der Hand, mit dem es eben aus der Küche kam.

»Wie geht es ihm heute morgen?« fragte Maris flüsternd.

»Unverändert. Der Arzt kommt in ein paar Minuten.«

»Ich fand, gestern sah er schon besser aus.«

»Aber er hat gestern abend nichts gegessen und offenbar schlecht geschlafen. Das weiß ich von Connor.«

Jack war nicht allein. Connor half ihm gerade ins Bett zurück, nachdem er ihm im Bad behilflich gewesen war. Einen Moment lang stand Sophie unschlüssig da. Es war ein merkwürdiges Gefühl für sie, in ihr ehemaliges Kinderzimmer zu kommen und dort einen Mann im Bett zu sehen, obwohl Connors Bruder jetzt bereits eine Woche bei ihnen war. Es war ein sehr weiblich wirkendes Zimmer, und Jack wirkte irgendwie fehl am Platz.

Sein Lächeln sah aus wie eine Fratze, und die dabei entblößten weißen Zähne hoben die aschfahle Gesichtsfarbe besonders hervor. Die Reise von Exeter in der Kutsche war sehr anstrengend gewesen, und Thomas mußte Connor helfen, den Kranken in sein Zimmer zu bringen. Schon im Juni, als Sophie ihn zum erstenmal gesehen hatte, war er sehr hager gewesen, doch jetzt, fünf Monate später, sah er aus wie ein Skelett. Der Arzt hatte ihm empfohlen, so wenig wie möglich zu sprechen, weil das meistens krampfartige Hustenanfälle zur Folge hatte.

»Guten Morgen«, begrüßte ihn Sophie betont munter und stellte das Tablett auf den Nachttisch. »Hast du gesehen, die Sonne versucht herauszukommen, und es ist nicht annähernd so feucht wie gestern.«

»Guten Morgen«, krächzte Jack heiser. »Was hat mir denn die Hexe heute Teuflisches zusammengebraut?«

»Jack, wirst du wohl deine Zunge im Zaum halten«, schimpfte Connor. »Ich kenne keinen Mann, der so zu lästern versteht wie du.«

»Mrs. Bolton hat dir ein Porridge gekocht. Außerdem gibt es eine Tasse heiße Rindsbouillon und ein rohes Ei.«

Jack machte ein Geräusch, dem zu entnehmen war, daß ihn dieses Essen nicht besonders reizte. Verständlich, denn die ihm verschriebene Diät war wirklich alles andere als appetitanregend. Dreimal am Tag mußte er sogar Lebertran nehmen, um seine Verdauung in Ordnung zu halten.

Connor stellte das Tablett auf den Schoß seines Bruders.

»Nun, muß ich dich etwa füttern?«

Jack schnitt eine Grimasse und griff nach dem Löffel. Erst gestern hatte er den ihm aufgetischten frischen Hering an den Kater verfüttert, der ihm häufig Gesellschaft leistete. Deswegen blieben Connor und Sophie während des Essens bei ihm, versuchten aber, so zu tun, als sei dies rein zufällig.

»Mrs. Bolton hat etwas Zucker auf das Porridge gestreut, weil sie hofft, daß es dir dann besser schmeckt«, erklärte Sophie.

Mühsam schluckte Jack ein paar Löffel Brei hinunter, ehe er sich wieder in die Kissen zurücksinken ließ und erschöpft die Augen schloß. Es hatte wenig Sinn, ihn zu zwingen, mehr zu essen, das wußten sie inzwischen, denn dann mußte er sich nur erbrechen und fühlte sich hinterher noch elender.

»Ah, da kommt Dr. Hesselius«, meinte sie, als auf der Treppe Schritte zu hören waren.

Jack rollte entsetzt mit den Augen.

Dr. Hesselius sah müde aus wie immer.

»Na, wie geht es Ihnen heute, Jack?« erkundigte er sich auf seine ruhige, liebenswürdige Art.

»Er schläft nicht, ißt kaum und redet zu viel«, meinte Connor scherzend.

Aber Sophie konnte er nicht täuschen. Sie wußte, wie sehr ihn der Zustand seines Bruders mitnahm.

»Ich lasse euch Männer jetzt allein«, sagte Sophie, damit der Arzt den Patienten untersuchen konnte, und drückte Connors Hand.

Ihre Schwangerschaft war noch immer ein Geheimnis, obwohl das Kind in sechs Monaten zur Welt kommen würde. Sophie wurde langsam ungeduldig, so sehr sehnte sie sich nach dem Baby. Würde sie ihm eine gute Mutter sein? Unwillkürlich mußte sie schon wieder weinen, wie so häufig in letzter Zeit. Dr. Hesselius hatte ihr versichert, daß dies völlig normal sei in ihrem Zustand. Connor und Dr. Hesselius kamen aus dem Zimmer des Kranken und schlossen die Tür hinter sich.

»Wie geht es Jack?« erkundigte sie sich und sah den Arzt fragend an.

»Zum ersten Mal bin ich etwas zuversichtlicher«, meinte er. »Sein Hals scheint ihn weniger zu schmerzen, und das ist ein gutes Zeichen ...«

»Aber dieser schreckliche Husten? Er wird und wird nicht besser. Außerdem hustet er immer noch Blut.«

Dr. Hesselius griff nach ihrem Handgelenk, fühlte ihren Puls.

»Diese Hustenanfälle sind zwar äußerst unangenehm für den Patienten, führen aber so gut wie nie zum Tod. Dieses Symptom ist also kein Grund zur Beunruhigung. Und Sie, Sophie? Wie fühlen Sie sich? Werden Sie immer noch ohnmächtig? Müssen Sie sich immer noch übergeben?«

»Nichts von alldem.«

»Und Ihr Appetit?«

»Ist auch in Ordnung.«

»Ein Vielfraß ist sie geworden!« lachte Connor.

»Ihr Puls ist vielleicht ein kleines bißchen zu schnell, aber deswegen brauchen Sie sich keine Sorgen zu machen. Haben Sie eine Erkältung?«

»Nur ein bißchen Schnupfen«, gab sie zu.

»Dann bleiben Sie die nächsten Tage lieber zu Hause.«

»Aber nicht heute. Heute muß ich unbedingt zur Mine hinaus!«

»Und warum?« fragte Connor.

»Weil heute Zahltag ist.«

»Kann nicht Jenks oder Penney die Männer auszahlen?«

»Das geht nicht. Das Geld ist im Safe. Der Schlüssel zum Safe ist in meiner Schreibtischschublade, und den Schlüssel dafür habe ich. Deswegen ...«

»Deswegen werde ich das für dich übernehmen«, meinte Connor in einem Ton, der keinen Widerspruch duldete. »Wo hast du den Schreibtischschlüssel?«

»In meiner Handtasche. Sie liegt unten in der Halle auf dem Tisch.«

Im Dorf hatte es sich schnell herumgesprochen, daß Jack Pendarvis bei Connor und Sophie wohnte. Es war deswegen nicht verwunderlich, daß einige Tage später Sidony Timms vorbeischaute, obwohl es in Strömen regnete. Trotz des uralten Regenschirms war sie bis auf die Haut durchnäßt, und Sophie bat sie in den kleinen Salon, in dem ein Feuer im Kamin brannte, während Maris ihren Mantel nach unten in die Küche mitnahm, damit er dort trocknen konnte.

»Ich kann nur ganz kurz bleiben, Madam ... Vielleicht hätte ich gar nicht herkommen sollen, ich meine, sicher störe ich Sie, aber ... Ich habe gehört, es geht Jack so schlecht und ...«

»Das ist wahr, Sidony. Ich fürchte, er ist sehr, sehr krank.«

»Schlimmer noch als vorher?«

»Ja. Möchten Sie zu ihm raufgehen? Sie düfen nur nicht lange bleiben.«

»Würden Sie mir das tatsächlich erlauben, Madam?«

»Gewiß. Aber nur ein paar Minuten, und er darf nicht reden ... Das ist schlecht für ihn und macht ihn müde.«

Jack saß gegen die Kissen gelehnt und starrte aus dem

Fenster in den strömenden Regen hinaus. Als er Sidony entdeckte, fiel jegliche Trübsal von ihm ab, und er lächelte, erstaunt und dankbar.

»Sidony«, flüsterte er heiser.

»Hallo«, murmelte Sidony scheu.

»Nur für ein paar Minuten«, erinnerte Sophie das Mädchen und ließ die beiden taktvoll allein.

Die beiden lieben sich, dachte sie und legte einige Scheite Holz nach. *Selbst ein Blinder kann das sehen. Das arme Mädchen.*

Sidony versuchte zwar tapfer zu lächeln, als sie die Treppe herunterkam, aber ihr kleines Gesichtchen fiel dann doch in sich zusammen, und ein trockenes Schluchzen drang aus ihrer Kehle.

Unwillkürlich nahm Sophie sie in die Arme. Und weil sie die Gefühle nachempfinden konnte, weinte sie gleich mit.

»Es geht ihm viel schlimmer, ich konnte es kaum ertragen, ihn anzusehen«, murmelte das Mädchen.

»Der Arzt sagt, es geht ihm besser«, tröstete Sophie sie.

Sidony schneuzte kräftig in ihr kleines Taschentuch und sah Sophie flehend an.

»Würden Sie mir erlauben, manchmal nach ihm zu sehen?«

»Aber natürlich. Wann immer du willst.«

»Danke, Mrs. Pendarvis. Ich denke, er freut sich, wenn ich komme.«

»Da bin ich ganz sicher. Du bist die beste Medizin für ihn.«

Sidony kam alle zwei Tage vorbei, am Spätnachmittag, und blieb, wie sie es versprochen hatte, nie sehr lange. Ihre Besuche taten Jack sichtlich gut. Ganz langsam schien er sich zu erholen. Brav gurgelte er mit der bitteren Flüssigkeit, die ihm Dr. Hesselius gegen die Halsschmerzen verschrieben hatte, und die Entzündung ging nach und nach zurück. Das Sprechen fiel ihm leichter, die nächtlichen Fieberanfälle waren weniger heftig. Er schlief besser und nahm sogar etwas zu. Die Nachmittage verbrachte er jetzt manchmal unten, auf dem Sofa im Salon, wo die Novembersonne hereinschien. Wenn Connor beschäftigt war, leistete ihm Maris Gesellschaft, und Sophie begann sich anzugewöhnen, früher nach Hause zu kommen als sonst. Manchmal spielte sie mit ihm Karten, ehe sie sich selbst ein kleines Nickerchen gönnte.

»Ich wünschte, mein Onkel könnte mich jetzt sehen«, meinte sie eines Tages zu Jack.

»Warum?« fragte Jack, der eine Patience legte.

»Er war nie sehr glücklich darüber, daß ich nicht weiblichen Beschäftigungen nachgehe. Es würde ihm gefallen, mich Babysachen stricken zu sehen.«

»Ja, du wirkst sehr mütterlich. Glaubst du, du wirst deine Arbeit draußen in der Grube vermissen, wenn das Kind erst mal da ist?«

»Mit Sicherheit. Ich mag diese Arbeit. Sie befriedigt mich.«

»Mutter zu sein, ist ebenfalls eine sehr befriedigende Aufgabe.«

»Da hast du recht. Und was Guelder betrifft ... Mr. Andrewson wird sich um die täglich anfallenden Dinge kümmern. Aber ich bleibe die Besitzerin der Mine, das heißt, die wichtigsten Entscheidungen treffe immer noch ich.«

»Bestens. Dann hast du jeden Grund, zufrieden zu sein.«

Sophie lächelte ihm zu. Sie mochte ihn sehr. Jack hatte sehr liebenswerte Eigenschaften. Zum Beispiel war er ungemein stolz auf seinen Bruder, auch wenn er ihn unablässig aufzog.

Von Jack erfuhr sie dann auch mehr über die Kindheit der beiden. Trotz der tragischen Ereignisse in der Pendarvis-Familie hatte es auch gute Zeiten gegeben, und so schlimm die Armut auch gewesen sein mochte, sie hatten immer fest zusammengehalten, weil sie sich liebten.

Als es klopfte, sahen sich Sophie und Jack fragend an. Heute wurde weder Sidony, noch der Arzt erwartet. Wer mochte es sein?

Vor der Tür stand William Holyoake, in seinem besten Sonntagsanzug, und lächelte sie schüchtern an.

»Guten Tag, Mrs. Pendarvis«, begrüßte er sie.

»Hallo, Mr. Holyoake. Kommen Sie doch herein.«

»Ich wollte fragen, ob ich mich wohl kurz mit Mr. Jack Pendarvis unterhalten dürfte«, meinte Holyoake.

Aha, dachte Sophie. *Dieser Besuch hat etwas mit Sidony zu tun.*

»Jack? Du hast Besuch«, rief sie Jack zu, der im Salon auf dem Sofa lag. »Mr. Holyoake ist da.«

»Bleiben Sie bitte liegen«, meinte Holyoake, als Jack versuchte hastig aufzustehen und dem Gutsverwalter bewußt wurde, wie krank sein Rivale tatsächlich war.

»Ich bitte Sie, mich zu entschuldigen, aber ich habe Mrs. Bolton versprochen, in die Küche zu kommen«, sagte Sophie.

Mrs. Bolton bereitete gerade eine Heringpastete vor, als Sophie in die Küche kam. Dr. Hesselius hatte sehr deutlich darauf hingewiesen, daß Jack möglichst viel Fisch essen sollte. Sophie setzte sich auf die Küchenbank, nahm ein Messer zur Hand und schnitt die bereits geschälten Zwiebeln in Würfel. Unruhig sah sie hin und wieder zur Uhr. Nachdem fünfzehn Minuten verstrichen waren, machte sie sich wieder auf den Weg nach oben.

Jack stand am Fenster und sah hinaus. Sein dünnes, langes Gesicht wirkte maßlos traurig.

»Alles in Ordnung?«

Jack nickte.

»Hast du Lust, Karten zu spielen?« fragte sie, weil sie sich vorstellen konnte, daß er vielleicht nicht über den Besuch des Gutsverwalters reden wollte.

»Du kennst ihn, nicht wahr?« meinte er heiser.

»William? Ja, natürlich ... Seitdem ich auf der Welt bin.«

»Was für ein Mann ist er?«

»Er hat einen guten Charakter. Und er liebt Sidony, seit langem schon.«

»Du hast sicher erraten, warum er hier war, oder? Er wollte wissen, was ich vorhabe. Wenn meine Absichten ehrlich sind, meinte er, dann würde er Sidony und mir nicht im Weg stehen. Das heißt, wenn sie mich haben will. Ist er reich?«

»Reich? O nein, ganz und gar nicht«, sagte Sophie. »Was hast du vor?«

»Wenn ich nur wieder gesund werden würde, dann könnte ich auch wieder arbeiten. In dem Fall würde ich alles daransetzen, sie zu meiner Frau zu machen.«

Kapitel 19

»Ich bin so froh, daß wir heute abend endlich unser Geheimnis lüften«, sagte Sophie, die vor dem Spiegel stand und sich kritisch betrachtete.

Sollte sie nicht doch lieber das grüne Kleid anziehen, welches ihren Zustand besser verbarg? Nein, dazu gab es jetzt keinen Grund mehr. Heute abend würde alle Welt erfahren, daß sie ein Kind erwartete.

Connor war eben aus dem Badezimmer gekommen. Er war frisch rasiert und hatte den Anzug an, den er bei ihrer Hochzeit getragen hatte.

Onkel Eustace gab einen Empfang für Clive Knowlton, der in wenigen Tagen zurücktreten würde. Natürlich hatte er auch Robert Croddy eingeladen, und es war vorauszusehen, daß er und Connor alles versuchen würden, die Gunst Knowltons zu gewinnen. Sophie hatte sich entschieden, bei dieser besonderen Gelegenheit ihre

Schwangerschaft bekanntzugeben. Natürlich würden alle, die sich über ihre überstürzte heimliche Verheiratung mit einem Grubenarbeiter aus Cornwall gewundert hatten, die Nachricht erstaunt aufnehmen und sich insgeheim ausrechnen, wie lange sie schon schwanger war. Aber Sophie hatte sich fest vorgenommen, eventuelles Geflüster über sie nicht zu beachten. Doch schon der Gedanke daran machte sie mehr als nervös. Sie hatte sogar die arme Maris angefahren, weil sie nicht zufrieden war, wie diese sie frisiert hatte. Und nun hatte Connor auch noch diesen blauen Anzug angezogen, obwohl man an einem Abend wie diesem eigentlich schwarz trug, und die Halsbinde, die er gerade umband, war ausgesprochen geschmacklos, und sie hätte sie ihm am liebsten aus der Hand gerissen.

»Wieso ziehst du ausgerechnet diesen Anzug an?« sagte sie daher lauter, als es nötig gewesen wäre.

»Was meinst du damit? Stimmt mit dem Anzug etwas nicht?«

»Das ist es nicht, aber ich dachte nur, weil es doch ein besonderer Abend ist und Knowlton erwartet wird ...«

»Es ist mein bester Anzug, Sophie. Was dachtest du denn, was ich anziehen soll?«

»Vielleicht etwas von Vater, ich habe dir doch gesagt, daß alles dir gehört. Vielleicht findest du in seiner Kommode auch eine Halsbinde, die etwas ... gediegener wirkt ...«

Auf Connors Wangen erschienen rote Flecken.

»Tut mir leid, ich bin so furchtbar nervös ... diese Einladung ... Es war doch nett von meinem Onkel, uns einzuladen, findest du nicht? Er hätte schließlich auch nur Robert einladen können, und der hätte dann allein die Chance gehabt, sich Knowlton gewogen zu machen ... Ich habe das Gefühl, mein Onkel macht uns hier ein Friedensangebot, Con. Das könnte doch einen neuen Anfang für uns alle bedeuten ...«

»Wenn du das glaubst ...«

»Was meinst du damit?«

»Dein Onkel hat uns nicht aus Freundlichkeit eingeladen, Sophie. Was für eine hervorragende Gelegenheit für ihn, Knowlton zu beweisen, wieviel besser sein Schützling ist als dieser Kerl aus Cornwall, der seine Nichte ihres Geldes wegen geheiratet hat.«

»Du bist ungerecht, Connor. Kannst du nicht endlich vergessen, was er dir in einer unbeherrschten Sekunde angetan hat?«

»Die Narbe in meinem Gesicht wird mich immer wieder daran erinnern. Und nur damit du es weißt, ich behalte diesen Anzug an. Wenn ich dich damit in Verlegenheit bringe, dann ist das dein Problem.«

Überraschenderweise stellte sich heraus, daß ihre Befürchtungen grundlos gewesen waren. Alle schienen sich mit ihr zu freuen, als sie von ihrer Schwangerschaft erzählte. Nicht einmal Honoria erkundigte sich nach dem voraussichtlichen Datum der bevorstehenden Geburt. Wäre sie danach gefragt worden, so hätte sie geantwortet: im Juni. Und wenn das Kind dann bereits Mitte April auf die Welt kam, dann war sie darauf vorbereitet zu sagen, daß es sich um eine Frühgeburt handle.

Onkel Eustace hatte sechzehn Personen eingeladen, zu einem intimen Abendessen, wie er das nannte. Natürlich waren die Männer in der Überzahl und der Grund war offensichtlich politischer und nicht gesellschaftlicher Natur.

Ob Connor womöglich doch recht hatte? Robert Croddy hatte zwei seiner konservativen Freunde mitgebracht, Mr. Falker und Mr. Turnbull, die ihn bei seinem Wahlkampf berieten, so wie Braithwaite es mit Connor tat.

Sophie hatte Clive Knowlton vor Jahren auf einem Ball kennengelernt, den sie mit ihrem Vater besucht hatte. Aber er hatte sich dermaßen verändert, daß sie ihn kaum wiedererkannte. Sein Haar war völlig weiß geworden, und er schien um mindestens zwei Zentimeter geschrumpft zu sein. Der Verlust seiner Frau vor einem Jahr war ihm offenbar sehr zu Herzen gegangen. Er sprach nicht viel, hörte aber den um ihn herum stattfindenden Gesprächen aufmerksam zu.

Beim Essen saß Sophie zwischen den Carnocks, meilenweit entfernt von Knowlton. Dafür hatte Honoria gesorgt, offenbar aus Angst, der Abgeordnete könnte Sophies Charme verfallen. Connor hingegen saß ihm während des achtgängigen Menüs genau gegenüber. Lord Moreton erzählte von der Renovierung der Pächterhäuschen, die er plante, und Christy Morrell berichtete von den Ernteerträgen des Gemeindeackers, die den Armen zugute gekommen waren. Lady Moreton hatte sich besonders über Sophies Schwangerschaft gefreut, und ihr anvertraut, daß sie selbst ein Kind erwarte, ein bisher streng gehütetes Geheimnis. Sophie malte sich bereits aus, wie die beiden Kinder gemeinsam spielen und gute Freunde werden würden.

Honoria gab den anwesenden Damen ein Zeichen, die Herren alleinzulassen. Sophie lächelte ihrem Mann aufmunternd zu, ehe sie den anderen folgte.

Connor sah ihr nach, während ihm ein Diener Wein einschenkte, und steckte sich dann eine Zigarre an, die reihum angeboten wurden.

»Meine Herren, lassen Sie uns das Glas heben und auf das Wohl unseres Abgeordneten trinken, der siebenundvierzig Jahre lang so beispielhaft unsere Interessen vertreten hat. Wir danken ihm von Herzen und wünschen ihm alles erdenkliche Glück für seinen zukünftigen Ruhestand.«

Vanstones Rede wurde stürmisch beklatscht. Knowlton war offenbar gerührt und lächelte dankbar in die Runde, mit der Bescheidenheit, die ihn so beliebt gemacht hatte.

»Ich danke Ihnen, meine Herren. Ich werde jetzt keine lange Rede halten, aber seien Sie meiner Dankbarkeit versichert«, sagte Knowlton, setzte sich rasch wieder hin und beschäftigte sich mit dem Abschneiden seiner Zigarre.

Lord Moreton, den Connor heute zum ersten Mal sah, bemerkte, daß Knowlton der einzige Abgeordnete sei, den er kenne, der sich die Aussicht, wiedergewählt zu werden, entgehen ließe, und das herzliche Gelächter lokkerte die ernste Stimmung.

Es war Vanstone, der als erster über Politik sprach. Er erwähnte die Krise in China, die Heeresreform nach dem Krimkrieg und nach und nach kam das Gespräch auch auf die hiesigen Probleme.

Falkner, Croddys Berater, wandte sich dann an Connor, um diesen ganz offensichtlich zu provozieren. Es ging um den Vermögensnachweis, der notwendig war, wenn man sich als Kandidat aufstellen lassen wollte. Connor hatte diese Frage, wie auch andere, schon eingehend in einem Interview beantwortet, das ein Journalist der Tavistocker Zeitung mit ihm vor zwei Wochen geführt hatte, und das veröffentlicht worden war. Falkner kannte also Connors Einstellung.

»Ich bin dagegen, Sir«, meinte Connor nun und streifte die Asche seiner Zigarre ab.

»Ach ja?« meinte Croddy. »Ich finde, das ist eine gute Sache. Damit weiß man, der Kandidat ist finanziell unabhängig. Gleichzeitig ist es ein Beweis seiner Unbestechlichkeit.«

Die neun Herren sahen Connor erwartungsvoll an, der sich nun voll bewußt war, daß dieses Thema absichtlich zur Sprache gebracht worden war.

»Als diese gesetzliche Bestimmung 1710 eingeführt wurde, wollte man damit die Protestanten vom englischen Thron und die Handelsleute vom Unterhaus fernhalten. Heute sind die Dinge anders, schon deswegen, weil der Vermögensnachweis für Geschäftsleute kein Problem mehr darstellt. Die gesetzliche Bestimmung ist also hinfällig geworden.«

»Unsinn«, antwortete Croddy beinahe belustigt. »Dann könnten Sie ja genausogut behaupten, daß Unbestechlichkeit hinfällig ist. Ich will zwar nicht behaupten, daß ein armer Mann unbedingt unehrlich sein muß, aber andererseits ist es doch so, daß ein gewisses Vermögen einen Mann unabhängig und unbestechlich macht. Sobald man aber erst mal Arme im Unterhaus zuläßt, dann wird diese Institution eine Zufluchtstätte für Bettler, Almosenempfänger und Bankrotteure. Außer man schafft die Gesetze ab, die die verschuldeten Mitglieder bisher vor einer Verhaftung beschützen. Ist das Ihre Absicht, Sir?«

»Bei allem Respekt, Mr. Croddy ... Ich glaube nicht, daß Männer ehrlicher und klüger werden, indem sie ihr Vermögen vergrößern. Ich glaube vielmehr, daß es für die Arbeiterklasse niemals Gerechtigkeit geben kann, solange intelligente Männer aus den werktätigen Klassen keine Gesetze entwerfen dürfen.«

Falkner schniefte hörbar, Turnbull lachte kurz auf, und Captain Carnock zog die Augenbrauen in die Höhe und goß sich sein Glas voll.

»Aber, aber ...«, rief Croddy. »Der springende Punkt ist doch, daß Arme gar nicht in der Lage sind, ihre gesamte Zeit dem Parlament zu opfern. Schon deswegen hat das bestehende Gesetz seine Berechtigung. Wenn Sie das ändern, Sir, dann ändern Sie den besonderen Charakter des Unterhauses.«

»Stimmt. Diese Änderung hätte längst stattfinden müssen.«

»Ein Glück für Sie, Sir, daß Sie zurücktreten«, sagte Croddy an Knowlton gewandt und lachte. »Wenn Männer wie Pendarvis gewählt werden können, dann würden Sie wohl ohnehin nicht länger bleiben wollen.«

Connor hatte nicht vor, sich so leicht aus der Ruhe bringen zu lassen. Er lehnte sich zurück und blies einen Rauchring in die Luft.

»Ich nehme an, Sie wollen sich mit den Reformern zusammentun«, sagte Croddy mit offensichtlichem Ekel. »Geben Sie es zu, nicht einmal davor würden Sie zurückschrecken. Wenn es nach Ihnen und Ihren Gleichgesinnten ginge, würde demnächst der Vermögensnachweis auch für Wähler abgeschafft.«

»Ich würde in jedem Fall versuchen, dies durchzusetzen.«

Captain Carnock schien äußerst schockiert zu sein, aber Dr. Hesselius nickte zustimmend. Lord Moreton streichelte nachdenklich sein Kinn und betrachtete Connor aufmerksam. Clive Knowlton verkniff sich jegliche Bemerkung.

»Sie überraschen mich, Sir. Menschen mit Ihrer Auffassung sind selten so mutig, diese öffentlich zu bekennen. Ich halte das auch für höchst gefährlich«, sagte Croddy laut und sah zu Knowlton hinüber. »Ich mißbillige solch ein radikales Denken. Der Vormarsch der Demokratie muß aufgehalten werden. Ich finde, das allgemeine Wahlrecht ist der letzte Schritt zur Anarchie.«

»Über Demokratie sollten wir uns ein anderes Mal unterhalten, wenn Sie mögen«, meinte Connor ruhig und drückte seine Zigarre aus. »Lassen Sie uns erst mal diese Diskussion zu Ende führen. Es geht um den Vermögensnachweis, Sie erinnern sich doch? Ich bin der Meinung, daß es auf das Vertrauen der Wähler ankommt und nicht auf Wohlstand. Die Intelligenz und Unbestechlichkeit eines Mitglieds des Unterhauses wird nicht durch dessen Reichtum gewährleistet. Warum sollte ein Mann, der das Haus seines Vaters erbt, sich besser dafür eignen, Gesetze zu entwerfen, als ein Mann, der seinen Lebensunterhalt damit verdient, indem er Bilder malt? Ich persönlich ziehe es vor, die Parlamentsmitglieder hätten weniger Geld, aber mehr Grips im Kopf. Architekt oder General oder Kapitän eines Schiffes wird man auch nur dank seiner Fähigkeiten ... Warum sollten dann nicht Männer ins Parlament gewählt werden, die die natürliche Fähigkeit besitzen, Gesetze zu entwerfen? Ich bin sicher, solche Männer findet man überall, mit oder ohne Vermögen.«

»Das käme Ihnen mit Sicherheit gelegen, Sir. Ja, da bin ich ganz sicher.«

»Was wollen Sie damit andeuten?« fragte Connor und setzte vorsichtig sein Glas ab.

»Nichts, gar nichts. Ich spreche nur aus, was jeder hier am Tisch weiß ... Sie sind nur dank Ihrer Heirat vermögend.«

»Robert ...«

»Und ich bin mit Sicherheit nicht der einzige, der behauptet, Sie hätten sie sogar nur deswegen geheiratet.«

Connor stand mit einem Ruck auf, die Lehne seines Stuhls krachte an die Wand. Croddy erhob sich ebenfalls, mit geballten Fäusten. Sebastian Verlaine stellte sich zwischen beide, drückte Connors Arm und murmelte: »Ruhig bleiben.«

Sein fester Blick hielt Connor davon ab, Croddy die Faust ins Gesicht zu schlagen.

»Sollten wir uns jetzt nicht zu den Damen gesellen?« fragte Knowlton den Gastgeber.

Vanstone erhob sich sofort.

Connor griff sich ein Glas vom Tablett eines vorbeieilenden Dieners und stürzte den Cognac auf einmal hinunter. Sophie versuchte mit besorgtem Gesicht Blickkontakt mit ihm aufzunehmen, aber er wandte sich ab. Er war sich bewußt, daß er in diesem Augenblick ziemlich grimmig aussehen mußte. Was würde sie sagen, wenn er ihr später erzählte, daß er sich eben im Eßzimmer fast auf einen Boxkampf mit Croddy eingelassen hätte? Natürlich würde sie entsetzt sein.

Die Damen unterhielten sich über irgendwelche Aufführungen, und erst als eine von ihnen die ›Hochzeit des Figaro‹ erwähnte, fiel ihm auf, daß sie über Opern sprachen. Offenbar war das eines von Verlaines Lieblingsthemen, denn er wandte sich an Connor.

»Haben Sie ›Rigoletto‹ gesehen?«

»Nein.«

»Ich war vor sieben Jahren zur Uraufführung in Venedig. Traumhaft. Kennen Sie Verdi? ›La Traviata‹?«

»Nein, ich weiß so gut wie nichts über Opern.«

»Tatsächlich?« erkundigte sich Croddy scheinheilig. »Wie verbringen Sie denn Ihre Zeit, wenn Sie in London sind?«

»Um die Wahrheit zu sagen, ich war noch nie in London.«

»Lieber Himmel!« entfuhr es Lily Hesselius.

»Ich bin auch erst einmal dort gewesen«, sagte Mrs. Carnock freundlich.

»Da haben Sie nichts verpaßt«, beruhigte ihn Pfarrer Morrell ebenso freundlich.

Croddy wechselte einen Blick mit Falkner. Hatten sie da nicht endlich die schwache Stelle ihres Gegners gefunden?

»Ich dachte, Sie haben studiert?« meinte Croddy mit gespieltem Erstaunen.

»Nicht in Oxford oder Cambridge, wenn Sie das meinen.«

»Wo dann? Wenn Sie mir die Frage erlauben ...«

»In Manchester. Das Bryce-Prennon-Arbeiter-College.«

»Kenne ich nicht«, meinte Vanstone.

»Oh, ich habe schon davon gehört«, frohlockte Croddy. »Es wurde geschlossen, stimmts?«

»Richtig. Ich hatte dort ein Stipendium, weil meine Familie es sich nicht leisten konnte, mich aufs College zu schicken. Mein Vater arbeitete in einer Zinnmine, meine Brüder ebenfalls. So, jetzt wissen Sie alles, Mr. Croddy.«

Ein unangenehmes Schweigen trat ein. Außer Croddy sah ihn niemand an. Anne Morrell versuchte verzweifelt, das Thema zu wechseln, und Sophie starrte auf ihren Fächer. Ihre Wangen wurden feuerrot. Er hatte sie in Verlegenheit gebracht. Sie schämte sich offenbar für ihn.

In Connors Brust brannte es. Bis jetzt hatte er angenommen, daß sie auf seiner Seite war. Connor und Sophie gegen den Rest der Welt. Was für ein schrecklicher Irrtum. Viel hatte es nicht gebraucht, um sie die Seiten wechseln zu lassen, wenn sie je auf seiner gewesen war. Oder bildete er sich das alles nur ein, weil er zuviel Cognac getrunken hatte? Er sah sie lächeln, als ihr Onkel ihr etwas ins Ohr flüsterte. Connor schlenderte zu dem Tisch hinüber, auf dem die Getränke standen.

Sophie kam auf ihn zu, als er sich an eines der Fenster stellte.

»Du trinkst zuviel!« flüsterte sie.

»Findest du? Angst, daß ich dich wieder in Verlegenheit bringe, Liebling?«

»Sprich doch leiser. Was ist mit dir los? Warum betrinkst du dich?«

»Keine Ahnung. Helen tut es jedenfalls nicht. Hol deinen Mantel, Sophie. Wir gehen.«

»Wir können doch jetzt noch nicht gehen ... Es ist viel zu früh.«

»Ich sagte, wir gehen!«

»Das geht nicht. Es wäre unhöflich.«

»Dann bleib hier. Ich gehe.«

Mit dem Arm schubste er sie beiseite und ging auf die Tür zu.

»Es hat mich sehr gefreut, Sie kennenzulernen«, sagte er zu Knowlton und schüttelte dem Erstaunten die Hand.

»Danke für die Einladung«, wandte er sich dann an Honoria, die mit der Frau des Arztes auf einem Sofa saß.

»Connor!« flüsterte Sophie, die ihm in die Halle hinaus folgte.

»Kommst du mit?« fragte er sie.

»Nein.«

»Dann viel Vergnügen mit deinen Freunden. Warum bleibst du nicht die ganze Nacht? Ich bin sicher, dein Onkel wird glücklich sein, dich hier nächtigen zu lassen. Du und Honoria, ihr könnt ja in einem Bett schlafen.«

Mit diesen Worten ließ er sie stehen.

Sophie eilte ihm durch die Halle nach und blieb in der geöffneten Eingangstür stehen.

»Komm doch mit«, bat er sie.

»Komm sofort wieder rein, Connor, verdammt noch mal. Merkst du nicht, daß es das ist, was sie wollen?«

»Kommst du mit mir?«

»Nein.«

»Auch gut. Ich hole dich dann morgen früh ab. Oder warum bittest du nicht Croddy, dich heimzubringen? Wie in guten alten Zeiten?«

»Connor fühlt sich nicht wohl«, verkündete Sophie, als sie wieder hineingegangen war. »Er bittet seinen überhasteten Aufbruch zu entschuldigen. Danke, Onkel, für die Einladung. Es war ein reizender Abend, Honoria. Nein, ihr braucht mich nicht zu begleiten. Gute Nacht.«

Niemand hielt sie zurück. Der Butler half ihr in ihr Abendcape und öffnete die Tür für sie. Sie schloß sie selbst hinter sich, genau vor seiner Nase. Niemand durfte ahnen, daß Connor bereits heimgefahren war, daß er sie hier allein zurückgelassen hatte. Die Schande würde sie nicht überleben.

Wind war aufgekommen, und der Mond war hinter dicken Wolken verschwunden. Fluchend machte sich Sophie auf den Weg, mit gesenktem Kopf die Straße entlang. Zum Glück war niemand unterwegs, der sie hätte sehen können.

Die Zollstraße lag in völliger Dunkelheit. Trockenes Laub flog ihr ins Gesicht und verfing sich in den Fransen ihres Capes. In den Bäumen rauschte der Wind, unheimlich und furchterregend, und die Luft roch nach Meer. Tausendmal war sie den zwei Meilen langen Weg schon gegangen, aber noch nie in einem dünnen Kleid und in

Abendschuhen. Ohnmächtiger Zorn kam in ihr auf. Sie konnte es kaum erwarten, ihrem Ehemann die Leviten zu lesen.

Und dann fing es auch noch zu regnen an. Innerhalb von einer Minute war sie klatschnaß. Mit zusammengebissenen Zähnen und Tränen in den Augen kämpfte sie sich voran. Sie stolperte über einen heruntergefallenen Ast und fiel hin. Ganz langsam stand sie wieder auf, und ihr Herz war von entsetzlicher Angst erfüllt.

Was, wenn mir hier etwas passiert? dachte sie. *Mein Baby!*

Verzweifelt suchte sie Schutz vor dem immer schlimmer werdenden Regen in einem fast verfallenen Heuschober. Fröstelnd kauerte sie sich dort zusammen. Sie fluchte leise auf Connor, betete aber gleichzeitig, daß er kommen würde, um sie zu retten.

Als der Regenschauer etwas nachließ, setzte sie ihren Weg fort.

Kapitel 20

Connor lief über den Hof zur Küchentür, nachdem er das Pony in den Stall gebracht hatte. Erst nach mehreren Versuchen gelang es ihm, die Laterne anzuzünden, denn seine Hände waren feucht und das von seinem Hut herabrinnende Wasser löschte immer wieder das entzündete Streichholz. Ihm war inzwischen klar, daß er sich wie ein Idiot benommen hatte. Andererseits war er aber froh, daß Sophie nicht mitgekommen war, weil sie sich bei diesem scheußlichen Wetter sicher erkältet hätte. So hatte sein schlechtes Benehmen sogar noch etwas Gutes.

Es war Freitag, und Mrs. Bolton hatte heute frei. Connor gab sich also keine Mühe, sehr leise zu sein, während er den Ofen anzündete und den Wasserkessel aufsetzte. Die Erinnerung an das schreckliche Abendessen bei Vanstone wollte er in noch mehr Alkohol ertränken, auch wenn das bedeutete, daß er morgen früh mit einem Kater aufwachen würde. Verdammter Cognac! Der war schuld daran, daß er Sophie einfach zurückgelassen hatte. Wütend löffelte er etwas Zucker in seinen Tee und ging nach oben in den Salon.

Mit einem Blasebalg brachte er die Glut in Schwung, legte etwas Holz nach, zog seine nasse Jacke aus und warf sich eine Decke über die Schultern. Er hätte sich gerne einfach im Dunkeln vor den Kamin gesetzt, wenn ihm das plötzlich nicht so albern romantisch vorgekommen wäre. Für eine solche Stimmung gab es weiß Gott keinen Grund, denn sein Verhalten heute abend war mehr als scheußlich und dumm gewesen. Folglich zündete er die auf dem Tisch stehende Öllampe an, und weil er nun schon dabei war, auch noch mehrere Kerzen.

Warum, verdammt, bin ich ein solcher Trottel?

Croddy zusammenschlagen zu wollen, war noch einigermaßen verzeihbar. Eine spontane Regung, die völlig verständlich war. Aber gab es eine Entschuldigung, seine Wut an Sophie auszulassen? Um ihr heimzuzahlen, weil sie sich seiner geschämt hatte? In Wirklichkeit hatte er ihr nicht weh tun wollen. Aber ihre Reaktion hatte seinen wunden Punkt getroffen, nämlich in seinem Stolz. Und deswegen hatte er sich ihr gegenüber so gemein benommen. Würden sie ihr ganzes Leben mit solchen idiotischen Streitereien verbringen? Wie konnten diese vermieden werden? Indem man sich aussprach, natürlich. Aber wie miteinander reden, wenn man so zornig aufeinander war, wenn die Wut zu unvernünftigem Handeln zwang?

Connor hatte das Gefühl, heute abend nicht nur seine Ehe, sondern auch seine politische Laufbahn aufs Spiel gesetzt zu haben. Wie sollte er Ian Braithwaite erklären, daß sich sein erstes Zusammentreffen mit Knowlton als Desaster herausgestellt hatte? Die Tatsache, daß auch Croddy sich nicht von seiner besten Seite gezeigt hatte, war kein Trost. Es wäre Knowlton keineswegs übelzunehmen, wenn er zu der Ansicht gekommen war, diese beiden Kandidaten fallenzulassen.

Die Sache mit Knowlton war schlimm genug, aber was ihn noch mehr beschäftigte, war der Streit mit Sophie. Wenn sie nicht gut aufeinander zu sprechen waren, dann sah er die Welt grau in grau, und jeglicher Elan fiel von ihm ab.

Er sah zur Uhr. Beinahe elf Uhr. Der Regen klatschte gegen die Fensterscheibe, und der starke Wind hatte zur Folge, daß der Kamin qualmte. Er ging in die Küche hinunter, um sich noch etwas Tee zu holen. Beim Heraufkommen hörte er ein Geräusch. Hatte sich ein Fensterladen gelöst, oder hatte es an der Tür geklopft?

Zuerst erkannte er sie gar nicht. Ihr nasses Haar klebte in Strähnen an ihren Wangen, das Cape hatte jegliche Eleganz verloren und hing wie ein Sack an ihr herunter. Man hätte sie für eine Bettlerin halten können.

»Sophie!« rief er und zog sie ins Haus. »Was hast du getan?«

Ihre Zähne klapperten, ihre Hände waren eiskalt. Sie war außerstande, seine Frage zu beantworten.

Als er sie endlich in die Nähe des Kamins gebracht hatte, bildeten sich zu ihren Füßen kleine Lachen. Er riß ihr das Cape von den Schultern und warf es achtlos beiseite. Dann machte er die Knöpfe an der Rückseite ihres Kleides auf. Ihre Haut war ebenso kalt wie ihre Hände und wirkte leichenblaß.

Er zog ihr alles aus, wickelte sie in die Decke, die ihn noch vor kurzem selbst warm gehalten hatte und setzte sich auf einen Stuhl, den er ans Feuer schob. Dann holte er ein Kissen, damit sie ihre Füße daraufstellen konnte. Er drückte ihr seine Tasse Tee in die Hand, die er eben heraufgeholt hatte.

»Hier, trink das!« befahl er ihr.

Doch er mußte ihr dabei helfen, weil sie mit ihren klammen Fingern die Tasse nicht allein festhalten konnte. Er hielt sie an ihre blau angelaufenen Lippen, stützte mit der anderen Hand ihren Nacken und flößte ihr die heiße Flüssigkeit ein.

»Ich hole noch mehr Decken«, rief er und eilte zur Tür. »Nein, besser ist, du nimmst sofort ein Bad, ein heißes Bad. Ich werde Wasser aufsetzen. Und dann trinkst du einen Cognac, das wärmt von innen auf.«

Bisher hatte sie noch kein Wort gesagt, ihr vom Wind gerötetes Gesicht bestand nur noch aus Augen. Er wußte genau, was sie dachte, aber er eilte davon, ohne über das zu reden, was sie so ängstigte. Er fühlte sich so hilflos, denn er hatte selbst Angst, daß ihrem Baby etwas geschehen sein mochte.

Als das Wasser kochte, goß er es in die Kupferwanne und holte Sophie in die Küche, in der es schön warm war. Er setze sie hinein und zwang sie, sich zurückzulegen, so daß nur noch Kopf und Knie aus dem Wasser ragten. Dann rieb er ihre Arme und Beine, bis sie endlich zu zittern aufhörte. Vor dem Ofen trocknete er sie ab und holte aus dem Schlafzimmerschrank ihren dicken Flanellmorgenmantel, den er ihr überzog.

»Ich kann selbst gehen«, protestierte sie schwach, als er sie hochhob, um sie nach oben zu tragen.

»Ich weiß, aber ich möchte dich trotzdem tragen«, sagte er und stieg die Treppe hinauf.

Sophie seufzte, ließ ihren Kopf an seine Schulter sinken und keiner von beiden erwähnte das Baby.

Er brachte sie zu Bett, zog die Decke bis zu ihrem Kinn hinauf und gab ihr noch mehr Tee zu trinken. Im flackernden Schein der Kerze sah sie klein und sehr zerbrechlich aus, als ihr endlich die Augen zufielen und sie einschlief. Connor blieb auf der Bettkante sitzen, betrachtete sie und lauschte ihren Atemzügen. Wie gern hätte er ihr gesagt, daß er sie liebte, daß ihm unendlich leid tat, was er getan hatte. Aber im Augenblick schien es ihm wichtiger, sie schlafen zu lassen, damit sie sich von dem nächtlichen Abenteuer erholen konnte.

Die Blutungen setzten kurz vor der Morgendämmerung ein. Als Sophie nach einer Nacht wirrer Träume erwachte und das Bedürfnis verspürte, den Nachttopf zu benutzen, sah sie es. Unwillkürlich bedeckte die den Mund mit ihren Händen, um nicht laut aufzuschreien.

»Con?« murmelte sie schwach. »Connor«, sagte sie dann lauter und schüttelte seinen Arm.

»Was ist los?« rief er und fuhr hoch.

»Irgendwas stimmt nicht«, flüsterte sie.

»Sag mir, was es ist«, bat er sie.

»Ich blute.«

Connor wurde leichenblaß, nahm ihre Hand in die seine und zwang sie, sich wieder ins Bett zu legen.

»Ich hole den Arzt. In weniger als einer Stunde bin ich zurück«, sagte er und schlüpfte hastig in seine Kleider.

»Kannst du nicht Thomas schicken?«

»Ich bin schneller als er.«

Sie wollte nicht, daß er sie jetzt allein ließ. Verzweifelt griff sie nach seinen Handgelenken.

»Ich beeile mich, Sophie. Brauchst du noch irgend etwas?«

»Nein.«

»Hast du Schmerzen?«

Sie verneinte es mit einem Schütteln des Kopfes.

»Vielleicht ist es ja nicht so schlimm ...«

Connor küßte sie auf den Mund und eilte aus dem Zimmer.

Wenig später steckte Jack den Kopf zur Tür herein.

»Sophie? Möchtest du eine Tasse Tee? Ich gehe hinunter und mache dir welchen.«

»Danke, Jack. Maris wird bald hier sein ...«

Jack kam barfuß herein und die Sorge um sie stand ihm ins Gesicht geschrieben.

»Oder ich koche dir ein Ei ... Das ist das einzige, was ich kann. Con hat mir alles erzählt. Wegen gestern. Es tut mir so leide, Sophie. Mein Bruder ist manchmal wirklich ein eigensinniger Trottel.«

»Es ist nicht seine Schuld. Geh wieder ins Bett, Jack. Ich verspreche dir, ich bleibe brav hier liegen und warte auf Connor.«

»Wenn du meinst ... Aber ruf mich, wenn du etwas brauchst, ja?«

Sie nickte schwach, die Augen bereits geschlossen. Wenig später begannen die Krämpfe.

Connor ging unruhig auf und ab, als Dr. Hesselius endlich aus dem Schlafzimmer kam. Seine braunen Augen hinter den Brillengläsern sahen aus wie die eines Hundes, den man eben geschlagen hatte.

»Und?« fragte Connor atemlos.

»Es tut mir aufrichtig leid, aber Sophie ist gerade dabei, eine Fehlgeburt zu erleiden.«

Nein ..., schrie es in Conners Herz. *Das kann nicht sein. Der Arzt muß sich irren.*

»Das Kind in ihrem Leib ist tot ...«

»Wie können Sie das wissen?« meinte Connor zornig. »Können Sie denn nichts tun?«

»Leider nicht«, sagte der Arzt und schüttelte traurig den Kopf. »Ich kann ihr nicht helfen. Das Kind ist bereits tot, es kann einige Stunden dauern bis ... Wenn sie es möchte, bleibe ich gerne bei ihr, aber helfen kann ich ihr nicht ...«

»Und was ist mit Sophie? Wird sie Schmerzen haben?«

»Der Fötus ist etwa vierzehn Wochen alt. Sie wird Wehen haben, um das tote Kind abzustoßen. Die Schmerzen sind nicht so groß wie bei einer normalen Geburt. Und zu Ihrer Beruhigung ... Ich glaube, es gibt keinen Grund, warum sie nicht wieder schwanger werden sollte.«

Maris saß neben dem Bett, als Connor zurück ins

Schlafzimmer ging. Ihr freundliches Gesicht sah sehr mitgenommen aus, als sie aufstand und das Zimmer verließ.

Connor setzte sich auf die Bettkante neben seine Frau. Sobald er ihre Hand in die seine nahm, fing sie an zu weinen. Er war sich seiner Hilflosigkeit bewußt, wußte nicht, wie er sie trösten, wie er ihr helfen konnte.

»Der Arzt meint, keiner ist schuld daran ... Es kann gut sein, daß wir sie ohnehin verloren hätten ...«, schluchzte Sophie.

»Sie?«

»Ich habe immer geglaubt, daß es ein Mädchen wird. Von Anfang an. Ich war dessen sicher.«

Abrupt stöhnte sie auf, tastete nach seiner Hand und drückte sie schmerzhaft. Die erste Wehe. Connor war der Verzweiflung nahe. Nach einer Minute entspannte sie sich wieder.

So ging es stundenlang. Abwechselnd hielten sie bei ihr Wache. Connor, Maris, der Arzt und sogar Jack. Sophie schien nicht einmal zu merken, wer neben ihrem Bett saß. Am Nachmittag schickte Dr. Hesselius alle aus dem Zimmer.

Connor suchte Zuflucht im Rosengarten. Hier hatten sie sich ineinander verliebt. In jenen Tagen, als der Duft der Blüten die Luft erfüllte. Jetzt war alles verwüstet, der Sturm hatte ganze Arbeit geleistet.

Er sah zum Schlafzimmerfenster hinauf. Der Verlust des Babys war für ihn noch schlimmer, als der Tod seiner Eltern und seiner Geschwister. Plötzlich hörte er, daß Maris nach ihm rief. Da wußte er, daß alles vorbei war. Mit schweren Schritten, wie ein alter Mann, ging er zurück ins Haus.

Sophie hatte aufgehört zu weinen. Ihr Gesicht wirkte wie blasses Wachs, ihre kalte Hand leblos. Und er konnte nichts tun, um ihr Herz zu erwärmen. Trotzdem blieb er, legte sich angezogen neben sie. Irgendwann in der Nacht erwachte er, tastete mit der Hand nach ihr, aber das Bett neben ihm war leer.

Er fand sie in dem Zimmer, in dem sie als Baby geschlafen hatte. Sie saß in dem alten Schaukelstuhl, bleich wie ein Geist.

»Sophie! Es ist hier zu kalt für dich. Komm ins Bett zurück.«

Er versuchte seine Stimme barsch klingen zu lassen, um eine Reaktion bei ihr hervorzurufen. Aber sie schien ihn weder zu sehen noch zu hören. Er hob sie hoch und trug sie in ihr Bett zurück. Endlich sah sie ihn an.

»Ich habe sie gesehen«, stammelte sie mit glasigen Augen.

Dann schloß sie die Augen, legte die Hände über ihre Ohren und rollte sich zusammen. Er hatte Angst davor, sie zu berühren. Er warf sich die Decke, die er auf einem Stuhl fand, über die Schultern und setzte sich ans Fenster, verloren in wirren Gedanken.

Lieber Vater,
in letzter Zeit muß ich so häufig an Dich denken. Vielleicht, weil morgen Weihnachten ist. Mir fällt der kleine gelbe Schlitten ein, mit den roten Kufen, auf dem Du mich immer den Hügel hinaufgezogen hast und mir zusahst, wie ich diesen hinunterfuhr. Ich erinnere mich noch genau an den Geruch Deines Mantels, nach Pfeifentabak und frischen Schneeflocken.

Und im Sommer bist Du immer im Garten gesessen, und wir haben so getan, als wären all die Puppen, die Du mir geschenkt hast, unsere Kinder. Du hast sogar aus dem kleinen Puppengeschirr Tee getrunken, und die Sonne schien, und wir waren so glücklich.

Ich vermisse Dich, Papa, mehr, als ich es sagen kann. Ich habe niemanden, mit dem ich reden kann, dem ich mein Geheimnis anvertrauen kann. Ich wünschte, Du könntest jetzt hier sein und mir zuhören.

Das Geheimnis kennt nur Dr. Hesselius, aber er ist Arzt, und das ist etwas ganz anderes. Ich habe mein Baby gesehen. Es war ein kleines Mädchen, so winzig wie mein Finger, zusammengerollt wie ein Seepferdchen. Sie hatte deine Ohren. Ihre Augen waren geschlossen, und sie sah unglaublich friedlich aus. Ich habe sie berührt, befühlt, betastet. Ein wundervolles Baby.

Ich muß ständig innerlich weinen, und niemand kann mich hören. Keiner weiß es, und ich kann einfach nicht aufhören. Was um mich herum vorgeht, spielt keine Rolle mehr, ist mehr als unwichtig. In mir ist eine entsetzliche Leere, da, wo sie war, ist nichts mehr, nur ein Loch. Mir ist, als wäre ich mit ihr gestorben.

Und ich bin so einsam, so schrecklich einsam. Ich kann es kaum ertragen. Ich ertrage es nicht.

Sophie verließ die Kirche kurz vor Christys Predigt, als der Kinderchor sang. Connor blieb sitzen, weil er spürte, daß sie einen Moment allein sein wollte. Aber dann stieg der Pfarrer die Kanzel hinauf, um mit seiner Predigt zu beginnen, und sie war immer noch nicht zurückgekommen. Jack saß neben ihm. Es war das erste Mal, daß er das Haus verlassen hatte. Connor warf ihm einen vielsagenden Blick zu, ehe er ebenfalls aufstand und die Kirche verließ.

Sophie war auf dem Friedhof. Er fand sie, als er ihren Spuren im Schnee folgte.

Die Pforte hatte sie offengelassen, weswegen sie ihn nicht kommen hörte. Er sah, wie sie einen kleinen weißen Umschlag aus ihrer Manteltasche zog und ihn zwischen das Gras und den Marmorgrabstein ihres Vaters steckte.

»Sophie?«

Sie drehte sich um und starrte ihn an, als kenne sie ihn nicht. Dann stand sie langsam auf.

»Was machst du hier?«

»Nichts«, sagte sie und wollte fortgehen.

Er hielt sie am Arm fest.

»Ist alles in Ordnung mit dir?«

»Ja.«

»Ich habe mir Sorgen gemacht. Warum bist du plötzlich hinausgegangen?«

»Um ein bißchen Luft zu schnappen.«

Ihre Wangen waren von der Kälte gerötet. Sie schien nur noch aus Haut und Knochen zu bestehen, weil sie seit ihrer Fehlgeburt soviel Gewicht verloren hatte. Seit dieser schrecklichen Erfahrung schien sie durch ihn hindurchzusehen, war abweisend und kühl.

»Und warum ausgerechnet hier, auf dem Friedhof?« versuchte er es noch einmal.

»Nur so. Es ist unwichtig.«

»Mag sein, daß es nicht wichtig ist, aber ich möchte es gerne wissen.«

»Ich kann dir nicht mehr sagen. Mir fallen keine Antworten mehr ein. Mir ist ziemlich kalt. Gehen wir wieder hinein?«

Zum Weihnachtsessen waren sie an diesem Abend bei ihrem Onkel eingeladen. Eustace war ausnahmsweise liebenswürdig und aufmerksam zu ihr, und sogar Honoria benahm sich anständig. Über das Baby wurde nicht gesprochen. Sophie ihrerseits gab sich Mühe, eine gewisse Fröhlichkeit an den Tag zu legen, aber ihr gezwungenes Lachen tat Connor so weh, als habe er sich an einer Glasscherbe geschnitten.

Nachdem sich Honoria und Sophie in den Salon zurückgezogen hatten, lehnte sich Vanstone in seinem Stuhl zurück und drehte nervös sein Glas in den Händen.

»Meine Nichte hat eine schwere Zeit hinter sich. Leider konnte ich nichts für sie tun, ihr nicht helfen. Sie wissen schon, was ich meine. Ich bin froh, daß sie Sie hatte … Hätte nie gedacht, daß ich einmal so empfinden würde … Was das betrifft, habe ich Sie offensichtlich falsch eingeschätzt und ich möchte mich jetzt dafür entschuldigen.«

Connor begann den Mann zu bewundern. Es mußte ihn eine außerordentliche Überwindung gekostet haben, das zu sagen. Wenn dies ein Friedensangebot war, dann würde er darauf eingehen.

»Ich denke, wir beide haben zumindest eines gemeinsam ... Wir beide lieben Sophie, und wir wollen, daß sie glücklich ist. Deshalb meine ich, das könnte doch die Grundlage für eine gewisse Freundschaft zwischen uns sein, meinen Sie nicht auch?«

»Es könnte ...«, sagte Vanstone schließlich. »Ja, das wäre möglich.«

Auf der Heimfahrt versuchte Connor seiner Frau zu erzählen, daß ihr Onkel und er Frieden geschlossen hatten, aber Sophie schien ihn kaum zu hören.

»Wir müssen miteinander reden«, versuchte er es erneut, als sie zu Hause waren.

»Ich bin müde, Connor.«

»Aber ...«

»Ich bin so entsetzlich müde. Laß uns schlafen gehen.«

Er wollte sie küssen und ihr damit wieder Leben einhauchen, aber sie wandte ihr Gesicht ab.

»Gute Nacht, Con«, sagte sie und verschwand in ihrem Ankleidezimmer.

»Fröhliche Weihnachten«, flüsterte Connor und starrte auf die geschlossene Tür.

Braithwaite gab Connor einen Schlüssel zu dem Büro, das die Partei in Tavistock gemietet hatte. Während des Tages hielt sich Connor nun dort auf, um Zeitungsartikel zu schreiben und mit dem Komitee zu beraten.

Als es eines Nachmittags heftig zu schneien begann, beschloß er, im Büro zu bleiben und dort zu schlafen. Erst am nächsten Tag sah er Sophie wieder, die ihn in ihrem Morgenmantel geistesabwesend und verwirrt begrüßte, als hätte sie seine Abwesenheit erst in diesem Moment bemerkt.

Er hatte sich mehr erhofft. Seine Absicht war es gewesen, sie aus ihrer Gleichgültigkeit zu reißen, indem er nicht nach Hause kam, was sie normalerweise zutiefst beunruhigt hätte, da er sein Fernbleiben nicht angekündigt hatte. Aber in dem Zustand, in dem sie sich befand, hatte sie es offensichtlich nicht einmal bemerkt und war folglich auch nicht in Sorge um ihn gewesen. Obwohl sie im selben Haus wohnten und jede Nacht das gemeinsame Bett teilten, sprachen sie kaum miteinander, und selbstverständlich kam es auch zu keinen Zärtlichkeiten. Sophie verschanzte sich in ihrer Welt des Schmerzes, und obwohl sein Schmerz derselbe und mindestens ebenso groß war, konnten sie ihn nicht miteinander teilen.

Im Januar fing Sophie wieder an zu arbeiten. Connor wertete das als gutes Zeichen, als Beginn ihrer Genesung. In der Zeit davor hatte sie sich gehenlassen, sich weder angezogen, noch ihr Haar gewaschen. Er war sehr erleichtert, als sie anfing, wieder wie sie selbst auszusehen.

Eines Nachmittags kam sie nicht zur üblichen Zeit zurück. Je mehr sie sich verspätete, desto beunruhigter wurde er. Jack lachte ihn aus und meinte, er benähme sich wie ein altes Weib. Aber Connor hatte ein ungutes Gefühl, und zwei Stunden später sattelte er sein Pferd und ritt zur Grube hinaus.

Er entdeckte das Pony, und grenzenlose Erleichterung überkam ihn. Aber Sophie war nicht in ihrem Büro. Niemand konnte ihm sagen, wo sie sich aufhielt, als er sich nach ihrem Verbleib erkundigte.

»Ich habe sie über den Hof gehen sehen«, erinnerte sich Andrewson, »aber das ist schon lange her.«

Eines der Mädchen berichtete, es habe sie den Pfad nehmen sehen, der nach Lynton Great Hall führte.

»Wo geht denn Mrs. Pendarvis hin, habe ich zu Jane gesagt, die sich auch gewundert hat. Dann haben wir weitergearbeitet und sie auch nicht zurückkommen sehen. Sie hatte nicht einmal einen Mantel an ...«

Eine halbe Meile von der Mine entfernt sah Connor sie offenbar ziellos in der Gegend herumwandern. In der Hand hielt sie ein paar trockene Blätter, die sie verloren betrachtete, als er sie endlich eingeholt hatte.

»Ich wollte so gerne Blumen pflücken«, meinte sie auf seine Frage, was sie hier mache. »Aber es gibt keine. Alles ist tot. Das ist das einzige, was ich finden konnte.«

Connor zog seine Jacke aus, legte sie ihr über die Schultern und schlang den Arm um sie. Sie fror, ohne es bemerkt zu haben.

»Oh, Con, sie hat nicht einmal ein Grab!« rief sie an seiner Schulter.

Connor hoffte vergebens, daß sie ihren Gefühlen nachgeben und zu weinen anfangen würde, damit er sie trösten konnte.

Nach diesem Tag fuhr sie nicht mehr regelmäßig zur Mine hinaus. Jenks, Andrewson und Dickon Penney waren nun diejenigen, die das Geschäft am Laufen hielten. Zum ersten Mal seit dem Tod ihres Vaters schien ihr sein Lebenswerk gleichgültig zu sein.

Anne Morrell kam so oft wie möglich vorbei, aber selbst diese Besuche konnten Sophie nicht aufheitern. Connor fragte sich, ob sie möglicherweise eifersüchtig auf Anne war, deren Familie glücklich und intakt war. Selbst Christy, einer ihrer ältesten und liebsten Freunde, gelang es nicht, an sie heranzukommen.

Im Februar zog Jack nach Wyckerley, weil er wahrscheinlich das Gefühl hatte, daß es für Sophie und Connor in dieser Situation besser war, allein zu sein. Wenn Connor in der Lage gewesen wäre, in Jacks Auszug etwas Gutes zu sehen, hätte er ihm sogar noch beim Packen geholfen. Aber er ahnte unbewußt, daß sich dadurch nichts zwischen ihm und seiner Frau ändern würde. Er versank in tiefe Hoffnungslosigkeit und arbeitete bis spät nachts im Arbeitszimmer ihres Vaters. Wenn er so müde war, daß ihm schon die Augen zufielen, ließ er sich auf das alte Ledersofa fallen, um schließlich dort einzuschlafen. Nur der Kater tröstete ihn hin und wieder in seiner Einsamkeit. Wie zwei Schiffbrüchige trieben Sophie und er im tiefen Meer des Schmerzes, unfähig, sich gegenseitig zu helfen, dazu verdammt, mit anzusehen, wie der andere langsam unterging.

Anfang März kam Jack zu Besuch. Es war das erste Mal seit seinem Auszug. Ehe Connor sich aus seinem Stuhl erheben konnte, um den Bruder zu begrüßen, roch er bereits die Schnapsfahne, die aus jeder Pore zu dringen schien.

»Du bist betrunken. Hol mich der Teufel, wenn du nicht sturzbesoffen bist.«

»Nein, bin ich nicht. Ich wünschte, ich wäre es. Aber ich bin es nicht. Obwohl ich mir nicht vorwerfen kann, daß ich es nicht versucht habe.«

»Setz dich hin, sonst fällst du mir hier noch um. Wie bist du überhaupt hergekommen?«

»Auf meinen Beinen, wie sonst? Ich bin hier, um dir zu sagen, daß ich abhaue.«

»Aber du bist krank. Und warum willst du weg? Und mit welchem Geld?«

»Hab' gehofft, du hilfst mir aus. Wie ich dir damals in Exeter geholfen habe, als du ganz versessen darauf warst, Sophie zu heiraten. Brauchst mir nicht viel zu geben. Ich zahls dir auch zurück, wenn ich 'ne Arbeit gefunden habe«, lachte er heiser und mußte gleich darauf furchtbar husten. »Das ist natürlich eine verdammte Lüge. Ich werde es dir nicht zurückzahlen, und das weißt du. Weil ich nämlich gar keine Arbeit finden werde.«

»Jack, was ist los? Raus mit der Sprache. Was ist passiert?«

Jack sah schlimmer aus denn je.

»Ich bin alle, Con, das ist es.«

»Was, verdammt soll das heißen?«

»Ich fand das rührend, was ihr beide für mich getan habt. Und ich danke euch dafür. Mich von Sophie zu verabschieden, das kriege ich nicht übers Herz.«

»Jack ...«

»Bitte, Con, keinen Streit jetzt ...«

»Und wo willst du hin?«

»Irgendwohin ...«

»Aber warum denn? Kannst du mir wenigstens sagen, warum du das tust?«

»Sieh mich doch an! Na? Wem sehe ich ähnlich? Du mußt es doch sehen ...«

Ohne den Hinweis von Jack wäre es Connor nicht aufgefallen, aber jetzt sah er es. Sein Bruder sah genauso aus wie sein Vater kurz vor seinem Tod.

»Siehst du?« sagte Jack grimmig und stand mühsam vom Stuhl auf. »Gibts hier nichts zu trinken für einen erschöpften Gast?« fragte er und sah sich suchend um.

»Du solltest nicht trinken.«

»Als ob das was ändern würde ...«

»Maris kann dir einen Tee bringen und etwas zu ...«

»Vergiß es, Bruderherz«, murmelte Jack ärgerlich und schwankte zur Tür.

»Jack! Bleib hier ...«

»Ich habe Sidony gesagt, daß ich sie nicht liebe ... daß ich sie nie geliebt habe ... daß ich nur mit ihr vögeln wollte ... Sie hat bitterlich geweint, Con. Und das hat verdammt weh getan.«

»Warum hast du das zu ihr gesagt?«

»Damit sie mich für einen Schurken hält ... damit es ihr leichter fällt, zu Holyoake zurückzugehen. Vor zwei Nächten hat sie mich besucht ... wir sind ins Bett gestiegen, aber da lief nichts ... Hab' ihn einfach nicht mehr hochgekriegt ... Ich bin kein Mann mehr, so einfach ist das.«

»Jack ...«

»Halt den Mund, Con, hörst du? Sag jetzt bloß nichts.«

»Bitte, Jack ... verlaß mich nicht ... nicht du auch noch ...«

»Wenn du mich liebst, Con, dann läßt du mich gehen.«

»Ich liebe dich, Jack. Und ich bitte dich, zu bleiben.«

»Geht nicht.«

»Jack, bitte!«

Beide fingen gleichzeitig an zu weinen, vermieden es, sich anzusehen. Schließlich seufzte Jack.

»Sag Mrs. Bolton, sie soll mir eine Tasse Bouillon warm machen. Das bringt auch einen Toten wieder zum Leben. Obwohl ganz tot bin ich ja noch nicht. Danach lege ich mich vielleicht noch ein Weilchen auf das Sofa im Salon. An das alte Ding habe ich mich richtig gewöhnt. Ein bißchen Schlaf kann mir wohl nicht schaden.«

Connor umarmte den Bruder erleichtert.

»Bin gleich wieder da. Deine Kleidung ist ganz naß, du Idiot. Setz dich zum Kamin und wärme dich auf. In zwei Minuten bin ich zurück.«

Connor rannte aus dem Arbeitszimmer und suchte nach Mrs. Bolton, die nicht, wie üblich, in ihrer Küche war. Er fand sie schließlich auf dem Dachboden, wo sie begonnen hatte, den Frühjahrsputz zu machen. Sie versprach, sich sofort um Jacks Brühe zu kümmern. Connor eilte wieder nach unten, um Maris zu finden, die Jacks Zimmer wieder herrichten sollte. Alles in allem dauerte es mehr als zwei Minuten, ehe er in das Arbeitszimmer zurückkehrte.

Lange genug für Jack, um einen kurzen Brief zu schreiben, den Connor auf seinem Schreibtisch fand.

Tut mir leid, Bruderherz ... aber ich bin wie ein alter Hund, der sich auch versteckt, wenn er sein Ende ahnt. Ich muß fort, und im Grunde Deines Herzens weißt Du das so gut wie ich. Aber wo ich auch hingehe, Du bist immer bei mir.

Dein dich liebender Bruder Jack.

Kapitel 21

Connor war so erschüttert, nachdem er den Abschiedsbrief seines Bruders gelesen hatte, daß er einfach mit Sophie darüber reden mußte.

Sie lag auf dem ungemachten Bett und war noch nicht einmal angezogen. Für einen Moment schien sie daran gedacht zu haben, sich mit dem Flicken der Wäsche zu beschäftigen, aber der noch verschlossene Nähkorb verriet, daß sie diesen Plan wieder verworfen hatte.

»Jack war eben hier«, meinte Connor und umschlang mit seinem Arm den hohen Bettpfosten. »Er sieht schlimmer aus denn je. Es ist mir nicht gelungen, ihn zum Bleiben zu überreden. Er sagte, er muß fort von hier, weil er ahnt, daß er bald sterben wird. Ich weiß nicht einmal, wo er hin will ...«

Sophie schien ihn zwar gehört zu haben, aber sie zeigte keine Regung.

»Er stirbt, hörst du! Er hat mich verlassen, um zu sterben ...«

Nichts. Kein verständnisvoller Blick, keine tröstenden Worte.

Connor konnte es nicht glauben. Mit seinem Stiefel trat er wütend gegen den Bettpfosten, in der verzweifelten Absicht, sie aus ihrer Lethargie zu reißen. Er zerrte an der zerknüllten Bettdecke, bis sie unter ihrem reglosen Körper hervorrutschte. Mit dem Ellbogen erwischte er das Frühstückstablett, das auf dem Nachttisch stand. Teller zerbrachen, Löffel rasselten klappern zu Boden. Er schrie ihr seine Wut in das stumme Gesicht, gestand seine Hoffnungslosigkeit, fluchte wie ein Bierkutscher, beschuldigte sie der Unmenschlichkeit. Aber er berührte sie nicht, weil er wußte, daß er sie in seiner Wut an den leblosen Schultern packen und schütteln würde, damit sie endlich etwas sagte. Aber Sophie blieb stumm, er konnte sie nicht einmal zum Weinen bringen.

Beschämt über seinen Wutanfall stapfte er nach draußen und knallte die Tür hinter sich zu.

Sophie erhob sich langsam, tapste auf Zehenspitzen zum Fenster, um nicht in eine der Scherben zu treten. Sie preßte die Wange gegen das kalte Glas, durch das sie nichts sehen konnte, weil ihr Atem es beschlagen hatte.

Armer Connor. Er hatte versucht, ihren Panzer mit seiner Traurigkeit und seinem Zorn zu durchdringen, aber vergeblich. Schade, daß es ihm nicht gelungen war. Warum hatte er nicht ein Messer zu Hilfe genommen? In dem Fall hätte sie vielleicht etwas gefühlt.

Sie war überrascht, als die Tür aufging und Connor zurückkam, sie an der Hand zum Bett führte und sich neben sie setzte.

»Hör zu, Sophie ... Ich kann so nicht weiterleben, es tut so furchtbar weh. Wenn es dir helfen würde, würde ich bleiben. Aber meine Gegenwart macht alles nur noch schlimmer für dich.«

Er beugte sich über ihre Hand, und ihr fiel auf, wie schön sein schwarzes Haar glänzte. Eine vage Erinnerung stieg in ihr hoch, verflüchtigte sich jedoch sofort wieder.

»Gehst du fort? Verläßt du mich?«

Sie berührte seine Wange, über die eine Träne kullerte.

»Ich dachte, wir schaffen es«, meinte er. »Alles sprach gegen unser Zusammenleben, aber ich glaubte trotzdem, wir schaffen es. Aber es geht nicht.«

»Nein, es geht nicht«, wiederholte sie, ihre Wange an der seinen.

»Ich weiß, du haßt mich, weil der Tod des Babys meine Schuld war. Du hast es zwar nie ausgesprochen, aber du denkst es ununterbrochen ...«

»Nein, Con, nein, nein ... Ich hasse dich nicht. Und ich dachte nie, daß es deine Schuld war. Es ist nur ... In mir ist eine totale Leere, ich kann nichts mehr empfinden ... alles ist leer. Mein Bauch, und auch mein Herz. Einfach leer.«

»Wenn du es möchtest, bleibe ich. Du mußt es mir nur sagen ...«

Aber Sophie schwieg. Connor zerrte sein Taschentuch heraus und wischte sich die Tränen ab.

»Wir werden eine anständige Lösung finden ... Wir trennen uns, oder wir lassen uns scheiden, wie du willst. Ich werde einen Anwalt beauftragen, einen Vertrag aufzusetzen, damit Guelder wieder dir gehört.«

»Wo willst du hin?«

»Irgendwohin. Ich werde es dich wissen lassen, falls du mich brauchst.«

»Oh, es tut mir so leid, Con ... Ich wünschte ...«

»Und ich wünsche mir ...«, begann er, um sich abrupt zu unterbrechen.

Er stand auf, holte seinen alten Koffer vom Schrank herunter und begann zu packen. Sie wollte aufstehen, aber es ging nicht. Sie war wie gelähmt. Sie brachte es nicht fertig, die Worte zu sagen, die ihn vielleicht zurückgehalten hätten. Das Packen ging schnell. Er trug den Koffer zur Tür, setzte ihn dort ab und kam zu ihr zurück. Als er sie zum Abschied küßte, empfand sie sekundenlang Wärme in ihrem Herzen, doch als sie nach seinen Händen greifen wollte, war er bereits an der Tür.

»Ich liebe dich«, flüsterte er.

»Ich liebe dich auch, Connor«, flüsterte sie zurück.

Aber ihre Worte kamen zu spät. Sie würden ihn nun nicht mehr aufhalten.

Sophie lauschte seinen sich entfernenden Schritten, die immer leiser wurden. Dann hörte sie nichts mehr. War er in der Halle stehengeblieben? Ewigkeiten später verriet ihr ein Quietschen, daß er die Haustür geöffnet hatte. Dann ein endgültiger Knall. Er war fort.

Sophie hatte das Gefühl, in einem Sarg zu liegen, über den immer mehr Erdreich geschüttet wurde. Um sie herum war es völlig still. Sie ließ sich auf den Rücken fallen, die Beine vom Bett herunterbaumeln und lauschte dem unendlich langsamen Rhythmus ihres eigenen Herzens. War das die Vorankündigung auf den nahen Tod? Entsetzt sprang sie auf und rannte aus dem Zimmer.

»Maris?« rief sie nach unten. »Maris, wo bist du?«

»Hier bin ich«, antwortete das Mädchen, das mit einem schmutzigen Geschirrtuch in der Hand angelaufen kam. »Was kann ich für Sie tun?«

»Oh ... nichts eigentlich.«

»Sind Sie sicher? Vielleicht wollen Sie etwas essen?«

»Wie spät ist es denn?«

»Fast eins. Ich hätte eine Suppe fertig ...«

»Nein, danke.«

»Mr. Pendarvis ... Ich hörte ihn weggehen. Wird er zum Abendessen zurück sein?«

Sophie schüttelte den Kopf, ohne daran zu denken, daß Maris das nicht sehen konnte.

»Madam?«

»Nein, er wird nicht zurück sein.«

»Oh!« rief Maris, und Besorgnis klang in ihrer Stimme.

Sophie wollte nicht, daß das Mädchen wieder in der Küche verschwand, aber ihr wollte nichts einfallen, womit sie es hätte zurückhalten können.

»Ich muß jetzt das Geschirr wegräumen. Rufen Sie nach mir, wenn Sie mich brauchen.«

Ich werde jetzt ein Bad nehmen. Wie ich aussehe! Und mich anziehen. Und mich anständig frisieren, dachte Sophie auf dem Weg ins Schlafzimmer. Doch dann fühlte sie sich magisch von dem schönen großen Bett angezogen, das ihr wie ein lieber Freund zuzuwinken schien. Zitternd schlüpfte sie unter die Decke. Der Himmel klärte sich auf, im Raum wurde es heller.

Sie starrte auf die Wand, erstaunt, in welchem Ausmaß Kummer mit Angst zu tun hatte. Hatte sie Angst? Warum fühlte sie sich so aufgewühlt, so unzufrieden? Hatte sie nicht allein sein wollen? Und nun war Connor fort, doch der ersehnte Frieden wollte sich dennoch nicht einstellen.

Würde es lange dauern, bis Ruhe einkehrte in ihrem Herzen?

Und wo blieb der ersehnte wohltuende Schlaf? Sie schloß die Augen, aber Connors Gesicht, die Tränen auf seinen Wangen schoben sich zwischen sie und die erlösende Dunkelheit. Wußte er, welches Glück es bedeutete, weinen zu können? Sie konnte es nicht.

Sophie träumte von einem Begräbnis. Christy Morrell war da, aber nicht auf dem Friedhof, sondern in dem Rosengarten ihrer Mutter. Es war Nacht, aber sie erkannte ihre Freunde und Bekannten. William Holyoake, Miss Pine und Mrs. Thoroughgood, Tranter Fox. Sie standen alle um ein offenes Grab und weinten lautlos. Sophie war ebenfalls anwesend, aber nur als Zeugin und nicht als Teilnehmerin. Wessen Begräbnis es wohl war? Sie roch die frisch aufgehäufelte Erde. Christy holte plötzlich eine kleine Samtschachtel aus den Falten seines Ornats, legte sie auf seine Handfläche und näherte sich dem tiefen, schwarzen Loch in der Erde. Erst als er die Schachtel hineinwarf, wurde ihr klar, daß dies der Sarg ihres Babys war. Nein, nein, schrie sie auf, und Hände rissen sie vom rutschigen Rand des Grabes zurück, wobei sich ihr Haar an Birdies Kleidchenknopf verfing.

Die Trauernden warfen Erde hinunter, und wieder schrie sie, aber offenbar hörte man sie nicht. Nach kurzer Zeit war das Grab verschwunden, nicht die kleinste Unebenheit im Gras deutete auch nur auf die Stelle hin, wo es sich befunden hatte. Sie sank auf die Knie und weinte und schluchzte, krallte ihre Finger in das unversehrte Gras. Die Anwesenden zogen sich immer mehr von ihr zurück, und Connor mit ihnen. Er hatte Tränen in den Augen und konnte sie nicht sehen, ihre ihm entgegengestreckten Hände nicht ergreifen. Sie versuchte ihm zu folgen, aber die Entfernung wurde immer größer zwischen ihnen.

Als sie erwachte, weinte sie so bitterlich wie in ihrem

Traum. Sie weinte um ihr Kind, um ihren Ehemann, um den Verlust ihrer kindlichen Unschuld, in der sie geglaubt hatte, später ein glückliches, erfülltes Leben zu führen. Sie konnte einfach nicht mehr aufhören zu weinen und zu schluchzen, bis sie fühlte, kaum merkbar, daß sich der verfilzte Knoten in ihrem Inneren leicht zu lösen begann.

Erschöpft schlief sie ein, und wachte erst wieder auf, als Maris ihr eine Tasse Kaffee nach oben brachte, und die Botschaft, daß ihr Onkel sie auf der Stelle zu sehen wünsche.

»Mein Onklel?«

»Er ist unten und, mit Verlaub, in einer seiner Launen. Er besteht darauf, hier heraufzukommen.«

»In mein Schlafzimmer?«

Sophie starrte auf ihr zerknittertes Nachthemd, faßte nach ihren strähnigen Haaren. So sollte ihr Onkel sie sehen? Zum Glück hatte Maris wenigstens das Zimmer aufgeräumt und die Scherben entfernt, während sie schlief.

»Möchten Sie sich anziehen und nach unten kommen, oder soll ich ihn raufschicken?«

»Schick ihn rauf, was soll's? Was kann er nur wollen?«

»Ziehen Sie sich das lieber über«, meinte Maris und reichte ihr den Samtmorgenmantel.

Sophie dankte ihr und schlüpfte hinein.

»Sie haben auch schon besser ausgesehen«, sagte Maris mit erschreckender Offenheit. »Soll ich Ihnen Ihre Haarbürste geben?«

»Nein, Maris. Wir dürfen meinen Onkel nicht länger warten lassen. Vielleicht ist etwas in der Mine passiert. Etwas anderes kann ich mir nicht vorstellen ...«

Während Maris nach unten ging, stand sie auf und zog ihre Hausschuhe an. Ein Blick in den Spiegel verriet ihr, wie recht Maris hatte, sie sah entsetzlich aus. Aber ihr blieb keine Zeit, sich auch nur darüber Gedanken zu machen, denn in diesem Augenblick stürzte ihr Onkel ins

Zimmer, mit rotem Gesicht, vom Wind zerzausten Haaren und so zornig, wie sie ihn noch nie gesehen hatte.

»Lieber Himmel! Wie siehst du denn aus, Sophie?« rief er und blieb verdutzt stehen.

»Oh ... Ich bin gerade erst aufgewacht. Was ist passiert? Hat es mit Guelder zu tun?«

»Das hat es«, nickte er und schloß die Tür. »Du bist ausgeraubt worden.«

»Ausgeraubt!«

»Dein Safe wurde letzte Nacht ausgeräumt, zweihundert Pfund sind weg, das Geld für die Löhne. Andrewson hat man bewußtlos geschlagen, und er wurde erst heute morgen um acht gefunden, als die Schicht wechselte.«

»Ist er verletzt?«

»Nein, ihm geht es bestens. Er hat mir Bescheid gegeben.«

»Warum dir, und nicht mir?«

»Weil er von deinem Mann bewußtlos geschlagen wurde ... Das behauptet er jedenfalls.«

»Das ist ja lächerlich!«

»Das dachte ich zuerst auch. Aber Andrewson schwört, daß es Connor war, und er läßt sich nicht davon abbringen.«

»Das kann nicht sein!«

»Aber du hast noch nicht alles gehört. Als Andrewson zu mir kam, war gerade Robert Croddy bei mir, ein geschäftliches Frühstück, verstehst du, und ...«

»Lieber Himmel ...«

»Ich konnte ja nicht ahnen, was Andrewson von mir wollte und bat ihn, mir trotz Roberts Gegenwart alles zu sagen. Das war ein Fehler.«

»Und wie hat Robert reagiert?«

»Er wollte, daß ich sofort dafür sorge, daß Connor verhaftet wird ... Das konnte ich ihm mit Mühe ausreden, indem ich ihm vorhielt, wir hätten gar keinen Beweis.

Aber ich konnte nicht verhindern, daß er mit den Neuigkeiten sofort zu Clive Knowlton geeilt ist ...«

»Was?«

»Maris hat mir gesagt, daß Connor nicht hier ist, daß er tatsächlich nicht hier geschlafen hat ... Wo ist er? Sag es mir, Sophie. Wir müssen ihn warnen, verstehst du? Croddy will ihn ruinieren. Also, wo ist Connor?«

»Er ist fort.«

»Fort?«

»Connor würde niemals Geld stehlen, niemals, das ist völliger Unsinn. Aber gestern abend hat er ... haben wir ...«

»Was?«

»Er hat mich verlassen. Wir hatten keinen Streit, und es war auch gar nicht seine Schuld, aber er ist fort.«

»Und wohin?«

»Ich weiß es nicht. Vielleicht nach Tavistock. Dort ist das Büro, das Braithwaite gemietet hat. In der Tamarstraße. Dort ...«

»In der Tamarstraße, sagst du? Die kenne ich. Ich werde sofort nachsehen, ob ich ihn dort finde. Sollte ich es nicht tun, gehe ich zu Knowlton. Vielleicht kann ich Robert zuvorkommen. Mach dir keine Sorgen. Du siehst übrigens schrecklich aus.«

»Wieso willst du ihm helfen, Onkel? Seine Schwierigkeiten müßten dir doch gelegen kommen ...«

»Im Gegenteil. Nicht für meine Familie.«

»Danke, Onkel«, flüsterte sie.

Unruhig ging sie hin und her, nachdem ihr Onkel gegangen war. Sie zog die Vorhänge auf, erstaunt, daß heute die Sonne schien und die Vögel wieder sangen. Welcher Tag war heute? Mittwoch? Wie würde Connor reagieren, wenn er von ihrem Onkel erfuhr, daß Croddy ihn einen Dieb nannte? Würde er annehmen, daß sie ihn auch dafür hielt? Unmöglich. Er kannte sie besser. Die Vorstellung, er habe Geld gestohlen, war wirklich völlig absurd.

Aber was, wenn Knowlton es glaubte? Robert konnte sehr überzeugend wirken, wenn er es wollte.

Sophie lief aus dem Zimmer und rief nach Maris.

»Madam?«

»Mach mir ein Bad zurecht, so schnell es geht. Hat Connor gestern abend den Pony-Wagen genommen?«

»Ich weiß es nicht, Madam. Nein, da fällt mir ein, Thomas war heute morgen nicht gut auf das Pony zu sprechen. Es hat sich in irgendwas gewälzt, und er mußte es endlos lange striegeln, um den Dreck rauszukriegen ...«

»Dann sag Thomas, er soll anspannen. Und leg mir was zum Anziehen heraus, während ich bade. Und dann hilf mir bitte mit meiner Frisur.«

»Ja, Madam. Wo fahren Sie denn hin?«

»Nach Tavistock. Ich muß Clive Knowlton besuchen.«

Sie mußte mehrfach fragen, um sein Haus zu finden. Der zweistöckige Ziegelbau im ältesten Viertel von Tavistock paßte zu ihm. Es war bescheiden wie er. Der Diener, der ihr öffnete, hatte weißes Haar und einen schlurfenden Gang.

»Ich muß ihn sehen, es ist dringend. Er kennt mich. Sagen Sie ihm meinen Namen, ich bin sicher, er empfängt mich.«

»Ich bitte um Entschuldigung, Madam, aber Mr. Knowlton ist nicht allein und hat mich ausdrücklich gebeten, ihn nicht zu stören.«

»Ist Mr. Croddy bei ihm? Sagen Sie es mir bitte.«

»Ja, Mr. Croddy und einige andere Herren.«

Wer mochte noch dasein? Ihr Onkel? Connor?

Sophie drängte sich schnell an dem erstaunten Diener vorbei.

»Tut mir leid, aber es muß sein«, murmelte sie. »Wo befinden sich die Herren?«

»Madam, ich bestehe ...«

Sophie eilte die Treppe hinauf, mit der einen Hand ihre

Röcke raffend, mit der anderen hielt sie sich am Geländer fest. Der Diener kam ihr entsetzt nachgelaufen.

Die vier Herren, die sich in Knowltons einfach möbliertem Büro befanden, rissen die Augen auf, als sie hereinstürmte.

»Sophie!« rief ihr Onkel.

Connor stand beim Fenster, und sein grimmiger Gesichtsausdruck verschwand, sobald er sie sah.

»Sophie? Was, um Gottes willen, ist denn los?« fragte er besorgt.

Knowlton war inzwischen aufgestanden. Sie ging auf ihn zu und reichte ihm ihre Hand. Robert, der sich ebenfalls erhoben hatte, ließ sie links liegen.

»Verzeihen Sie mein etwas merkwürdiges Benehmen, Sir, aber ich mußte einfach herkommen. Ich fürchte, ich bin sehr grob mit Ihrem Diener umgesprungen, als er mich nicht hereinlassen wollte, und auch dafür muß ich mich entschuldigen ...«

»Er wird es überleben«, meinte Knowlton freundlich. »Was für eine Freude, Sie wiederzusehen. Möchten Sie sich nicht setzen? Wallace, bringen Sie doch Mrs. Pendarvis etwas Tee ...«

»Machen Sie sich bitte keine Umstände. Um gleich zum Wesentlichen zu kommen ... Mein Onkel hat mir über den Einbruch erzählt, der gestern stattgefunden hat. Gehe ich recht in der Annahme, daß Mr. Croddy hier ist, um meinen Mann in dieser Sache zu beschuldigen?«

Die vier Herren begannen alle auf einmal zu reden. Onkel Eustace, Connor und Robert Croddy schien sehr daran gelegen zu sein, daß sie nicht hierblieb.

Da muß ich euch enttäuschen, dachte sie grimmig. *Ich bleibe!*

Sie setzte sich auf die Kante eines Stuhles, aus Höflichkeit dem Gastgeber gegenüber, der immer noch stand.

»Mr. Croddy hat tatsächlich schwere Beschuldigungen gegen Ihren Mann vorgebracht und seiner Sorge Ausdruck gegeben, inwieweit sich Mr. Pendarvis unter diesen Voraussetzungen, immer angenommen, sie erweisen sich als gerechtfertigt, für ein öffentliches Amt eignet«, meinte Clive Knowlton.

»Wenn Mr. Croddy behauptet, mein Mann sei ein Dieb, dann ist das einfach absurd«, sagte Sophie. »Geradezu lächerlich. Die Guelder-Mine gehört schließlich ihm. Warum sollte er sich selbst bestehlen? Davon abgesehen, Connor würde sich niemals an fremdem Eigentum vergreifen, selbst wenn er am Verhungern wäre. Es gibt keinen ehrlicheren Mann auf der Welt als . . .«

Croddy unterbrach sie mit einem verächtlichen Schniefen, und obwohl ihr sein Anblick widerwärtig war, zwang sie sich, ihn anzusehen.

»Was hast du noch gegen ihn vorgebracht? Nun? Zu welchen Beschuldigungen hast du dich noch hinreißen lassen, natürlich aus rein moralischer Entrüstung?«

»Du solltest wirklich lieber gehen, Sophie«, meinte Croddy.

»Hat er Ihnen gesagt, daß sich mein Mann unter einem falschen Vorwand Arbeit in meiner Mine besorgt hat?« wandte sie sich an Knowlton. »Das stimmt. Er hat zwei Monate lang bei mir gearbeitet, indem er sich als sein Bruder ausgab. Seine Absicht war es, die harten Arbeitsbedingungen unter Tage aufzudecken.«

Onkel Eustace fuhr sich nervös mit der Hand durch sein silbergraues Haar.

»Connor hat mir die Augen geöffnet. Dank ihm konnte endlich etwas getan werden, um meinen Grubenarbeitern ihre schwere Arbeit etwas zu erleichtern. Seit sechzehn Jahren, seitdem mein Vater die Mine gepachtet hat, ist in dieser Hinsicht nichts unternommen worden. Dabei ist es so leicht, schon mit geringfügigen Veränderungen die Arbeit erträglich zu machen. Man muß nur gewillt sein, die Dinge ändern zu wollen. Connor war es, der mich darauf hingewiesen hat. Und ich hoffe von Herzen, daß die von mir eingeführten Reformen auch in anderen Gruben gemacht werden. Zum Beispiel in Salem«, betonte sie und sah dabei ihren Onkel an.

»Bravo!« lachte Robert Croddy. »Das mag ja alles gut und schön sein, aber es ist wohl kaum der springende Punkt, um den es hier geht.«

»Hat er Ihnen etwa weismachen wollen, daß mich Connor ausgenutzt hat?« wandte sich Sophie an Knowlton und sprang auf. »Ich sage Ihnen, das ist eine Lüge. Connor hat nie etwas getan, dem ich nicht zugestimmt habe, oder worum ich ihn gebeten habe. Ich bin eine erwachsene Frau, Mr. Knowlton. Und mein Mann hat mich nicht meines Geldes wegen geheiratet, um damit seine politische Karriere zu gewährleisten. Diese Beschuldigung ist weit hergeholt und absurd, und sie sagt mehr über den Charakter von Mr. Croddy aus, als über den meines Mannes.«

»Das bezweifle ich aber sehr«, rief Croddy mit ungesund gerötetem Gesicht und zitternder Stimme. »Vergessen Sie nicht, Mr. Knowlton, Mrs. Pendarvis spricht hier immerhin von diesem brutalen Kerl, der mich zusammengeschlagen hat, ohne im geringsten von mir provoziert worden zu sein!«

»Ist das wahr?« erkundigte sich Knowlton nun schokkiert.

»Auch das stimmt«, meinte Sophie. »Mein Mann hat ihn zusammengeschlagen. Wahr ist jedoch nicht, daß er nicht dazu provoziert wurde. Ich hatte meinem Mann gerade etwas über Robert gesagt, und das war der Grund, weswegen er . . .«

»Sie muß ihm gesagt haben, daß ich es abgelehnt habe, sie zu heiraten, obwohl sie mich darum bat«, warf Croddy triumphierend ein.

Diese Sache bekanntzugeben, machte ihm ganz offensichtlich großen Spaß, und sie selbst hatte ihm die Möglichkeit dazu gegeben. Unbewußt sah sie zu Connor hinüber, denn sie ahnte, was in ihm vorgehen mußte. Mit ein paar raschen Schritten war sie bei ihm, legte ihm die Hand auf den Arm.

»Nicht!« flüsterte sie.

»Was haben Sie da gesagt?« brüllte Vanstone.

»Die Wahrheit«, lachte Robert. »Dieser Mann hat Miss Sophie Deene geschwängert, ehe er als Betrüger entlarvt wurde und aus Wyckerley verschwinden mußte. Und diesem Mann wollen Sie erlauben, Ihr Nachfolger zu werden, Sir?«

»Das werden Sie mir büßen!« brüllte Vanstone. »Dafür werde ich Sie herausfordern!«

»Sie werden warten müssen, bis Sie an der Reihe sind«, meinte Connor ironisch und versuchte, sich aus Sophies Griff freizumachen.

»Mr. Croddy!« Knowlton sprang auf. »Ich denke, es ist besser, Sie gehen jetzt. Diese beiden Herren sind Ihnen alles andere als wohlgesinnt, und bei allem Respekt, ich würde nicht einen Finger krümmen, um sie von dem abzuhalten, was sie mit Ihnen vorhaben.«

In diesem Augenblick wußte Robert, daß er einen schwerwiegenden Fehler gemacht hatte. Er wurde leichenblaß.

»Ich bitte um Entschuldigung, Sir«, sagte er und deutete eine Verbeugung an, »aber versuchen Sie doch, mich zu verstehen. Es wäre mir nicht im Traum eingefallen, Mrs. Pendarvis zu kompromittieren, wenn nicht ...«

»... wenn Sie nicht einen politischen Vorteil darin gesehen hätten«, beschuldigte ihn Vanstone.

Croddy warf seinem früheren Verbündeten einen entsetzten Blick zu. Das ganze Ausmaß seines Fehlers wurde ihm immer mehr klar.

»Das einzige, worum ich Sie bitte, Sir«, wandte er sich wieder an Knowlton, »lassen Sie sich nicht hinreißen, mich wegen dieser Sache zu verurteilen. Vergessen Sie nicht, was Sie über Connor Pendarvis wissen ... All das, was hier noch gar nicht zur Sprache kam. Er hat Sophie und die Einwohner von Wyckerley belogen, er hat sie verführt und ...«

»Das ist gelogen ...«, rief Sophie.

»... verführt, betrogen und verlassen. Er hat sie nur geheiratet, um sich selbst einen Vorteil zu verschaffen. Ich selbst kann bezeugen, zu welcher Gewalttätigkeit er in der Lage ist, und es gibt einen Augenzeugen, der schwört, er ist ein Dieb. Ganz zu schweigen von seiner politischen Einstellung ...«

»Auf Wiedersehen, Mr. Croddy ...«

»Sir ... Er ist ein Sozialist, ein Radikaler, ein Anarchist ...«

Man hätte eine Stecknadel zu Boden fallen hören, so still war es im Raum.

»Ich gehe davon aus, daß über das, was heute hier gesagt wurde, Stillschweigen bewahrt wird. Nicht wahr, Mr. Croddy? Sollte sich das Gegenteil herausstellen, dann dürfte der Urheber leicht zu bestimmen sein. Zwar bin ich nur ein Abgeordneter, der im Begriff ist, sich aus der Politik zurückzuziehen, aber ich habe doch Einfluß auf gewisse Kreise. Insbesondere auf die hiesige Geschäftswelt. Und diesen Einfluß werde ich geltend machen, sollte sich jemand erdreisten, diese Dame hier ins Gerede zu bringen. Können Sie mir folgen, Sir?«

»Absolut«, sagte Croddy mit zusammengepreßten Zähnen.

Er verbeugte sich, eckig wie ein mechanischer Soldat, und verließ das Zimmer.

Sophie war ungemein erleichtert, daß Robert fort war und daß Connor keine Gelegenheit gehabt hatte, ihm das Nasenbein zu zertrümmern. Am liebsten hätte sie jetzt die Arme um ihren Mann geschlungen und ihren Kopf an seine Brust gelegt. Aber ihr war klar, daß es besser war, damit zu warten, bis sie endlich allein waren. Connor schien denselben Gedanken zu haben. Er drückte seine

Wange an die ihre, und sie spürte, daß sie gleich zu weinen anfangen würde. Doch davor bewahrte sie das verlegene Räuspern ihres Onkels.

»Ich liebe dich, Connor«, flüsterte sie in Connors Ohr.

Sein zärtliches Lächeln gab ihr die Gewißheit, daß alles gut werden würde.

Mr. Knowlton hatte sich inzwischen wieder gesetzt und zündete sich eben eine Zigarre an. Sophie versuchte, seine Stimmung zu erraten, aber seine Arbeit als Abgeordneter hatte ihn diplomatisch werden lassen. Er ließ sich nichts von dem anmerken, was in ihm vorging. War er ärgerlich? Er hatte Robert zwar aus seinem Haus geworfen, aber dies bedeutete nicht unbedingt, daß er die Anwesenheit der Zurückgebliebenen als angenehmer empfand.

»Sie waren sehr schweigsam, Mr. Pendarvis«, wandte er sich jetzt an Connor. »Würden Sie mir verraten, was Sie denken?«

Sophie nahm an, daß Connor sie nun loslassen würde, um zu antworten, denn es gab Menschen, die immer noch der Meinung waren, daß es sich in der Öffentlichkeit nicht gehörte, zu seine Frau zärtlich zu sein. Aber Connor ließ seine Hand leicht auf ihrer Hüfte liegen, als er sich zu der gestellten Frage äußerte.

»Ich dachte gerade, daß Sie wohl dank Ihrer Arbeit als Abgeordneter so ein unglaublich geduldiger Mann geworden sind, Mr. Knowlton. An Ihrer Stelle hätte ich uns alle aus dem Haus geworfen.«

»Hmm ...«

»Ich dachte weiterhin, daß viele der Dinge, die Croddy gesagt hat, wahr sind. Und es gibt noch andere, die er nicht gesagt hat, weil er davon nichts weiß ... andere Dinge, auf die ich nicht sonderlich stolz bin. Ich denke auch, daß ich mich in keinster Weise als Kandidat für die Wahl ins Parlament eigne, Sir. Ich habe deswegen auch nicht den Mut, mich als solcher zu empfehlen, und offen gesagt, ich wüßte auch nicht, warum Sie mich zu Ihrem Nachfolger ernennen sollten.«

»Also ich ...« warf Sophie ein, aber ein leichter Händedruck Connors genügte, um sie zum Schweigen zu bringen.

»Trotz meiner Unzulänglichkeiten gebe ich zu, daß ich außerordentlich daran interessiert bin, in die Politik zu gehen. Tatsächlich ist es mein größter Wunsch. Aber lassen Sie mich noch hinzufügen ... Selbst wenn Ihre Entscheidung gegen mich ausfällt, Mr. Knowlton, werde ich mich den Rest meines Lebens an diesen Tag, an diese Stunde erinnern, und unabhängig davon, was noch alles auf mich zukommt, es wird immer einer meiner glücklichsten Augenblicke bleiben. Warum? Weil ich heute meine Frau zurückbekommen habe. Selbst wenn Sie mich jetzt in diesem Moment zum Premierminister machen würden, nicht einmal das würde mich glücklicher machen als die Liebe meiner Frau, und das meine ich durchaus ehrlich.«

Sophie sah durch den Schleier ihrer Tränen das nachdenkliche, etwas traurige Gesicht Knowltons.

Auch Connor mußte es gesehen haben.

»Und jetzt werden wir Sie nicht länger stören, Sir. Ich bedanke mich für Ihre ungemeine Freundlichkeit und Geduld.«

Knowlton stand auf.

»Es widerstrebt mir, meinen eigenen Nachfolger zu bestimmen. Das sollten, meine ich, die Wähler tun. Wenn ich Sie aber ernennen würde, Mr. Pendarvis, dann würde ich von Ihnen erwarten, daß Sie unter Einsatz Ihrer vollen Kräfte dafür sorgen würden, daß es einst in diesem Land besser sein wird.«

»Das würde ich, Sir«, sagte Connor erstaunt.

»Was mich betrifft, kommt Croddy auf keinen Fall für dieses Amt in Frage. Seine Partei wird ohne Zweifel einen Ersatz für ihn finden. Ich kann nur hoffen, es ist ein Genie, ein Heiliger. Wenn er das ist, dann werde ich ihn wählen ...«, meinte Knowlton und paffte an seiner Zigarre. »Kommen Sie mich doch nächste Woche besuchen. Ohne Ihre politischen Berater. Kommen Sie allein. Dann werden wir uns bei einem guten Abendessen weiter unterhalten.«

»Ich danke Ihnen.«

»In einem Punkt hat Croddy wahrscheinlich recht. Sie sind zu radikal. Aber das möchte ich selbst herausfinden. Aber in einem Punkt stimme ich Ihnen schon jetzt zu. Es ist weder die Macht, die ein Mann im Laufe seines Lebens erreicht, noch das Vermögen, das er anhäuft ... Beides mag angenehm sein, aber viel wichtiger ist, daß er geliebt hat und geliebt wurde. In Ihrem Alter war mir das auch noch nicht so klar wie heute, das gebe ich zu. Es spricht für Sie, daß Sie es jetzt schon erkannt haben. Passen Sie nur auf, daß Sie es nie vergessen.«

»Ich werde es nie vergessen«, sagte Connor ernst.

Kapitel 22

Sophie und Connor gingen zu dem Büro in der Tamarstraße, wo er die Nacht verbracht und seinen alten Koffer stehengelassen hatte, als Vanstone vorbeigekommen war, um ihn abzuholen und zu Knowlton zu bringen.

»Also hier wirst du deine Tage verbringen«, meinte Sophie und sah sich neugierig um, obwohl es in dem Raum aussah wie in jedem anderen beliebigen Büro auch.

Tatsächlich betrachtete sie die Welt um sie herum mit völlig anderen Augen, seitdem sie das Haus Knowltons verlassen hatten. Connors Liebeserklärung hatte sie endgültig aus diesem entsetzlichen Zustand unendlicher Gleichgültigkeit gerissen, in dem man häufig durch tiefes Leid verfällt.

»Oh, ein Stück Brot. Wunderbar, ich bin hungrig wie ein Wolf«, rief sie, als sie die Reste seines Abendessens auf dem Schreibtisch entdeckte. »Hast du auf diesem alten Ding da geschlafen?« erkundigte sie sich und deutete auf das zerschlissene Sofa an der Wand.

»Das habe ich. Ian hat es hier reinstellen lassen, als er herausfand, daß ich meine Nächte hier verbringe.«

»Himmel, ist es häßlich!«

»Sonst hätte es ihm seine Frau auch wohl kaum überlassen.«

Sophie schichtete die daraufliegenden Bücher neben das Sofa, setzte sich und deutete ihm mit einer einladenden Handbewegung an, er möge es sich doch neben ihr bequem machen.

»Jetzt?« fragte er fassungslos.

»Jetzt! Ich möchte nämlich von dir geküßt werden«, lächelte sie.

Connors überraschtes Gesicht brachte sie zum Lachen, und er stimmte fröhlich ein. Dann küßte er sie stürmisch.

»Wir werden uns nie mehr trennen«, murmelte er.

»Nie mehr«, versprach sie und hielt ihn ganz fest. »Wir gehören zusammen, Con.«

»Für immer.«

»Für immer und ewig. Was auch passieren mag.«

»O Sophie, ich bin der glücklichste Mann auf der Welt. Es war schrecklich, als ich meinte, dich verloren zu haben. Alles war mir egal. Meine Arbeit, die Wahl, Knowltons Zustimmung ... Ian und den anderen zuliebe hätte ich zwar durchgehalten, aber es hätte mir nichts bedeutet. Selbst, wenn ich gewonnen hätte ...«

»... du wirst gewinnen!«

»... mit wem hätte ich mich über meinen Sieg freuen sollen? Wirklich, er hätte mir nichts bedeutet ... Nichts weiter als den Beginn einer langwierigen, harten Arbeit ...«

»Es tut mir alles so leid. Was war ich für eine schreckliche Ehefrau ... Nein, laß mich bitte ausreden. Der Verlust unseres Kindes war das Entsetzlichste, was mir je zugestoßen ist, Con. Ich fiel in ein tiefes dunkles Loch und kam einfach von selbst nicht mehr heraus. Gott sei Dank hast du mich verlassen, erst das hat mich wieder zur Vernunft gebracht. Ich werde nie aufhören, um das Kind zu trauern, aber inzwischen weiß ich, daß ich lebe, und ich brauche dich so sehr. Ich habe mich sehr dumm benommen, und vergessen, daß Mann und Frau gerade in schlimmen Zeiten zusammenhalten müssen. Du bist mein Geliebter, Connor, und mein bester Freund. Und so wird es immer bleiben. Sag mir, daß du mir verzeihst, weil ich dich im Stich gelassen habe ...«

Ihre Worte wirkten wie Medizin auf ihn.

»O, Liebling, ich liebe dich, ich bin so glücklich ...«, stammelte Connor und küßte sie immer wieder. »Himmel, ich kann es kaum erwarten, nach Hause zu kommen.«

»Ich auch«, flüsterte sie mit tränenfeuchten Wangen. »Es ist so lange her ...«

Dann lächelte sie plötzlich und sah ihn schelmisch an.

»Wer zwingt uns zu warten, bis wir zu Hause sind?«

»Richtig. Warum warten ...?«

Sophie schlang ihre Arme um seinen Hals und zog ihn zu sich herunter.

»Habe ich gesagt, ich finde das Sofa häßlich?« murmelte sie, während sie sein Gesicht küßte. »Oh, ich habe dich so vermißt, so sehr vermißt ...«

Connors Finger fummelten bereits an ihren Knöpfen.

»Wir sind verrückt«, wisperte sie. »Es hier im Büro miteinander zu treiben, findest du das nicht auch verrückt?«

»Dekadent!« bestätigte er und begann sie zu streicheln.

»Komm ...«, flehte sie.

»Mach die Augen zu.«

»Ich denke nicht daran, ich will dich sehen ...«

»Du widersprichst mir? Na warte, ich werde dich zwingen, die Augen zuzumachen.«

Sein Mund stülpte sich über eine ihrer Brustwarzen, seine Zungenspitze spielte mit ihrer kleinen Knospe, bis sie schneller atmete.

»Wie schön du aussiehst, Sophie. Unglaublich schön.«

»Würdest du mich auch lieben, wenn ich häßlich wäre?«

»Ja«, sagte er ohne zu zögern. »Aber ...«

»Aber ...?«

»Aber ich hätte länger gebraucht, um dich kennenzulernen. Aber jetzt gehörst du mir. Laß mich deine Beine sehen ...«

Er schob ihren Rock und die Unterröcke hoch und betrachtete erregt ihre bestrumpften hübschen langen Beine. Seine Hand berührte ihre warme Haut, da, wo die Strümpfe aufhörten, und sie hielt den Atem an. Ganz langsam drückte er ihre Beine auseinander, und seine Zunge hinterließ eine feuchte Spur auf der Innenseite ihrer Schenkel. Ihre Augen waren jetzt geschlossen, ihr Körper bebte in ungeduldiger Erwartung, und ihre winzigen Seufzer steigerten seine Erregung.

Sie schrie auf, als sein Finger sie zum ersten Mal leicht berührte, und ihr Gesicht bekam diesen entrückten Ausdruck, aus dem er ablesen konnte, daß ihr seine Zärtlichkeiten gefielen. Gott, war sie schön. Und sie gehörte ihm, obwohl er sich gelegentlich wunderte, ob er sie überhaupt verdiente.

»Con ...«, keuchte sie leise, drückte ihre Wange in das Kissen und wölbte ihren Rücken.

Dann lag sie still da, minutenlang. Er streichelte ihren Bauch und ihre Brüste, bis der träumerische Ausdruck in ihren Augen verschwand. Als sie sich aufsetzte, wußte er, daß sie wieder unter den Lebenden weilte.

»Und warum bin ich die einzige, die halbnackt ist?« lachte sie und zog an seiner Jacke. »Nein, laß mich das tun«, sagte sie, als er versuchte, ihr behilflich zu sein.

Bereitwillig gab er ihrem Wunsch nach und küßte sie, während sie sich an den Knöpfen seines Hemds zu schaffen machte, nachdem sie seine Gürtelschnalle geöffnet hatte.

»Was ist das?« rief sie plötzlich.

Zu spät merkte er, was sie in der Innentasche seiner Jacke gefunden hatte. Er versuchte danach zu greifen, aber sie war schneller. Aufgeregt sprang sie von seinem Schoß.

»Connor ...«

Die Worte blieben ihr im Hals stecken. Sie hielt den kleinen Beutel hoch, in dem sich Banknoten befanden. Verwirrt sah sie ihn an.

Connor lehnte sich zurück und starrte zur Decke hinauf. Er spürte, daß er drauf und dran war, in ein bitteres Lachen auszubrechen, verkniff es sich aber in letzter Sekunde.

Der Ausdruck ihrer Augen veränderte sich, die Verwirrung in ihnen verwandelte sich in Erkenntnis.

»Jack! Jack war es also!«

Kopfschüttelnd betrachtete sie den Beutel in ihren Händen.

Sollte er lügen, um den Bruder zu beschützen? Vanstone und Knowlton hatte er die Wahrheit verschwiegen, aber Sophie? Nein, er durfte sie nicht anlügen.

»Jack kam gestern vorbei. Erinnerst du dich, ich habe es dir erzählt ... Er war betrunken, und ich mußte ihn gehen lassen. Nichts, was ich zu ihm sagte, konnte ihn davon abhalten.«

»O Con«, sagte sie und umarmte ihn.

»Heute Morgen kam er hier im Büro vorbei. Ich weiß nicht einmal, wie er mich gefunden hat. Und da hat er mir gesagt, was er getan hat. Er hat den Schlüssel aus deiner Handtasche genommen, die auf dem Tisch lag. Er wußte, daß du ihn da aufbewahrst, weil er uns darüber hat reden hören, vor Monaten schon. Er wollte das Geld an sich nehmen, um irgendwo in Würde zu sterben, weil er nicht wollte, daß sich jemand um ihn kümmern mußte, daß ihm jemand beim Sterben zusah. Heute Morgen gab er mir beschämt das Geld zurück, und ich habe ihm versprochen, die Sache irgendwie zu regeln.«

»Lieber Himmel, Connor, was sollen wir jetzt machen? Wir könnten es natürlich zurückbringen, aber ...«

»Aber trotzdem würde jeder denken, ich sei ein Dieb, und du hättest es nur mir zuliebe ...«

»Wir könnten behaupten, daß gar kein Geld im Safe war ... Nein, das geht nicht ... Jenks hat es mich am Dienstag zählen sehen.«

»Und Andrewson hat eine Beule am Kopf, für die es keine andere Erklärung gibt.«

»Hat Jack ihn wirklich geschlagen?«

»O ja, das hat er.«

»Weißt du, ich mag Jack furchtbar gerne, und es tut mir weh, weil er so krank ist.«

»Das weiß ich«, sagte Connor, unendlich froh, daß die Worte, auf die er gestern vergeblich gewartet hatte, nun doch noch gesagt wurden.

In diesem Augenblick vergab er ihr alles und war einfach nur noch glücklich.

»Sophie?«

»Ja?«

»Darf ich dir zeigen, wie sehr ich dich liebe? Jetzt sofort?«

»Ich würde dir nie verzeihen, wenn du es nicht tätest«, sagte sie und drängte sich an ihn.

Sie ließen sich auf das alte Sofa fallen, und als sie sich liebten, fühlten sie beide, daß es anders war als früher, der Akt fand auf einer anderen, höheren Ebene statt. Connor hätte diesen wunderbaren Augenblick gerne hinausgezögert, aber er spürte, seine Selbstbeherrschung würde ihn heute im Stich lassen.

»Sophie«, seufzte er und versank in ihrem Schoß.

Gemächlich ließen sie das Pony nach Hause trotten, noch zu verstrickt in ihr Glück, um den herrlichen Frühling um sie herum zu bemerken. In der Einfahrt wären sie fast mit dem auf einem Maulesel reitenden Tranter Fox zusammengestoßen. Was machte Tranter hier?

»Ein Glück, daß Sie da sind!« rief er ihnen entgegen. »Dreimal war ich schon hier ... Es gibt ein Problem in der Mine.«

»Was ist los?«

»Ein Feuer ist ausgebrochen. Jemand hat die Laterne an einen Balken des Gerüsts gehängt, und das hat dann Feuer gefangen. Wer es war, will keiner sagen. Charles Oldene und sein Trupp sind in dem südlichen Stollen eingeschlossen. Sie haben den Rauch und das Feuer erst wahrgenommen, als es schon zu spät war. Die tragenden Holzstützen sind zusammengekracht, und der Eingang zum Stollen ist verschüttet. Die Männer haben versucht, ihn freizuschaufeln, aber Jenks hat ihnen vor einer halben Stunde befohlen, damit aufzuhören, weil es jetzt zu gefährlich ist. Erst muß eine neue Verschalung gemacht werden, weil sie sonst unter dem herabfallenden Geröll begraben werden. Oldene, Roy Donne und Rollie Coachman haben sich inzwischen flach auf den Boden gelegt, weil es da kühler ist. Sie haben kaum mehr Luft zum Atmen ...«

Connor wendete den Ponywagen und fuhr mit rasender Geschwindigkeit in Richtung Guelder. Tranter folgte ihnen, so schnell es sein störrisches Tier erlaubte. Die halbe Einwohnerschaft von Wyckerley schien sich bei der Mine eingefunden zu haben, um für die Eingeschlossenen zu beten. Andrewson und Jenks kamen aus Sophies Büro gestürzt, als Connor das Pony zum Stehen brachte. Sophie war leichenblaß, denn sie erinnerte sich an den Unfall vor drei Jahren, als Tranter beinahe ums Leben gekommen wäre.

Jenks half ihr aus dem Wagen.

»Gott sei Dank sind Sie da, Sophie«, murmelte er mit ernstem Gesicht.

»Sind die Männer immer noch eingeschlossen? Sind Maultiere nach unten gebracht worden, um das Geröll wegzukarren? Wie viele Männer arbeiten an der Stelle?«

»Kommen Sie bitte mit mir in das Büro. Ich muß Ihnen und Ihrem Mann etwas sagen«, meinte Jenks, und Sophie schauderte bei seinen Worten.

Sie sind tot, dachte Sophie, und ihre Knie wurden weich.

Schutzsuchend wirbelte sie zu Connor herum, sah sein aschfahles Gesicht, hörte ein fast unmenschliches Krächzen aus seiner Kehle dringen.

»Was ist los?« rief sie.

Andrewson, der neben Connor gestanden hatte, wich zurück, den Kopf gesenkt.

Sie nahm Connors Hand in die ihre und hielt sie fest, entsetzt, weil sie sich so eiskalt anfühlte. In seinen Augen flackerte Angst.

»Jack!« brachte er mühsam hervor.

»Jack?«

»Andrewson sagte mir eben, daß Jack da unten ist. Niemand hat es gewagt, weil es so gefährlich ist. Jack hat sich erboten, und keiner hat ihn aufgehalten.«

Mit versteinertem Gesicht sah er zum Grubeneingang hinüber.

»Ich werde ihn raufholen«, sagte er, und seine Stimme klang zornig und ängstlich zugleich.

»Was willst du? Connor, du kannst da nicht runter ...«

»Ich muß, Sophie, laß mich ...«

»Nein!« schrie sie und verkrallte sich in seinem Arm. »Das wirst du nicht tun. Ich gebe hier die Befehle. Es ist schließlich meine Mine ...«

»Du kannst mich nicht davon abhalten, Sophie, er ist mein Bruder, und ich muß ihn raufholen. Kannst du das nicht verstehen?«

»Gut, dann begleite ich dich. Mr. Jenks, bringen sie mir meine Stiefel und meinen Helm.«

»Verdammt, Sophie, mach mich nicht wütend. Du bleibst oben!«

»Con, wir wissen nicht, was uns da unten erwartet. Wir wissen nicht einmal, ob wir in der Lage sein werden zu helfen. Wir kennen die Situation nicht, es wäre verrückt ...«

»Jack ist mein Bruder. Und du kannst mich nicht daran hindern, ihm zu helfen.«

Sophie begann zu weinen. Sollte sie ihn wirklich gehen lassen?

»Warte«, rief sie und lief ihm nach. »Du mußt einen Helm aufsetzen ...«

Lautlos schwebte ein Mann nach oben. Bob Douthwaite. Dann ein zweiter. Hector Hardaway.

»Sie sind frei!« rief Bob.

Alle liefen zu den beiden Grubenarbeitern und bildeten einen Kreis um sie.

»Der Kerl aus Cornwall hat ihnen den Weg freigeschaufelt. Keinen Kratzer haben sie abgekriegt!« berichtete er.

Erleichterte Hurrarufe. Connor schrie eine Frage in Bobs Gesicht.

»Nein«, schrie dieser zurück. »Er ist nicht verletzt. Aber er ist erschöpft zusammengebrochen, Sie bringen ihn im Korb nach oben.«

Allzulange mußten sie nicht auf Jack warten, aber die kurze Zeitspanne schien dennoch Ewigkeiten zu dauern. Dr. Hesselius, der sich bereits seit dem frühen Morgen hier befand, stellte sich mit Sophie und Connor an den Eingang der Grube. Die drei aus ihrer mißlichen Lage befreiten Männer waren bereits oben und wurden mit Tränen und Umarmungen von ihren Freunden und Familienmitgliedern begrüßt. Das eigentliche Drama war noch einmal gut ausgegangen, aber keiner ging nach Hause.

Alle warteten auf den letzten Mann, den kranken Held, den kaum einer kannte. Gestern erst hatte er Andrewson gegenüber zugegeben, daß er es gewesen war, der das Geld gestohlen hatte. Heute hatte er unter Lebensgefahr drei Männer gerettet. Sophie war sich zwar der Anwesenheit der Wartenden bewußt, die mit gespannten Gesichtern zum Eingang der Grube starrten, aber sie hatte nur Augen für Connor, dessen Angst und Empfindungen sie teilte.

Endlich hörte man die schwere, baumdicke Kette rasseln, und alle wußten, daß mit ihrer Hilfe der eiserne Korb den Schacht heraufgezogen wurde. Moody Donne kletterte als erster aus dem schmutzigen Korb und nahm Jacks ausgemergelten Körper entgegen, den die anderen ihm reichten.

Sie legten ihn auf eine Decke. Connor kniete sich neben seinen Bruder, um dessen Hand zu halten, während der Arzt sein Herz abhörte. Jack war hellwach, aber als er versuchte zu sprechen, drang aus seiner Kehle nur ein kaum hörbares Krächzen. Connor beugte sich über ihn, um ihn zu verstehen.

»Nicht zu fassen, ich hab' mal wieder alles verhunzt«, grinste Jack schwach. »Nichts scheine ich richtig hinzukriegen ... bin absichtlich da runter, wollte nicht wieder lebendig hier hoch ...«

»Ich brauche noch ein paar Decken, und bringt den Wagen näher ran«, befahl Dr. Hesselius, der aufgestanden war.

»Bringen Sie ihn ins Krankenhaus?« erkundigte sich Sophie leise bei dem Arzt, doch er schüttelte traurig den Kopf.

»Das würde ihm nicht helfen, und ich kann leider auch nichts für ihn tun«, antwortete er ebenso leise. »Bringen Sie ihn nach Hause, Sophie. Sorgen Sie dafür, daß er es möglichst bequem hat, mehr können wir für den Armen leider nicht tun.«

Inzwischen hatte sich Sidony Timms neben Jack gekniet. Weinend hielt sie seine Hand.

»Wie unglaublich mutig du heute warst, Jack. Wenn es dir wieder gutgeht, dann müssen wir das unbedingt feiern ... Vielleicht kriegst du sogar eine Medaille ...«

Die Stimme sackte ihr weg, und sie wischte sich mit einem Ärmel die Tränen ab.

William Holyoake, dessen Anwesenheit Sidony bisher entgangen war, weil er hinter ihr stand, näherte sich auf ein Winken Jacks hin.

»Passen Sie mir gut auf sie auf«, krächzte Jack. »Sollte ich je davon hören, daß Sie sie schlecht behandeln, dann komme ich zurück, Mr. Holyoake«, drohte er.

»Ich werde immer freundlich zu ihr sein, das schwöre ich«, versprach Holyoake, während Sidony einen letzten Kuß auf Jacks fahle Wange drückte.

Connor half dabei, seinen Bruder vorsichtig in den mit Decken ausgelegten Wagen zu heben.

»Fahren Sie vorsichtig, Tranter. Ich werde mich hinten zu Jack setzen. Und vermeiden Sie die Schlaglöcher.«

»Geht in Ordnung«, antwortete der kleine Grubenarbeiter ernst und griff nach den Zügeln.

»Kommst du im Ponywagen nach, Sophie?«

Sophie streifte liebevoll seine Hand. Seine ruhige Stimme konnte sie nicht täuschen. Sie wußte, wie sehr er litt.

»Manchmal passiert ein Wunder, Con. Man muß nur daran glauben. Vielleicht muß Jack nicht sterben«, flüsterte sie und versuchte, zuversichtlich zu klingen.

»Vielleicht«, meinte Connor. »Beeile dich, Sophie. Ich brauche dich so sehr.«

Er stieg in den Wagen und setzte sich neben seinen Bruder, dessen Augen geschlossen waren. Ihm gegenüber saß Pfarrer Ewell, denn Christy war in Exeter, und betete für den Sterbenden.

Sophie sah dem davonfahrenden Wagen nach. In Gedanken war sie bei Connor und seinem Bruder.

Kapitel 23

Für die Feierlichkeiten des diesjährigen Johannistags hatte Sophie alle Hände voll zu tun. Miss Margaret Moreton hatte diesmal zwölf Gedichte geschrieben, zu denen sie die Musik komponieren mußte.

Tommy Wooten spielte dieses Jahr den heiligen Petrus. Auf der Bretterbühne stand das Himmelstor, das aus Pappmaché gefertigt und weiß gekalkt worden war. Die Kostüme der Kinder verrieten bereits, wer von ihnen in den Himmel, wer in die Hölle kommen würde. Diejenigen, die die Sünder darstellten, trugen dunkle Farben, während die zukünftigen Engel in pastellfarbenen Kleidern steckten. Der heilige Petrus stellte jedem ankommenden Kind ein paar Fragen, dann wurde ein Lied gesungen, in dem es um das anständige oder weniger anständige Leben ging, welches das Kind vermeintlich geführt hatte, und danach fällte Petrus sein Urteil.

Im Augenblick war Birdie an der Reihe. Wochenlang hatte sie sich nicht entscheiden können, ob sie bei der Aufführung als Sünderin oder als Heilige auftreten wollte, weil sie unsicher war, ob ihr ein dunkles oder helles Kostüm besser stand.

Diese sehr weibliche Unentschlossenheit hatte zur Folge gehabt, daß sie zwei verschiedene Texte hätte lernen sollen, und nun, zu Sophies größter Beunruhigung, keinen der beiden richtig konnte.

Nun klopfte sie in ihrem mitternachtsblauen Kleidchen an die Himmelspforte, ein kaum hörbares Geräusch, das Jeddy Nineways unterstrich, der hinter der Wolkenkulisse saß, indem er mit einem Hammer gegen ein Stück Holz schlug.

»Wer ist da?« fragte der heilige Petrus und linste über die Pforte.

»Florence«, meinte Birdie, die sich aus Bewunderung für Florence Nightingale diesen Namen ausgesucht hatte.

»Hast du auf Erden ein anständiges Leben geführt, Florence?«

»Ja«, piepste Birdie zur Verwirrung des heiligen Petrus, der laut Text ein Nein erwartet hatte.

»Und welchen Beruf hast du da unten ausgeübt?«

»Ich war ein Faulpelz.«

»Du hast also nicht fleißig für die Schule gelernt?«

»Nein.«

»Und du hast nicht jeden Morgen dein Bett gemacht?«

»Nein.«

»Und du warst auch häufig unordentlich und nicht sauber angezogen?«

»Doch, das war ich schon«, meinte Birdie, die nicht einmal der Kunst zuliebe lügen wollte.

Der heilige Petrus warf Miss Mareton, die in den Kulissen stand, einen verzweifelten Blick zu, und sein Adamsapfel bewegte sich nervös auf und ab.

»Hast du Hungrigen Essen zukommen lassen, Bedürftigen geholfen, Arme unterstützt?«

»Meine Schester hat immer den Rest meines Lutschers bekommen, wenn ich ihn nicht mehr wollte.«

Der heilige Petrus flüsterte ihr seine letzte Frage zu.

»Nein«, antwortete Birdie diesmal textgerecht.

»Dann kann ich dich auch nicht in den Himmel lassen. Du armer Faulpelz mußt von nun an in der Hölle schmoren.«

Eigentlich sollte sich Birdie nun herumdrehen und ein Lied singen, aber sie blieb stumm.

Sophie gab ihr das Stichwort, worauf sich das kleine Gesicht plötzlich aufhellte. Mit klarer, hoher Stimme sang Birdie dann ihr Lied. Die drei von Miss Mareton gedichteten Strophen waren nicht gerade poetisch, erfüllten aber ihren Zweck. Als sie fertig damit war, konnte Birdie es sich nicht verkneifen, sich zu verbeugen, obwohl dies den Darstellern ausdrücklich verboten worden war.

Der Applaus war ohrenbetäubend, und Sophie lächelte

erleichtert, weil endlich alles vorbei war. Connor winkte ihr lachend mit seinem Hut zu und schlenderte zu seiner Mannschaft zurück, um sich wieder dem traditionellen Wurfspiel zu widmen. Seine Reaktion rührte sie, denn sie wußte genau, daß ihm im Grunde nicht zum Lachen zumute war, sondern daß er ständig an Jack denken mußte.

»Das war einfach entzückend«, meinte Rachel Verlaine zu Sophie und lachte über deren skeptischen Gesichtsausdruck. »Nein, wirklich. Ich kann es kaum erwarten, bis William alt genug ist, um in Ihrem Chor mitzusingen.«

Der kleine William war jetzt zwei Monate alt, und Sophie fand, daß er seinem Vater sehr ähnlich sah.

»Wenn er so musikalisch ist wie Lord Moreton, dann kann ich diesen Augenblick kaum erwarten«, sagte Sophie, die ihn vor einer Woche als Pianist erlebt hatte, nach einem Abendessen im Herrenhaus.

Elisabeth Morrell zupfte an den Röcken Rachels, weil sie unbedingt mit dem Baby spielen wollte. Anne war ganz außer Atem, weil sie ihrer Kleinen nachgerannt war. Die drei Frauen begaben sich in den Schatten, und Rachel legte den winzigen William in das weiche Gras, um Lizzy ihren Wunsch zu erfüllen.

»Ich habe nun doch den Fotoapparat Ihrer Kusine erstanden«, gestand Anne. »Ich konnte einfach nicht widerstehen.«

»Ich habe schon davon gehört. Und? War es ein Schnäppchen?«

»O nein. Sie hat nicht mit sich handeln lassen. Ich fand das ziemlich ungehörig von ihr.«

»Na, wenigstens dient das Geld einem guten Zweck.«

»Darum geht es nicht. Auf diesen Trödelmärkten muß man doch handeln können, das gehört einfach dazu, und Honoria weiß das. Sie ist einfach knickrig. Das habe ich ihr auch gesagt.«

Sophie und Rachel tauschten einen verwunderten

Blick. Wer hätte gedacht, daß ausgerechnet Anne auf jeden Shilling achtete?

»Lizzy wächst so unheimlich schnell. Ich wollte unbedingt Fotos von ihr machen, solange sie noch klein ist. Das ist immer eine schöne Erinnerung«, meinte Anne und sah liebevoll zu ihrer Tochter, die gerade das Baby kitzelte, dessen rundes Gesichtchen sich vergnügt verzog.

»Wann wird die Bronzetafel enthüllt?« erkundigte sich Rachel.

»Das kann nicht mehr lange dauern«, antwortete Sophie.

Der Gemeinderat hatte einstimmig beschlossen, Jacks Mut mit einer Gedenktafel zu ehren.

»Wird Connor die Rede halten?«

»Nein, Onkel Eustace. Daran war ihm sehr gelegen.«

Anne und Sophie sahen sich an. Die Veränderung, die mit Vanstone vorgegangen war, kam ihnen beiden immer noch wie ein kleines Wunder vor. Er hatte Robert Croddy fallengelassen, politisch wie auch privat. Robert hatte versucht, sich wieder lieb Kind zu machen, indem er Honoria zum Marineball einlud, das gesellschaftliche Ereignis in Davenport. Aber Honoria hatte ihm eine Abfuhr erteilt und ihm ins Gesicht gesagt, daß er in ihren Augen immer nur der Sohn eines Bierbrauers bleiben würde, auch wenn er mit allen Mitteln versuchte, in der besseren Gesellschaft Fuß zu fassen.

»Seht mal, wie glücklich unsere Frischverheirateten aussehen!« bemerkte Rachel, als sie Sidony und William Holyoake Arm in Arm über den Dorfanger kommen sah.

»Ja, sie sehen tatsächlich sehr glücklich aus«, lächelte Anne und winkte den beiden zu.

Sophie sah mit gemischten Gefühlen zu den beiden hinüber. Natürlich freute sie sich, daß die beiden schließlich doch zusammengefunden hatten, aber andererseits mußte sie an Jack denken, der unter anderen Umständen jetzt der Ehemann Sidonys gewesen wäre.

»Ist es wahr, daß die beiden jetzt im Kutscherhäuschen wohnen?« fragte Anne.

»Ja, Sebastian hat es für sie herrichten lassen. Williams Wohnung im Herrenhaus war einfach zu klein für zwei.«

»Das leuchtet mir ein«, meinte Anne, und in ihre Augen trat ein träumerischer Ausdruck, weil sie sich offenbar an etwas erinnerte.

William begann zu schreien, weil er es inzwischen leid war, von Lizzy gekitzelt und gestreichelt zu werden. Ehe ihn Rachel hochheben konnte, übernahm dies ihr Mann für sie, der sich unbemerkt zu ihnen gesellt hatte. Nun fing auch Lizzy an zu quängeln, weil man ihr Spielzeug weggenommen hatte. Anne beugte sich zu ihr hinunter, um sie zu trösten, aber Christy war schneller. Er hob seine Tochter hoch und sprach beruhigend auf sie ein.

Die beiden stolzen Väter hatten gerade ein Kricketspiel beendet, das die Mannschaft des Pfarrers gewonnen hatte. Sebastian und Christy schienen sich von Tag zu Tag besser zu verstehen.

Trotz ihrer unterschiedlichen Herkunft waren der gebildete Lord und der einfache Landpfarrer dabei, die besten Freunde zu werden. Aber im Grunde war das auch nur ein Klischee, denn weder war Christy wirklich einfach, noch war Sebastian der Schwerenöter, für den ihn die Dorfbewohner noch vor nicht allzulanger Zeit gehalten hatten. Und im Augenblick wirkten sie wie zwei ganz normale glückliche Väter, die stolz darauf waren, daß es ihnen ganz allein gelungen war, ihre Kinder zu trösten.

»Tschuldigung, Mrs. Pendarvis«, sagte Tranter Fox, zog seinen Hut und verbeugte sich. »Tut mir wirklich leid, in Ihre Unterhaltung so hineinzuplatzen, aber ...«

»Was gibt's, Tranter?«

»Madam, stellen Sie sich nur vor, Ihre Mannschaft hat

auch dieses Jahr wieder gewonnen. Diesmal haben wir den Sieg Ihrem Mann zu verdanken.«

Sophie entschuldigte sich bei ihren Freunden und begleitete Tranter, um die Trophäe in Empfang zu nehmen. Eigentlich hatte die Mannschaft gewollt, daß Connor die Rede hielt, aber er hatte dankend abgelehnt, weil er der Ansicht war, daß diese Ehre dem Mannschaftskapitän, Roy Donne, zukam.

»Mrs. Pendarvis! Es ist mir ein großes Vergnügen, Ihnen diese Trophäe zu überreichen und ...«

»... und wir sind stolz und glücklich, gerade Ihnen, unserer von uns allen geschätzten und verehrten Arbeitgeberin, diese Trophäe ...«

»Verdammt und zugenäht! Wer von uns beiden hält hier eigentlich die Rede?« empörte sich der Mannschaftskapitän, und niemand nahm es ihm übel, daß er geflucht hatte.

»Wenn du es jedesmal versaust ... das war schon im vorigen Jahr so ... Wie dem auch sei, hier ist die diesjährige Trophäe, in steter Dankbarkeit für Ihre Güte und Freundlichkeit, überreicht von Ihren treuen Dienern.«

Sophie konnte sich nur mit Mühe ein Lachen verkneifen. Ihre Dankesrede war kurz, aber sie vergaß nicht, auf das Freibier hinzuweisen, das den Spielern im Gasthof heute abend ausgeschenkt werden würde, worauf alle stürmisch klatschten.

»Tranter hat eine neue Freundin«, vertraute ihr Connor etwas später an. »Sieh mal!«

»Tatsächlich!« rief Sophie. »Rose? Rose, die Kellnerin aus dem Wirtshaus!«

»Tranter behauptet, sie würden hervorragend zusammenpassen.«

Hand in Hand trollten sich die beiden davon. Ein merkwürdiges Paar, denn Rose war sehr viel größer als Tranter. Von hinten hätte man meinen können, es handle sich um eine Mutter mit ihrem kleinen Jungen.

»Wußtest du, daß Jack einen Flirt mit Rose hatte?« Letzten Sommer ...«

»Wirklich? Und was ist passiert? Mochten die beiden sich?«

»Ich denke schon. Kurze Zeit jedenfalls. Jack hielt es nie sehr lange bei einer Frau aus.«

»Meinst du, es wäre ihm mit Sidony auch so gegangen? Er hat sie doch geliebt, oder nicht?«

»Ja, Sidony hat er geliebt.«

»Ich habe sie heute mit William zusammen gesehen.«

»Ich auch. Sie scheinen glücklich miteinander zu sein.«

Sophie nickte.

»Möchtest du Kekse?« fragte Connor.

»Leztes Jahr hast du mir auch Kekse gekauft, erinnerst du dich?«

»Natürlich erinnere ich mich. An jede klitzekleine Einzelheit. Du hast ein gelbes Kleid angehabt ...«

»Und du ein blaues Hemd ohne Kragen ... und Hosenträger ...«

»Und die Kekse hast du an die Enten verfüttert«, lachte er.

»Du hast so gut ausgesehen ...«

»Und du so hübsch.«

»Und du hast mir so lieb zugehört, als ich dir von meinem Vater erzählte.«

»Und du hast mich dich küssen lassen, auf dem Friedhof.«

»Ich möchte dich jetzt auf der Stelle küssen«, flüsterte sie. »Und nicht nur das.«

»Was denn noch?« lachte er.

»Ich glaube, es ist nicht gut, wenn ich es dir jetzt sage ...«

»Und warum nicht?«

»Weil du ... Wer weiß, was du dann anstellst ...«

Sophie überlegte kurz, ob sie es ihm sagen sollte, doch ehe sie dazu kam, rief Jessica Carnock ihnen zu, daß gleich die Bronzetafel enthüllt würde. Obgleich Connor über die Störung erbost war und den Moment denkbar ungeeignet fand, schenkte er der älteren Dame ein reizendes Lächeln, das Sophie insgeheim immer sein Abgeordneten-Lächeln nannte. Seitdem er zum Mitglied des Parlaments ernannt worden war, versuchte sie, ihn ganz unvoreingenommen zu sehen, was äußerst schwierig war.

»Braucht Jack irgendwelche Hilfe?« fragte Connor und ging auf die bereits zahlreichen Versammelten zu.

»Ich glaube nicht. Maris ist bei ihm«, sagte Mrs. Carnock und winkte ihrem Gatten zu, der bei den anderen Persönlichkeiten des Ortes stand und bereits ungeduldig nach ihr Ausschau hielt.

»Geh du schon vor, Sophie«, meinte Connor. »Ich werde Maris helfen.«

»Nein, ich warte auf dich.«

Maris und Jack kamen vom Pfarrhaus und überquerten die Hauptstraße im Schneckentempo. Jack trug einen blauen Anzug, neue Schuhe und eine rote Halsbinde. Mit der einen Hand stützte er sich auf einen Stock, mit der anderen auf Maris. Es kam Sophie wie ein Wunder vor, daß er wieder gehen konnte, nachdem er anderthalb Monate im Bett gelegen und die Zeit danach im Rollstuhl verbracht hatte. Heute hatte ihm Dr. Hesselius erlaubt, an der Zeremonie teilzunehmen, allerdings nur, nachdem Jack versprochen hatte, die Nacht im Pfarrhaus zu verbringen. Maris würde ebenfalls in Wyckerley bleiben, sie begleitete Jack wie sein Schatten.

Sophie mußte lächeln. Auch diese beiden waren ein merkwürdiges Paar. Maris war zwar fast ebensogroß wie Jack, aber mindestens doppelt so stark. Sie konnte Jack ohne weiteres tragen, wenn es sein mußte, und sie kümmerte sich rührend um Connors Bruder, badete ihn, fütterte ihn, heiterte ihn auf, leistete ihm Gesellschaft. Mit der Zeit waren die beiden unzertrennlich geworden. Maris war in ihn verliebt, das war offensichtlich. Und er? Jack war nicht der Mann, der leicht sein Herz verlor, und natürlich hatte er Angst, irgendwelche Zukunftspläne zu schmieden. Aber Maris war fest gewillt, ihn für sich zu gewinnen, und Sophie war bereit, jede Wette einzugehen, daß ihr Hausmädchen erfolgreich sein würde.

Sobald die Dorfbewohner den auf sie zuhumpelnden Jack sahen, begannen sie spontan zu klatschen. Jack tat, als ginge ihn das nichts an, aber die plötzliche stolze Röte in seinem Gesicht verriet, daß ihm der herzliche Empfang Freude machte.

Der Bürgermeister räusperte sich, und die einzelnen Unterhaltungen brachen schlagartig ab.

»Meine lieben Freunde. Sie alle sind es seit Jahren gewohnt, sich meine Rede anhören zu müssen, die meistens zu lang ist. Heute werde ich mich kurz fassen, denn was ich zu sagen habe, ist sehr einfach. Den Grund unseres Hierseins kennt jeder von Ihnen, und wen wir heute ehren wollen, ist auch keine Geheimnis. Mr. Jack Pendarvis ist vor etwa einem Jahr nach Wyckerley gekommen, und hat hier, dank seiner Anständigkeit und dank seiner Gutmütigkeit, sehr schnell viele Freunde gewonnen. Dann hat er Wyckerley verlassen, und viele von uns haben ihn vermißt. Aber keiner von uns konnte zu dieser Zeit wissen, daß er eines Tages in unseren Ort zurückkehren und das Leben von drei Männern retten würde. Am zwanzigsten April hat Jack Pendarvis bewiesen, was für ein mutiger Mann er ist. Er hat sein Leben aufs Spiel gesetzt, um Charles Oldene, Roy Donne und Roland Coachman, die in der Guelder-Mine eingeschlossen waren, zu retten. Dank ihm weilen diese Männer heute unter uns. Und für diesen außerordentlichen Mut, dieses Beispiel überragender Menschlichkeit, wollen wir ihm hier danken, obwohl zwei dieser Geretteten heute zu meinem Leidwesen dafür gesorgt haben, daß meine eigene Mannschaft gegen das Guelder-Team verloren hat.«

Alle lachten, und Sophie stimmte erstaunt mit ein. Onkel Eustace machte selten Witze, und wenn er es tat, dann endete es meist mit einem peinlichen Schweigen der Zuhörer.

»Diese Bronzetafel hängen wir aber nicht nur zu Ehren Jacks auf, sie soll uns immer daran erinnern, daß kein Mensch je seine Ideale vergessen sollte. Mut ist nicht unbedingt jedermanns Sache. Wir können uns glücklich schätzen, daß Jack Pendarvis ihn im richtigen Moment aufgebracht hat. Wir danken ihm dafür und ehren ihn mit dieser Tafel, die hier noch hängen wird, wenn es uns alle nicht mehr gibt. Danke, Jack. Gott segne Sie.«

Connor hatte seinen Bruder schon seit einer Woche damit geneckt, daß er ebenfalls eine Rede würde halten müssen, und Jack hatte grinsend gemeint, ein simples ›Dankeschön‹ würde genügen müssen. Aber nun trat er vor, wartete, bis sich der Applaus gelegt hatte, und begann leise zu sprechen.

»Ich danke Ihnen, Bürgermeister. Auch dafür, daß Sie den Teil der Geschichte unerwähnt gelassen haben, der nicht gerade für mich spricht. Es weiß hier ohnehin jeder davon. Daher hatte das, was ich getan habe, auch weniger mit Mut zu tun — ich sehe es als eine Art Wiedergutmachung. Egal ... Ich möchte Ihnen allen danken, jedem, der mir das Gefühl gegeben hat, daß ich in Wyckerley willkommen bin. Das zählt für mich noch mehr als diese Ehrentafel, die ich, das nehme ich doch an, in den nächsten zwei, drei Jahren jeden Tag mindestens einmal werde anschauen müssen. Ich bin kein geübter Redner und kann mich vielleicht nicht sehr gut ausdrücken, aber meine Worte kommen von Herzen. Ich danke Ihnen. Und vergessen Sie nicht, bei der nächsten Wahl meinem Bruder Ihre Stimme zu geben.«

Manch einer der Anwesenden hatte nach Jacks Rede feuchte Augen. Jeder wollte ihm die Hand schütteln, und Sophie entdeckte das Mitgefühl, als sie merkten, wie schwach er in Wirklichkeit war. Connor schlang den Arm um ihre Taille.

»Er wird wieder gesund werden, Con«, flüsterte sie. »Ich weiß es.«

»Ja«, nickte Connor. »Ich glaube ebenfalls daran.«

Einige Minuten später gesellten sich Jack und Maris zu ihnen.

»Dem Himmel sei Dank, daß es vorüber ist«, murmelte Jack. »Stellt euch vor, man hat mir angeboten, mich heute abend völlig umsonst im Wirtshaus zu betrinken! Wo ich doch keinen Tropfen Alkohol trinken darf. Man hat mich zum Essen eingeladen, in dem Haus mit den sechs wunderschönen Frauen, und ich kann zwischen drei verschiedenen Jobs wählen, von denen nicht einer in Frage kommt, weil ich körperlich dazu nicht in der Lage bin ...«

»Noch nicht ...«, meinte Sophie.

»Ich gratuliere dir, Bruderherz. Deine Rede war wunderbar.«

»Findest du wirklich? Dann muß es in unserer Familie liegen.«

»Das kann ich nur hoffen.«

»Na ja, bald wirst du deine Reden im Parlament schwingen und denen mal richtig die Meinung sagen. Ich bin verdammt stolz auf dich, Con.«

»Ich auch auf dich, Jack.«

Die Brüder umarmten sich.

»Auch Helden dürfen müde sein«, meinte Maris. »Wir gehen jetzt ins Pfarrhaus. Es ist Zeit für ein Nickerchen und für Ihre Medizin.«

Jack fluchte zwar, war andererseits aber froh, sich etwas hinlegen zu dürfen, denn die Feier hatte ihn doch recht erschöpft. Bereitwillig ließ er sich von Maris über die Straße führen.

Während Sophie noch half, den nichtverkauften Trödel einzupacken, unterhielt sich Connor mit ein paar Männern über Steuern. Als er sah, daß sie zur Brücke schlenderte und dort auf ihn zu warten schien, folgte er ihr. Sie trug dasselbe Kleid wie an dem Tag, an dem sie sich kennengelernt hatten, und sah einfach entzückend darin aus.

»Ich denke, niemand wird merken, wenn wir jetzt einfach verschwinden«, sagte Sophie lächelnd zu ihrem Mann. »Laß uns nach Hause gehen.«

Connor widersprach ihr nicht. Wenn ihre Augen so vielversprechend funkelten, dann war er bereit, ihr jeden Wunsch zu erfüllen. Sie gingen die menschenleere Hauptstraße entlang, vorbei an dem einzigen Wirtshaus von Wyckerley und an Swans Schmiede. Die pastellfarbenen Häuser endeten an der Kreuzung. Rechts ging es nach Plymouth, links nach Tavistock und zum Moor, geradeaus zum Herrenhaus, in dem Sebastian und Rachel wohnten. Hand in Hand bogen sie nach links ab und folgten dem roten Weg, der im Schatten alter Bäume lag. Die Vögel sangen ihr Abendlied, und die sanfte Luft roch nach blühenden Hecken und frischem Heu.

»Mußt du heute abend noch an deiner Rede arbeiten?« fragte Sophie und lehnte sich an ihn, während sie den Sonnenuntergang bewunderten.

»Vielleicht«, meinte Connor, der schon nächsten Monat nach London aufbrechen würde.

Viel Zeit blieb ihm nicht für die Vorbereitung seiner Antrittsrede. Es sei denn, er durfte sie erst im November halten.

»Macht dich das nicht nervös, nicht genau zu wissen, wann du zum ersten Mal vor deinen Kollegen eine Rede halten mußt?«

»Nervös? Nein, so kann man das nicht nennen. Ich mache mir vor Angst in die Hose.«

»Oh, ich weiß, alles wird gutgehen, Liebling. Ich möchte gern dabei sein, wenn du deine Ansprache hältst.«

»Das ginge nur, wenn du den ganzen Sommer mit mir in London bleibst.«

»Ich weiß«, seufzte sie. »Nun, zumindest deinen ersten Tag im Parlament werde ich von der Besuchergalerie aus miterleben. Himmel, Con, ich werde vor Stolz auf dich platzen. Hoffentlich muß ich nicht weinen.«

»Wenn du lachst, wäre das noch schlimmer.«

»Dummkopf. Du wirst die Welt verändern. England wird nie mehr das sein, was es jetzt ist.«

Connor kicherte.

»Reformen finden nicht von einem Tag zum anderen statt. Morgen erläßt die Königin das Gesetz, mit dem endlich dieser Vermögensnachweis unnötig wird. Weißt du, wie lange man dafür gekämpft hat? Über dreißig Jahre.«

»Veränderungen müssen langsam stattfinden, und vorher wohlüberlegt werden. Nur so kann die Monarchie gefestigt werden.«

»Du sprichst wie ein echter Tory.«

»Aber nein ... Ich denke einfach, man sollte nicht alles auf einmal verändern.«

»Die Gefahr besteht nicht. Was mir Sorge macht ... die arbeitende Bevölkerung will vielleicht nicht so lange warten. Männer und Frauen werden vom Land in die Stadt ziehen, um zu überleben. Und das wäre sehr schade.«

»Ja, das wäre es«, meinte Sophie ernst. »Ich jedenfalls bin fest entschlossen, dir eine gute Abgeordnetenfrau zu sein. Auch wenn unsere politische Einstellung verschieden ist.«

»Das ist schön zu wissen«, lächelte Connor.

»Und was das Abwandern der Landbevölkerung betrifft: Was meinst du zu dem Vorschlag, wenn wir uns darum kümmern, daß sie nicht völlig ausstirbt? Wär das nicht eine sehr interessante Aufgabe für uns, Con?«

»Du bist einmalig, Sophie!« lachte Connor. »Und offenbar kannst du Gedanken lesen.«

Hand in Hand eilten sie nach Hause, äußerst ungeduldig, auf ihre Art der Heimat zu dienen.

HEYNE BÜCHER

Johanna Lindsey

Fesselnde Liebesromane voller Abenteuer und Zärtlichkeit
»Sie kennt die geheimsten Träume der Frauen . . .«

ROMANTIC TIMES

Zorn und Zärtlichkeit
01/6641

Wild wie der Wind
01/6750

Die gefangene Braut
01/6831

Zärtlicher Sturm
01/6883

Das Geheimnis ihrer Liebe
01/6976

Wenn die Liebe erwacht
01/7672

Herzen in Flammen
01/7746

Stürmisches Herz
01/7843

Geheime Leidenschaft
01/7928

Lodernde Leidenschaft
01/8081

Wildes Herz
01/8165

Sklavin des Herzens
01/8289

Fesseln der Leidenschaft
01/8347

Sturmwind der Zärtlichkeit
01/8465

Geheimnis des Verlangens
01/8660

Gefangene der Leidenschaft
01/8851

Wilhelm Heyne Verlag
München